漫娱图书
SINCE BOOKS

从龙

CONG LONG

七茭白｜著

长江出版社　漫娱图书

他们沿着小路慢慢上了山，容胤在前面走，泓就落在后面一步跟着。

他们谁都没有说话，在沉默里，一起看红叶漫天飞舞。

目录
CONTENTS

注视他，守护他，作他的侍剑人。

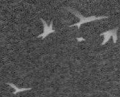

黑衣

H E I Y I

第一章

　　容胤眯起眼睛，十多年来第一次，仔仔细细地把他的影卫打量了一遍。

　　这是个瘦削挺拔的年轻人，眉目清俊，肩膀宽阔。他肌肤露出衣服外面的部分非常白皙，此时受伤大量失血，连双唇都失了血色，在山洞中明亮火光的照耀下，更显得脆弱苍白，好像随时都可能倒下来。

　　他身上有一种沉静的气质，缄默平和，毫无侵略性。光看外表，很难让人相信这是一名强悍的武者，曾经无数次拔剑挡在他的身前，救下他的性命。

　　也包括刚才那一次。他在猛虎扑过来的那一瞬间，以身为盾，替自己挡下了狠厉的一抓。解决那只老虎花费了影卫们很长时间。每个人多少都带了点伤，而他的这个影卫是受伤最严重的，整个后背被老虎狠抓了一把，留下了深深的四条血印子。

　　就是这一抓，让容胤开始注意这个影卫——他身边常年有二十多位影卫轮换，很多人见着虽然脸熟，其实并不知道叫什么名字。他一直很注意与影卫保持距离，眼前这位虽然已经跟在身边很多年了，他却是第一次端详他。

只因为这位侍卫后背的衣服被老虎撕开，露出了里面黑色的里衣。

这就让他搞不懂了。他穿越到这个古老的九邦王朝已经十多年，早已融进了这个时代里。九邦尚玄，黑色是皇族专用色，寻常臣子哪怕用黑色镶个绲边都算僭越。全天下能这样把纯黑色当里衣穿身上的人，据他所知只有一位，那就是他自己。

为什么他的影卫会把皇室御用色穿在身上，而他自己居然不知道？更奇怪的是，除了他，所有人见到了都是一副理所当然的样子，这又是怎么回事？玄色是正色，连他这个皇帝都只会在隆重的大典上才内外皆穿黑，何况是身边的影卫？为什么这人会堂而皇之地把玄色穿在里面，而且……看着还挺坦然的样子？

——当然也不能算是真坦然。他一发现衣服被撕开就慌了，护着伤处半天都没有动，直到有人递给他一件衣服披在外面才起身。可是，就没人过来给他解释一下吗？

容胤满腹疑团，把自己的影卫打量了一遍又一遍。他穿着侍卫的服饰，外面又多套了件外衣，遮盖了后背的伤处。此时他低敛着眉目，正小心翼翼地把软褥抖开，厚厚地铺了一层，又把锦被搭在一旁，安置妥当后，就膝行退下，在山洞口跪侍。这种进山游猎的活动，按例是不可以带宫人伺候的，一向都由影卫照顾起居饮食。

亲近帝王机会难得，这一路过来他能随侍，说明身份地位不低。

容胤默默地想了半天，脑子里一片空白，对这个影卫一点印象都没有。他身边总是跟着一队影卫的，这些武者大部分出身贫寒，因为家里无力支付庞大的习武费用，才送到宫中，由朝廷统一培养。

一旦通过遴选侍奉御前，就要立誓对君王效忠十年。效忠期满卸任后可以自行选择为各大世家效力，或者从军领将带兵。这些人近身随侍天子，得帝王亲自教导栽培，退宫后无论从军从政，晋升都比其他人要快很多。九邦几百年来都是论品选官，朝廷里的勋贵权臣全是出身世家，代表着家族利益与皇权博弈，唯有御前影卫只行敕令不涉朝政，和各派势力都没有利益瓜葛，因此也深得历任皇帝倚重。

眼前这位，似乎在身边差不多也快十年了？

他后背上的伤显然没有得到良好的治疗，缓慢渗出的血又把外衣染红了一片。伤在这样的位置，自己是够不到的，需要别人帮忙包扎。

容胤不由得慢慢皱起眉。

打完那只老虎后，不少影卫都带了点伤，他还特意在原地停留了一个时辰，让大家疗伤整顿，又临时决定在林子里过夜，留出充足的时间给伤者休息。众影卫身上带有伤药，受了伤都有伙伴帮助包扎照顾，他们在这里扎营应该快有两个时辰了，为什么到现在还没人照顾他？

他这样异常的关注很快就被这位影卫察觉了。对方以指点地，微一犹豫，便稍稍抬起头，作出了听令的姿态。容胤想了想，道："你过来。"

那位影卫便悄无声息地上前，跪在容胤脚下。

容胤一抬下巴，说："转过去。"

背对天子是大不敬。影卫很不安，立即伏下了身子，稍微挪动了一下。

容胤便把手搭上对方的肩膀，硬把他扳过去，问："你的药呢？"

他罕有的接近显然让对方受到了巨大的惊吓。他的话过了很久才得到回应，对方从怀里掏出一个小瓶子来，已经全然地忘掉了侍君的礼仪，只是僵硬地递给了他。

容胤接过药来，在心里想已经很久很久没人这么鲁莽又直接地，把东西直递到他面前来了。

身为一国之君，万众之表率，他的帝王仪范巍然镇静，可以称得上教科书级别的完美。他处事平正，待下严慈，亲疏不显于形止，喜怒不形于色，使得一手恩威并施的帝王之术，这么多年积威下来，朝野上下阖宫内外无人不怕，臣子妃嫔见着他，恨不得大礼之上再大礼，最好就地挖坑藏到地底下去。平时若要接过什么东西，他基本上只能看到对方低垂的后脑勺。

其实他也是很累的。战战兢兢，如履薄冰。八个字，就可以总结他穿越后的这十几年生活。直到最近这几年他才敢偶尔放松，刚来的时候，他也是气都不敢大喘，生怕哪一天露了破绽。

原因很简单，就是因为这些御前影卫。他穿越过来的时候，这具身体十四岁，登基已有五年，也就是说，这些御前影卫已经日夜不停，看护了真皇帝五年。

那个时候他还不知道这件事情有多严重。他不过是喝多了酒，稀里糊涂地大醉了一场，再醒来，就成了这个古老王朝的一国之君。这具身体曾经严重溺水，他肺部感染高烧不退，神志时而迷糊时而清醒，足足折腾了两个多月才缓过来。

他说出的第一句话是："到底怎么回事？"

他说的是中文，标准普通话。随即他身边一直照顾他的女子就惊恐万分地瞪大了眼睛。皇帝魇迷，举宫震动，他被灌下了无数纸灰水、草灰水、神水、符水，吐得胆汁都空了，又连续十几天被人围着作法不让睡觉，折腾得奄奄一息。服侍不周的罪责层层追究，到了他的宫里，太后亲下懿旨，赐宫人满堂彩。

满堂彩，就是殿前杖责。要狠打，重打，打到骨肉俱碎才罢休。

他那时候才知道原来人伤了心，是真可以吐血的。他被人按在床上动弹不得，喊到声带撕裂，吐了满床的血，保护他的御前影卫尽数被剿杀，身边四十几位宫人无一幸免，全部活活打死。

第二日他被人抬出大殿观礼，遍地红色，果然满堂彩。

之后的两年，他再也没有开口说过话。

他想太后大概是要他死，他不想牵连别人，也不想这么莫名其妙窝囊地死。他成了神志昏聩无法亲政的皇帝，不言不语，整日发呆。

他的生母静怡太妃日日在他床前哭泣，都没能让他开口说出一个字。

足足过了好几个月，他才摸清了状况，他是长不是嫡。先帝崩殂，他九岁登基时，太后已有六个月身孕。十三岁天子大婚，太后便要撤帘归政，这时候他幼弟敬亲王已经开蒙，天资聪颖，有圣德天子之相。

所以现在是最后的时机，让他死。

他无权无势，对朝堂权争一无所知，他听得懂别人说的话，自己却说不出来。他不识字，不知道古代礼仪，不认得寻常器物，也不懂得长幼尊卑。他身边，有无数影卫日夜严密注视。

他选择装傻，依靠生母静怡太妃。

他终日沉默，把身边人说过的话都默记在心。他从一桌一椅开始，识记周遭所有东西的名称和用途，他听从静怡太妃的安排，成功让自己的皇后和贵妃怀孕，产下两子一女，暂时保住了自己和母妃的性命。

他慢慢开始说话，却说得磕磕绊绊，颠三倒四。静怡太妃只得叫人为他重新授读，从发蒙认字开始，学到了经史子集。他从不表达喜怒，也不轻易开口，要是有人问话，他就静静地回望，看得对方毛骨悚然。他知道自己身边有御前影卫盯着，就时刻注意言行，日夜不敢懈怠。所有人都认为皇帝愚笨，却不知他从零开始，走了艰辛的长路。

他人生中的每一刻，都是以命相搏。他博览众家熟读史书，把当皇帝的行为准则一条一条刻进骨头里，战战兢兢从无违犯。政治斗争是残忍而惨烈的，他幼女夭折，后妃双亡。世家勋贵望风站位，终于在他逐渐显露一个帝王应有的威仪风范后，暗暗把赌注押到了他身上。

嘉统十二年是他帝王生涯的转折点。七月，他的幼弟雍祥敬亲王感染痘疮暴亡，同年九月，他的生母静怡太妃亦发痘不治。他继承了母妃的势力，站到了权力争夺的最前锋。他厚积而隐忍，不露半点声色，悄无声息地收拢了军中将领，终于在嘉统十五年的二月初七，数箭骤发，以雷霆手段一击而中，尽灭杜氏林氏满门，斩断了太后羽翼。他一夜之间连下圣旨五十四道，计杀三千一百四十二人，拔擢五十三人入朝为官，翻掌之间改换了天地。一时间朝野巨震，人人丧胆自危。

等到局势微稳，他又以江山社稷为辞，长跪德寿宫外向太后请罪，上演了一场母慈儿孝的好戏。太后自此潜心礼佛不问政事，而他也终于站稳了脚跟。只是隐忧虽除，余悸还在，他依然时时警醒，生怕自己哪里露了破绽，也不敢与近侍宫人亲近。像今日这样把人叫到身边来裹伤包扎，还是十几年来头一遭。

因为他实在是不想见人流血。

他给影卫的伤处上了药，又把破损的衣服撕成布条，干净利落地包扎了伤口。这个影卫里面果然是一身黑衣，容胤不动声色，等对方穿好外衣后说："你受了伤，就不要当差了，下去休息吧。"

影卫答："是。"

他躬身而退，山洞外面立刻有人过来，补上了他的位置。

容胤见他走得倒干脆，也没想起来谢个恩什么的，不由又笑了笑。可是笑容还未收，胃里就掠过了一阵痉挛，疼得他呼吸一窒。

这是自太后赐过满堂彩后就留下的老毛病，见不得人流血。一看见血，胃里就抽成一团疼得要命，好半天缓不过来。只是帝王不能轻易展露软弱，他也怕有人利用这一点大做文章，只得秘而不宣，练出了一套再难受也面不改色的基本功。

宫里头四面通透，他一举一动都暴露在众人目光下，不得不时刻注意言行，可眼下山洞里还算私密，他也懒得再装，一头躺倒拿被子蒙住了脑袋，早把那个影卫的事情忘到了九霄云外。

　　他们在山林里露宿一晚，耽误了行程，第二日赶到临川行宫的时候已是傍晚。

　　这次秋巡历时一个月，要行围三个猎场，大部分时间还是在野外扎帐露营，在临川仅停留两天，稍加整顿便走。这个行宫才建成不久，园子里引了附近地下水过来造了个深潭，水色碧青，凉爽怡人。

　　现在天气炎热，容胤兴致上来，就下水游了一圈。明日他要在这个行宫召见临瑜阮三州的郡守和行军司马，此时万事齐备，他便在水里泡着，边听外派在此地的御书房参政为他诵读各官员的前政履历。

　　这是他每次召见臣子前的例行公事，要牢记列位臣属的姓名官职和功勋，到时候一一褒奖，用来拉拢关系，以示帝王恩宠。

　　此次召见的三十几个人他都是第一次听到，记起来就有些费劲，等参政读完一遍，他就动动手指，示意对方再读一遍。

　　那位参政本来已是提着颗心伺候，好不容易读完了名单，见皇上还要他再读一遍，脊背上凝着的冷汗唰地一下全流了下来。

　　他已经被打断了两次，现在还要重读，是不是哪里出了疏漏？

他只是个三等参政，平日里需要直接面圣的时候并不多。御书房里藏龙卧虎，他使出了浑身解数，钻营了十多年也没能出头，只得另辟蹊径，把脑袋动在了外派办差上。求得这个差事后，他抖擞精神，脚不点地地忙了足足有半年，把各项事宜流程走得滚瓜烂熟，力求尽善尽美，在圣上面前展露才华。

岂料好不容易盼到了正日子，圣驾却耽误了行程，明明三天的安排突然减了一天，这下措手不及，搞得他十分狼狈。

此时见圣上半靠在潭池里，面沉如水不发一语，他心里更虚了，伏地战战兢兢地问："陛下，可是哪里出了差错？"

容胤面无表情，说："念。"

那位参政捏了一手的冷汗，只得重新又把名单慢慢读了一遍。好不容易读完了，见圣上没表示什么异议，就照着之前的计划，把临川行宫的各项布置景色一一奏报。

这里依山傍水，不仅水质甘美，山里也有好景色。附近有两处相邻洞穴，一为天穴，内有地下河色作白亮，璀璨如银河；一为地穴，内有险峰峻岭，怪石嶙峋。

容胤一听就知道是溶洞，稍微来了点兴趣。等对方全说完了，他便道："知道了，下去吧。"

参政如释重负，连忙躬身退下。想着自己辛苦了小半年，到头来却只得皇帝几个字，不免满心怅然。等出了潭池外遮蔽的盘龙帷幔，他见到同僚贾大人领着宫人在外面等候，连忙过去，把面圣的情况说了一说。

贾大人常年在外面跑差，这次协办秋巡围猎，和参政日日混在一起，两人已成好友。他听完笑了一笑，把手藏在袖子里，比了比大拇指，轻声道："这位，眼光一等一的。你办的这点事啊，只能叫妥当，还够不上一个好字。"

他见参政愁云满面，就提点道："朗朗青天，教令不失。放心。

再办几趟差，你要是事事妥当，天子必有恩赏。"

参政心中喜忧参半，慌得长草。听贾大人说圣上眼光高，就贴近了对方的耳朵，细不可闻道："下官鲁莽，安排了个绝色佳人。"

贾大人心中"咯噔"一下，半天没有出声。这可是一着险棋。

自慧明公主夭折后，皇上伤心透顶，从此再不御女侍。现在宫中承恩女官虽多，却无一人得享雨露。此事满朝皆知，只是没人敢提。

参政突然来这么一手，到底是投其所好，还是逆了龙鳞，实在是不好说。

他想了又想，只得肃容道："事关宫闱，鄙人不敢妄言。"

参政愁眉不展，重新又担心起来。

转而天色渐晚，容胤泡够了水，把明日召见诸事默默在心中又过了一遍，就回寝殿休息。行宫因地制宜，把寝殿设在了水边，里面布置得很是别致，用水车引水上行，从屋顶浇下来，沿着屋檐流淌成稀疏的水帘。

他正用着晚膳，突然听外面琴音缥缈，隔着水帘有美丽女子在水上翩翩起舞，赤裸的脚踝上挂满了小铃铛，跳起来叮咚作响。

容胤一见铃铛就想起了自己的小女儿，登时心如刀绞。

这样的铃铛，慧明也喜欢。小胖手抓上点什么带响的东西，就没完没了地挥舞。他眼看着这个胖嘟嘟的小肉球，长成了粉妆玉琢的乖娃娃，话还不会说，却知道睁着大眼睛满屋里找他，无比娇憨可爱。

可是，说没就没了。

她的生母越贵妃为了让自己多去几回，日日给她喝发热的汤药。

积少成多，渐成顽症。他不知情，一碗清热散喂下去，小女儿就没能活到两岁。

皇帝的一后二妃，他虽然都不爱，却也承担起责任来，尽力对她们好。

两个儿子一生下来就被静怡太妃带走抚养。皇后病薨，宝贵妃怀胎后被暗害。越贵妃在慧明死后投了井。

他彻底寒了心。

琴音伴着淙淙的水声，悄悄在寝殿里流淌。容胤一个人临廊而坐，低头慢慢吃掉了半碗饭。低垂的帷幔后面，守着八位贴身伺候的女官。再往寝殿外，是两队侍膳的宫人和掌宫女官。

下了殿阶有御前影卫团团围护，再外面是负责值卫防护的宫中侍卫。他们的视线都投注在同一个地方，耳朵都谛听着同一个声音，心神都牵绊着同一个人，这么多人日夜守护着帝国的皇帝，护得住他平安，却没人能护得住他不伤心。

一曲终了，小船迅疾如箭，将水上舞蹈的女子接入寝殿谢恩。容胤没有做什么表示，宫人很快就把她送了出去。

容胤心情恶劣，用过晚膳见天色还早，就叫人引路去溶洞。

那天穴离得远，需要绕到山后去，得骑马走上半个时辰，地穴却只在半山腰，山路平整，步行可达。他就近去了地穴，沿着迂回曲折的通道走了三十来步，眼前豁然开朗，只见那下面平坦而宽阔，两侧全是各样的钟乳石，在火把的照耀下，反射着莹润的光泽。

容胤便让随从在原地等候，他自己拿着火把，下了深穴一个一个看过去。这些乳白色的石头互相交错叠接，形成了一片恢宏瑰丽的石林。有的地方披淋而下，仿佛凝固的瀑布；有的地方拔地而起，好像冲天的险峻高峰。

容胤饶有兴味，慢慢走到地穴最里面，这里石骨棱层，盘根错节，犹如老树巨根。他伸手在上面轻轻摸了摸，却发现平坦处有个指头粗的小孔，正往外呼呼冒风。

容胤好奇起来，把手指头伸进去试了试。正暗自琢磨，突然听得有人声从那里面传出来，声音幽深清晰，抱怨道："进山的路不好走，一会儿出去，天都黑了，为什么非要晚上来？"

过了一会儿，另一个声音响起，听起来沉稳很多，道："万一明天陛下过来，不提前探一探，出了差错怎么办？"

容胤恍然大悟，便知道这声音一定来自山后的天穴，两穴首尾相连，仅靠这一小孔相通。那天穴有一个拢声的结构，他的影卫正在里面探查，此时就把声音送了过来。

只听得那个活泼一点的声音又道："咱们来之前，前哨早就查上百八十遍了，你还担心什么？"

那个沉稳的声音答："要查。上次在樾林，我提前查了一遍，发现他们居然在廊下挂满了铃铛。"

活泼的声音问："铃铛怎么了，叮叮当当多好听。"

沉稳的声音简单道："陛下不喜。"

容胤不由怔了怔。还没反应过来，突然听到里面淙淙水声，活泼的声音突然一阵大呼小叫，惊叹道："亮了亮了！有鱼！我的老天爷，真有会发光的鱼！哇！带色的！啊，会发光！这是人间仙境啊！"

石穴里一阵嘈杂。想是这两个人见到了什么神奇的景色，那活泼的声音的主人高兴得上蹿下跳，把石头踩得咯咯响，大叫："会发光的鱼！"

又过了一会儿，那声音静了静，突然感叹道："唉，能看上这么一遭奇景，这辈子值了。"

那个沉稳的声音突然轻声说："要是陛下能看见就好了。"

只听得那个活泼的声音也叹了一声，道："可惜。你好不容易才有了随侍的机会。下一次秋巡就要三年后了。"

沉稳的声音没有回答。过了一会儿说："有点滑。把这块石头搬走吧。"

两个人吭吭哧哧搬了半天，那个沉稳的声音又道："把这个石头放到水里去。这里垫一垫，别露出痕迹来。"

活泼的声音道："别搬了，你背上还有伤呢。明天有人觐见，陛下得忙上一天，肯定不会过来。"

沉稳的声音沉默了一会儿，低声说："好风景都留着，总有一天能看见。"

容胤垂下了眼睛，忍不住摸了摸那个小孔洞。

到了第二日他果然很忙。召见过众臣属，晚上还有赐宴，可在黄昏的时候，他还是抽空去了天穴，看见了那个人想让他看见的景色。

　　嘉统十八年，对容胤来说并不是个好年。

　　他结束了秋巡，又在冀陵主持了祀谷仪式，用来告祭秋神，组织收割。回宫的路上他路过一片广袤的农田，曾经亲眼看见即将成熟的麦子一片灿烂辉煌，顶着硕大的麦穗疲惫万分地弯着腰。可是转眼间就是瓢泼大雨，天降冰雹，沿漓江日夜不停地抛洒。来不及收割的粮食全都烂在水里，一年辛苦，颗粒无收。

　　漓江沿岸有莞濂湘三个邦，是九邦最大的产粮区。一旦发水，几千万的人要闹饥荒。

　　容胤立即从临近郡调了粮过去，浩浩荡荡的粮车才走了一半就被巨大的冰雹暴雨砸扁在路上，山洪崩塌，毁了入莞的粮路。消息足足过了二十天才递到皇帝的御案上，三个邦的邦主和两河督道联名请愿，请圣上开天下粮仓。

　　天下粮仓在莞濂湘三个邦境内共有三十二座，存粮够三年支用。容胤留中了这个折子。开仓不是小事，他必须再看到更多。

　　每个月，都有一个黑色的盒子送进御书房。这东西叫笺箱，里面是各色各样的信札，从粮食价格到某豪富暴亡，从河道淤塞到山贼乱党，内容稀奇古怪，无所不包。写信的人有大儒，有兵将，有地方守备，也有他密派的按察史。在等到最新的消息前，他只能按兵不动。

他下了例朝，却召了几位参政过来，说了这件事。诸人众口一辞，都是恳请他开粮仓。粮道被堵，外面的粮一时半会进不去，总不能守着成堆的粮食，却眼睁睁地看人饿死。

容胤低垂着眼帘，面无表情地听众臣陈情。他永远在玩一种跷跷板游戏，这头压下去，那边就会翘起来。

粮仓一开，就再无回头路。吃空了容易，想填满却难。

每年粮食收上来，大头都拿去给了军队。各级地方粮仓也要留一点，最后那一小部分归入天下粮仓。如此年年积累，才有了现在的这一点余粮。若是开仓，没个五六年平不回来。

这点粮是天下百姓的命。如今边疆战事紧张，一旦和阿兰克沁部开战，各地的存粮都会飞速消耗，若正赶上个灾年歉年出了什么差错，天下粮仓就是最后一线生机。

他一直不吭声，只是听众人分说，也有人提到了战事之忧，建议不如叫骊原周氏就近调粮，出一笔银子。若是入莞困难，就走周氏的私家商路。

容胤被他说中了打算，微微诧异，不免多看了一眼，却见对方面容瘦削，英气勃发，瞧着十分干练。他怔了怔，想起这个二等参政叫陆德海，是两年前科举出来的状元，当时只是做了科廊侍中，赐御书房行走。想不到这么短的时间就升了上来。

九邦开始科举不过三十来年，之前仅是在几个郡里办了两场，六年前他独压众议，硬是推行到了全境，选上来的新人因为家世不显，留朝的只能给末品官职，想升上来也不容易。陆德海年纪轻轻能做到这种地步，能力手腕应该也是一流。

他点点头，没有表态。

这风格几位御前侍墨的参政早已习惯。

唯有陆德海第一次参加书议，奏言后见圣上不置一词，后脖颈子上的冷汗就唰唰往下流。他本是二等参政，没资格参加朝前书议，赶巧今日连着两名侍墨参政都出了缺，就拿他补了个空额。

他自幼长在莞南乡间，亲眼见过那些世家大族生活之豪奢，朝廷捉襟见肘逼得都要开天下粮仓，为什么不能叫他们放一点血？几位御前侍墨参政均出自上品世家，他说出这种话，难免招人恶感，可若皇上听着耳目一新，对他能有个印象，也算笔合算买卖。

他字斟句酌，条分缕析地说了一通后就匍匐在地，却没等到一点儿动静，只觉得一片沉重的威压，无声无息漫无边际地盖了下来。

他大着胆子抬头一瞥，模糊看到圣上雄姿杰貌，透着冷峻之色，目光凌厉却看不出喜怒，登时吓得腿肚子直转筋，慌忙伏了下去，拿余光紧盯着圣上的袍角。

那织青的锦缎巍然垂落，沉静如山。

他正在那里惊慌失措，突然听得外面云板"当"地敲击了一下，余音缭绕，半晌不绝。

几位参政同时长松了一口气。每月逢五，圣上有日课。云板敲击时即为时辰已到，不管有什么事都会立时停止。

容胤本想在书议结束后按惯例稍微说几句，听得云板报时就不再多说，挥手叫众人退下，自己摆驾无赫殿。

帝王自小接受严格的皇家教育，登基后政务繁忙，若过了十八岁，平时功课就仅剩经筵而已。可他穿越过来后连字都不识，到了十六岁才开蒙，这日课的规矩就一直沿袭未改。武课最初学的骑射，后来又练了武功，因为根基扎得还算结实，现在已经开始修习拳法。

他的侍剑人曾是一派宗主，入无赫殿做大教习已有二十余年，现在皇帝身边的御前影卫，大多出自他手。

为帝王侍剑，不仅需要精确控制力道，确保不会误伤，更重要的，是要保护帝王不受伤害。过招时帝王若是全力出手，击打到人身上必有反力，侍剑人要为帝王吸收这部分力道，将其处理得温和柔韧，再反馈回去。

这等瞬息间收力消力的功夫对侍剑人要求极高，内感稍有迟滞便会出差错，因此开始侍剑后，他的侍剑人就推了日常杂务潜心静修，只专注教导他。

几个月前无赫殿曾上奏说侍剑人最近有所小成，手感不稳需要临时换一位。当时他并没有觉得有什么问题，可过招到一半时，对方却突然叫了停，请罪说气息不够精纯，已有几次失手，怕继续会伤到龙体。

很快无赫殿就又安排了新的侍剑人，因为没做过教习，需要时间熟悉，还停了一段时间武课。今日是恢复后的第一次。

容胤在无赫殿换了衣服，进入练功房。新的侍剑人已经领着诸位大教习等候。师者为尊，连皇帝都不例外，进了这里就不论君臣，只讲师生。

容胤浅躬为礼，等抬起头来，却微微一怔。

眉目清俊，气息沉静。竟然是那个……穿黑色里衣的影卫。

一礼毕便是开始，那个影卫深躬回了礼，当即猛身而上，以连续几次小傍手开场。容胤用长拳抵挡，衣袂纷飞间，他再次看到了对方的黑色里衣。

容胤又陷入了之前的困惑，突然间被影卫"嗒"地一指点在了手腕上。

这是提醒他此处有破绽。容胤心神一凛，当下不敢再分神，全力迎战。

他最近一直在练长拳，讲究大开大合，万法俱包。影卫先引他完整地走了两遍拳路，就开始故意露出空门，教导他变化招式攻击。

两人来回过了几十招，容胤全力以赴，掌下交击虽然激烈，弹回来的力道却温润柔韧，一震即收，把他的急躁全包容了下来。

待容胤渐入佳境，将各样变化演练一遍后，影卫就转退为进，专攻他防守薄弱处。两人来回走了几招，容胤身上被对方点了五六下，均是生疏破绽之处。他被打得狼狈，念头一转就在胸前卖一个破绽，引对方长驱直入，他好两翼伏击。

影卫果然挺身而入，一拳击进。交错间容胤见着了他的眼睛，眉目低敛不高于自己胸口，眼神却极为柔和专注。

武者大多桀骜。这里虽然还算宫中，但拜殿的武者来来去去，礼仪并不算严谨。他喜欢来这里，也是因为大教习为他侍剑时，虽然持礼甚恭，小节上却并不讲究。以前和那位老侍剑人过招皆是四目相对，偶尔对方还会出声指点，很少像影卫这样，即使打到面前来，也还恪守着规矩。

他微微一分神，就被影卫打在胸口，力道纯柔，发力的层次非常清晰。他立刻就准确感知到对方收力在后半段，当即往后面两翼包抄，却因为动作生疏，再次被点在了肩膀上。

两个人对练了大半个时辰，容胤身上被点了十来下，简直是史上最糟。他有点不甘心，打起精神竭尽全力，终于在最后几招时使出绝妙变化，居然破解了一次影卫的攻击，登时心里得意，收招的时候也不掩饰，微微翘着唇角。

酉时一报，武课即停。容胤就绕到后面浴房冲洗更衣。水池子里热气缭绕，他缓缓沉浸进去，靠在了温烫的池壁上，心里很高兴。

这是他练拳以来，第一次破解了侍剑人的招式，辛苦练习这么久，终于有了点进步。

身上被影卫点过的地方，开始微微发热，有点异样。

这是侍剑人故意留下的触感，会在身上停留一段时间，用来帮助他反思短处，牢记招式。比起老侍剑人的手法，影卫给他留下的感觉要温和得多，像羽毛一样轻盈，但是存在感非常强，有点痒痒的。

容胤便按着那几个位置，默默地又记诵了一遍正确的招式。等他从水里起身的时候，已经悉数记熟了。

侍剑人和几位大教习都在外面等候，他换衣服的时候，听见掌殿在外面压低了嗓子悄悄问："有没有失手？"

影卫简短地回答："没有。"

容胤手上微微一顿。

这么说最后那招是故意叫他赢的。

容胤若无其事地出了浴房迎上了众人，向侍剑人一点头表示谢意。

影卫低敛着眉目，深躬身回了礼。

他在众宫人的簇拥下出了无赫殿，一抬头就见御书房两位侍墨参政在外面等着他，手里捧着封了火漆的小盒子。

八百里急报。

容胤心里一沉。

谢恩

XIE EN

第四章

朝廷一向有定例，像八百里加急这种消耗极大的传递方式，只有边关告急或者严重匪患才可以使用。到他亲政后，又加了一条，天灾牵连超过三邦的，也可奏。现在这样的情况，他不用看内容，已经知道里面写的是什么了。

漓江水患，改道夺沅。莞濂湘下了这么多天暴雨，加上今年汛期秋后才来，两相叠加，下游必定撑不住。

这几年沅河的入海处引流渐多，早有篡夺之相。那里是云氏郡望，他早就警告过云安平，叫他沿沅北流域退耕三千，以保子民平安，至于这事做没做，他就不知道了。

大水之后，必有瘟疫。

有灾民，有饥荒。

世家郡望，皇令是下不到的。他仅能召云氏家主来，切切叮嘱一番。至于回去怎么赈灾，怎么疏浚，还是云氏自己的事情。

可这社稷之大，共用一片皇天，哪有独善其身之处？

天灾后，若是云氏安置不力，必有大批灾民逆流而上，往莞濂湘三邦去，且不讲现在这三个邦还有没有余粮供给饥民，但说瘟疫一事，若被灾民带进了莞濂湘，那就是一场灭顶之灾。

莞濂湘三邦，颗粒无收。下游漓江改道，千顷良田全成汪洋。受影响的不仅仅这一年，未来的三年五年，如何划拨粮种，如何赈济灾民，如何应付税银锐减，存粮亏空，都是大问题。

他手里纵有银粮洪流，此时也不免愁肠百结。调控配置的办法有一万种，但是怎样能把损失降到最小，怎样能稳稳妥妥地把东西运过去，却没人知道。

座下人人仰望，等着天子圣明。小指头动一动，一个念头出了偏差，就是千万万个家破人亡。容胤拿着那份急报，心情沉重，回了御书房便下旨，要侍墨参政拟个人选出来赈灾。

钦命的外差都是二等参政出人选。那个陆德海要是有眼光，就应该往这上头争取。

等票拟的名单呈上来时，容胤果然在三个人选中圈了陆德海。

九邦参政一职，相当于朝廷重臣的预备役。凡入了上三品和平三品的青年才俊，都有资格参加遴选，由皇帝亲赐衣冠，入御书房参政，称之为"点墨"。

这些人没有什么实权，主要工作就是辅佐帝王处理日常政务，外派办一些不算重要的小差事。他们平日里耳濡目染，跟着熟习国事，待到能力手段都长成，出去外放两年，回来就是妥妥的国之栋梁。

陆德海家世贫寒，能做到二等参政已经是极限。他在朝中又没有根基，熬个二三十年得不到外放机会也不稀奇。此人能力手腕都不错，重要的是眼光很准，值得栽培。

这次外派赈灾，并不需要陆德海做什么。钱粮绵草的征调，安民治水等事还需要拿到例朝上讨论，将来会派真正的能臣干吏到各地督查。现在水患甫发，他只要过去把各州郡路子打通，开了粮仓组织地方乡绅出粮出力即可。

容胤更需要的是一双眼睛，为自己看一看漓江沿岸的实际情况。同时，他也要看一看陆德海的心性品格。

圣谕已下，到了第二日，陆德海便来谢恩。

他穿了一身簇新的朝服，头发都拿油膏抹过，满面红光，打扮得精神抖擞。这次出去便是钦差，官位平地起拔，又是回自己的家乡，可谓荣归故里，春风得意。

那日御前奏对，看来是摸准了圣上心思，或者至少，没有让圣上起恶感。他满心的雀跃和雄心勃勃，进了御书房便大礼拜倒，朗声请安。这次他胆子大了许多，目光平视，见着了圣上一身鸦青常服，龙睛凤目，有天人之姿。

容胤正看着舆图，听见他请安，冷淡地"嗯"了一声道："听说你是莞南陌陵人氏。"

陆德海连忙称是，只听得圣上又道："两河督道今日递上折子，莞南水患，危及全境，灾民流离无着，民间放粮不堪支用。朕怜你家乡苦难，特派赈灾，你路上缓行，不要太过忧急。"

陆德海心里"咯噔"一下，立时丧胆，他忘形了！

家乡水患，灾民衣食无着，他居然在圣上面前喜形于色，毫无悲悯之相，哪是个忠君忧民的臣子？

还未济世先思荣归，稍得拔擢就喜见颜色，在圣上面前又不知收敛，他这是自寻绝路！明明小心谨慎了这么多年，吞下多少委屈欺凌才到了今天这个位置，怎么圣上小小的一个青眼，就让他如此得意忘形！

陆德海慌忙伏地，御书房平整的金砖光可鉴人，清晰地映出了自己一身簇新的衣裳和华贵的玳瑁头冠，他登时自惭形秽，恨不得钻地缝里去。只听得圣上声音沉稳无波，一条一条开始交代各项事宜，他颤声答应，冷汗又开始往外冒。

　　该说的都说完，容胤就把手里的舆图折好，手一伸，舆图搭在陆德海的头顶，缓缓道："这一条，是密旨。"

　　陆德海慌忙称是，一个头砰地磕下去，额头肿起老高。

　　只听得圣上道："朕要你多加体察，把莞濂湘三邦的灾情细细报来。若得间隙，就入沅北一趟。事无大小，悉须奏报。"

　　沅南沅北，都是云氏郡望，圣上此举大有深意。陆德海来不及多想什么，皇帝又道："到了地方，把漓江改道的水路标到这张舆图上，拿回来给朕看。你做事勤勉，朕早有耳闻。莞濂二邦早就应该好好治一治，只是朕手边，却一直没个体察水乡民情、通晓政务的臣子。去吧，这千千万万的父老，和那饿殍遍野的家乡，朕就全交给你了。"

　　陆德海心血为之沸腾，双手高举过头，接过了舆图。不管是圣上言下的提拔之意，还是那沉重的交托和信赖，都让他激动得难以自抑。他捧着舆图在胸口，颤声道："圣上放心，臣一定不负重托！"

　　容胤微微一点头，平淡地说："借你两把刀。"

　　他手一挥，叫进了两位御前影卫，对陆德海说："此次是为赈灾，万事以保民为要。若有挡路者，杀无赦。"

　　陆德海只觉得胸口一阵热流涌过，又是兴奋又是感激，一时说不出话来，只是连连磕头。

　　他这一趟赈灾，主要是和各地守备知州打交道，组织他们开仓放粮，安置灾民。他出身寒门，虽然挂了个钦差的名头，人家卖不卖面子，配不配合，都还是未知之数。可若有了御前影卫随侍在身就不同了！

　　管你是世家子弟还是朝廷命官，真正是逢山开路，说杀就杀，全凭自己一时喜怒！他这一趟钦差，那可真正是当得威风八面，赫赫非凡！

　　他好不容易平静下来，正想向圣上慷慨陈词，表示一番决心，只听得皇上又嘱咐两位御前影卫道："天子刀兵，诛恶伐贪，你们要有分寸。"

两位御前影卫单膝点地，齐声答："是。"

陆德海匍匐在地，觉得好似一桶冰水兜头浇了下来，登时上下通透凛然。

差点就犯了大错！从头到尾，圣上可半点没说过"随侍"二字！他嘱咐影卫要有分寸，便是说，御前影卫自己有临事裁夺的权力！

这不仅仅是两把刀，这还是天子的刀！有拦路者固然可杀，他若敢办事不力，借此耀武扬威，照样可杀！

自己这点心思，恐怕在圣上眼里早就看得一清二楚，几句话轻轻敲打，要看他往后表现！

圣上已经说得很明白了，莞濂二邦里有他的位置。大饼就吊在眼前，能不能够到，得看他自己！

短短半个时辰，陆德海心里头大起大落，出了一身冷汗，又出了一身热汗，最后又出了一身冷汗。他噤若寒蝉，满怀敬畏，再没了进御书房时的意气风发，老老实实地和两位御前影卫一起谢恩请辞，领差而去。

容胤等人离开，就屈指在桌上轻轻叩击，先胡思乱想了一会儿。

他一见陆德海满面得色地进来，就知道自己心急了。这家伙还要再磨砺，现在栽培还为时过早。于是轻轻敲打，先除了他急躁之心。

他心里，有那么几个人选，都是值得花心思教导栽培的杰出人物。这几年他不动声色，已经把他们都放到了合适的位置上，雷霆雨露双管齐下，就等着他们自己成材结果。

可是有那么一批人，他一直有意无意地疏忽了。

他的御前影卫。

刚才那两个影卫中娃娃脸的那个，一开口，他就听出了声音。就是秋巡时在溶洞中上蹿下跳，性格活泼的那位。当时还在替黑衣影卫惋惜失了随侍机会。

确实。对于御前影卫来说，随侍帝王的机会非常难得。穿越后，他怕被形影不离的御前影卫看出端倪，一直有意疏远他们。到现在沿袭成惯例，御前影卫只负责在殿外护卫和派外差，几乎和宫中侍卫无差。

没有随侍机会，就是在坑他们。到头来，也坑了他这个皇帝。

随侍，并不仅仅是服侍帝王。更重要的，是在帝王身边，耳濡目染，培养政治敏感度。他们看多了各项政事的联系冲突，突发事件的处理和朝中诸臣的升降，能够对朝局有一个全盘的了解，这对他们退宫后的仕途大有帮助。

大部分御前影卫退宫后一辈子都会以帝国护火人自居，这些人，就是他皇帝的人，也是他权力的根基。这些人官当得越高，路子走得越稳当，他这个皇帝脚下就越踏实。

他穿越过来，看尽了人和人的钩心斗角，争权夺势。比谁都清楚在一个生产力并不发达的封建王朝里不懂争取权力的后果。高处不胜寒，尤其是高到皇帝这个位置，真正是脚下难有立足之地，身后却临万丈深渊。要是他这个皇帝没有震慑力，不让人敬畏，发出去的旨意得不到别人百分之百的遵从，很快，他就会被那些世家大族的勋贵们抱团架空。

他只有争取最多的支持，让属于自己的人多一点，走得好一点，才能保证在这场皇权和世家权力的争夺中一夫当关。

在文，他有科举。虽然现在还不成气候，但是二十年三十年之后，他相信历史总会殊途同归。

在武，他有御前影卫。现在是时候了，让他们爆发自己的光彩。

容胤计议已定，便传下谕旨，即日起着御前影卫入书房随侍。

旧事

JIU SHI

第五章

一晃二十来天。

朝臣们关于漓江水患的折子，雪片一样递进御书房。众人众口一辞，全是要圣上佩大德于天，省宥政之所失，高居深视，抚临天下以奉宗庙。侍墨参政一条条读来，听得容胤满心暴躁。

他知道这是一种政治策略。天灾甫至，诸事繁杂，与其担着责任谏言，不如拿一份绝对正确的折子应付。第一批递上折子来的，全是些勋贵世胄，豪门家主，平日里养尊处优，只对自己家族利益负责，白占着权臣高位，朝中政事很少参与。要等到第二批第三批，真正有价值的建议章程，才会递到御案上来。

这也是为什么，一有点天灾人祸他就如此紧张的原因。

皇权与门阀分庭抗礼，天下乱如散沙，抵抗灾害的能力其实非常脆弱。所有家族都要优先考虑自己的利益，每个人都在互相牵制，无限内耗。

他一条圣旨下去，声音出了皇城就会迅速消减，等下达到各城郡的时候，已经成了一纸空文。人一出生，就按照家族品第在这个社会上排好了位置，真正有才华的人，上升通道少得可怜。

没人想着治国，诸臣只求齐家。每年的各项税赋捐庸，大家都想着能少交就少交，能拖欠就拖欠，可是等遇到了天灾人祸呢，又一个个指望他出手。

要不是当年他一举倾覆林杜二氏，连收两处世家郡望的积财，现在国库里根本就没有积余。如今漓江沿岸的世家郡望，他的权力完全插不进去，荆陵隆氏郡内河道淤塞却不治理，他只能眼睁睁看着，等上游发水了，再手忙脚乱地去赈灾。

这个社会，需要团结一致，往一个方向使劲，才能真正富庶稳定起来。

他要集权于皇家，收天下苍生为己用。

他已经做了一些。推行科举，团结中层势力，栽培良材，并且把军队财政的大权牢牢抓在了手中。如今他亲政时日尚短，根基也不深厚，这点心思还不能流露。他要不动声色，缓缓蓄力，一点一点撬动这个体制，掐掉几个大户，为天下黎民，争取一点稳定。

容胤心不在焉，忍着愠怒，听侍墨参政把奏折一一念过，又把这个月的笺箱看了一遍。过了未时，云板一敲，诸位参政即散值回家。

这是他亲政后立下的规矩。凡事必有时，有弛，有止。

他御下严厉，书房里干活的成天绷着神经承受高压，就得给他们足够的时间放松休息。所谓伴君如伴虎，生杀予夺全在帝王一念之间，越是大权在握，就越得让自己的行为可预测，有法度，给人一点安全感。

否则人人提心吊胆只顾保命，全部精力都拿来揣摩他的喜怒，正事就没法干了。他有一份非常精确的时间表，由值刻宫人时时提醒，尽力保证照着上面时辰活动，很少有违背。

每月初三，他会去一次聚水阁拿书。现在时辰还早，他便让御前影卫把记录的起居注拿过来翻了翻。

御前影卫入御书房随侍后，他给安排的第一项差事，就是写帝王起居注。他每日在书房里做了什么，见了什么人，办了什么事，全要记录下来。他自己不需要这东西，叫影卫记录是为了帮助他们快速熟悉政事，顺路识记一下朝廷各路官员的姓名、官职。

一人一天记到现在，差不多也记了小半本。

容胤便从第一页开始，粗略地看了看。大部分人写得都不错，有的人一看就性格谨慎，事无巨细，连朝臣的长相、衣饰都写了一遍；有的人则活泼很多，天马行空思路发散，添加了不少自己的补充；有人对数字很敏感，来一个朝臣就写人家身高、臂长，把奏议说过的粮款数额写得清楚明白；有人显然疏于日课，字写得笨拙歪扭，辞不达义，还画了幅小画，容胤就在上头朱批痛骂了他一顿。

他翻到某一页上，打眼一看就怔了怔。此人字写得一般般，关键是记录得非常利落有条理。某事因何而起，如今为何奏报，最后又怎么解决，都写得清晰明白。更可贵的是，凡事若有关联，他就留条脚注标记，思路十分通透。御前侍墨第一年进上书房尚且茫然，他未受过专门的训练能达到这个程度，真是难能可贵。

容胤便数着日子回忆了一下，想起此人正是那个黑衣影卫。此人文韬武略，样样非凡。将来退宫后，不管从政从军，必当前程似锦，大有作为。

可他到底为什么穿黑啊！容胤半天想不通，合了本子摆驾聚水阁。

聚水阁是皇家藏书阁，里头卷帙浩繁，有很多绝版珍品。他觉得就这样藏着可惜，便命人组织誊抄，拿到外头镂版翻印，供学子翻阅传播。因此平日这里人来人往，有很多宫人当差，等到了每月初三就会全部遣出，仅留侍书女官服侍他选书。

容胤进了聚水阁，就有侍书女官和随侍宫人过来行礼。为首那位不过十六七岁的年纪，生得清秀灵慧，一双大眼睛澄澈剔透，看人的时候，能把人的影子清清楚楚倒映进去。

容胤和她打了个照面，见她衣领上那一圈淡紫色镶边已经摘了，不由多看了她一眼。侍书女官低垂着长长的睫毛，深深地俯下身去。

容胤便从众人躬身让开的通道中径直走过。这丫头是尚书台左丞刘盈的长女，小字展眉，两年前入宫，是他的承恩女官。

九邦祖制，皇帝的一后四贵妃都是迎纳后直接册封，其他妃位则一视同仁，入宫都从承恩女官做起。凡家世在上三品的女子，年满十五岁就要入宫承恩，在各殿内跟着掌殿女官学习各项事务和日课，衣领镶紫以示身份。

两年期满后要是没有恩宠，就可以退宫回家婚嫁。因为入宫是按着年龄一刀切的，时候长了，皇帝和众臣子间也有了默契，要是女子在外宫任职，便是家族不愿女子侍君，皇帝就很少染指。

衣领摘紫，便是真正的宫中女官了。这丫头两年期满不赶紧退宫，居然选择留在宫中再不婚嫁，让容胤心里微微有点遗憾。

他还是挺喜欢这个小姑娘的。两年前他来书阁拿书，一本《苑林广记》遍寻不着，最后却发现在这个小姑娘手里，已经翻了一半。小姑娘吓得魂飞魄散，他看着实在可怜，就温言安慰了几句，问了家世。

她父亲刘盈勤勉温良，在朝中颇有美名。和她家世相当的青年才俊在皇城中也不少，这丫头本应有美满家庭，不知道为了什么事想不开。

这念头只在容胤脑中微微一闪，等进了书楼行走在高大的书架间，他就把这件小事丢到身后去了。

展眉双手捧着托盘，落着三步跟在皇帝身后，看着他高大冷淡的背影，不知不觉泪盈于睫。

这是她的良人，她的命定，她心上的血。十五岁到了入宫年纪，她在父亲书房外大吵大闹，绝食明志，坚决不肯承恩。

她带着少女的朦胧憧憬，期盼遇见命定的人。良人也许缓归，也许错过，但是总有一天，会来握她的手，和她做一双人。他们会生一堆孩子，会吵吵闹闹过日子，也许平淡，也许琐碎，但是，只有她。

她才不要做后宫女子，一路倾轧算计地爬上去，为了争一点宠爱使尽阴毒计谋，变成自己不喜欢的人。她长在深闺，却也听说过皇帝的冷酷手腕，帝王无情，服侍那样的人，她会怕。

后来她果然怕了，在第一次见到陛下的时候。那个男人威严，又冷峻。但是当他低声和自己说话的时候，眼角眉梢都满蕴着温柔。他有着不容置疑的强势和巨大力量，可是他也有着非常温暖和宽阔的胸怀。

他严厉，但是温和；冷漠，但是比山更可靠。她在这里两年，两年时光，月月见他，没有迟过，也没有早一点。他的意志强硬如钢铁，心肠却柔软如丝绒。九邦的圣明天子，无人不怕，但是也无人不爱戴。

她慢慢地变得不像她自己，居然有点后悔没到内宫任职，争取承恩机会。可是一年过去了，两年过去了，这个人，没有碰过任何人。她想，陛下一定抱着他的小公主，经历过撕心裂肺的痛苦难过，才会如此心灰意冷，再不容人接近。他得了天下，却找不到一个人，能安慰他的伤心。

她和所有的承恩女官一样，开始偷偷憧憬，也许有一天陛下会爱上她。可是帝王无情啊，是真无情。两年时光，他只和她说过那么一回话。

退宫前她向母亲倾诉了衷肠。娘说太子需要人教养，明年会立云氏为后。等到了那时，承恩女官一定有雨露。如果她真的想，可以先退宫，等时机成熟，再以外封承恩的身份入宫侍奉。她大哭了一场，扯下衣领镶边，跪在了掌殿女官面前，立誓再不婚嫁，入宫做女官。

她无法忍受自己的男人，躺在别人的床上。她还是没有办法做帝王的女人。

她的良人，不是她的人。

她褪下了艳丽衣袍，选择从此守护。她希望那位云氏的嫁娘美丽端庄，拥有世上所有的美德，能够用力地，温暖帝王的心。

一本书，轻轻地放在了她手里托盘上。展眉悄悄瞥了一眼，《漓江改道考》，讲水的。

容胤在两本书之间犹豫不决，最后还是决定只拿一本。

这本书图很多，看起来似乎比较有意思。他示意侍书女官把书送到御书房去，自己则出了藏书阁，在楼下大殿里稍微转了转。

那殿外的天井里养着一泓碧青的活水，常年盈盈欲泻，反射着明亮的天光，映照得大殿内万分光明。大殿槛窗下翠樾千重，有高槐古树层层遮挡，阴凉沁骨，是个读书的好地方。主殿正堂里有一张大桌，上头整整齐齐码了四个金箱。容胤便开了一个箱子，掀开上面遮盖的玄色丝棉，翻阅里头的东西。

这里装的是他历年用过的纸笔书册，大部分已经焚毁，只有笔记留了下来。容胤把过去写的东西胡乱翻了翻，想找到关于治水的笔记。每年的书册都拿玄色丝棉分开包裹，看不到封面，他就一个一个拆了，把里面翻得乱七八糟。

突然之间，他手指顿了顿，一时心中剧震。他想到那个影卫为什么会穿黑衣了！容胤怔呆在那里，脑袋"嗡"地一下就大了一圈。

那件黑色的衣服，是一种禁制。说明他曾做过近侍，所谓近侍，是服侍了自己的饮食起居，却很快就被自己罢黜之人了。帝王御用，多为绫罗绸缎，玄色带润泽光芒。这种丝棉玄，颜色暗淡无亮，专门拿来遮盖被皇帝废弃的东西，积攒到一定数量就统一焚毁。这个东西，若是用在人身上，就成了一种禁制。

御前影卫的荣誉终身不可剥夺，却又因为做过近侍，掌握了皇帝的起居规律、喜好，接触过宫廷秘辛，不能再放出宫外，只好用这种方式表示皇家的隔绝。

他不能退宫，也不能婚娶，只能一辈子做个普通侍卫。怪不得上次秋巡他不能随侍，会有人替他惋惜。容胤心如乱麻，低头胡乱摆弄着箱子里面的玄色丝棉。

他对此毫无印象。这件事情，应该发生在他穿越前。那时候皇帝才十几岁，竟然就干出了这种毫无责任心的事情！想封就封，说罢就罢，做完还一点印象都没有，妥妥一个专横暴君的样子！

御用禁制，是非常严格的隔绝令。他穿上黑衣，就不会再有人接近他。

他要一个人吃饭睡觉，一个人沐浴更衣，除了当差的时候，不会再有人和他来往。那个娃娃脸的影卫，可能是他唯一的朋友，两个人也只敢在溶洞里，短暂地交谈几句。

上次给他裹伤，恐怕是这十几年来，唯一的一次有人近距离关心他。所以他才那么慌张，一放手就跑了。

容胤再没心思翻书，东西一推，转身就走。他心里一直惦记这个事，用过晚膳后本来要写个赈灾敕谕下发各司，在御案前呆坐了一个多时辰，涂黑了两张纸，什么都没憋出来，最后悻悻地决定早点睡觉。

他的寝殿本在后宫，但是大部分时间还是歇在了前头的暖宁殿。这里与藏书的聚水阁、召见朝臣的兰台宫、吃喝休息的宣明阁，同属御书房的五宫，当日他准了御前影卫入书房随侍。

晚上休息时，也有影卫在寝殿外间当值。等容胤换好衣服准备上床，众位服侍的女官全都退下的时候，他才发现今日当值的居然是那位黑衣影卫，登时一阵心虚气短。

这人晚上在殿里当值已经不止一回，唯有今天存在感无比强烈，叫他各种意义上的闹心。他得把这事问个清楚。

等影卫布置妥当，躬身准备退下的时候，容胤说："你过来。"

影卫便单膝半跪在床边，他显然紧张了。

容胤抬手揪了揪他黑色的里衣，问："这个，是什么时候的事？"

影卫因为皇帝的质问，不受控制地起了一层鸡皮疙瘩，答："嘉统五年六月初四。"

容胤不由呆了呆。就在他穿越的前一天。

他是嘉统五年六月初五到的，当时睁眼醒来，听得阖宫欢呼。那天是宫中如意节，静怡太妃说果然如意，还在寝殿外放了两个爆竹。

怎么就这么巧？当时他连话都不会说，怎么可能会在此期间封了一个近侍！

容胤沉默了一会儿，轻声问："你叫什么名字？"

影卫便换了大礼，伏地道："陛下有赐名，叫泓。"

容胤呆了呆，不由抓紧了身下的绫罗。

泓。这是一个旧世界故人的名字。

原来，他在当年六月初四，就已经穿越过来了。

容胤定定地凝视着影卫，心中百味杂陈。很久之后，他低声问："你知道是哪个'泓'吗？"

泓答："臣不知。"

容胤轻声道："水深而广，是聚水泓。林无静树，川无停流。唯泓澄渊濛，有静水纳深之德。很适合你。"

泓答："是。"

他有了一个带有美好寓意的名字，本应该谢恩。可是他现在脑袋里一片空白，手脚俱僵，已经没有了反应能力。

他只是夜里当值的时候听见陛下召唤，就稀里糊涂地进了内室。

皇室规矩烦琐，寝宫里内外有别，陛下卧房里本应只有近侍才能进入，可他年少无知，竟然一脚踏了进去。

进去后就发现不对。静怡太妃说陛下只是发热，叫人封了宫门不要打扰，可他却一眼撞见陛下面色青紫口鼻流水，竟然是个溺毙之像。他来不及思考，慌忙封了陛下大穴，把人倒置过来大力拍击。待到皇帝吐出腹中积水，他才长松了一口气，却见太妃不知道什么时候已经在屋里，面色铁青，冷冷质问："谁准你进来的？"

他抬眼望去，见到屋里全是黑衣近侍，这才惊觉自己撞破了皇室秘辛。胆敢谋害皇帝的，宫里就那么一个人。

太后势大，静怡太妃必是不敢声张，才令人封了宫门私下处理。他以为自己必要被太妃灭口，可她却没做什么，只令人把他关起来。

他被囚禁了很久很久，信息不通，却歪打正着逃过了那场宫中惊变，再出来，就是静怡太妃、皇后和无赫殿掌殿三堂会审，赐他一身黑衣。

他为帝国护火，封号无人能剥夺，依旧回去当差，破例晋升御前侍卫长，司无赫殿外事。

曾经也锋芒毕露，胸怀勃勃雄心，想要仗剑四海，掌御天下武者。一朝壮志得酬，却是通过，这样的方式。他换了名字，也换了未来。

静怡太妃教导过要他始终保持忠诚敬爱之心，那时候他并不能明白。

可是时光推移，他守着陛下一日日长大。

看他惶惶，看他厚积；看他磨砺出锋，也看他铁石心肠。

看他的旨意行在地上，如同雷霆行在云间。

他心中洁净，终于懂得。他开始信靠，如同世人仰望神。

他报上了名字，然后就是一阵漫长的沉默。他不知道陛下有何定夺，但他此时心中沉静，已经做好了被驱逐的准备，可是却听陛下沉声道："以后不用再穿了。"

他说着，就叫宫人来，为他重新换了御前近侍的服色。穿戴完毕，容胤说："你既然是我的近侍，以后就在我身边随侍吧。"

泓一言不发，俯身行了大礼。

奏报

ZOU BAO

第六章

每月逢旬，皇帝有例朝。

容胤换了烦琐沉重的仪服，在崇极殿受了群臣的大礼，又移驾兰台宫听政，结束后还要去广慈宫向太后请安。一整天下来累得筋疲力尽，到了晚膳后才得了点空闲，翻了翻笺箱。

这箱子里全是直接上报帝王的密疏，不走驿站，直接由专人传递。帝王高居宫中，消息若全凭臣下传达，难免偏听偏信。何况众臣为免罪责，出了事上瞒下欺，也容易混淆帝王视听。

因此他花了七八年工夫，精心建立了一套密折通报系统，覆盖了九邦大部分州郡，为自己充当另一双眼睛。笺箱的信息渠道是高度保密的，众臣只知道其有，却不知道谁是密奏人，做事自然警醒，不敢再有欺瞒；很多密奏人也不知道自己写的东西会上达天听，笔下就少了很多粉饰。

容胤随便看了几封密疏，见有陆德海的奏报，就挑出来看了看。

他已经抵达骊原，接下来本应该折道入莞。但是山洪暴发毁了驿路，现在所有人都堵在了莞邦外面。滞留的旅人见旱路不能走，就尝试走周氏郡望，经河道入莞。那河道是周氏商道，要路引才能进的，众人一窝蜂地打算强进，周氏不堪其扰，索性封了渡口，搞得民怨沸腾。

奏
报
◇
041

但陆德海是钦命办差，周氏倒很痛快，已经备了船送他即日入莞。只是入了莞后信路不通，下回奏报就不知道什么时候了。

容胤见此，就重又翻了翻笺箱，里面果然再无莞邦奏报。莞邦地势险峻，河流狭急，舟车不易偏偏却又盛产丝茶，路途虽然辛苦，商人役夫却日日往来不绝。平时入莞的路有两条，一条走官府驿道，需要翻山越岭，车马劳顿月余；一条入周氏郡望走河道，顺风顺水五天即到。

那河道是周氏先人自己探出来的，他们百年前就开始做起了丝茶生意，为了不被人抢饭碗，轻易不让外人用河道。因此官府驿道堵毁后，外邦的粮食就再也没路子进莞，要是不开天下粮仓借用存粮，里头人只能眼睁睁地看着顺畅水路饿死。

容胤紧紧地皱起了眉，展开漓江河道图，拿朱笔在漓江沿岸标了三个记号。他早就想把漓江好好治一治了。可是这条江，他插不下手。

在上游，有骊原周氏把持水道。修路治河的粮草物资只能从旱路进去，光路上损耗就要十去三四。到了中游南岸，是荆陵隆氏郡望。

河道在此年年淤塞，偏偏因为地形的原因，泛滥的洪水全往北岸淹，隆氏高枕无忧，干脆任其淤塞不管。入海口处是沅江云氏郡望，那里临海靠江，是一个绝佳的通商口岸，一旦建成，南北就可以走海路顺畅运输。

漓江，是九邦的血脉。只要这条血脉打通，整个天下就可以畅通无碍地活动起来。

御案上的粗大红烛，突然"啪"地爆起了一个烛花，书房里骤然一闪。

沅江云氏、骊原周氏、荆陵隆氏。这三个家族一个都不能留，必须尽快下手。可是要倾覆一个家族，并不是一件容易的事情。一个绵延百年、人口近百万、郡望根基深厚的家族，碰一下，都会面临巨大的反弹。

他可以杀掉家主，可是家主有儿子，儿子还有儿子；他可以杀掉嫡系，可是嫡系没了还有旁系。一个庞大的家族，光五服之内的人口，就超过万人。他总不能全杀光。

如果不杀，这个姓氏就永远在。这个郡望，就永远是他家的。

家族生生相息，皇权无法撼动。如果他胆敢露出要对某家族下手的意思，全天下的世家大族都会抱成一团，来反对自己这个皇帝。

当年诛灭杜、林二氏的时候，他也不过是掐了个尖，杀了家主一系，并不敢斩草除根。

不能杀、不能动、不能容、不能忍。

容胤卷起了标记好的舆图，把它放在烛火上点燃。

火光燃烧，映亮了帝国皇帝年轻而冷峻的面容。

待泛黄的丝绢在御书房里烧得干干净净，帝王的旨意已经传出了深宫，经由司礼监送出了皇城，飞速奔驰在驿道上，闯入夜色中。

"宣沅江云氏安平、骊原周氏乐锦、荆陵隆氏裕亭，入辅都觐见。"

夜里。泓跟着当值服侍的宫人一同进入了暖宁殿。

他做了皇帝的近侍，自然要好好服侍皇帝。

白天他已经努力学过了，这会儿就努力做出平静的样子，为皇帝铺好床铺，预备好夜里吃的夜宵和热水。他是武者出身，从没做过这些伺候人的事情，本来就生疏，在皇帝的注视下他更慌了，手一抖打翻了杯子，"啪"的一声，在寂静的夜晚简直是震耳欲聋。

泓吓得魂飞天外，慌忙跪下请罪。他不敢抬头，眼角余光瞥见陛下的脚步接近，站在他面前沉默许久，沉声问："你不乐意？"

泓拜伏在地，一句话都说不出来。和寻常御前影卫不同，近侍虽然品阶上高了一等，名义上也是保护皇帝，可实际成天做的，都是些端茶倒水，铺床叠被的琐碎事情。

作了近侍，他以后就得成天围着皇帝转，不能随意出宫，更不能再担任什么职务了。他白天已经交接了差事，可想到自己以后的生活，就只是局限在这一片高大狭窄的红墙中，成日地看人眼色，还是让他满心绝望。

他绝不是不愿服侍帝王，可确实也是不想这样困顿地生活，实在无从辩白，只得低声道："臣不敢。"

容胤沉默了一会儿，缓缓提醒："早在十几年前，你就已经是近侍了。这么多年，只是没让你当差。"他见泓一直低着头，索性说得更明白些，道："没办法的事情，你就得接受，再慢慢往前走，懂吗？"

泓颤声答："是。"

容胤把脸一沉，就隐隐有凛然之威。泓紧张极了，慌忙擦干净地面，把皇帝第二日要穿的衣服整理好。抖开床褥的时候皇帝忽然按住了他的手，冷冷地问："为我做这些事，让你觉得委屈？"

这话里带着不善，是含怒不发的模样。全天下也没几个人敢直面皇帝的怒意，泓顿时僵住了。他硬着头皮说："臣不敢。"

容胤的手顿了顿，慢慢挪开了。

他嘴上说不敢，可是整个人从姿态到表情都写满了抗拒，叫容胤十分恼火。皇帝近侍明明是个很好的位置，不用像外臣那样行事要顾虑各位王爷郡主的权势利益，也不用像内庭职官那样被诸多规矩礼仪束缚。

容胤本想把他培养成心腹，让他替自己在宫内外执行权柄。

他嘴上说不敢，可是整个人都写着抗拒。

之前明明表现得挺贴心的，可真到了跟前，连给他倒杯水都不乐意。

容胤有点生气了，想开口叫他出去，以后不准出现在自己面前。

可是刚一吸气还未开口，就见泓神色僵硬，默默抓紧了毯子。

容胤顿了顿，没再吭声，只是推开他，自己给自己铺好了被子。容胤十分恼火，不明白为什么之前他对自己很好的，现在却如此嫌弃。

一整个上午，容胤的心情都很不好。

弃
尘
◦
045

一整个上午，容胤的心情都很不好。

今年的开科取士，报考了大概有几十万人。层层选优，择出五十余人，将考卷呈给他御览。他翻了几份觉得不错，还没等夸赞，隶察司太卿便协同一众僚属，共同进谏科举取士太过劳民伤财，请与察举合并。

九邦取士制度，除按家族品第绶官外，另有地方察举。

寒门庶民若是才华横溢，可由地方官员层层举荐，选入九品评次。只是这种取官方式除了地方评议和考核外，还需要同品士族持一张品券引荐，最后还是沦为变相的凭关系家世取士。上三品的世家大族珍惜羽毛，极少愿意出券引荐，因此察举出身的士子很难评入上品，进入朝廷任职。

不入上三品，就没法入他的眼睛。他可以任意升降臣子品级，却没有办法把真正优秀的人选上来。

他驳了隶察司的折子，居然有人力谏，说士族与庶民本应该法度森严，如日月不能同升同降，如此一来乱了伦常，怕天降大灾于黎民，他要为民请愿，在那里磕头不止，搞得容胤火冒三丈。

只是此人虽然迂腐，做事却是难得地妥当，他又不想因为一己之怒乱了政事，只得掩了怒火，叫宫人把他架出去。出去后居然还没完，那人跪在外面隔一会就哭叫一声"圣上"，闹了他足足两个时辰才离开。

容胤看完了科举的考卷，钦点十人入宫面圣，又仔细斟酌了一番，在各地找了几个不起眼的位置准备留给他们。

世人皆以家世为荣，这些科举的学子既无品第又没人引荐，绶官后难免受人排挤轻贱，因此官职不能太惹眼，免遭别人嫉妒，又不能太微末，让他们没有自我保护的能力。至于放出去后能不能立住脚跟，就要看他们自己的了。

临近傍晚，枢密司递上条陈，报了几个邦库里的存银。他昨日宣了三位世家家主觐见，等他们赶过来大概要月余，他要趁此时间，将大批银流聚拢过来支用。

世家根基深厚，一时半会儿不能撼动，只能慢慢分化，叫他们自己从内部分崩离析。等大族成了小族，或者全族都仰仗朝廷鼻息时，这个家族再昌盛，也已经死了。只是这个过程需要大笔的银钱流动，他怕扰乱秩序，不敢贸然把国库储备直接投进去，只能从各邦调用，把已经在外面流通的银钱都引回来。

聚银引流，是一件大事。枢密司除了账册总纲，还上了份条陈，把各项流程和所需人手、银耗细细讲述了一遍。他只看了一半就到了入寝时间，便先上了床，本想晚上看完，明日就可以直接廷议。

他正看着，忽然听见脚步声，是泓悄悄走了进来，在床头小桌上为他倒了一杯茶，捧着茶壶又悄悄地打算退出去。容胤想起今天一天都没见到他，就随口问："你今天做什么了？"

泓吓了一跳，慌忙跪地答："随侍陛下。"

容胤不由笑了，问："我明明一天都没看到你。你随侍到哪里去了？”

泓小心翼翼道："臣在殿外候令。"

容胤怔了怔，想起若没有召唤，泓确实不能随意进出自己的宫殿。

他全然忘了这码事，就害得泓在外面白等了一天。他有点歉疚，却没表示出来，只翻过了一页书册，笑道："我忙得要死，你却在外头躲清闲，明天起你也进来，有的是事情要你做。"

这是个轻松开玩笑的语气，泓忍不住抬眼一瞥，却见皇帝一脸慵懒，唇边勾了一抹极淡的笑意。

自打慧明公主薨后，陛下一直伤心，宫中礼乐俱废。民间三年除丧，陛下就把公主的铃铛手串在手上戴了三年。后来有一天，突然就扔掉了。

那之后，就再看不出陛下有悲伤的表示，可也没什么事让陛下开心了。每年新春、元灯、万寿诸节，宫中典仪进贺，常有歌舞百戏，供陛下玩乐，陛下随呈随赏，却从来没有笑意。

最近这两年里他只见陛下高兴过一回，就是那次武课赢了他。

泓怔了怔，忽然就放松了下来。他知道陛下高兴一次有多不容易。

陛下身旁也需要有一个人，足够的沉默，足够的安全，也足够的信任，能让他在紧张的政事之余，可以放松地闲聊几句，开几个玩笑。

他低声回答："臣以前没做过，怕出差错。"

容胤说："我见过你在书房写的起居录，很不错。"他把枢密司的条陈拿过来给他看，问："能看懂吗？"

泓仔细地读了读，默默点头。容胤就问："有什么想法？"

那条陈上都是各能臣干吏的差事，他批评了哪个都是得罪人，因此聪明地什么都不说，只道："臣接触得少，还不太熟。"

容胤便道："明日早晨有廷议，你听一听参政都是怎么说的。"

泓答："是。"

容胤十分满意，指着他怀里的茶壶道："以后你先把功课做好，这些事可以往后放。明日下了廷议，你也给我写一份条陈。"

泓一听皇帝还要考教，额头登时渗出了虚汗，硬着头皮答："是。"

他遵从皇帝的旨意，终于好好睡了一觉。

一上午的廷议，众位大臣参政都在争论督银之事，又有莞州水患赈灾诸事，还要准备皇帝赴辅都召见三氏家主，眼见着政务繁忙，容胤便把召见科举进士安排到了秋后。

廷议午时才散，即刻就要把章程下发到众司讨论，下午召见各臣商议。中间容胤好不容易得了点空闲，见御书房里暂时没人过来，就问泓："你的条陈呢？"

泓慌忙把自己写的条陈送上，躬身站在一旁等着皇帝批评。

容胤就拍了拍身边的位置，随口道："坐。"

这间暖阁号勤政，殿匾还是当年太祖皇帝亲手所题，老祖宗当年传下来的规矩，整个屋子里无凳无椅，唯一能坐的只有这张铺着黑缎厚绒的软榻，供皇帝听政。臣子奏事一律立奏，说了就走，不得额外停留。这里是国事重地，别说普通臣子，连陛下自己践祚前也不敢僭越。

泓微倾身接近了皇帝，却不敢直接坐下，一时不知道怎么办才好。

容胤半靠在软榻上，见泓犹犹豫豫的，就一指软榻，令他坐下。

他把桌上的点心推给泓吃。

泓万分窘迫，怕被人看见自己和皇帝同桌，等外面臣子唱名请见，他猛然间听到人声，脑子里"嘣"地就断了弦，嗖一下就蹿上了房梁，留容胤在榻上茫然四顾。

他足尖一点上房梁就后悔得恨不得撞墙，当下又绝望又崩溃，却只能在房梁上等着。好不容易奏报的臣子走了，他不敢就这样跳下去，只好磨磨蹭蹭贴着墙壁爬下来，伏地向陛下请罪。

容胤说："啧，胆子真小。"

泓最终还是听话小心翼翼地坐在了容胤旁边，容胤推了糖碟子叫他吃。

泓拈了一颗糖，含在嘴里。那糖只在舌尖一转，酸得人脸都扭曲了，霎时满口生津。泓忍着没吐出来，好在那酸只在一瞬间，再一转就化成了甜。因为前头酸得实在厉害，反衬得后头无比甘甜。

容胤就为了看他被酸的那一下。等泓果然被酸到了，他高兴起来，说："酸吧？"

他又拈了一块自己吃掉了，说："这味道很少见。"

泓默默看了容胤一眼，没有吭声。

这种小花样，其实一点都不少见。外头酸的、苦的、麻的、辣的，什么样子的都有。各大点心坊为了招揽生意，年年推陈出新，在点心上玩出了花。

可是宫里就不一样了。呈上来御用的东西，永远四平八稳，平和中正，膳房里一方面怕犯了忌讳，一方面又怕圣上吃出什么问题，现在用的，还是几百年前的老方子。

连陛下出巡，吃用都是宫里带出来的，平时极少能吃到新鲜玩意儿。

就这种带一点酸的糖，说不定御膳厨商量了多少回，换了多少遍方子才呈了上来。

容胤吃过了糖，心情万分愉悦，就和泓聊天，问："你什么时候沐休？"

泓说："每月逢九。"

容胤便道："不就是明天？你沐休都干什么？"

泓有点难为情，说："出宫瞎转。听说书。"

容胤笑道："那明天你就出宫吧，给你放假。"

他突然想了起来，又道："等回来把御前影卫的轮值重新排一排，你不要当值了。"

泓答："是。"

他没有忍住，多看了皇帝一眼。容胤便问："怎么？"

泓犹豫了一下，答："臣是一等侍卫长，御前听令，很多年前就不用轮值了。"

历任御前听令影卫，都要时时随侍君主身侧，负责当值影卫的调任防守。只是到了他这里，各种身份堆叠在一起，有名，却没分做事。

容胤又是愧疚又是好笑，说："以后随侍也有，休沐也有，嗯？"

泓喜出望外，没想到皇帝为自己想到了这一层，他忙要跪下谢恩，却见皇帝微一摇头，就不敢再动作了，只是微笑道："谢陛下。"

皇帝说："很多事我想不到，若叫你为难，你要主动说。"

泓鼓起了勇气，看着皇帝的眼睛道："之前……臣没有不愿意服侍陛下。只是很突然，一时没想明白。"

皇帝问："想明白什么？"

泓说："想知道为什么陛下突然宠信臣。"

容胤微微一笑，说："我不会让任何一颗明珠弃于尘。"

泓怔了怔，抚肩又行了大礼。

粮草

LIANG CAO

第八章

天色渐晚。

临近末时，侍墨参政呈上了两河督道的折子。折子很长，洋洋洒洒写了一大堆，侍墨参政附了条陈只有一句话："述漓江水患事。"

两河督道，管的是漓江和琉河的水路。如今漓江水路不畅，每年缴上来的税银不算多，朝廷就没有收上来，而是直接分流留在了各地府州库中，专备水患诸事。

如今粮草银药已发，只是东西运过去还要一段日子，这个时间差就要靠平时地方库里的积蓄顶上。

容胤草草将折子看过，见其他各处安置得都还过得去，唯湘邦五州，灾民外逃，饿殍遍野，尸首堆积在河中无人受理，将下游饮水全都污染，已有瘟疫灾变之象。

容胤勃然大怒，立召枢密监察使面圣。

朝廷各司每日未时三刻散班，在此之前，各臣在府衙除了办政，就是随时等待帝王召唤，这叫"立班"。枢密司统管天下银粮，这位监察，管的就是各州府库藏粮。临近散班急召必无好事，监察使得了旨意，当即生出无数不祥的预感，进了御书房倒头便拜，一句废话都不敢说。

容胤就把两河督道的折子往他面前一扔，冷冷问："粮呢？"

监察使连忙捧了奏折草草看过。一般来说，上奏的折子若是牵连了别处，上奏前众臣必定已经互相通过气，再不济也已经知道了消息，做好了应对准备。可这不过是个奏报水患的折子，既无弹劾，也无告举，恐怕连两河督道自己，写的时候也没想过会牵连到枢密司。

那位监察使也是差事办老了的，圣上一提醒，他就看出了问题，湘邦五州库中定是存粮不够，才导致大量灾民外逃，组织不起人来善后。微一迟疑就想起怎么回事了，当即吓得腿肚子转筋，只知道在地上连连磕头。

容胤掩着愠怒，道："说。"

监察使登时汗如雨下。他不敢抬头，两眼一闭听天由命，老老实实把实情和盘托来——九邦粮银两税，每年秋后如数收讫，上缴国库后，会留一些在府库中，作为当地储备。

可是这几年湘邦的云氏郡望收成不好，粮税就欠了些。邦里税官无力讨要，国库里又不敢亏欠，只能从府库里临时借用，时间一久，就挖出了大窟窿，想补救已经来不及。

为了这事，去年邦主就私下找过他，他还发函给云安平，碰了个不软不硬的钉子，一粒米也没讨回来。那云氏底下多少子弟在朝为官，云安平长子云白临如今授官尚书台，比他还大着两级，他无计可施，只能先替云氏遮掩了下来。

此事若是追究，上到枢密司监察使，下到府库看门人，人人都有责任，整个邦全被牵连。监察使也知道这回大事不好，一个头磕下去，立时青肿，颤声道："臣无能！"

容胤说："你确实无能。退下吧。"

那监察使本来心存侥幸，觉得事情较真起来也不算什么大事，何况法不责众，有这么多人在底下顶着，圣上顶多发一阵火，下旨斥责几句，不会有什么严重后果。想不到没后果是真的没后果，圣上无责无罚，不喜不怒，一句话就叫退下，当真天威浩荡，圣意难测。

他一时摸不清圣上是轻轻放过，还是若无其事等查证了就雷霆一击，这一招高高拿起却不放下，好像一把剑吊在了脑门上，真是把他吊得生不如死。

出了御书房他越想越害怕，赶紧叫宫人去把枢密司相关官员都叫来请罪，众大臣在御书房外面跪了一排，只等皇帝给个明白话。

容胤气得够呛，可是木已成舟，想来想去写了份旨意，八百里急报发到了陆德海那里，令他速到湘邦，开三座天下粮仓，怕中间出什么乱子，还附了一道兵符。

此事干系重大，本不应该让一个二等参政来做，可是眼下离得最近的就是他，只得小材大用，看看他的本事。

容胤把诸事办妥，犹自余怒未消。

近几年云氏日大，总是这样有意无意地试探他的底线，若是较真，本来也不算什么事；若是退让，对方则得寸进尺。他一言不发，拿着支毛笔翻来覆去地转，慢慢就流露了杀意。

泓一直在侧，很快察觉，当即单膝点地，低声道："陛下，臣请杀云氏安平。"

容胤"嗯"了一声，下意识地问："你有多大把握？"

他一问出来就后悔了。这种事情能在心里想，却不应轻易透漏给别人知道。可是泓已经明白了他的意思，郑重道："臣得亲去。"

容胤盯着泓的头顶，默默斟酌了一会儿。

泓是他的近侍，无论从身份，还是从利益上来看，他都没有理由背叛自己。他不能退宫，就不存在未来的政治选择和冲突。

容胤想了想，突然开口问："你的家人呢？"

泓被皇帝这样跳跃的思维弄愣了，呆了呆才说："臣义父是无赫殿的大教习。生身父母不知。"

容胤早把泓查过一遍，听他自己坦诚，便放了心，把手搭在泓肩膀上，轻声把自己的真实想法说给他听："云安平该杀。但是杀他没有用，他们敢这样做，身后必有依仗。不把依仗拿掉，云氏就永远是朝廷的刺。"

泓想了下，问："什么依仗？银子吗？"

容胤大加赞赏："聪明。"

泓受到肯定，顿时觉得自己脑袋上开了一朵花。

容胤继续道："云氏郡望是最大的桑丝产地，他们海运畅通，把生丝往各处卖，光缴税这一条，我就没法动他们。他们每年交了大批的白银，粮税上自然不甘心。

"他们的依仗，我也不拿。我就另扶植起一家来，叫他们自己去斗。这就是为什么我在见三氏家主前，要聚拢银流支用。莞州也产丝，只是商路不大通。"

泓明白过来，道："陛下要借骊原周氏之力吗？"

容胤满意极了，却不说透，只拍了拍泓的肩膀，作为回答。

他们很快就用了晚膳，直到临睡前，容胤才遣散了外面那些臣子，但还是一句话都没有交代。云氏欠粮虽然怪不得他们，可几个人合伙隐瞒掩饰也实在太可恶，他干脆就不表态，叫他们自己吓唬自己，过几个不眠之夜。

休

沐

XIU MU

第九章

到了第二日，容胤果然照之前所说，叫泓沐休出宫。

泓便回了无赫殿。他是一等御前影卫，有自己独立的殿室，也有宫人定期打扫。连续紧张了这么多天，终于可以不用在陛下身边服侍，他本应该如释重负，此时却觉得满心茫然。

他呆呆地在屋子里转了一圈，又探出窗看了看外面的柿子树，揪了个碧青的果子下来把玩了一会儿。一切如旧，可他的心情却不一样了。他想了一想，还是决定和以前一样，换身衣服出宫。

他每次出宫，就喜欢到西三坊转转。那边酒楼、歌肆、店铺、商家无所不有，常年有跑江湖的撂地卖艺，日夜热闹非凡。

泓进了坊市，先跟众人围观，看了一会儿耍猴的表演套火圈，等时辰到了，就顺着人流进了武馆。

这武馆里常年搭着擂台，雇了武师摆擂揽客，武师在台上对决，众看客便在台下下注赌输赢。

泓进去时，今日捍擂的武师雷大壮已经站到了擂台上。大堂里全是散客，此时吵闹成一团，正忙着下注摆阵。泓就直接上了二楼，进

休沐 ◇

055

入包间。

他一进屋，就有堂倌过来招呼，送上了点心茶水，又捧着名牌来，问他押哪个师傅。泓先看了看名牌，发现今日雷大壮要对付的是个很厉害的家伙，不由忧心忡忡，紧皱起眉头。

像这种跑江湖的武师打斗，和他在殿里看到的不一样。武者对决，一般过上几招就能看出功底，要是境界差很多，输赢几乎没有悬念。

可江湖打擂台却不一样，这些人都是外家拳脚功夫，有时候明明见着弱很多，真打起来若是发了狠劲也能赢得漂亮。

这位武师雷大壮功夫其实一般，但打起来有种永不放弃的劲头，好几次都是濒临绝境一击逆转，偶尔输过几回，也认得干脆利落。

泓很欣赏他，不管对手实力如何，他每次都押雷大壮赢。

他已经好几次没来，现在看了看排名，发现雷大壮虽然一路领先，后头却被人咬得很紧，和对手不过相差两次输赢。他就把赌注翻了倍，全押在了雷大壮身上。

招待的堂倌很是机灵，见此立刻一躬，道："好嘞！替我们雷武师谢谢您！"

看客下注，武师也有分成。

堂倌一提醒，泓就又把赌注翻了倍。

过了一会儿，武馆里突然锣鼓齐宣。在众人的欢呼声中，一盏通红的灯笼缓缓升起，挂在了擂台中央。

这便是比试要开始了。雷大壮是捍擂武师，第一个登上了擂台。此时武馆里上下皆静，只见他站在了擂台正中，先是抱拳八方团团一揖，再走到擂台的四个角，单膝点地对着二楼包间，四方遥遥一敬。

泓忍不住微微一笑。这是雷大壮单敬给他的。

头年上有一次打擂，雷大壮连输三回，眼看就护不住擂主的位置。到了最后一局，偏偏又遇上了个有点功底的武师，竭尽全力还是输得惨烈。他看得着急，一时冲动，就给雷大壮点了盏灯笼。

所谓点灯笼，就是买下场中所有押对方的赌注，全投到雷大壮身上。这样一来雷大壮虽然输了，却按赢分记。而且这灯笼以后就总跟着他，只要上擂台，赢份就比别人高半分。点一盏灯笼所费不菲，他掏空了身上所有钱，连应急的银票都拿了出来。

当时这盏红灯笼从他包房里一出，场上场下顿时沸腾，众人顷刻就蜂拥而至围在了外面，要看看谁这么大手笔。

他一时慌乱，就把银钱留在了桌子上，自己悄无声息地跳窗跑了。那雷大壮感激涕零，又不知道恩人是谁，从此打擂台就多了一道礼，四方敬他。

擂主行过礼，擂台上两人便打了起来。对方显然练过肤浅内功，比雷大壮要稳当得多。他总是使一些小伎俩，运气去戳雷大壮的穴位，把雷大壮打得毫无还手之力。

泓在包间里，看得气愤无比，恨不得下去一指点死他。一场擂台打完，雷大壮果然输了一局。要是再输上两次，就要被对方追平了。

泓出了武馆，依然紧锁着眉头，思忖着什么时候能再给雷大壮点一盏灯笼。

可惜点一盏灯笼实在太贵，现在他的积蓄还差了一点点。

他想来想去拿不出钱来，索性不再想，离开武馆便折道去了茶楼。

那茶楼人声鼎沸，他是老客了，跑堂的一见他，连忙殷勤无比地引上了二楼，不用吩咐什么，就沏上了壶好茶，照着他的口味端出八酥八脆，摆了满满一桌子。

泓就随便吃吃点心，一边听大堂里说书人演义。这种坊间流行演义，大多借古颂今，假托旧朝老臣。那说书人便讲，不知是哪一朝哪一代，有位御前影卫使把九环金背大刀，杀奸臣保忠良，为皇帝护下锦绣江山。

泓一听便知道此事暗指建卯之乱，听着听着就走了神。

建卯之乱，指的是三年前的二月初七，一夜之间天地变色，陛下大封九门，手诛逆党的旧事。此事之后，朝廷上下阖宫内外噤若寒蝉，无论明面上还是私下里都不敢轻易讨论。

坊间只见到了结果，便从中演绎出了无数传奇故事，其实他们这些御前影卫没做过什么，只是听令而已。

就是因为没做过什么，所以才让人害怕。他们日夜围护，竟然没人提前看出丝毫端倪。

陛下藏锋十余年，亲手布局，把所有人都安排进了局中。

众人皆知自己是环，却不知相套出了个什么模样。待到事发的那一天，雷霆骤震，万箭齐出，陛下稳坐大宝，弹指间举盘皆动，顷刻就拿下局面。

等到前账清算的时候，满朝胆寒，就有朝臣托了关系，求御前影卫多少透漏点消息。可他们虽然日夜守护，竟也不知天子喜怒，平日里陛下也算和颜悦色，政事上一视同仁不曾对谁有过偏袒。可一朝数罪齐算，对杜、林二氏下了杀手，他们才知道陛下已隐忍多年。

怀怒未发时风平浪静，一朝清算，则伏尸百万，流血千里。

谁都不知道在陛下和颜悦色的面容下面，藏着什么样的杀机，从那之后，朝里闻风丧胆，人人惧怕。

他自己，也是怕的。

宫中有一片大湖，湖中心有座小亭子，叫一独亭。

湖里什么都没有。想要进到亭子里去，就得走很远一段细细长长的孤桥。

陛下曾经很喜欢去那里。

他总是让御前影卫和随侍的宫人们在湖边等候，然后沿着长桥，一路走到湖中心，一个人待在那里。

有一天他凝视着陛下临湖远眺的身影，突然之间就懂了他。

陛下走了那么远，是因为想要一个人。

也许他悲伤，也许他欣喜，他一个人在湖中央，可以放下掩饰，稍微地歇一会儿。

从那以后他虽然敬畏陛下，可是也懂了他的孤独。

一壶茶水渐渐半凉，堂倌小跑着过来换了壶热茶，又收拾了他吃剩的点心，重新上了四酸四甜的蜜饯。

说书人的故事告一段落，手里扇子"啪"地一打，讲了几个笑话，逗得满座哄堂大笑。

泓也跟着笑了，他常年来此，已经有了自己的包桌。

他在茶楼里消磨了大半个下午，临走的时候想到陛下没有吃过好吃的点心，犹豫了一会儿，还是买了一包精致的糕点带走了。

点心带回自己的屋子容易，带到陛下面前却难。

天子驾前，何等尊贵。

侍卫从进了外九门就开始重重盘查，宫外的东西一律不得夹带入内。等到了陛下歇息的暖宁殿，别说一包点心，连一针一线都别想顺带进去。

泓想了又想，最后从树上捧下来个大鸟窝清干净了，把点心藏了进去。遇到实在严格的关卡，就把鸟窝藏树上，自己先过去。

他是一等御前影卫，宫里头无人不识。尽管这样，把这只鸟窝带到皇帝面前去，还是费尽了周折。时辰已晚，他就把鸟窝带到了暖宁殿。可一见了皇帝冷淡的面容他就后悔了，心里半是害怕半是不安，捧着硕大的鸟窝，欲盖弥彰地往身后藏。

容胤刚用过晚饭，正靠在床上看书。见泓进来，一眼看见，就问："你拿着什么？"

泓硬着头皮，慢慢走近了一些，说："鸟窝。"

容胤就伸手接过来，看了一看，直接从里面拎出包点心，，问："是给我带的吗？"

泓说："嗯。"

容胤知道带包点心进宫有多费事，就打开吃了一块，问："怎么想起带这个回来？"

泓答："宫里吃不到的味道。"

容胤怔了怔，心里莫名地感动，一边吃点心，一边问他出宫都干了什么。

泓就把白天的事说了一遍。等他说到那位武师雷大壮怕是护不住擂主时，容胤便道："是应该给他再点一盏灯笼。"

泓说："太贵了，没有那么多钱。"

容胤张嘴就要说他有，一个转念想起来，他日日在深宫里转悠，手里哪有什么银两？内帑的银两倒是可以随意支用，可十万百万的调拨容易，单单取出个百十两来却不行。那元宝上都铸了朝廷藏银的字样，直接拿出去谁敢收？他不由叹了口气说："我也没有。"

泓想了想，说："我可以和别人借一点。"

容胤说："以你的身份，只要张口，以后会有大批银子送到面前来，想推就难了。"

两个人愁眉不展地对坐了半天，容胤终于有了办法，当即一道御旨，授了泓一个虚衔。这名头没什么用处，唯一的好处是月例翻倍。泓算了算俸禄，说："要等到下个月才能攒够。"

容胤说："雷大壮撑得住。"

他们一起吃了点心，容胤就把政事说给泓听，闲聊间忽然见泓手臂上一道伤疤，狰狞粗长，直没入肩膀，就问："这怎么搞的？"

泓说："十几岁的时候……有位武者生了重病，要回靳州医治。他结了很多仇家，我沿途保护，受了一点伤。"

容胤怒道："这哪里是一点伤？这些疤都是那时候留下的吧？那人是谁？怎么能叫你做这么危险的事情。"

泓低声说："他不知道。我一路隐藏行迹，私下保护，等他安全到达，我就走了。他在路上还不停感叹说运气好,一个仇家都没遇上。"说完,泓想起了那个老头一路扬扬得意的样子,忍不住笑了笑。

容胤想到他总这样安安静静的,不显形也不露名,却在人后不知道流了多少血费了多少心力,不由道:"怎么做这种事情?"

泓看了容胤一眼,轻声道:"那位武者效忠六合大将军,一生尽职尽责,没有结下过私仇。为他做一点事是应该的。"

容胤怔了怔,低声说:"你文课武功都不差,心性也洁净。本能做番大事业,留在宫里可惜了。"

泓第一次被皇帝夸奖,很是难为情,就低下了头,没有回答。

他为帝国护火,守卫九邦的基石。他用肉身为圣明天子加持,就是在为盛世开太平。

辅都

F U D U

第十章

　　一晃二十来天。泓又沐休了两次，那位武师雷大壮果然不负众望，撑到了泓拿俸禄的时候。

　　御书房携尚书台，与九门亲军都尉皆忙得脚不点地，终于以最快的速度安排好了御驾赴辅都的一切行程和卫护。同一时刻，枢密院归银引流已毕，大批的银钱回转到皇帝手中。

　　朝中各司已经准备就绪，只等一道旨意，诸臣齐出，奔赴战局。

　　这一日容胤有例朝。听政毕，既有参政通报，说三氏家主已到辅都等候接见。

　　容胤便下旨，令尚书台携理政事，御驾次日亲赴辅都。

　　辅都距离皇城有三日路程，朝中有旧例，六合将军、大族家主、封藩亲王不得入皇城，要觐见帝王，就得在辅都等候。

　　这些人或是掌控实权，或是有皇位继承权，若是放任他们带兵进入皇城，难免有不臣的嫌疑。要是不带兵马孤身入城，他们又要提防皇帝请君入瓮。

　　既然互相忌惮，不如各自轻车简从，另找一处相见。

临行前一天晚上，容胤突然想起再过两日，泓就要沐休。他不想占了泓的假期，便道："明日你留在宫里吧，不用和我走。"

泓很诧异，抬头看了容胤一眼。

容胤按着他肩膀道："今年是大年，入了冬外头带兵的将军们要回来述职了，这里有不少人做过御前影卫，你把他们的履历理一理，我回来要看。"

泓答应了下来。犹豫一会儿，他试探道："人数不是很多，我可以和陛下先去辅都，回来后再理。"

容胤微微一摇头，泓就不吭声了，只得低下整理衣裳。

容胤满脑子都在想和众家主议事的章程，心不在焉地洗漱过，匆匆睡着了。

到了第二日，容胤便带着浩浩荡荡的仪仗扈从奔赴辅都。宫中早已把路程安排好，一路都有侍卫接应护送，顺顺利利地到了地方。

辅都，民间又叫小皇城，和宫里一样外殿听政，内殿供帝王休憩。禁城外又设四套宫阙，安置各位随驾的权臣勋贵。

容胤这次除了出巡随从，几乎把整个参政院和各司机要都搬了过来，众人安顿，又花了七八天。辅都已经十几年没迎驾过，一下这样大的阵势，难免手忙脚乱。临到觐见前就出了点小意外，试衣的时候不小心打翻了一盏茶水，弄污了仪服。

像这种正式觐见，宫里都要备两套仪服作为替换，脏了一套也不算什么大事。只是以防万一，容胤还是派人回皇城再取一套。等到万事俱备，皇帝便冕旒衮服，接受了三氏家主的拜见，又在宫中赐宴，表彰众家主功勋。

等全套典仪走过，又歇三日，才是真正的召见。三天里容胤令所有参政和职官都进外殿立政候召，整理出了长长的议事章程。到了最后一日，他就在书房里，叫人给他念一遍听，自己默默识记。

转眼间夕阳半落。温暖的斜阳照在深宫层层叠叠的琉璃瓦上，放眼一片金光粼粼。宫里的银杏树叶子全黄了，风一吹，"哗啦啦"撒一地黄叶。

守候的宫人持帚打着瞌睡，却突然见一只脚，踏在了金黄的叶子上。宫人一抬头，见面前站了一位年轻男子，身披暗红色大氅，银色的肩旒一直垂到胸前。

这是一等御前影卫的服制。宫人一惊，连忙将大殿的台阶为他扫了又扫。

泓一脚踏上台阶，进入大殿。

他心里是很紧张的。

辅都里来人说要取仪服，他便借着这个机会，把东西给陛下送了过来。

他只是……太不放心了。

他是御前影卫，主要职责就是护卫主君，往日陛下若要出宫，他定要带领众人，把前后上下关节都打点妥当，一路追随，护得帝王密不透风才放心，可这一回，陛下竟然不准他随侍。

虽然已经不再管随行护卫的差事了，可顶上来的都是新人，离得这么远，可能妥善安排照顾？

一路上，他把这些理由在心里默念了很多次，可是一进了宫，当他感受到自己再次被那种沉重的、肃严的帝王威仪所包围时，畏惧就不受控制地涌了出来。

因为他抗旨。

陛下明明是要他留在皇城的，可自己却擅自跑了过来。

如果陛下见到他，会生气吗？他准备立刻就回去的，只是把东西送来，顺便，看看陛下。

泓紧张地慢慢走进内殿。

内殿的外间站满了候旨的臣子。因为等的时间长，宫人们奉上了点心茶水，摆了一桌子。可诸臣皆无胃口，全都在心神不宁地窃窃私语。

外面唱名的宫人见了泓，知道这一位是不用奉旨的，就把他引到了内间的屏风外等候。

等里面议事告一段落，泓就深深地吸了一口气，慢慢走了进去。

他太紧张，一进去就单膝点地，行了大礼说："陛下。"

容胤吓了一跳，问："你怎么来了？"

泓抬起头，看着容胤答："送陛下的仪服。"

容胤登时不悦。皇城过来路上辛苦，东西本应该让亲军都尉府一路传送，这是有人偷懒，直接叫泓跑了一趟。他便沉了脸问："谁叫你过来的？"

泓一见容胤脸色不好，顿时吓住了，半天说不出话来，只是道："我……"

容胤就一抬手打断了泓的话。他此时没工夫管这些小事，简单道："你先回寝殿休息，等我闲下来再说。"

泓不敢再说什么，立即躬身退了出去，随即便有臣子请见，容胤转头就把泓忘掉了。

他一直忙到晚上，直到夜色已深，才回了寝殿。

这次召见三氏家主，是要谈几笔大交易，他在那重重利诱下，又挖了隐蔽阴险的陷阱等对手咬钩，三位都是老谋深算的家族领导人，相比之下他还嫩得多，必须小心谨慎，一言一行都不能出差错。

宫人已经整理好了明日他要穿戴的衣冠，他就一边把里面的衣服都挑出来，一边把明日的各项事宜又想了一遍。

他面沉如水，一言不发，一举一动肃严端重，是常年刻意维持下来的帝王威仪，自己习惯了不觉得，泓却被吓得心惊肉跳。

自打回了寝殿，他已经在这里等了三个时辰。

此刻他只剩了无穷的惶恐和惊惧。

他抗旨出皇城，陛下从头到尾没说过一句话。他并不知道陛下冷淡的表情下面，对这件事到底有多少怒意。

帝王旨意，不容违逆。

他身为御前影卫，一旦奉旨不遵，就再不会被陛下信任。

当时一时糊涂，没想那么多，在御书房里陛下一盆冰水浇下来，他才觉得凉彻心扉。

好不容易等陛下回了寝殿，他急忙站起来迎接请罪，陛下却淡淡瞥了他一眼，什么都没说。

他真是怕极了陛下的不动声色。

永远都不知道，陛下的裁决会在什么时刻到来。只能等，一直等。

泓战战兢兢地站着，近乎绝望地盯着皇帝的背影，等着陛下回头。

等皇帝真的转过身来，他却一眼见到了陛下手里的黑衣服。

冷峻的、肃穆的黑衣服，一下子就让他回到十几年前的三堂会审，和现在一样，也是这么黑的夜晚，也是这么寒冷的地砖，他跪在大殿正中，在宫里无数人冰冷的注视下，被迫脱下衣服，接过御赐。

从此再没人理他。

陛下拿着黑衣服走近。他双唇蓦地失血，在那一瞬间惊惧到极点，"砰"地就跪了下来，一开口，声音都碎了，颤声道："陛下！"

容胤拿着衣服本想往架子上搭，被泓吓了一跳，连忙去扶他。手里的衣服垂到眼前，泓眼前一片黑，登时吓得肝胆俱裂，连滚带爬地往床下躲。

容胤慌忙俯身，见他一味地躲避，一下子就明白过来，连叫了两声"泓"，说道："嘘——你摸摸，你摸摸，这个是我穿的。"

他让泓伸手去摸那件冰绫丝的黑色里衣，柔滑的布料缠在泓痉挛的手指间，过了好半天，泓才认出了那与众不同的质感。他猛然间松了口气，慢慢瘫软在地上，失跳的心脏此时剧烈跃动起来，让他的视线一阵一阵的模糊。他胡乱摇头，想甩掉沾在睫毛上的冷汗。

容胤莫名其妙，问："好好的怎么会突然怕这个？你想什么呢？"

他不停地逼问，问得泓无处可躲，泓就抬起了头，看着容胤的眼睛轻声说："臣……臣抗旨擅出皇城，请陛下降罪。"

容胤迷茫了好一阵才明白过来，怔了半天才说："你是我的近侍，就是我最信任、最亲近的人，你不懂什么意思吗？我要怪罪你，就是怪罪我自己，我怎么会因这种小事降罪于你？"

他一边说，一边心里直沉了下去。

怎么能怕成这样，连身边养的小猫小狗都不如。

怕他，又不信他。

他知道所有人都怕他。可是，都相处这么久了。

他以为这个人，是不一样的。

容胤一时茫然无措，突然见木架子上搭的仪服腰带，那上头已经佩好了各种美玉瑚珠，在烛光下灿然生辉。他起身过去翻了翻，把腰带上的团龙玉佩卸了下来。

这玉佩含尾衔珠只有拇指大，还是当年元祖征伐时所戴，传到现在，已经成了天子仪服上佩戴的十器之一，寓意为"信诺"。

他掂着那枚玉环回到泓身边，低头看着他，半天没有言语。

泓伏在容胤脚下，也慢慢抬起头来，尽量镇定地说："君前失仪，臣请退。"

容胤说："你能退到哪里去？"

他把玉佩放进泓的手中，说："天子之器，重逾江山。你不信我，也得信这个。不要怕。"

泓默默接过了玉佩，握紧在手中。

容胤把他扶起来，见他身上冰凉，就命他到隔间的浴池泡泡热水。泓一下了水，就迅速沉了下去，连嘴巴、鼻子都藏进了水中，只露眼睛在外面。

容胤在寝殿思索片刻后，派人传旨，把明日的召见推迟一天，又叫宫人来整理仪服。几位侍裳女官见仪服腰带上缺了信器，吓得花容失色，容胤便冷冷斥责："慌什么？不要外传，去找个差不多的配上。"

临到睡前，泓照旧为容胤准备了夜宵和茶水，整齐地摆在小桌上。容胤在一旁瞅着，问："到底是谁支使你过来的？亲军都尉府连我的影卫都敢差遣，胆子越来越大了。"

泓不安起来，扭头去看容胤，轻声说："是我……我不放心。"

容胤怔了怔，猛地想起来临行那天，泓确实试探过想一起来辅都，被自己心不在焉地驳了。天子一言九鼎，他早习惯了独断专行，泓这样事事依顺，他从没觉得有什么不对。

这样不顾泓意愿，又不准他违逆，还总是一脸冷漠，泓不怕才怪。

他一直是一个人，已经满身的锐利锋芒，忘了怎么和人相处，不知道无意间刺痛身边人多少回。

容胤又后悔又愧疚，低声说："下次……你就直接来。我心里是很高兴的，下午的时候书房有太多人，我就没表现出来。"

泓轻声问："陛下也有高兴的时候吗？"

容胤说："嗯。"

泓就低下头，再次行了大礼。

能够被陛下信任，让陛下高兴，他也很高兴。

第二日他们一起用了早膳。因为原定的召见推迟，容胤得了一天空闲，就带着泓到宫中围起的园林中游玩。

初秋的天气，虽然还暖和，但枫树都大片大片地变红了。他们在山脚下的小溪里，捞起了一条壮硕的肥鱼，虽然明知道是宫里头喂养的，还是清干净烤着吃掉了。

他们沿着小路慢慢上了山，容胤在前面走，泓就落在后面一步跟着。山顶有一个小亭子，在这里可以看到宫中园林的全貌，很多很多的枫树，银杏树和笔直的大叶杨，把宫阙的红墙琉璃瓦重重掩盖起来。

容胤与泓，两人一动不动，就这样肩并肩，一起看红叶漫天飞舞。

临近晚上，容胤要准备第二天的召见，就拿出众臣整理的条陈和折子，重新又看了一遍。还要泓把三家郡望的情况给他读一读。

泓第一次在容胤办政的时候离这么近，这才看出了皇帝在默默记诵，等暂歇的时候，忍不住说："原来……陛下要准备这么多。"

容胤"嗯"了一声道："三家都是老狐狸，现在肯低头，是因为不清楚我的底细。若是不小心露了怯，以后想再压制就难了。臣子君前失仪，不过被赶出去；我要是臣前失仪，后果可要严重得多。"

泓就轻声说："陛下抚臣以礼，没有失仪的时候。"

容胤道："做事哪有没错的时候？只是不叫你们看出来而已。有一阵子我心情不好，总是记不住事，每次召见都很狼狈。"

泓知道他指的是慧明公主刚夭折的那段时间，就小心翼翼地试探："那现在心情好了吗？"

容胤说："还行吧。事情太多，容不得总犯错。"

泓低声说："臣陪陛下一起。"

容胤说："好。明天就一起。"

绝杀

JUE SHA

第十一章

容胤夜深安歇，等到了晨阳初绽的时候，宫墙里已经无声无息地飘了一宿的落叶。宫人们不到天亮就起来，清扫干净步道和大殿前的广场，把金黄的银杏叶堆积到绛红的宫墙下。

那些金黄的、碧绿的、红彤彤的叶子，全都带着秋阳的光，斑斑驳驳，在重重宫阙间落尽，铺得皇宫一片锦绣。

容胤用过早膳，便在齐贤殿召见三位家主。家主身份尊崇，为表示帝王礼敬，大殿里只设坐席。容胤在主位上盘膝而坐，安排泓在自己身后跪侍，待觐见的礼钟敲响，三位家主鱼贯而入，容胤便巍然安坐，受了他们的大礼。

两扇沉重的朱漆殿门在他们身后缓缓关合。

大礼毕，三位家主抬起头来，见到了帝王身后拜伏还礼的御前影卫，脸色齐齐一变，互相交换了几个眼色。

他们身边，自然也是时刻有死士武者保护的。只是觐见一国之君，这些人不能跟随入殿。几位家主权分天下，和皇室一直是此消彼长的关系，彼此间诸多戒备提防。他们毫无保护地入得殿来，为显诚意，帝王身边也不应再安排影卫，这也是皇帝对世家门阀的一种恭让。

现下同处一室，皇帝却安排了个武者在侧，这和直接在他们脖子上架把刀有什么区别？

三位家主大为不悦，拜礼后直身，便无人再有动作，也没有人说话。

容胤不动声色，道："泓，卸剑。"

泓便直身，反手一脱一错，将腰间短剑卸了下来。那剑柄上嵌了金色的皇家徽记，在他虎口边粲然生光。

他双手奉剑，俯身将短剑推至身前三尺远，又跪坐回原地。

三位家主见皇帝表示了退让，只得暂且压下不满，各自落座。

三人里面，周乐锦年纪最大，等众人坐定，他便微一躬身，率先开口道："二十几年前，老臣有幸在此觐见先皇，那时陛下还在襁褓。一眨眼陛下已经这么大了，雄姿英武，犹胜先皇当年啊。"

他提到了先皇，又拿年龄来摆资历，容胤不得不直身恭听，一点头道："朕幼年时，曾聆父皇庭训，也说过骊原周氏乃朝廷股肱，宜亲其亲而智其智。如今周家主膝下长子在朝中侍奉甚勤，朕见了周家主，也觉得亲近。"

几位家主脸上微微一笑，心里都在掂量。皇帝亲政不久，朝中根基不稳，仰仗几位家主支持的时候还多着，如今姿态摆得这样高，不知道是虚张声势，还是真的大权在握。

荆陵离北疆近，消息传得也快，隆裕亭早就模模糊糊地听说过一点传言，此时索性直接问出来，道："听说军中秦氏携麾下众将，已对陛下效忠，可是真的？"

容胤端起了茶盏，慢条斯理地喝了一口，道："是。"

几位家主便垂下了眼，也跟着一起喝了茶。众人面上若无其事，心中皆惊动。

秦氏是军伍世家，全郡八十万丁户，不用缴纳税赋，闲时屯田耕种，战时全民皆兵。他们自给自足，名义上虽然是朝廷军队，实际并不受朝廷牵制。自古便是得军权者得天下，皇帝手中有朝廷供养的百万雄兵，再加上秦氏八十万子弟，这天下已经抓得稳稳的。

隆裕亭更是诧异。军权何等重要，交出军权，就是自毁家业。他以前和秦氏有点往来，只是老家主过世后才断了联系，忍不住就问："这……这怎么可能？怎么做到的？"

三个人齐齐地往皇帝脸上看过去。

容胤放下了茶盏，简单地说："朕杀了他的长子。"

几个人登时都不自在。秦氏老家主身体一直不好，长子、次子争权夺位也不是秘密。后来长子暴亡，次子上位后，曾经连坑带杀地把家族彻底整顿了一番。那新家主手段之狠辣，曾叫他们这些冷眼旁观的老家伙也为之敬佩。当时还感慨过这位秦氏新家主真是一代枭雄。

原来，幕后的策划者在这里。皇帝有能力杀了秦氏长子，自然就有可能来杀他们的儿子，这个威胁，皇帝给得堪称清楚明白。

三个人一时静默，一直没说话的云安平便出面打了个圆场，问皇帝召见为了何事。

容胤早把议事的章程送到了各人手中，叫三位家主有个准备，也给他们足够的时间和幕僚商量，此时不过是为了表个态，也是叫他们当面提条件。

他此次召见，主要为的还是漓江水患之事。

莞州告急，驿道损毁，粮食进不去，他就直截了当地请周氏开水路，而且一开就要开五年。五年期间，朝廷治河、输粮，所有物资都从周氏的商道走。作为交换，今后朝廷用的桑丝都会直接从周氏购买。

周氏毗连产丝的莞州，做这笔买卖再合算不过，如此一来相当于攀上了个金饭碗，周乐锦一口答应，只是就价格和供量又提了很多条件。容胤一一应允，为表诚意，当面就拟旨拨了银流到周氏账中。

他除了赈灾，还想把漓江彻底治一治，要求荆陵的隆裕亭放宽郡望的关卡，叫他派人去疏通那处淤塞的河流。

这一条对隆裕亭来说也很有利，治河花费全部由朝廷承担，疏通后往来走水路的商家却要在他这里交商税。何况治河期间的役夫、劳工都要从他郡里召，相当于朝廷替他养了几年人口。所以隆裕亭也痛快答应了，只要容胤承诺之后的水路商税收入。

如此一来，最吃亏的就是沅江云氏。云氏郡望主产桑丝，朝廷若是和周氏做起了桑丝生意，就相当于抢了他的利润。

容胤便和云安平澄清，莞州所产桑丝粗硬，他收来是为军用，和云氏所产的那种细韧的上等桑丝并不冲突。更重要的是，他将开放封海禁，第一个港口就设在沅江。

云安平听了如此诱人的条件，不由动心。朝廷禁海已经有百余年，一旦开放，必有大批商货涌入。如今从南往北都是走陆路，要真设了港口，以后南北海路贯通，他云氏坐地收银，就可保家族世代丰隆。

容胤见他犹豫，就轻轻推了一把，道："若是云家主觉得不方便，也无需勉强。朝廷会在莲州另开海港。"

莲州与云氏郡望毗连。海禁初开，北方只会设一个港口试水。若是莲州占了先机，云氏以后就再没机会。云安平便不再犹豫，答应下来。

容胤就又提条件，规定了这个港口每年上缴的商税要另册别册，单独往枢密院缴纳，比寻常商税高了两成。

这一条云安平答应，却又提了要求，要他的长孙云行之入军中历练——这便是在皇帝收回秦氏军权后，也要来分一杯羹。

容胤略一沉吟便同意了，云安平却又请奏，道："老臣膝下一孙女已长成，贤淑温顺，有闭月羞花之貌，愿入宫侍奉陛下左右。"

皇室将与云氏联姻，此事已成定局。只是容胤脚跟不稳，怕云氏入主后宫后局势有变，就一直拖延着。云安平趁这时候提出来，多少有借机要挟的意思。

073

容胤心中不悦，就满怀恶意，道："朕听闻云氏两女皆窈窕，若得了闲，就来皇城向太后请个安吧。"

云安平心中愠怒，只得低头答应。他有两个孙女，一个是长子的，一个是次子的，都深得家里宠爱。若二女同时入宫，皇帝定有偏颇。到时候拉一个踩一个，孙女们为争宠斗起来，他的两个儿子也别想和睦。

可是皇帝已经开了口，他又没办法推辞，只得吃掉这个哑巴亏。

诸位家主又就各项条件讨价还价了一番，待大体敲定，容胤就令宫人开了殿门，诸位家主拜礼后准备告退。

殿门一开，只见帝王并诸位家主的随从，都静默地立在阶下等候。

云安平突然笑了一声，道："陛下，臣听闻无赫殿武者，得掌天下武林而无人能出其右。老臣今日也带了几位随从来，不如就请陛下的御前影卫指点一番如何？"

他说完一挥手，就有一位武者越众而出，单膝跪在阶下。

此人看不出多大年纪，只是身形黑瘦，端端正正跪在那里，不像人，倒像块石头，连一点儿活人的生气都看不出来。

容胤武学多少也有点粗浅功夫，扫一眼便知此人武功已臻化境，给他的感觉和无赫殿的大教习是一样的。他慢慢拿起茶盏，垂下眼喝了一口茶，却并不说话。他刚才震慑众位家主，说要杀他们的长子，现在便是众家主反过来试探他的时候。

家族继承人何等尊贵，身边必然有无数死士武者保护围绕，帝王到底有没有这个本事万人中取其人头，看的，就是御前影卫的能力。

泓若输了，就说明帝王没有这样的能力，号令天下世家。这也是众家主给他的一记耳光。

泓若赢了，几家必定心生畏惧，以后他的旨意下去，受到世家的阻挠就少一点。

可是，这种殿前较量，是一定会死人的。

若输，必死，不会留余地。

容胤垂了眼睛，慢慢地掀了茶盖，清澈的茶汤上清清楚楚倒映出他冷静的双眼。他在转瞬间就做了权衡，开口想拒绝。

可是脸微微一侧，还没等说话，却见到了泓的影子。

泓已经挺直了身体，是整装欲战的模样。

他一张口，拒绝的话就变了，只是道："去吧。"

泓说："是。"

他是武者，这种情况下不必守躬身的退礼，便拿着剑微微一拜，起身往殿外走。容胤看着他的背影，在那一瞬间突然就后悔了。

无比的后悔和惊怕。他微微直身，想把人叫回来。眼角余光一扫，见到三氏家主都在看着他。阶上阶下，殿前殿内，他被无数人注视。

他的一言一行，出了这个殿，会迅速在九邦大地四散传播。

他不能退，不能动，不能悔。不能因为突然明白这个人很重要，就开口护下他，只能眼睁睁看着泓出了大殿，站在阶下。

他和那名武者互敬，然后双方朝反方向各走了十步，只听得"锵"的一声，青芒一闪，短剑出鞘。

那声音无比凌厉，容胤心脏蓦地紧缩，眼前一黑，后背上就齐刷刷地渗了一层冷汗。

这是一种简单、利落的较量方式。双方面对面同时出击，在相错的那一瞬间，两人用劲气比出上下。差一些的那位，霎时就会被利刃贯喉。有经验的武者只要两人起步，就能看出输赢，可是他，他什么都看不出来。

他把泓放出去，却不知道他还能不能回来。

不知道。

不知道如果泓回不来，该怎么办。

容胤就只半低着头，盯着面前那半杯茶水。

他觉得应该看着。如果这是最后一次，他至少应该看着泓战斗。

可是他抬不起头来。他的脖颈和后背都僵住了，眼前一片金星乱舞。

如果泓死了，他就厚葬。

他听见阶下奔跑的声音，非常快，接着"叮"的一声，那是利刃出喉，划到了对方的刀刃上。霎时间他的胃部掠过了一阵剧烈的痉挛，好像那把刀同时划过了他的心尖。

剧烈的心跳声就在耳膜里沉重地响着，他屏住了呼吸，在那可怕的寂静时刻里汗出如浆。

他听见脚步声。

接着，一只脚踏上了他的坐席。泓擦身而过，重新跪在了他的身后。

容胤并没有放松。他咬牙挺着，苦苦挣扎，拿出了全部的力量，来控制自己不要失态。他把茶盏一推，没有说话，起身离开了大殿。

他的心情非常恶劣。

他觉得自己无比愚蠢。他拿太贵重的东西去冒风险，输了赢了都吃亏。

他走出大殿，走下殿阶，走过死去武者的尸体。

他走过红砖金瓦的重重宫阙，走过曲曲折折的朱红游廊，走过铺满金黄叶子的湖池。

走过光，走过秋叶，走过他心里一片一片缤纷的斑驳和缭乱。

衣袍里已经被冷汗浸湿，风一吹，彻骨地冰凉。

他走了很久，知道泓就跟在他身后。他们一直走到了后殿的园林中，容胤站住了。

昨天他们还一起在这里游玩抓鱼，共看秋天的美丽景致，今天，一切都变了。

这个人不再是供他取乐的人。

容胤慢慢开口，嗓音无比干涩，说："没有下次了。"

泓问："陛下担心我吗？"

容胤没有回头，说："知道你会赢。"

泓看着容胤的背影，微微笑了。

他们回了御书房，本应该把议事的结果都交代下去，让众臣照此办理；还要拨出人手来，去和三家谈各种交易细节；朝中也要腾出位置，给即将到来的大工程准备负责人。

离开辅都前，要和三氏家族把细节都谈妥敲定，这些事本来一天都不能耽搁，可容胤万分地没精神，只在御书房转了一圈，就回寝殿歇息了。

他在齐贤殿见着了死去武者的血，不知道为什么这一次特别地刺激他。当时还不觉得，回寝殿后胃里痉挛成一团，五脏六腑都快翻腾出来了，难受得他浑身直冒冷汗。

容胤随便找了点事支开了泓，又令宫人都退到外间去，自己在软榻上半靠着，心烦意乱地翻一本书。

他苦挨了半个时辰，胃里一点都没好转，反而变本加厉。这毛病是刚穿越的时候被皇太后整治出来的，当年不知道看了多少医官，一点效果都没有。他自己也知道心结难解，光喝药没有用处，圣明天子威震八方，总不能连点血都见不得，后来索性顺其自然，忍一忍也就过去了。

可是时不时地就来上这么一回，也让他很是受不了。

容胤烦躁得想杀人，把手里的书翻得稀里哗啦。等见得泓悄无声息地走进来，他就更烦了，沉了脸不理他。

泓早在外间就得了宫人的暗示，知道陛下心情不好。他进得暖阁，见皇帝只是翻书，没有阻止的意思，就过去坐在软榻边上，刚一坐下就顿住了，一动不动地聆听。

容胤微皱着眉，看了泓一眼，没有吭声。

泓确定了自己的判断，小心翼翼问："陛下气息不稳，是不是哪里不舒服？"

他在容胤身上一探，根据肌肉的紧张程度，很快就确定了位置，按在胸腹之间问："是这里吗？"

容胤被他逮了个正着，只得"嗯"了一声，说："老毛病了，一会儿就好。"

陛下年少时，曾有过见血惊悸的心疾。泓一下子就想了起来，不由很是忧虑，说："怎么突然就又犯了？"

一边说，一边把手掌按在他胸腹之间。

容胤只觉得一股热力缓缓升起，这温度不仅贴着体表，仿佛连腹中都一并温暖了，迅速沿着五脏六腑散开。他大惑不解，抓着泓的手不放，泓就用另一只手，抵在他后背上，又将热力源源不绝地送了过去。

痉挛且疼痛的胃部迅速地被安抚下来。泓牵引着内息，在容胤经脉中团团走了一周，好像一只滚烫又有力的大掌，迅速就理顺了容胤紧张冰冷的筋骨。容胤情不自禁，支起身体问："是什么东西？"

泓说："这是内家功夫。"

容胤就喃喃自语："以前怎么不知道？"

泓说："宫里有规矩，在陛下身边不能用，怕伤到陛下。"

他说完，就在容胤身上各处检查，寻找经络不顺畅的地方。按着按着突然心里疑惑，手不由就顿住了，问容胤："陛下见血惊悸的毛病，是不是一直都没好？"

容胤已经昏昏欲睡，眯着眼睛说："还行。只要不是太多血，就能忍得下来。"

泓怔了怔，不由叹了一口气。

陛下年少惊惶，曾经怕到一点红色都不能见。

折腾了很久都不见好，有一次静怡太妃就遣退了宫人，私下狠狠责骂，说他没有个当皇帝的样子。

那之后陛下很快就痊愈了。帝王立身之处，杀伐屠戮，举世刀兵，弹指间天地变色，过手的岂止一点血光？年少时期的娇贵毛病，再提起来成了一场笑谈。

原来他心里，一直都是怕的。

就这么不声不响，一个人忍着。忍了十几年，都……没人知道。

泓垂下眼睛，按着皇帝的胸口，再次把热力传送了过去。

容胤觉得身上迅速地暖了，胃里那个寒冷僵硬的冰块化成了涓涓暖流，在四肢百骸间游走。他又舒服又温暖，高兴得支起身，突然说："你要是能一直留下来就好了。"

泓万没想到皇帝说出这种话来，结结巴巴问："什……什么意思？"

容胤说："就算是近侍，你也不可能跟着我一辈子。"

泓一下子就呆了，心里霎时一片冰冷。近侍是内廷官，皇帝大婚后，为了表示对皇后的信任敬重，身边近侍是一定会遣出的，到时候皇后接管内廷，大部分情况下都会借此把自己的心腹安插到皇帝身边，不会再留旧人。想到这些，他握紧了拳头，再说不出话来。

就算离开，他也会一辈子信守。

永远永远，效忠皇帝。他压下了巨大的悲伤和怅惘，轻声叹了口气。

容胤已经睡着了。

他在梦中，还在琢磨能不能再也不让泓遣出，也不要外放上战场，要他安安全全地活着，好永远作自己的近侍，一辈子留在宫里。

微服

WEI FU

第十二章

　　皇帝御驾在辅都停留了十几天，待诸事敲定，便准备回皇城。回程沿路早已被亲军都尉府派兵封得严严实实，临行前一天，泓接连派出了三批前哨先行，在御驾二十里外依次接应。

　　容胤在里间，听着泓一一安排，突然间异想天开，等泓回来便和他商量，要两人明日骑马先走，留众人跟着帝王仪仗空行。这样赶到皇城正好早了一天，神不知鬼不觉来个微服私访，两人可以一起去西三坊给雷大壮点灯笼，顺路玩乐一番。

　　泓吓了一大跳，立时道："不行不行不行。"

　　容胤就威胁他："等回了宫里，可就再没这样的机会了。"

　　泓无比为难，道："陛下每次出巡，凡是碰过的东西，用过的饭食，去过的地方，御前影卫都不知道查了多少遍，摸了个清清楚楚，才敢呈上御览。西三坊那种地方三教九流，什么人都有，怎么能让陛下犯险？"

　　容胤怒道："你到底想不想和我一起去？"

　　泓说："想。"

容胤说："那就快想办法！"

泓默不作声，一样一样想了半天，还是没什么万无一失的办法，为难道："光陛下在西三坊用的茶水点心，就有太多外人过手了。要是从宫里带，还得安排人侍膳，那也……不算微服。"

容胤便道："我不吃东西，什么都不碰。咱们提前安排好路线，只需让影卫把沿途几个地方查过就可以。"

泓想了一下，觉得这样虽然有风险，却也还算稳妥，顿时高兴起来，微微笑道："要这样，可行。"

容胤兴奋无比，连忙叫泓去安排，又令宫人去找平常衣服来。两人又高兴又激动，商量了大半夜才睡。

他们带了十几位御前影卫，平平安安就回了皇城，果然比帝王銮驾要早一天。两人入了城就直奔西三坊，眼下正是中秋时分，临近佳节，坊里人来人往，临街的商铺都安排了人在外面大声吆喝招揽顾客，格外的喧嚣热闹。

容胤和泓换了一身平常装束，顺着人流就进了坊市。泓怕被拥挤的人群挤散，不得已紧紧贴着容胤，低声说："主人身边，安排了八位影卫保护，亲军都尉府拨了一支兵马扎在西二坊，以焰火为号。若有意外，可以立即调兵。"

容胤轻声说："在外头不用持礼，叫我……"

他本来想让泓叫自己的名字，话到嘴边，却一下子闷住了。

他是个没名字的人。

以前的名字，穿越过来后就再没用过。虽然还记得，念出来却无比陌生，已经和自己没有关系了。

现在这个身体叫容胤。可这两个字是国讳，他只在玉牒上见过，从没听人叫出来。没人叫，就没有联系，这个名字也和他无关。

他大概是一个名叫"陛下"的人。这名字不属于他，他却属于这个名字。

这些御前影卫、辉煌都城、锦衣玉食和森严保护，都是属于这个名字的。

也许，还有……泓。

容胤转瞬就把这个让他不愉快的念头抛出了脑海。

他们按照原定的计划，先往茶楼去。路上一起看了江湖人卖艺，听了桥边的口技，还看了猴子的杂耍表演。

容胤兴味盎然，连路人的衣裳神情都一一看过，路过商铺，就站在门口研究人家的门脸和布幌子。他这样一停顿，商家自然上前招揽，他就全神贯注地听人家说，搞得泓在一旁紧张无比，生怕哪个人是乔装的刺客。

他们到了茶楼，堂倌认得泓是老主顾，当即上前殷勤招呼，把他们请上二楼。

茶楼的二楼很是敞亮，沿着栏杆设了一排的坐席，供客人们居高临下，边喝茶边听说书人讲书。泓领着容胤落座，这位置显然特地布置过，离栏杆有些距离，是防着有人突然从栏杆攀上来袭击。

容胤落座后四面一看，见前后左右的几桌客人全是御前影卫，都打扮成了茶客模样，把自己和周围人隔绝开来。这才几天工夫，从调兵防卫到前哨保护，泓能布置得如此妥帖周全，实在是了不起的手腕。

容胤忍不住多看了泓一眼，对着他微微一笑，道："做得不错。"

泓忍不住也笑了。

他们在二楼落座，听说书人绘声绘色，讲那些帝王将相的故事。讲完故事满堂叫好，说书人就吹拉弹唱，又说了几个笑话暖场，然后请出歌女献艺。

整个茶楼一片喧嚣，堂上堂下各处哄闹，唯有他们这一块人人正襟危坐，肃静凝重，显得格外冷清萧条。那跑堂的过来想要加水，却见这几桌客人个个如临大敌，不像来找乐子，倒像来会仇家，不由望而却步，十二万分的摸不着头脑。

待到说书人一节暂罢，大堂里鼓乐齐放，杂耍班子便登台开始表演。很多人都是踩着时辰来只为了看这个，此时便一拥而入，将楼下挤了个水泄不通。眼见着茶客越来越多，泓便低声对容胤说："人多了，主人移驾吧。"

容胤微微一点头，众影卫便先行下楼，分把了各处，确定无事后，泓就护着容胤一路出去。这间茶楼是西三坊最热闹的地方，他家各色点心堪称城中一绝，曲艺也精彩。想到陛下好不容易来此一趟，什么也没吃到，还得被众影卫一路环护，人多就得离开。

泓满心的遗憾，低声道："没让主人尽兴，是属下无能。"

容胤道："世间没有两头好，我不贪心。你替我常来吧。"

他们出得茶楼，就进了武馆。包间已经被提前包下，里面桌椅都重新布置过，堂倌送名牌来让客人下注，刚进了包间就被拦下了，手里的名牌被人接过，翻查后远远地让容胤看了一眼。

那堂倌被遮挡了视线，只见得屋子里六七个人，把名牌在里面传了一圈就递了出来，翻了雷大壮的名，押了笔不大不小的赌注。

这武馆里接待过的贵人也不少，倒是第一次见这么紧张肃静的，堂倌站在门口，只觉得无声无息的压迫感好像一堵墙缓缓平推下来，压得人身子都矮了一截。他接过名牌，也不敢多说什么，当即溜之大吉，还不忘提醒其他几位堂倌不要进去打扰。

他们去得稍晚了些，已经过了开场，那雷大壮正在擂台上四方礼敬。泓是常来的，知道规则，便低声给容胤讲解："今日打的是开台，凡愿意上台的，都可以和雷大壮打，赢者今日赌注全拿走。"

两人正说着，就见已经有人上台和雷大壮过招。那人一看就差得远，雷大壮手下留情，和他过了几十招才放倒，没让人输得难看。

泓就低声对容胤说："我就喜欢他这点，赢而不骄，知道给人留余地。"

转眼间雷大壮已经打过了两个人，等到第三个人上场，泓突然"咦"了一声，探身往台下看去，紧紧皱起眉。

容胤也跟着往下头看过去，但见上场的那个人其貌不扬，一脸的冷漠，雷大壮问他年龄、名字也一概不回答，拱手施了礼，就拉开了架势要开场。

容胤见那人姿态挺拔，是影卫中见惯的模样，便问："这人是不是有功夫？"

泓"嗯"了一声，微微动怒，道："武者不涉江湖，给人留个混饭的余地，这是规矩。这人是哪家的？"

他抬头问众影卫，众人看了看，却都不认识。泓便扣了几颗花生在手里，冷眼看那人和雷大壮过招。

雷大壮果然不是那人对手，三五招之间，被人像逗小孩一样抓来抓去耍弄。可他偏偏极之认真，明知道自己不是对手，还是拉开了架势全力迎战。那人好整以暇，以气冲穴，叫他自己连摔好几个跟头，惹得众人哄堂大笑。

泓再也看不下去，就微微探身，想出手教训那个武者。容胤便抬手相拦，轻声道："这是他的擂台，不要干涉。等一会儿咱们给他点灯笼。"

泓只得忍耐下来。

两人正观战，突然听得隔壁有人笑了一声，道："有意思。确实是个有骨头的，擂主当得还算够格。"

另一人相劝："这种地方哪有什么像样的热闹？真想看高手过招，咱们到西三坊去。那边清净，东西也精致。往来都是显贵朝臣，少爷你初来皇城，也该认认脸，将来也好有个照应。叫阿松别打了，咱们走吧。"

这武馆里包间互相隔绝，但围廊是互通的，仅用几盆花草拦了视线，为的是看客在围栏前观战时，彼此声息相闻，显得热闹。想来是隔壁的客人站到了围栏前说话，把声音传了过来。众影卫立时紧张，便又分出了两个人站到围廊下。

只听得隔壁突然一阵开门关门，又有一人走近，低声道："楼下有好几位武者在把守。这武馆里，应该是有贵人来。今日出来得仓促，咱们人手不够，先走吧。"

那位少爷怒道："什么贵人？这天底下谁能贵得过我去？为什么要爷让路？你拿着我的令牌，到亲军都尉府调一支兵过来，把这家武馆封了，爷就不信连场擂台都看不成！"

亲军都尉府，是皇帝的亲兵。这支军队驻扎皇城九门，除拱卫禁城外，也负责维护皇城的治安。能任意调用亲军都尉府兵马的人在皇城中不过几位，泓想来想去，怎么也想不到隔壁这位是谁，不由很是不安，向容胤看去。

容胤摇摇头，低声道："不要理睬这些小事。我只能来这一回，以后可得你自己来了。"

泓就不再理睬，却听隔壁那人还在劝告，道："少爷才到了皇城十几天，就把各处翻腾得鸡飞狗跳，现在连人家好好的武馆都想封，也太过分了。我们几个小的自然听凭差遣，可连累得苦先生都得跟着到处跑，实在是不像话。"

那位少爷嘿嘿一笑，道："苦先生成天打坐练功，也太辛苦啦。出来跟咱们见识下花花世界，不是很好？等会去宜香楼，咱们给苦先生找个漂亮姑娘！"

他话音刚落，就听得一个干哑至极的嗓音冷笑了一声。

那少爷似乎对苦先生颇为尊重，见他也表示了不满意，只得退让道："好啦，叫阿松把这位擂主打趴下，咱们就走。"

那随从便吹了声口哨，给擂台上的武者发了个信号。台上的武者得了指令，一改敷衍戏谑的态度，一拳直击雷大壮下腹。武馆里众人齐齐地"啊"了一声，连泓都忍不住"哎呀"叫起来，道："这一拳可真不轻。"

容胤也皱起了眉。只见得雷大壮被这一拳打得在擂台上翻滚了两圈，挣挫了半天起不来。那位武者一拱手就要下台，众人就不满哄闹起来，大家都花了银子，本想看一场精彩的过招，想不到如此轻易就结束了，台上台下顿时一片谩骂，都在骂雷大壮草包。

一时间武馆里群情激愤，只听得一声锣响，便有庄家开始报数，数到十雷大壮要是放弃，这一局才算输。只见得"一"字声出，雷大壮雄壮的身躯立刻激烈挣扎，在众人的起哄和谩骂声中无比艰难和痛苦地站了起来。

武馆里立即欢腾成一片。阿松怔了怔，便挽了一只袖子，径直走到雷大壮面前，兜头又是一拳，正打在刚才的伤处。雷大壮魁梧的身躯登时佝偻，阿松一放手，他一声未吭，像个破布袋子一样轰然倒地。

众人再次纷纷叫骂。一声锣响净场，庄家重新又从一开始计数。那雷大壮蜷缩在擂台上，撑了一下身子没起来，先吐了一大摊血。

容胤顿时着急，忍不住起身站到围廊下探身去看。泓便护着容胤，一起站到了围栏前，见那雷大壮显然是伤得不轻，浑身上下全是淋漓血汗，一身结实的肌肉都哆嗦着，费尽了千辛万苦才爬起来。

这一回，武馆里再没人起哄。堂上堂下，几千人都把雷大壮的痛苦挣扎看在眼中。阿松显然出乎意料，再次走到雷大壮身前，却犹豫着没有动手。只见雷大壮满脸恳切，似乎在求他什么，阿松一点头答应，旋即再次出拳。

这一次他换了位置，打得也不算重，给雷大壮留了反击的余地，雷大壮便扑身而上，被阿松轻巧闪躲。他左右开弓又是几拳打在雷大壮胸口，每一次落手都不太重，雷大壮勉力支撑，多少做出了反击的样子。

众人看了一会儿便明白，一定是雷大壮求了对方不要太快结束，哪怕挨打，也得叫台下众人看得痛快。一时武馆里众看客又是叫好，又是叫骂，突然有人大喊一声，道："行了老雷！哥们看够本了！"

堂上堂下立时一片附和，过了一会儿，又有人不满反对。阿松见差不多，便简简单单，只是一根手指，在雷大壮胸口上一点，雷大壮应声而倒。

净锣再敲，众人跟着庄家一同计数，那雷大壮嘴角喷着血沫子，在台上狼狈挣扎还是想站起来，众人便加快了计数的速度，不再叫他打。只听得"当"一声，庄家判输，堂里顿时一片嘘声。

泓看得又是生气又是难过，轻轻叹了口气。

容胤拍了拍他的手背，低声安慰："他已经尽了责任，做得很好。"

说话间，雷大壮已经被人扶了起来。这局一败，他累计连差两分，就得把擂主让给下一位。他不愿无声无息地狼狈下台，就叫人扶着，站在擂台上四面作礼，向众人拜别感谢。

大家心满意足，便也鼓掌捧场，泓和容胤也跟着拍了几下手，突然听隔壁那位少爷冷哼了一声，道："叫阿松打得满地找牙，还好意思作礼。这回没脸当擂主了吧？"

这几句话一传过来，连容胤都不免微微动怒，便让泓快点灯笼。泓抬手一示意，那边早派了影卫等着，只听得突然间鼓乐齐作，满楼惊动，一溜五个红彤彤的灯笼就从邻近包间里沿挂绳滑了出来。

灯笼一出，武馆里霎时沸腾。五个灯笼便是五倍翻，雷大壮立时上位，重登擂主。自开馆几十年来，还是头一回有人下这样大的赌注，众人欢声雷动，喝彩声和掌声几乎掀翻了屋顶。

武馆的当家被惊动了，连忙带着众位武师和雷大壮登台拜谢，十几位堂倌鱼贯而出，捧了各色瓜果点心，楼上楼下的送到众人桌上。这叫"反台"，是替雷大壮表达感谢。

泓又惊又喜，探出头看了看，回头问："不是只准备了一个吗？"

容胤笑了笑，说："皇恩浩荡，一个怎么够？"

泓无比激动，转头又往楼下看，说："一会儿雷大壮该来了。等到了那个屋子，里头又没人，他不知道得有多失望。"

容胤就逗他，说："那你现在过去见他。"

泓又紧张又冲动，纠结好久道："不行，咱们还是在这边看着吧。"

说话间雷大壮便已换了衣服，和武馆的当家一起往二楼上来。众人簇拥在后面，一窝蜂地涌进了邻近包间，想看看哪家客人这么阔绰。只听得隔壁一阵喧嚣哄闹和纷杂脚步，他们这个包间突然被人一脚踹开，领头那位是个黢黑枯瘦的老者，手下功夫不俗，门口两位影卫猝不及防，竟被他一举攻破了防线，几个人猛地冲了进来，旋即紧紧关上了门。

这几个人一进来，见到满屋子人，登时吓了一跳。原来那挂灯笼的滑绳都是两个包间共用一个，影卫点了灯笼就走，众人见那个屋子空着，便以为是隔壁这一间，一起往这头挤过来。

隔壁的少爷和几位随从见着不好，便狼狈往这边躲，他们听着这屋子寂静无声，还以为没人，哪想到一进来满满当当一屋子高阶武者，顿时紧张起来。

众影卫也无比戒备，当即拉开阵势，遮挡了闯入者的视线。

两派人马面面相觑，还是那位少爷率先明白过来，微躬身施了一礼，道："在下并无恶意，借宝地躲一躲外人。不知道是哪位大人在此？"

容胤和泓都站在围廊下，远远看着雷大壮上二楼，没有理睬。影卫中便有一位出来，道："这里不方便，请几位另寻别处吧。"

那位少爷微微一笑，一拢袖子显出了十足的儒雅风度，摇头晃脑道："在下名姓不方便上报。来这里只为体察民情，略看看百姓疾苦。麻烦行个方便，稍躲一阵子便走。"

他装腔作势，举止夸张，本不过是见着满堂武者，随口开个玩笑。

岂料众位影卫此刻无比紧张戒备，恨不得一刀捅死他，哪有闲心和他逗着玩？

领头影卫连敷衍的心思都没有，面无表情，冷冷又重复了一遍："这里不方便，请另寻别处。"

那位少爷碰了个钉子，一时下不来台，把脸一沉。眼见着围栏处的两个人正看热闹也不理他，不免有些微怒。他身后的随从当即上前，一抬手将袖中云纹团拱的玉佩亮了一亮，低声道："劳烦通报你家主人。"

领头影卫扫了一眼，见是沅江云氏徽记，便知道这位是嫡系长孙云行之，跟着云安平一起奉诏来的，一点头道："知道了。请出去吧。"

沅江云氏是琉朝第一大家，名头一报出来，满皇城哪个不急着逢迎？云行之面带矜持，已做好了被人惶恐迎接的准备，不料这侍卫明明认得徽记，竟然还敢把他们往外头赶，也不赶紧叫主家来迎接，不由怔了怔，呆呆地问："不认识我？"

领头影卫满心的焦灼紧张，见他们还不走，无声无息地就亮了锋刃，威胁道："少爷何等尊贵，何必以身犯险？"

他一现了杀意，云行之身后的老者立即拦在了前头，一开口声音干哑，道："少爷回吧。"

这位苦先生，是家里人特地安排来随身保护云行之的。此时连他也表示了退意，云行之便知道这几个侍卫不好惹。可他向来习惯了众人逢迎礼敬，何时被人如此当面羞辱过？这包间也不大，几句话里头听得清清楚楚，明知道他是谁，竟然还敢放纵下人无礼，云行之一时束手无措，又气又急，向身旁随从看去。

那随从便怒道："里头到底是何人？天子脚下，连点规矩都不懂吗？"

云行之忙道："对！"

泓正和皇帝看那雷大壮寻不着恩人，回到擂台上四方行拜礼，听见云行之还在门口闹腾，不由笑了一笑，转身绕出来，迎上云行之微微一躬，道："我家主人不见外客，今日确实是不方便。"

云行之终于见里面出来了一个人，便把泓上上下下地打量了一遍，客客气气问："不知小哥贵姓？"

泓并不答，只向前逼了一步。他面上温和，却现了一身的凛然锐气，苦先生站着不动与之相抗，加重了语气又说了一遍："少爷回吧。"

云行之知道苦先生从不虚言，他既然说叫回，就说明没把握护住自己。一时又好奇又不甘心，只得道："既然同在皇城，就总有相见机会。等下回见面，我等着兄台报上名来。"

泓就微微一笑，说："下次一定。"

云行之便在几位随从护卫下出了包间，刚迈出来就撞上门外的几位高阶武者，和屋里武者相应，早将他们合围。他悚然一惊，意识到刚才若打起来，自己断无侥幸，不由后怕起来，往身后包间看去。只见门缝中影影绰绰，那位主人还站在护栏旁，连头都没回。

包间的门顷刻就关上了。雷大壮见点灯笼那屋空无一人，知道还是上次暗暗支持他的那位，感激涕零无以为报，在擂台上四方拜了又拜。容胤和泓在二楼遥遥受了他的礼，不由相视一笑。

等到武馆里人散了，他们便在众影卫护卫下回宫。这还是容胤第一次在外面游玩，虽然不能尽兴，也还是见了很多热闹。到了晚上他心情愉快，说："等下次秋狩，咱们还可以这样出来一次。"

下次秋狩，就是三年后，三年之后还可以吗？

泓并不回答，低声说："有一次就够了。"

容胤说："这次难为你了。下回提早准备，不用你再辛苦。"

泓知道陛下理解错了意思，也不解释，只是默默摇了摇头。

劝解

第十三章

　　窗外瑟瑟下了一阵雨。一夜时间，宫里的银杏树和大叶杨就齐刷刷褪了一层叶子。一场秋雨一场凉，不过几日工夫，满宫寒凉，地龙就开膛烧了起来。

　　容胤的辅都之行很快就见了成效。周氏水路一开，调拨的赈灾粮草便由漓江往下游一路输送，迅速稳定了局面。朝廷要招工治河的消息传扬开来，那些流离失所土地被淹的灾民，不等府衙里招揽，就自发聚集起来把名单报了上去。

　　早在几年前，容胤就曾谕旨下发各邦，规定了水患灾民安置、尸首处理等杂事，加上现在有陆德海带兵在那里压阵，这一次水患顺顺当当就度过了最艰难的时段，没爆发大规模瘟疫。

　　又过了几天，陆德海的折子便呈上了皇帝的案头。他这一次确实干得不错，莞州湘邦两头告急，他这边开天下粮仓解了燃眉之急，那边却调高市价收粮。城里的富商见了大好机会，便大量抛售囤积的粮草赢利，又穷尽各种办法把天下粮仓的粮往莞州调。

　　他等着火候差不多，市面粮草能支应了，一纸敕令压下了粮价，逼着商家亏本贩售，把之前吞下的利润又吐了出来。如此两头拉踩，在朝廷赈灾粮草未到之前，硬是靠着民间自救，堪堪喂饱了百万饥民。

那折子字里行间轻描淡写，只是讲了讲经过，老老实实把漓江沿岸赈灾情况汇报了一遍。

容胤扫一眼就明白，陆德海说轻松，背后不知道扛住了多大的压力和威逼。仅调高粮价又压下来这一条，要不是他手里有道兵符，众富商大员能恨得生吃了他。威逼利诱，阻挠拖延肯定不少，陆德海能一一顶住，回头又不贪功，确实是个值得栽培的好苗子。

眼下各部已料理妥当，只等水退治河，容胤当即就给陆德海找了个位置安插。以他的资历，做个三品布政使到地方去办差最为合适，但容胤怕他回到邦里被人报复，特地留在朝中，分到经略督事，从四品侍中做起。

这官职虽然不大，却是个枢纽，上接尚书台，下连经略督事主持的各项工程水务，政务纷繁，要和朝中各部密切合作，是个锻炼人的好位置，又在帝王的眼皮子底下盯着，出点什么动静都照顾得到。

他安置完陆德海，又把奏折翻了翻。泓已经在御书房随侍了几个月，接受了基本的训练和教导。容胤为了让他尽快通晓政事，便安排他跟着侍墨参政一起做票拟，把呈上来的奏折分类，根据内容给出批答建议。

有几本奏疏上的票签一看就是泓拟的，考虑得不算周全，措辞也略显生疏，容胤就拿朱笔提示了几句，退回去让他重新再写。

待到外间敲响了云板，容胤便停了政务，和泓一起去上武课。

武课的侍剑人已经又换回了原来那位大教习，容胤和他对招打了一个多时辰，出了满身热汗。

他新学了一套拳法，运用得还不是很纯熟，对招时破绽百出，被大教习在身上指点了好多下。大教习下手沉熟圆融，不像泓那样轻柔恬静，容胤下了课出来，一回暖宁殿就和泓抱怨说太沉重。

泓便轻声给他解释，道："大教习内息走的是刚武的路子，劲气贯注的时候难免就带了力道。但他是最稳妥的，绝对不会出差错。"

容胤道："以前不都是你教我吗？"

泓垂下头说："现在教不得了。"

容胤问："为什么？"

泓说："心有杂念，气息不纯。"

容胤似笑非笑，还想问他为何如此，可见他垂头丧气的样子，就不问了。另寻了个话头，说："大教习不是你义父吗？可现在每次见你和大教习分列两边，都不说话的。"

泓低声道："是。已经很久不曾说话了。"

容胤怔了怔，问："为什么？"

泓说："大教习生我的气。"

容胤追问："什么气能生这么久？"

泓左右为难，半天说不出口，又被皇帝逼问着，只得找了个委婉的说法，道："大教习想让我当将军。"

容胤心中猛地一跳，登时哑口无言。

他自把人召到身边，就派人去查了泓的身世，结果却是难得的干净。泓是大教习在河边捡到的，因为不会照顾婴儿，就送到了无赫殿找故交帮忙抚养，自己定期看望。

等泓长到三岁，却发现根骨绝佳，是个学武的天才，大教习嫌无赫殿教得不好，干脆自己入宫当教习亲自教导。就这样严父慈母两手抓，一路抚养泓无忧无虑地长大，顺利地做了御前影卫，眼见着前程锦绣。

结果却一朝折翼，被自己封藏。

大教习自然是气的。可天子永远圣明，他只得把一肚子的怒火都发泄到泓身上。这么多年，泓一个人不知道吃了多少委屈。

容胤愧疚地问："大教习打过你吗？"

泓忙道："没有。我每年节庆都到大教习屋子外面请罪，他只是不理我而已。"

容胤安慰说："委屈你了。"

泓摇头说："臣得封近侍，自当尽心竭力侍奉陛下，断念私情，怎么会委屈？"

这一套效忠的陈词滥调，容胤不知道听底下臣子说了多少回，却没哪一回像今日这样叫他难过。他一摇头，指着泓眼睛说："嘴上这样讲，眼睛里可没有。大教习还肯留在无赫殿，就说明他是挂念你的。他是生我的气。咱们一起想办法，总能叫他回心转意。"

泓很高兴，说："好。"

容胤想了半天，找了几个宫人来，密密叮嘱了一番。

夜色已深。

檐下的宫灯撑着一团温暖的火光，在夜晚的凉风中飘摇不定。一些细碎的窃窃私语在这个时候就从宫殿的各个角落里缓缓浮升起来。

它们是传奇，是演义，是光怪陆离的传说，白天那些琐碎、无聊、平庸的见闻，到了晚上再从宫人口中说出来，就罩上了一层神秘瑰丽的光晕。

这些传言和故事永远围绕着那遥不可及的帝国皇帝进行，把他的宠爱，他的厌弃，他的喜好和他的残酷责罚配合以天马行空的想象，扭曲变形成一种庞大的而不可捉摸的可怕故事，从嘴里传到耳朵里，再经过扩张改换，重新散布出去。

两个当值的宫人在无赫殿各处宫室里巡查了一圈之后，找了个僻静避风的角落歇了下来。今晚他们要谈论的，是帝王那盛大而丰沛的宠爱。

据说从他们这个殿里出去的某个御前影卫，目前深得皇帝信任，委派了各种官职不说，还亲赐各色珠宝，多得可以把人埋起来。那影卫晚上巡职，手握一枚鸡蛋大小的夜明珠，连灯笼都不用拿。宫人们无比艳羡，还有人偷了影卫心爱的宝石，被活活打死在殿阶上。

他们两个正说得眉飞色舞，突然听到一声咳嗽，头顶上开了个小窗。一个声音苍老而威严，冷冷道："晚了，别处去聊吧。"

这位是无赫殿的大教习，一张老脸常年不见笑容，眼神一瞥，无人不畏惧。那两个人不敢再说什么，悄悄地走了。

可能是他这里的位置实在太舒适，也可能是那位影卫的境遇实在太让人羡慕，接连几日，当值的宫人不约而同，都在大教习的窗下聊起了宫中传闻，讲那影卫何等受宠，位分何等尊贵，帝王曾一夜将他连升三级，把宫中最珍贵的宝贝都捧到他面前，叫他任意挑选。

他们怕吵到大教习，就凑在一起窃窃私语，见到头顶的小窗里灯亮了，连忙识相地闭了嘴。可是过了一会儿，忍不住又聊了起来。

深宫权争，向来是宫里最喜爱的话题。这些半真不假的传说，迅速在各宫各殿内悄悄流传。大教习去司裳监取秋衣，竟然听见两个针线婆子晒着太阳，都在煞有介事地讲各派权争，如何竞相陷害影卫。他站脚顿了顿，忍下了滔天的怒火，面色铁青地回了殿。

那影卫风头大盛的谣言并没有流传很久。

伴君如伴虎，仅仅过了几天，风头一变，帝王迁怒影卫，当庭杖责的消息就重新传扬开来。宫人们添加了无数的恐怖想象，把帝王的残酷责罚讲得血腥逼真。

众人皆惋惜哀叹，就有知道内幕的宫人偷偷讲了各种密事，又说众臣怎样落井下石，趁机羞辱影卫，做了何等不堪的丑事。可御前影卫毕竟是有手段的，没过几天，皇帝便回心转意，重新召影卫入宫面圣，还送了很多珠宝赔罪。如此种种，风向几天一变，个中内情神秘莫测，听得大教习肝火上升。

到了这天晚上，几个宫人无事在廊下喝酒，就有人一声叹息，说御前影卫毕竟是从无赫殿出去的，如今兔死狐悲，见他如此凄惨境遇，心里未免难受。

原来昨日宫中惊变，皇帝龙颜大怒下了辣手，动用了各种宫中酷刑，那影卫毕竟是武者出身，竟然一声未吭全扛了下来，现下生死未知。

影卫本来是个孤儿寄养在宫中的，现在连个依傍的人都没有，也无人照料看顾，不知道有多可怜。可惜他们这些宫人身份卑微，连内殿都进不得，白在此惋惜，不能出一份力。就有人随即讲了孤身伴君的种种苦处，日日战兢，何等寒凉。

大教习在屋子里听着，一头想宫中谣言都不可信，一头想肯定事出有因，谣言也总得有个根据，想得百爪闹心，翻腾了一晚上没睡着。

到了第二日便有武课。大教习早早地就等在了练功房，结果皇帝进来，却没见泓跟着。他心中万分焦灼，哪有教课的心思？胡乱敷衍了几下打发了事。

泓接连两次武课没跟着来，大教习就开始疑心谣言是真。皇帝何等深沉狠辣，泓到了他手里，还不是想怎么祸害就怎么祸害？泓又是个腼腆天真的性子，傻乎乎的哪知道使手段保护自己？越想越是担忧愤怒，等到了下一次武课，好不容易见泓来了，怎么看怎么觉得这孩子憔悴，他终于忍不住，在等候皇帝更衣的时候开口问："陛下待你怎样？"

这还是几年来大教习第一次主动开口和泓说话。泓猛地抬眼看向他，双唇颤动，无尽的言语无法出口。好半天，才忍下了万千的委屈和难过，垂下眼轻声道："雷霆雨露，皆是君恩。"

大教习顿时崩溃。他上前迈了一步要问得更多些，皇帝却突然出来了。他只得忍耐下来，眼睁睁地看着泓一步三回头，跟着皇帝离开，气得团团乱转。

泓无比高兴，一出无赫殿就忍不住了，和容胤说："大教习关心我。"

容胤说："挺住。照我安排的来，保准他以后再也放不下你。"

眨眼间就到了下一次武课，容胤更衣的时候，泓和大教习带领众宫人随从分列两边等候。大教习就装作若无其事的样子道："你若闲了，就到我那里坐坐。"

泓无比地感激委屈，抬头可怜巴巴地看着他，跟小时候一样一样的。大教习瞬间一颗老心稀碎，早把那些怒气脸面抛到了一边，哑着嗓子道："不生你气。"

泓还不等说什么，眼见着皇帝出来，登时噤若寒蝉，垂下了头紧紧跟着走了，留大教习在身后抓心挠肝地难受。

又过了几日，容胤令宫人停了传言，不得再提泓的事情，去武课也不带他。大教习猛然间断了泓的消息，人影也见不着，顿时被吊了起来。他也顾不上再摆架子，直接跑到御前影卫的宫室去打探消息，众人皆知大教习早和泓断了情分，此时见他一脸忧急地问起来，不由诧异。

偏偏几天前泓大人吩咐过，说是奉了密旨办差，要大家不得和任何人透露他的行踪。众影卫互相使了几个眼色，欲言又止，吞吞吐吐地都说没看见。这一招真是挫磨得大教习肝肠寸断，五内俱伤，对着皇帝一肚子愤怒又没法发泄，便在武课上力贯指尖辣手摧花，使劲折腾容胤。

容胤下了武课还没什么感觉，到了晚上就觉得身体沉重，各处闷痛。泓给他看过，知道是大教习使力大了，愧疚得不行，到了第二天就回无赫殿去找大教习。他进得屋来，却畏畏缩缩站在外间不敢往里走，藏身在花架子后面，满心的犹豫惶惑。

大教习恨他作御前近侍，已经好多年不让他进这个屋子了。

每逢节庆生辰，他都在外面长跪请罪，可是大教习从来没理睬过。

大教习想让他当将军，为此在自己身上花费了无数的心血精力。

他通过遴选，成为御前影卫的时候，大教习高兴得还喝了两盅酒，说十年后就和他一起到北疆去带兵。又眉飞色舞，给他讲了无数将军武者的英雄事迹。

可是自己却让他失望了。

这世上哪有武者作御前近侍？一朝入了内宫，以后就是皇家的人，再谈不上什么建功立业。自己丢了他的脸，还让他在一众老友面前抬不起头来。

也不能退宫去北疆了。

大教习狠狠责骂了他，就此恩断义绝，再不理他。他求了好多回，越求大教习越生气，后来有一次气得犯了旧疾，吓得他再也不敢勉强。

可是他知道大教习心里还是惦记他的。虽然不理他，却一直留宫里陪他。

大教习终于开口的时候，他高兴得不行。但现在真站在大教习屋子里，他又害怕了。

他站在外间的屋子里磨蹭了半天，大教习在里屋床上盘膝而坐，早知道他来了，等了半天终于忍不住，叹口气说："进来吧。"

泓连忙进入内室，一见到大教习就跪地行了拜礼。他得了容胤真传，此时非常有心机，把高兴全压在肚子里，一礼毕也不起身，就在床边跪着，一脸的胆怯无助，手搭在床沿上，轻声道："大教习。"

说过了恩断义绝，现在又食言亲口把人叫进来，大教习脸上本来十二分的挂不住，可一见到泓可怜巴巴的样子，他立时就把自己那点不自在忘了。见这孩子苍白憔悴，他心里酸软得一塌糊涂，哑声道："你该叫我什么？"

泓登时红了眼眶，改口道："父亲。"

这两个字一出，他满腔的委屈难过再也压不住，眼睛里霎时蒙上了一层水光，连忙低头去揉。大教习说没脸当他父亲，早就不准他这样叫了。本来以为自己已经是个没有父亲的人，想不到大教习还有回心转意的一天。他揉了半天，红着眼睛又叫了一声："父亲。"

大教习长叹一声，摸了摸泓的头，像以前那样把他拉起来和自己一起坐在床上。往日泓一切都好的时候，他一见就想到这孩子已是废物，只觉得愤怒耻辱。可现在听说泓受苦，他日夜揪心只求平安，哪还在乎能不能建功立业？他端详了半天，看不出泓哪里有伤，就哑声问："都还好吧？"

泓闷闷地"嗯"了一声。

大教习怔怔地看着他，又是一阵悲从中来。宫里头整治人的法子多了去了，能与人讲的却不过一二。帝王的事，他没法问，泓也没法说。问一声好不好，除了好，还能怎么答？他默默无言坐了一会儿，见泓又开始揉眼睛，就推开窗子，探身出去自窗外柿子树上，把那个最大最红的柿子摘了下来，放到泓手里说："吃吧，甜。"

泓受宠若惊，双手捧着柿子，感动得说不出话来。窗外这棵柿子树每年只结十几个果子，但是个个剔透饱满，又大又甜。

大教习一向上心，每年结的柿子都一个一个数着，下雨天还拿油纸包起来。等柿子成熟，就摘下来烤成柿子饼，留着过年送人。从小到大泓想吃这棵树上的果子就全是靠偷的，为此也不知道挨了多少回胖揍，这还是第一次，大教习亲手摘给他。

大教习见泓光捧着柿子不说话，心里更难受了，道："吃吧，这是第一个挂红的。树上还有，等熟了全都给你吃。"

泓感动万分，眼眶又红了，低声说："父亲还是关心我的。"

大教习说："你能平安比什么都好。"

大教习一辈子桀骜倔强，从不服软认错，是个拉泡硬屎也能啃三年的人物，如今真情流露，竟然把当年放出来的狠话全自己吞了下去，泓万分感动愧疚，恨不得把自己和皇帝联手哄骗他的实情说出来，叫父亲不要那么伤心。

他捧着柿子，抬眼看着大教习，小心翼翼地说："陛下对我很好，父亲不用担心。"

大教习登时暴躁，拍着床板咆哮："好个屁！他要真对你好，就应该替你想想前程，叫你出宫！"

泓吓得缩了缩，再不敢说什么。见父亲火气又上来了，赶紧找了个理由告辞，抬屁股就跑。

他出得无赫殿，满心的欢喜，把那个柿子洗得干干净净，捧到御书房里去给容胤吃，说："父亲给我的。"

容胤见他改了口，知道进展顺利，笑问："你是怎么说的？"

泓道："我说陛下待我很好。"

容胤很遗憾，道："你就该咬定了雷霆雨露皆是君恩不放，叫他日夜挂念担心，再不舍得拿你出气。"

泓轻声说："不忍心叫他再难过。"

容胤怒道："他叫你难过就忍心了？应该叫他连本带利都还回来。"

泓一看连皇帝都生气了，连忙把柿子拿出来讨好他，垫了个小小托盘，推到容胤面前说："这个特别甜。"

柿子已经熟透，浓郁殷红的汁水把透明晶莹的薄皮撑得鼓鼓的。容胤就在柿子的一侧咬破了一点，吸了一口笑道："果然甜。"

他叫泓在旁边坐了，两人隔了小桌，各捧一个柿子吸里面沁甜的汁水，把硕大的柿子吸得只剩一层扁皮。

耽
误
$$D \quad A \quad N \quad W \quad U$$

第十四章

耽
误
◇
101

　　他们一起用过午膳，到了下午，外派赈灾回来的陆德海便来请见谢恩。

　　这一趟钦差着实辛苦，几个月之内他沿漓江走了十七个州郡，遇饥荒开仓，遇流民就劝解安置，见到了那一片白茫茫的洪水上，本应结出丰硕谷物的秸秆，空竖着金灿灿的芒。雨前的天都是血红色的，一团团沉黑的乌云翻滚着倾轧过来，转瞬间就是暴雨。

　　他每天都在担惊受怕，怕溃堤，怕流民暴乱，怕粮不够，也怕被人杀害。

　　可是他也曾拿一碗稀粥，救活了气息奄奄的小女孩，小姑娘一缓过来，就紧抓着他的手指露了一个微笑，那一刻的欣慰和激动难以言表，比科举高中更让他骄傲。

　　他和两位御前影卫合作，杀了三位高官，又动兵压下闹事的富商贵贾，才从那些豪奢的世家嘴里硬挖了点粮出来，救济给万众灾民。

　　走的那天送行的百姓占满了长长的堤坝，他看着跪拜的人海，他面黄肌瘦的父老乡亲，他一碗粥一碗粥救回来的性命，终于明白了什么叫"天下苍生"，什么叫"为生民立命"。

他站在大殿外面，看着草木繁盛静好，和几个月前没有什么两样，可是他的心境已经完全不同了。等宫人唱名，他跟着入御书房大礼拜见，见得圣上高峻巍然，猛然间湿了眼眶，生出满腔知遇的感激。

他恭恭敬敬地拜倒谢恩，把提前背好的奏词说了一遍，又呈上舆图，标好了漓江何处改道，何处淤堵，又在何处疏流等事。

容胤见他满面风霜，行止稳重了许多，很是满意，就温言嘉奖了几句，随即一道御旨赐秉笏披袍，授官进经略督事，协理治水疏江。

陆德海受宠若惊，当即拜倒，连磕了好几个响头。御书房里几十位参政待职，能得圣上青眼，直接授官入朝的几年也没有一位。他是科举出身，朝里没有依傍，也没钱走路子，本以为至少得在御书房里苦熬个十来年才能有机会，想不到一趟外差回来立即改换天地，眨眼间就握了实权在手。

他从御书房出来，晕晕乎乎脚底虚浮，怀疑自己在做梦。可即使是做梦，这梦也美得不像真的。他跟着随侍的二等参政出来，两人本来是平级同僚，见面不过点头之交，现在对方却一口一个"大人"，礼数周全勤勉，把他引至隶察司挂牌署缺。那隶察司的诸位侍中侍郎也都赶过来一一道贺恭喜，有人即刻就令随从送上了贺仪。

御书房参政没什么实权，陆德海一直捉襟见肘，靠俸禄勉强支应，这一下只是打了个转，就有好几百两银子入手，当真是云泥之别。

又过几日，待经略督事放了本，他摇身一变就成了红袍朝臣。车马、仪服、随从和敞阔的大宅子都一一铺摆开来，往日眼高于顶的署里吏员们，此时个个笑脸迎人，鞍前马后地侍候。

到经略督事第一天当值，连太卿都亲自过问，派手下侍郎带着他认人，众人皆亲热招呼，尽心竭力地帮他熟悉政事，晚上又大摆筵席，贺他高升。

那沉甸甸的卷宗往他手上一放，展开来皆是实打实的银财人马，一样一样等着他派遣调配。一笔发出去，就是万千百姓受益。

他目眩神迷，满腔的热血壮志无处述说，便在御门听政的时候遥遥对着兰台宫叩拜，感谢皇恩浩荡，又暗暗发誓定要有一番作为，为天下苍生谋求福祉。

眨眼间又是几个月过去。

周氏水路已开，朝廷当即拨出大笔银钱，收购了周氏积压已久的生丝，又预订了来年的分量。这样一来，连莞州的桑丝生意都盘活了，刚刚安顿下来的灾民得了一口热饭吃，就立即开始热火朝天的集蚕栽桑，准备来年生丝。

秋汛一过，漓江水位下跌，两河督道和众位巡察使便进了骊原周氏郡望，沿河扎下工棚，开始招工治河。这一次朝廷放了恩典，给的工钱颇为可观，被洪水淹没了家园、无家可归的灾民们闻讯而至，迅速在骊原扎下了根。

临近新春，皇帝又颁御旨开了百年海禁，南北各设一港口允许海运通商。一时间，南北东西水运畅通，九邦满盘皆活。

眨眼就到了众外臣回皇城述职的时候。

这种述职每三年一次，所有外派的布政使、地方实权大员、驻边将军将领都要回皇城面圣，奏报治下情况，聆受圣训。

各类的嘉奖典仪，赐宴朝会一场接着一场，再赶上新春节贺庆典，接连几个月别想歇下来。朝臣们都戏称这样的年份为大年，暗指鬼门关，年纪大一点、体力不好的，连番折腾个三两回就累死了。

大年也是容胤最累的时候，日日穿着沉重的仪服，每一场典仪召见都得打起精神主持。有时候几次仪典上下午紧挨着，他就得通宵准备，成日里带着御书房上上下下几十位参政忙得马不停蹄。好在泓在御书房待了这么久已经可以独当一面，事事有他周全提醒，省了容胤无数心力。

　　挨过了这一阵忙乱，好不容易度了新春，各种朝贺觐见都了结后，又要大犒五军朝臣和众家主，日日升殿筵宴。好在这种场合都有现成的文辞诏书，谒见的臣子也都还算熟悉，容胤的负担就轻一些。马上就要封赏五军将领，他便叫泓把理过的将领履历拿过来，仔细看了看。

　　这次要封赏的，主要是军中崭露头角，立下赫赫战功的新将领。这些人大部分是御前影卫出身，退宫后从军，出身好能力又强，几年时间就脱颖而出开始掌权。反观那些退宫后选择从政或投身各大世家的，不熬个二三十年很难出头。

　　他们不像世家子弟有庞大雄厚的财力、人脉支持，进了深水里有再高的能力也只能靠自己扑腾，得慢慢地把根基扎稳当才站得起来，但是一旦立住脚跟，能干的事情和面临的机会也比从军多得多。

　　泓和这几位将领当年一起共事过，便另附了张票签，把这些人的优点也写了写。

　　容胤都一一看过，又翻了翻他们在无赫殿的记录：从几岁入宫写起，如何受训，接受了什么样的教育，成绩表现如何，何时通过遴选成为御前影卫，宫中当差期间做了什么，如何受封得到嘉奖都记录得非常完善，最后写明退宫后去向如何，还有教引人写的长长的评语，回忆此人点滴小事，抒发一下对得意弟子的殷切期望。

　　容胤看着看着，突然心中一动，想看看泓的履历。

　　他叫侍书女官取了现役的御前影卫名册，厚厚两大叠，他来回翻了两遍，却没找到泓的，最后一页一页翻才找到，只有短短几张纸，夹在别人厚厚的履历中间。容胤算着年份知道这就是泓的了，翻过页来心下却是一怔，只见那履历上凡有姓名的地方，都拿墨笔封了黑，涂得方方正正，遮住了本来的名字。

　　这是因为有帝王赐名，本名就再不能用了。

容胤轻轻摸了摸那小小的黑色方块，十几年前的东西了，上头墨迹早干了。

他一项一项慢慢往下读，见泓从小就展露了天分，开蒙练武都比别人早，不由微微笑了笑。到了正式授课的年纪，从第一年开始，文课武课就全是一等甲，偶尔有几门课程差一些，第二年就赶了上来。

到了后面几年，齐刷刷的一等甲，连最枯燥的仪礼、宫规等项都是优秀。再往下，大教习似乎给他加了课程，武课明显比别人要繁重。出殿遴选自然是毫无疑义的优秀，起步就比别人高，直接封了三等御前影卫。

容胤又翻了一页，上头记的是泓做御前影卫时的职责和完成记录，包括早期接受培训和实地学习的成绩。等到诸事熟习后，他开始接差事，负责人记了个优，直接被分配到御前侍候，再往下却是戛然而止，只得一行小字，记载某年某月，于某某殿召入内廷。

没有在职的累累功劳，也没有教引人的评鉴指导，到此为止，再往下就是一片空白。

容胤看着这半张空白，半天缓不过神来。

别人都是厚厚实实的整十年记录，临到了退宫，还有教引人举荐教导，殷切期望。出去后就是广大的天地，可以书写更辉煌的篇章。

可是泓的人生，早在十几年前就结束了。

他的优秀，他的理想，他惊才绝艳的才能武艺，和为之付出的辛苦努力，全都付诸东流，不再有人关心、需要；他被打上皇室的标记，人生的全部价值，在于能不能取悦皇帝，他自己想要什么，想干什么，都变得毫无意义、微不足道。

他是多么沉静腼腆的一个人，胆子又那么小，突遭惊变，众叛亲离，不知道得有多害怕绝望。

泓一定也是有过万丈雄心和辉煌梦想的，一朝士成，前程锦绣。可惜只来得及看上一眼大道光明，就被折断了羽翼。

明珠蒙尘，一放就是十几年。

人生才得几个十年！

容胤满心的愧疚难过，把泓的履历齐齐整整地撕下来又看了一遍，折好收进了箱子里。

第二日便是五军将领受封聆训，又有天子赐宴。容胤雍容端拱，高坐明堂，由礼官宣读了敕谕封赏。他见到众将领那年轻又明亮的脸庞，满怀着对未来的憧憬和勃勃雄心，他们有着同生共死、互托性命的战友，有全力信赖支持的上司下属，有竭力投身的远大理想，也有为之骄傲持守的武者荣耀。

封赏已下，接着便是众将谢恩。他本应该在这时候温言勉励几句，顺便认人，记住这些未来的国之栋梁；应该提提旧事，拉拢新人，也要给他们一些明亮前景，稳固自己的统治根基。

他给各桌赐了酒，和众将共赏宫中礼乐。他看着座下盛世繁华丹宇呈祥，想起泓，心里十分感慨。

到底是耽误了他！

容胤早早就退了赐宴，出来的时候正赶上御前影卫换岗，见到今晚上当值的人都是年轻的新面孔。边疆归来的将领们在宫中领完赐宴回无赫殿还有一场热闹，御前影卫中那些过去的旧相识便早早和新人换了班，准备着夜里不醉不归。

容胤回了暖宁殿，却见泓已经在殿里等候。他主掌无赫殿外事，今日两殿庆典诸事繁杂，再加上一会儿的夜宴，容胤本以为他今日不会回了，这会儿见他就有些意外，问："无赫殿不是有夜宴吗？怎么现在就回来了？"

泓答："已经万事妥当，不需要我在。"

容胤道："今天这几位都是你的旧识，我以为你会陪席。"

泓微微一摇头，轻声道："是旧识……没有私交。"

容胤道："同窗之谊也应该聚一下的。"

泓本来也在犹豫，见陛下也这样说，便答应了一声，道："好，我现在去。"

他答应得利落，反叫容胤怔了怔，随即明白过来，无私交只是托词，泓没去，是因为得留殿里服侍自己。就算想去，也不能说。

容胤心中不是滋味，一时说不出话来。两人相处的琐碎小事此时全翻上心头，桩桩件件，无不尽心合意。

他想了又想，竟然想不到哪次泓违逆过自己，也想不到泓什么时候表达过自己的想法。把他调到自己身边这么长时间，可他到底是个什么样的人，自己却一无所知。

不知道他喜欢吃什么，不知道他喜欢做什么，不知道他有什么样的抱负和理想，也不知道他是不是愿意当差。

旁人若得了他这个位置，怕不是要欣喜若狂、拜谢天恩，可他，却一直都勉勉强强，说到底，从一开始就是被安排的，他没得选。

一时间容胤满身心的疲惫，最后无话可说，只挥挥手，让泓走了。

历练

LI LIAN

第十五章

　　到了第二日容胤再起来，便把这一个心事埋在了心底。他若无其事，在朝中提调挪移，不动声色地布置了一番。众臣见人事变动频繁，皆传新一年圣上要有大动作，朝中上下风气一凛，人人警醒，打起了万分的精神办差。

　　眨眼间就出了正月。开春御驾赴籍田劝农后，枢密院结束了国库对账，就算是新税年开始。头年水患赈灾，天下粮仓空了三座，遭灾的州郡连种粮筹措都困难，眼瞅着云氏在湘邦掏的窟窿一时半会儿也补不上。

　　此事不敢报，也不敢不报。枢密院众臣全都战战兢兢，便由太卿出面，辗转找到了尚书台右丞云白临，私下里讲了这件事。

　　云白临是云安平的长子，此时虽然身居高位，却已经好几年不理政事，只等着提携上小辈后就致仕回沅江接掌家族。家里欠粮的事他也知道，却没想到欠得不少，当即答应帮枢密院交代，回头就找父亲问了个究竟。

　　云安平自辅都面圣后，还要准备两个孙女入宫，与长孙云行之入仕等诸事，便留在了云白临的别院一直没回。听云白临问起欠粮，一点头道："确有其事。"

云白临急了，道："欠年少缴点也就算了，怎么一年比一年差得多？这次赶上灾年，邦里拿不出粮，饿死了十几万人！"

云安平不动声色，淡淡道："这里头自有道理。说白了不过是一头欠了一头补罢了。这粮从太后垂帘时就开始亏欠，实际是弥补当年云氏出资抚军的饷银。这笔钱没法从国库里正大光明地走，才从粮上找补。"

云白临一听缘由，立即直起了身子，低声道："父亲糊涂！当年太后要银子抚军，防的就是圣上。两宫关系父亲也不是不知道，现在还敢找补，不是给圣上填堵吗？"

云安平微微一叹，道："我本想趁皇帝根基不稳，对云氏多有依仗，压两分商税。欠点粮，不过是投石问路。这次辅都一见，我就明白此路不通。人主羽翼不丰但峥嵘已露，云氏已经是俯首座下臣了。"

云白临低声道："是这个道理！自从当年五军倒将，逼六合大将军反戈支持圣上的时候，我就不敢有什么小动作了！

"朝里的掌权将军和咱们这几大世家看着威风，架子是虚的。圣上不声不响，拉拢了一大批军中将领和小姓，拿出来不起眼，根基可是扎到了最底下！

"他歪一歪，咱们就地动山摇站不稳！要我说，云氏应该避锋为先，在内尽快叫婉娘入主后宫，在外把行之扶起来，给小一辈把底子打好。从东宫入手，家族繁盛的日子在后头！"

云安平点头称是，两人又商量了一会儿，觉得若是由云氏主动还清欠粮，就得提当年太后抚军之事，未免在皇帝面前落了下风，便由云白临携枢密院上本，只说灾年欠粮，云氏会尽快调配。

若是皇帝不追查，此事揭过就算，但来年银粮务必交齐。另一头尽快叫云行之入仕，最好在婉娘和柔娘入宫前就拿到实权，小辈们好互相有个照应。

　　两人计议已定，云白临便一封奏折递进了御书房。他一带头，枢密院立刻跟进，将头年国库大账递了上去。朝中各司随即响应，或报云氏出银赈灾后事，或提经略治水拨款等项，言下之意云氏和枢密院虽有错，却也尽力弥补，马上治河也离不开，请天子不要再追究。

　　朝中众臣都是世家出身，彼此间向来同声相应，同气相求，一时间抱成了一块铁板，力保云氏平安。

　　容胤一一批阅，波澜不惊，没显出什么喜怒，将这一笔轻轻揭过，只批示了叫邦里和云氏今年的粮税不必上缴，直接补齐天下粮仓。他四下筹措，联系了几家富庶的家族，向他们借一点粮送到湘邦，先马马虎虎把春季种粮调拨糊弄过去；另一头又密令边疆诸将谨慎仔细，稍加退让，至少保住今年不要起战事。

　　他一手明，一手暗，明着轻描淡写不追究，暗着却派了几个御前影卫和按察使到湘邦去，把当地的士绅门阀一一收拢，将百姓惨状、官府狼狈等情形，黑纸白字地写出来，叫众乡民按手印指认。

　　他没追究，众臣便道云氏圣眷仍隆。云氏父子也放下心来，等这一阵风波暂平，云白临就上本请奏，叫长子云行之入仕从军。这点小事本来无需容胤过问，但未来家主请他看一眼，也算是云氏的诚意。于是容胤下旨，令云白临把长子带进宫来亲自安排。

　　这一日下了例朝，云行之就锦衣玉冠，肃容跟着父亲入了宫。他进得御书房，当即拢衣敛袖，拜倒行了大礼。

　　容胤见他虽然沉稳雍容，一身家族里精心教养出来的矜贵端庄，却眉眼含春熟悉得很，认出来此人正是那日武馆里欺负雷大壮的公子哥儿。他不动声色，稍稍夸赞了几句，云白临便在一旁解释，说这孩子虽然聪慧，却生性内向不善言辞，也不大通人情世故，因此拖了这么久才出仕，请圣上稍加提携，给个历练的机会。

容胤便御笔朱批，把云行之分往五军历练，还特地叫了泓来，令他跟着一起巡历，贴身作个保护。天子刀兵，从不妄动，能得蒙庇佑，自然是莫大的恩典，也是皇帝对云氏的安抚。

云行之连忙拜倒重又谢恩，恭恭敬敬地和泓一起躬身而退。

他这是第一次进宫，也知道最近风向不好，圣意不明，因此谨慎小心不敢失礼，入得御书房就拿眼角瞥着父亲的脚步走，等谢恩退出去的时候，又低垂眉目，只跟着身边这位御前影卫走，直到出了兰台宫才敢侧脸看一看身旁这位御前影卫。他挑起了一边眉毛，笑如暖阳，道："请问这位小哥——"

他话还没说完，已经看清了泓的脸，登时"哇"地大叫一声，跳起来道："怎么是你！"

泓早认出了他来，似笑非笑，轻声反问："怎么不能是我？"

云行之如同被人打了一闷棍，半天说不出话来。那日从武馆出来后，他们也曾议论，不知道包间里到底是谁这么大排场。后来猜测大概是无赫殿的掌殿带着众武者出来游玩，如此桀骜倒也不奇怪，哪承想到是现役御前影卫？

御前影卫都是跟着圣驾走的，云行之想到了一件更可怕的事情，回头指着兰台宫方向，一脸的绝望，看着泓说不出话来。

泓很有些幸灾乐祸，微微笑了一笑。

云行之顿时崩溃，哀叹了一声道："完了。"

他越想越心慌，转头拉着泓的衣袖，又无辜又可怜，道："小哥救我。"

泓说："不救。你仗势欺人。"

云行之立即道歉，可怜兮兮地说："我错了。你不知道我家里管得有多严，成天端着架子一丝错都不能犯，憋得我一肚子怨气。好不容易出了沅江，就胡乱玩闹了一番。回家父亲知道了，对我又是一顿臭骂，禁足到今天才放出来。以后不敢了。"

他一边说，一边打量泓的神色，不见对方有什么怒容才稍稍放心。想到祖父千叮万嘱，叫他到了皇城谨言慎行，在圣上面前拿出当家人的持重来，结果自己一来就捅了个大娄子，不由发愁。

想来想去只得先把眼前这位御前影卫拉拢住，时机合适的时候请他在圣上面前说点好话。他知道能够御前随侍的影卫都不是池中物，也不敢使什么手段利诱，当即掏出了百分百的真心，跟在泓身后又是道歉又是反省。

他在沅江的时候，就是拈花惹草、长袖善舞的一流人物，此时剖心以待，揣摩着泓的心思搭话，没几下就和泓熟络起来。

两人一起去了亲军都尉府记名，随即就入编分往正阳门巡察。泓心中对他虽然有保留，却也生不出讨厌，都尉府里他是熟悉的，便在一边给云行之提点了几句。

云行之感激涕零，当即投其所好，回头就在武馆里包了个单间，隔天赶上泓沐休，盛情邀请他一起去看雷大壮打擂。

他不漏痕迹地体贴着泓的心意，句句点到红心又诚恳真挚，没两天泓就被他收买，再见到容胤就暗搓搓替他求情，说："我觉得云行之挺好。"

容胤哑然失笑，道："你忘掉他那日如何跋扈了？一点小小手段，就把你收买了？"

泓说："我知道他是刻意拉拢。"

容胤道："叫你去，就是为了让云氏拉拢，你是我的近侍，就是我的另一双眼睛，看他能做到什么程度，就能判断出他们有几分诚意。你心里明白就好。何况云行之聪明伶俐，很多事我不方便出头，他知道该怎么办。但是，你用他，别靠他，大方向把稳了，剩下的难得糊涂。"

泓懵懵懂懂，问："什么大方向？"

容胤笑了："我怎么知道你想做什么？你自己肯定是有想法的。要是不方便和我说，就找云行之错不了。他那个伶俐的神气，和他爹一个样。这不是搭把手就把你攀上了？眼光挺准。"

　　他这是在给泓铺路，泓却一句都没听懂，只觉得哪里不大对劲，看着容胤一个劲眨眼睛。过一会儿他想明白了，单膝跪在地上，认真道："没有不方便和陛下说的事情。臣既然作了御前近侍，就只想尽心服侍陛下。"

　　这是臣子效忠的标准答案，容胤早听得耳朵长茧，挥挥手道："没有问你，不用特地说。"

　　泓只得不吭声了。容胤便问："都尉府把你们分到哪里去了？"

　　泓答："九门。"

　　容胤说："皇城九门，是禁宫的最后一道防线，这是都尉府轮防的重中之重，你跟着走一圈，将来心中有数，若是要调兵配防也不至于两眼一抹黑。"

　　泓很不高兴，却又说不出来，就闷声顶了一句，道："臣管的是禁宫值卫，九门是都尉府李都护的职责。"

　　容胤听出泓不开心，就安抚道："身家性命的事情，我只信你。你里外都熟悉，我就踏实一些。"

　　泓听了顿时兴高采烈，答："好。"

　　容胤见他这样容易开心，忍不住又笑。

　　到了第二日，泓高高兴兴地换了侍卫的服制，和云行之一起继续到九门巡历。两人和寻常侍卫一样，编入队中，日日上值巡守。一开始是正阳、广德、同和三个禁宫外门，差事清闲，当差的众侍卫都是家里有些根底的世家子弟，闲来无事各种消遣都玩透了。

　　云行之滑熟剔透，在沅江就是个浪子领袖，正嫌皇城气闷，这一下遇到了同道中人，当即如鱼得水，和众侍卫称兄道弟，玩到了一起。

　　他一头玩得八面玲珑，一头却不忘拉扯着泓，有他在中间打场搭桥，众人都觉得泓虽然拘谨安静了点，却实实在在是个靠得住的好兄

历
练
◇
113

弟。再加上泓是御前影卫出身，都尉府里说得上话，众人抱着各样的心思纷纷结交，眨眼间两人就融进了皇城世家子弟的圈子。

三外门都熟悉后，两人又调到了护城的昭义、展勇、授诚三门上当值。这边就临着坊市了，白天晚上各有一番热闹。云行之虽然偶傥风流，却也是知分寸的，并不敢往那烟花之地张罗，只是呼朋引伴，招呼大家一起去各类会馆喝茶赏艺。

泓跟着大开眼界，见到好玩的去处就默记于心，想着什么时候能和陛下一起来。

护城离着禁宫有些距离，他们巡守到最北边的授诚门后，泓回宫的时辰就越来越晚。

这一日，宫门下了钥泓才赶回来，夜里寒风凛冽，泓一进暖宁殿就被热气激得连打了好几个喷嚏。

容胤在里间正看书，见他晚回，就随口问："怎么这么晚？"

泓说："今天调到授诚门了，离宫里远。"

容胤一想果然不错，便道："离得远，晚上就别再回来折腾了。你在外头挑个好宅子，不方便的时候就留宿那边。"

宫中有规矩，御前近侍不能有私产，要没有差事，也不得在宫外留宿。泓忙道："不用，在授诚门只待几天而已。"

容胤道："再往下不是还得去福阳门吗？那边就远了。你有个落脚的地方，就不用天天往宫里奔波。若是想宴请同僚，结交伙伴也方便。"

他说做就做，当即就到外间叫宫人拿了皇室房产来，捡着好地段，挑了处精致的府邸划拨给泓，又令人连夜布置安排。泓很是惶恐，劝阻道："不用这样麻烦，我留在箭楼值房里对付几天也是一样的。"

容胤翻着内帑的账册，正吩咐宫人如何给泓的私邸在内帑走账，听见泓劝阻，就随口道："派你出去，就代表着皇室脸面，怎么能对付？"

泓顿时感动，默默回了里间。

帝王亲口吩咐，宫中承办自然上心迅捷，几日间，宅子就打理妥当可以住人。本来泓和云行之，一个回宫一个回右丞府是一路的，这日调到福阳门后，泓便要回新宅，不能再和云行之一路走。

云行之听说泓有了私宅，当即起哄说要广而告之，叫大家一起去暖屋。

他这是给众世家子弟"奉仪"拉拢的机会，也是知道泓刚出宫囊中空虚，替他活活财源。

泓却不懂这些，连忙拦下了，解释道："不是新宅子，是宫里赐的，只是让我这几天落脚。"

云行之见他有顾虑，知道御前影卫退宫前先置产，传出去确实也不太好，当即不再多说，只吵着要和泓一块去见识。两人一起回了新府，就有仆人上来迎接，恭敬殷勤地引两人游视查看。

这是套三进两出的大屋，前后庭院枝叶叠重，小池生青，布置得极为幽静精致。进得主屋，里面家具、摆件都和外景相衬，搭配得和谐典雅。

这宅子在皇城里不算豪奢，可里面收拾得真心舒适，云行之一见倾心，当即耍赖不走，求泓收留。等主人家同意了，他就叫人回右丞府，把自己的家当全搬了过来，还带过来两个厨子和新鲜的菜和肉，即刻就开灶做起了家乡菜。

泓看着好笑，也不拦他。等两人用过晚膳，云行之就挨个屋子视察，挑了个"第一好"的屋子住下。他占了好屋子不免心虚，就给泓挑了个"比第一好只差一点好"的屋子让泓睡。

泓不懂这些，只觉得熄灯后窗外的枝叶摇曳，照得屋里地下全是影子，未免太宽阔萧条。

他一会儿算算日子什么时候能回宫，一会儿想想皇帝派他出来的用意，稀里糊涂就睡着了。

几日须臾即过。云行之在泓这里待熟了，私下里便问他，要不要作个东道，把相熟的几位世家子弟都叫来聚一聚。这几位都是簪缨门第的少爷，平日里家里管得极严，不敢轻易在会馆酒楼这种地方露面，想出来玩一玩，却没个落脚处。如今泓这里幽静安全，又不起眼，倒是个绝佳的好地方。

这里是陛下亲赐的宅子，泓不想让人来扰了清净，张口就想拒绝。

见他微一皱眉，云行之就看出来了，不由心里微叹一口气。他知道泓是武者，在人情往来上想得少，可是一窍不通带起来也真费劲。

这回他也不兜圈子，直截了当道："家里已经给我找了去处，万事齐备。我舍近求远想在这里张罗，不过是搭个顺水人情。

"小哥你路子长，想在皇城深水里趟，就得借风借势，顺水行船。世家里都是这样，子弟们高门深院，埋头苦读十几年，论品入仕前却突然全都变成纨绔，到处花天酒地，吃喝玩乐，看着不像样，其实求的是互相搭上关系，作个往来。将来入仕后，上上下下才能说得上话。

"我初来乍到，皇城里没有自己的人脉，想要下水捞鱼，就得先退而结网。这叫人情水，浪打浪，人多浪才高，才能把船推起来。逆风行船不怕，逆水就不好了。"

泓恍然大悟，这才明白云行之四处结交游乐，还要带上自己的一片好意，连忙起身向云行之道谢。云行之这辈子第一回被人逼着把话说这么透，却又不好抱怨，只得满怀郁闷，只是挥挥手。

当日陛下赐宅时，也曾说过为了他交游方便。泓才知道皇帝早替他想到前头去了。两人即刻就张罗起来，邀请众位世家公子来家里推牌打陆。云行之是个风月场上的高手，一时间八面玲珑，招待得众子弟尽欢方散。宴会连续又张罗了几次，泓府上便日日宾客盈门。

这时候就显出泓御前影卫出身的好处来，论朝中政局，他日日随侍圣上，自然比谁都清楚；论战事边防，他也能说出一二。他又是武者出身，府里自然安全无忧。众人见他眼光好，人又可靠，虽然不是大家子弟，却也乐于结交。

这样来来去去几个回合，云行之和泓就在皇城世家中打开了局面，还和几位公子结下了通家之谊。御前影卫退宫前，虽然也有世家招揽，却从未有人能像泓这样，轻而易举就融进了众子弟的交游圈子。大家背后讨论，猜测泓退宫后是要留朝从政，只是不知道走了什么门路，竟然攀上了云氏大公子，借云氏之力，未入仕就先打了个开门红。

　　一转眼两个人职责已毕，又要调往巡武门和扬威门。这一天把差事交了后，泓见天色还早，心中一动便想回宫。他也没和云行之打招呼，自己一溜烟赶回去，匆忙换过衣服就去了御书房。御书房外头当值的御前影卫都是熟人，见了他连忙拦下，龇牙咧嘴，比画了个刀砍脖子的手势。

　　这是影卫间流传的暗号，意思是龙颜大怒，大家小心伺候，能拦的就全拦下，不要放人去招惹皇帝。

　　泓见了忙问："怎么回事？"

　　那位御前影卫说："经略督事捅了个大娄子，圣上心里不痛快，正核查呢。"

　　泓就往御书房里头看过去，果然见大殿外间候着十几个臣子，人人战兢，等着皇帝召见。他微一皱眉，低声问："连枢密院都牵扯进来了？"

　　那位影卫一点头，神色难看，道："怕是要撸掉一批人。"

　　泓踟蹰了一会儿，道："我先等等。"

　　那位影卫知道泓最近接了外差，就低声道："要没什么要紧事，改天再来吧。今天不知道要等到什么时候去。我刚才见着了陛下，脸色不太好。"

　　他们这些常常随侍的御前影卫，早把容胤的脾气摸得清楚，陛下若是脸色不好，心中必定已经大怒。泓本来也只是想回来看看，不算什么大事，也不敢在这个时候撞上去。他绕到大殿的窗子下头，远远地看了一眼，就悄悄地走了。

他不知道容胤这个时候正一个人气得要死。

经略督事递交的治河方略出了错，枢密院照着拨款，一笔银流过去，那头却无人接收。仓促间银子入了府库，却被当地郡守当作购种银，转头就拨给了底下的粮商。

两河督道等不来银子，知道出了差错，却不上本，而是一封私函发给了枢密院。两院太卿见出了事，就联手企图瞒天过海，动用了经略督事的私库弥补。本来等粮道拨了银，直接缴回私库，这账就算平了，前后不过几个月的时间差。偏偏容胤要拿经略督事的私库给莞州补桑，抓了个正着。银流还是小事，容胤气的是底下臣子抱成一团，出事不想解决，只想着怎么瞒他，真正是其心可诛。

他越想越怒，一生气就开始后悔把泓放出去。他不方便轻易动怒，最多只是个杀鸡儆猴，可是若泓在自己跟前，这会儿就可以直接派到枢密院去，替自己狠狠教训一顿这帮臣子。转头又想到泓也不能成天守在这里，将来放出去了，说不定几年工夫就和这些臣子搅和到一起，为着权势、利益骗他，到时候不知道得有多生气。

他想得闹心，就把桌子上的章本哗啦啦一翻，弄出了点声响，把底下跪着谢罪的太卿吓得一哆嗦。这位太卿主掌经略督事，两个儿子任着经略侍郎，一个女儿嫁出去和枢密院太卿结了亲家，在朝中根基稳固，办事也得力。容胤没法动他，就大发雷霆，责令尚书台把这事查个清楚，好好吓唬了他一顿才放人。

帝王震怒，顿时满朝自危。尚书台左丞刘盈亲自出马，把经略督事翻了个底朝天，没几天就查得清清楚楚，写了个长长的奏折呈了上来。

容胤草草一翻，原来是一个知事办差不力，稀里糊涂地报错了卷宗，上头侍郎也没详查，等知道出事后，这位知事又四处贿赂求告，上下活动，托人求情。两位太卿抹不过面子，心一软就犯下了这等糊涂事。奏折到最后,等看了那主犯知事的名字,容胤心中不由轻轻一叹。

是陆德海。

他知道陆德海在朝中必然诸多艰难,但见他才气、能力俱佳,就想着推出去试试。可惜这么快就顶不住了。

世人皆以品论人,陆德海没有品级家世,平日里办差必然诸多掣肘,难免出错。有错就有把柄,等到了要人顶缸的时候,别人都有根基,就他无权无势,自然一面倒地都指证他,叫他有苦也说不出。

眼下这个情况,连自己都保不住他。

科举推行五六年,选上来百十人,大部分分配到了地方,做些主簿、吏员这样的小官,为的就是不让他们直接影响到世家大族的权力利益,引起反弹。他想着潜移默化试试看,也挑了几个看着不错的留在皇城,给了些不起眼的官职。只是这些人至此籍籍无名,就一个陆德海,走到了他眼前。

还是操之过急了。

撬动体制这种事情,本就应该拿出水滴石穿的工夫,一点一点地去磨。贸然派几个马前卒过去,除了损兵折将,没什么好处。

他虽用人,却也护人,不会让他的卒子孤身过河。先把人保住,退一步将来又是海阔天空。

容胤转念间计议已定,便把众犯错臣子叫进来厉声斥责。主犯陆德海即刻被褫夺了衣冠,念在赈灾有功,遣返原籍陌陵治水。枢密院从上到下都被狠狠整治,连太卿都被摘了封号。经略督事有错在先,本应狠狠责罚,他却轻轻放过,只象征性地罚了太卿俸禄。

两院沆瀣一气,他冷眼旁观,早就心中有数。枢密院的太卿是个思虑多的,这次趁机整治,故意不平,为的是叫他们生出罅隙,松一松这块铁板。这还不算完,他把脸一翻,又换了副推心置腹的面孔,大讲治水何等重要,叫两院另辟吏员合作,成立专部,负责治水诸事。他给这个新部门很大权柄,叫两位太卿回去商量下,谁家出个人来掌管。

大饼一扔，两家皆抢。他又埋了个疑心的种子，将来枢密院和经略督事再像这样心无芥蒂抱成一团就难了。

他整治完两院叫人退下，陆德海随即就进来谢恩磕头。容胤见他一脸的灰败，嗒然若丧，全然没有过去的精气神，也怕他就此一蹶不振，便难得宽慰了一句，道："朝中不是你待的地方，回家乡出力吧。"

陆德海面如土色，一句话都说不出来，只得趴地上连连磕头。

他入了朝才知道干点事情有多难，经略督事里看着风平浪静，趟进去全是坑。他满腔热忱想好好做事，果然就有一大堆事情都堆到手边，样样事关紧要，错一点就是重责。那些轻松又有好处的事情，他一搭手就有人来抢，还笑眯眯地说是分担责任，不劳他费心。

他什么都不懂，向人请教，人家讲解起来头头是道，其实全是花架子，里头一点实质的东西都不让他碰。问得多了，众人就说他愚钝蠢笨。

一开始出去筵宴他还积极参加，可是席间聊的全是风花雪月、分茶斗酒的风流韵事，他心里嫌弃这些纨绔子弟花天酒地，加上囊中羞涩，便婉辞不去，后来发现身边人人熟络，全是酒席上结交的，这才明白喝酒风流只是面子，真正的里子在人情上。

明白的时候已经晚了，他在经略督事里孤立无援，一出了事全往他身上栽，叫他有嘴也说不清。

上一次他在御书房里面圣，是何等的意气风发、壮志凌云，短短几个月时光，再拜见，却已是办事不力，遣返原籍。他一向得意，觉得自己颇得圣眷，戴罪面圣还心存侥幸，想着能有一番陈情。哪曾想圣上雷霆大发，直接就褫夺了官位，连两位太卿都严加训诫。

他两股战战，听着圣上终于有了一句温言，登时满腹的心酸，一个头磕下去，泣声道："陛下！臣冤枉！"

容胤见他还想不明白，就点拨了一句，冷冷道："不冤枉。一钩之器，不可容江海。你若藏大贤能，就必有匡辅之时。下去吧。"

他字字如刀刮骨，说得陆德海自惭形秽，灰溜溜如丧家之犬。听得圣上令退，就磕了个头，躬身退了出去。这是圣旨褫夺官职，须得立办，一出御书房他就被脱了官袍，只着一身素色里衣出宫。若这样狼狈离开，一路上不知道有多少人看热闹，亏得有位三等参政是旧识，帮他叫了顶小轿遮掩，悄无声息地回了府。

他的府邸很是气派，当时新入朝，为了拿出场面来，家丁仆役请了无数，里头家当都是成套新打的。如今仓促间只得请了中人来贱价处理，几日内就卖了个干净。等最后一笔房契一交，他走在空荡荡的宅院里，突然有了一丝释然。

这么大的家产，上上下下十几口人，全凭他的俸禄养活。再加上往日和同僚应酬开销，磨得他捉襟见肘，焦头烂额。现下倒好，落得个白茫茫大地真干净，换了张轻飘飘银票回乡做富家翁。

他想起圣上说他一勺之器，不可容江海。不冤枉，真的不冤枉。

人家都是一个家族的人在后头顶着，自己赤手空拳，只得一瓢之饮，凭什么妄想鲸吞山河？

几日之内，诸事皆讫，陆德海便叫了车马，一个人离开了皇城。

他家里拮据，来的时候仅仅带了两套行李。如今黯然离开，依然也只是两套行李随身。

他出了皇城，听着车马辚辚，还是忍不住掀开帘子，回望那巍峨辉煌的帝国都城。

他把梦想，把雄心，把毕生热望，全燃烧在了这里。

却只得满胸余烬，黯然回乡。

当年科举他一举登第，钦赐皇城留用，何等恩宠，何等荣耀。乡里争相走告，都说这是泥鳅钻了金銮殿，寒门里要出贵子。自那以后，全郡里的庶民百姓人人振奋，都立志要和他一样走科举的路子。

这路子看起来锦绣光彩，走起来何等艰难。生来寒门，世世无翻身之日。他铩羽而归，徒费心力，最后，不过落得个蝇头小吏。

陆德海无声地叹了口气，放下车帘子不忍再看。

他这一路舟马奔波，不过十几天工夫就进了漓江水域。头年水患惨烈，虽有朝廷赈济，民间仍免不了卖儿卖女，饿殍遍地。那大河漫流，淹了多少良田美地，毁了多少美满家庭。陆德海一路嗟叹，却心有余而力不足。

他已经不是官了，身上总得留点银钱顾老，回乡还得安置父母，救济一大票亲戚，因此虽然兜有千银，手上却不敢散财救济。何况钱财总有尽时，穷人却是无数。救是救不完的，要去根，就得先治河。

他亲眼见了灾后惨状，才切身体会到治河之重，也明白了圣上为什么要对漓江三大世家做出那么大的迁就让步，来换取一个入境治河的权利。

他在皇城蹚过一回水，知道圣上何等雄才伟略，抚临万民，也知道朝里何等疲沓臃肿，一心向利。他一路走，也见着那世家门阀的贵人金马雕鞍，招摇而过，他们白占着滔天权势，却没人想着为国为民，出点力气。

他终于回到了家乡。

陆德海站在高高的山岗上，遥望江对岸他满目疮痍的家乡。一场大水过去，原本的肥田已成旷野，沿江的热闹集市不再，只见残垣废瓦，堆积水边。那滚滚江涛一年一漫流，把记忆中的繁华扫荡干净。

他孤孤单单行到渡口，踏上了过江的一叶飞舟。浪涛中他竟然晕了船，趴在船舷上大吐了一场，吐得涕泗横流。

他吐过，拿帕子就江水洗了头脸。天道朗朗，风清日明。他心情平静，重新整理了衣装。

这里是他的家乡，他扎根的土壤。纵使只是一钧之器，他也要用此身尽容江河，为家乡竭力。

前程
QIAN CHEN

第十六章

一晃月余，皇城里进了暮春。

满城的飞花柳絮，风一吹就洋洋洒洒四处飘落，像场没完没了的雨。

云行之和泓历遍皇城九门，收获颇丰，不仅熟悉了城防要务，也顺路结识了无数世家子弟。泓聪明灵慧，不多时就跟着云行之学会了八面玲珑的应酬工夫，他本人又沉稳清俊，话不多说，开口却真诚恳切，没有丝毫圆滑之气，背后的风评反比云行之要高些。

这一日他们结了差事，又有众人特来送宴辞别，到了晚上回府，都尉府已将两人籍本送了过来。这籍本由隶察司签发，记的是两人这趟历练的始末。

泓随便翻了翻，见从正阳门开始，到最后的奉勇门，一路下来都得了个甲，不由暗自感叹。以前想评个甲，非得全力以赴，不出差错才行，现下只是和众人喝喝酒，拉点关系就拿了头筹，真正是轻松好做。

不过他不能退宫，这籍本不记档，拿着也是无用。泓扫了一眼就放在桌子上，转头见云行之正笑嘻嘻地叫下人回家里去报喜得了全甲。

两人已经熟络，云行之偶尔就在泓面前显出了娇生惯养、孩子气的一面。泓在一旁忍不住微笑，道："着什么急？明日你自己拿回家去请功不好吗？"

云行之随口抱怨道："哪有时间！明天就放本去雁北大营，我连行李都来不及收！"

泓满怀诧异，惊问："要去雁北？"

这回轮到云行之诧异了，把籍本拿给他看，说："这不清楚写着吗，你自己不知道？"

泓连忙翻过自己的籍本，只见下一页果然盖了大印，清楚写着叫两人赴城郊雁南、雁北、翼东、翼西四座大营历练，合计将近半年。这四座大营有兵马二十余万，扎营在五日路程外，四方拱卫着皇城。军权由帝王亲掌，也属于都尉府的一部分。

这一去，就是半年了。

泓满心茫然，怔怔地发了一会儿呆，才说："怎么要去这么远？"

云行之笑了一声道："这还远？等城郊走完分到北疆去，那才叫远呢。到时候叫天天不应，全靠小哥你罩着了。"

泓一惊，忙问："还要去北疆吗？"

云行之这才看出来泓什么都不知道，便答："从军历练啊，当然要从军！北疆之后还有西域和沿海，没个几年回不来。你不知道？"

泓怔怔地答："我不知道。没人和我说过要这么久。"

云行之呆了呆，扶额道："大哥！你将来是要当将军的人物，自己前程的事情都不上心吗？"

泓低声道："我不当将军。我是要回宫的。"

云行之笑道："你不当将军跟着我干吗？圣上亲自栽培，小哥前途无量。"

泓一阵怔忪，说："我只是奉旨行事，保护你历练。"

云行之目瞪口呆，这才发现俏媚眼全做给了瞎子看，搞了半天眼前这位主什么都不懂。他一阵气结，怒道："我怎么会用你保护！"

他长吸一口气，拿出了平生最大的耐心，干脆把首尾摊到了桌面上，直接道："云氏势大，我祖父应诏都得圣上亲赴辅都，为的就是彼此忌惮。我是家里嫡长，你是圣上刀兵，你说我敢不敢叫你保护？就算我敢，圣上也得避嫌，怕云氏生疑。"

"朝廷要入郡治水，我家里漫天要价，要我掌军，又要我姐姐入主中宫。圣上就地还钱，提的条件就是要往我家里安插人手，要云氏倾力提携，以一品大族名义保举你。你是皇帝的亲信，我家里为表示忠诚，将来必要分权给你，要不我为什么这么费劲替你各处引荐？你经我手出去，将来出了差错就得我担着，得了好处还得分你一半，我哪有这么闲！"

泓心中冰凉，束手无措，茫然道："陛下没有和我说过……"

云行之无语至极，道："聪明人办事还用说吗？圣上什么手段？你看看他哪一步不替你安排在了前头？你又不笨！圣眷都扣脑袋上了怎么不想一想？光听表面话，说什么就是什么吗？"

泓攥紧了籍本，一时之间说不出话来。

一直都是……陛下说什么就是什么。

陛下是什么手段？施展到自己身上，他无知无觉，只有受着的份。

泓半天没说话，云行之便当他顿悟，低声点拨道："你揣摩上意，不能单听言语，得分析后头的利益。他一个意思出来，谁得利谁吃亏，怎么反应对你有利，怎么奏对才能不得罪人又捧了场，都得过脑子想。"

泓低声说："我没想过。"他只会全盘接受。

到现在仍然在想……为什么会这样不清不楚的，就……被陛下放逐。

泓猛地起身，一言不发就往外走，听见云行之在后面喊他也没有理会。他到后院牵了马出来，纵身上马，一个飞跃就出了大门。

他抄了近路，直奔禁宫。

一边策马疾行，一边腾出手来，从领口扯出陛下给他的玉佩紧紧握在手里。惶恐无助的内心，借着温凉的玉佩得到了一点点凭依。

陛下……即使是驱逐，也请……亲口告诉我。

他赶到宫里时已是深夜。宫门下钥，他凭着御前影卫的身份，轻轻松松直进暖宁殿。他心中激荡，不管不顾地就要往里走，众上值的御前影卫慌忙拦下，领头那位是熟人，照他肩上轻拍了一掌，怒道："大半夜的，你疯了？"

泓沉声道："我有事要面圣。"

领头影卫道："圣驾已歇，天大的事也不能进，别为难兄弟了。"

泓也是当差熟了的，知道这个时候御前影卫绝对不会放他进。他把心一横就打算硬闯，劲气鼓荡，一个流转就被众影卫看了出来，立时把他团团围住。众人配合默契，架势一摆开来，泓就知道自己过不去了。这里离寝殿还远，弄出声响陛下也听不见。他不知不觉就松了气，怔怔地看向远处的暖宁殿。

庞大的宫殿已经灯火尽熄，静静地伏藏在黑暗中，如同盘踞的巨龙在深渊中暂歇。近在咫尺，远在天涯。明日发往雁北，再然后转战边疆。几年后回来，不知道又要发到哪里去。

本来想的是陛下遣退后，他就和以前一样，从此暗中守护，一辈子默默尽忠也很好。

他没做错过什么事情……也许做错了，陛下没有说。可是无论如何，也不应该剥夺他的权利。

他越想越气愤，铁了心非见皇帝一面不可，就把领头影卫拉到旁边，给他看了一看手中玉佩，加重了语气道："我要面圣。"

这是帝王礼器，寓意君主上承天命，此玉一现，便如帝王亲临。领头影卫吓了一跳，失声道："你怎么有这个！"

泓面罩寒霜，冷冷道："小声点。"

领头影卫当即噤声不语，连忙吩咐人先进殿里探探。他和泓是多年的老交情了，此时替他担忧，忍不住埋怨："不知轻重，连这个都敢拿！"

泓说："我要不拿，今日就进不去。"

领头影卫低声劝解道："在殿前做事难免委屈，等一等又能怎么样？圣驾已歇，从未听说过谁敢惊动的。你这样反而失了圣心。"

泓冷冷道："我不需要圣心。我只想要一句明白话。"

领头影卫连连摇头叹气。等里头都打过招呼，便有上夜的宫人来引泓进去。他们进得寝殿外厅，宫人瞄见里头似乎烛火未熄，便松了一口气，低声通报："陛下，一等御前影卫泓大人求见。"

容胤正在灯下闲翻书，听见通报吓了一跳，忙道："快进来。"

这么晚过来自然是不寻常，容胤一见到泓就问："出什么事了？"

泓满腔的激愤一见了容胤，登时化为乌有，他低垂着眼睛，小声道："没有什么事情。"

容胤一看神色就知道他害怕了，便顺着他说："没事情就好。"

一边说，一边示意他走近些到自己身旁，循序渐进地先问："这么晚了，你怎么进来的？"

泓顿时紧张，跪下把玉佩拿了出来，垂头道："用了这个。"

他以此物胁迫，已经是僭越，又让人知道这个天命所授的东西居然不在陛下身上，实在是大大的不妥当。刚才一时冲动不顾后果，现在冷静下来难免畏惧，就缩起了身子，不敢看皇帝。

容胤见泓为这个害怕，便笑了一笑，不以为意道："还好有这个，不然得在外头冻着。"

泓低声道："臣……明日要赴雁北大营了。"

容胤微微一怔："这么快？我还以为还得几日呢。"

泓不敢看皇帝，低着头轻声问："云行之说会提携我入军。这是……陛下的意思吗？"

容胤不由苦笑，一时倒也没法回答。这种事情，讲究的是君臣之间心领神会，一说出口，泓的名声就坏了。他空降到众人头顶本来就有诸多闲话，自己若是再亲口把此事敲定，泓就一辈子都没法在堂上挺直腰杆了。他辗转周折，借云氏之力就是为避嫌，想不到泓居然当面问了出来。

他不说是，也不说不是，反而轻轻责备，道："跟着云行之这么久，没学来一分半点玲珑心机。"

泓没有听懂，抬起头望着他。

容胤低声道："朝里已经安排妥当。你出去走一圈，身上就有资本了。等回来分往中军，从校尉做起。你这样机敏，上头自然对你青眼有加，熟悉熟悉就可以给定国将军打副手。等你根基稳固，卢元广便退下来让位，以后雁南、雁北、翼南、翼北这四座大营归你掌权，不是很好吗？"

他满怀欣慰，又道："中军都是我的人，你自可以高枕无忧。若想要再升一升，就得靠自己了。底下得有过命兄弟，朝中得打通路子，好好经营上十来年，那时我也把秦氏料理干净了，自然有人推举你。八十万大军一带，你就成了真正的实权将军，等那时候再想见你，我就得去辅都了。"

他慢慢说完，已经想象到了那一天，整个辅都旌旗蔽日，众臣百里相迎，红红的长毯铺出去，沿途鲜花似锦。泓金铠铁马，凯旋面圣，何等的威风凛凛。他一边想，一边微笑，好半天不出声。

泓默默听着，只觉浑身寒意彻骨。安排得这样妥当细致，连十几年后的事情都想好了，绝对不是一日之功。

就在他不知道的时候，他以为得到了皇帝全心信任的时候……

陛下不动声色，一边嘴上说给他派差事，一边就着手把他远远遣放。

安排得这样周密，丝毫没有他置喙的余地，根本就没想再容他。

很想大声质问，问问到底哪里做得不好，可是说出口的却只是软弱无力的争取。泓低着头，轻声说："臣籍历已封，不能退宫……"

容胤说："我会处理。"

他见泓还稀里糊涂的不明白，忍不住又微笑低声道："你放心。将来去了哪里，我都会盯着，为你好好筹划安排，想做什么，就放手去做。"

他心里有无穷无尽的歉意无法表达，就拍了拍泓的肩膀，轻声道："早点睡吧，明日还要赶早。"他轻轻一推，泓心中起了反意，较劲不肯向前。

小时候父亲安排他做将军，后来静怡太妃安排他留宫，现在陛下又来安排他出宫。他恨透了被安排，偏偏所有人都来安排他，没人问过他自己的意思。他往墙角一扫，发现之前夜里随侍，自己在外间用的铺盖都不见了，顿时无比愤怒，大声质问："我的毯子呢？"

他第一次展现这样强硬的态度和怒火，把容胤吓了一跳，怔了怔才道："应该收在柜子里。"

容胤说完这句话，一下子就想明白，泓这是不愿意走。他明示暗示，旁敲侧击过好多回，泓每次都没给个明确态度，他就以为泓心有顾虑，不敢说走。

可眼下……表示得够明确了。容胤看着他，缓缓开口道："屋里无人，多余的东西就收了。要是你常留，我就叫宫人不要收。"

泓说："不要收。"

容胤直接问："你不想出宫吗？"

泓低着头说："是。"

容胤道："我也希望你能继续在我左右作近侍，可是这样一来，你就不能带兵了，甚至可能轻易不得出宫，会委屈你。"

泓说："可以。"

这还是头一回有人不惦记帝王的权势。容胤十分喜悦，还是问："你不是想带兵掌将印吗？"

泓说："我没有那么大的野心，是父亲想让我从军。"

容胤问："你想做什么？我可以安排。"

泓抬起了眼睛，平静而愤怒，冷淡地说："我做武者是想要守护重要的人。我父亲在宫里，陛下也在宫里，这就是我想做的事。"

容胤十分感动，低声问："不后悔？"

泓说："不。"

容胤无比高兴，低声说："你这般赤诚，我必不负你一片忠心。"

他缓慢地转着念头，已经转到了遥远的将来。

之前在军中给泓准备的路子，自然是不能用了。朝中水太深，想叫泓顺顺当当地出头，还得慢慢谋划。

容胤一想到这里，就和泓商量："天底下就没有哪个掌权人不懂防务的。明天，你还是和云行之去雁北吧？你将来坐镇朝中，军里的调动，也得心中有数才行。"

泓一听又要他走，顿时警惕。陛下说的虽然有道理，可他分不出来是实情，还是在哄骗他，只得满面狐疑地盯着容胤不吭声。

容胤见他这回不信了，不由苦笑，只好实话实说："你履历已封，要是没点历练的记录搪塞过去，我很不好办。留朝必有人查你，无赫殿和隶察司我都得找人对上口风，这个时候，你人不在最好。

"要你熟悉防务也是实话，还可以叫云行之为你上下打点人脉，想再找一个手眼通天、家里背景深厚的人就难了，我又不能直接出头。总之，这时候去是最佳时机，丢了可惜。"

泓皱着眉说："现在这样不是很好吗？为什么要退宫？"

容胤低声道："你现在官职虽高，却是没有实权的。若是出事只能靠我庇护，万一有闪失就不好了。何况立事才能成人，你在宫里事务虽然繁杂，却都是些日日重复的常例，做再好也不过这么点天地，不如到朝里去干点实事，做一件，有一寸的进取。将来回想，才不会觉得辜负人生。你这次只去中军大营，不过半年时光，去熟悉熟悉军防管理，再好好交几个朋友，将来必有用到的时候。"

泓听陛下说得有道理，就低声答应了。容胤便承诺："只去半年，然后就把你调回来。"

泓"嗯"地答应了一声。他垂着头，心里觉得沮丧。

容胤拍了拍他肩膀，突然想起一事，问："你以前叫什么名字？"

泓有些忸怩，说："父亲给起的，叫宝柱。"

容胤本想问他要不要用原来的名字，听他一说，顿时不吭声了，纠结半天才违着心意道："你要是想，就改回原来这个。"

泓摇摇头道："不改了，原来的不好听。"

容胤松了一口气，诚心实意地道："我也觉得不是很好听。"

泓笑了笑，说："改了名字，父亲很生气呢。"

容胤说："我日后再想办法，总不能叫他想起这茬就生气。"

泓忍不住微笑。

容胤心情也好了许多，不再多说，准备入寝。

他沉沉一觉睡到天亮，直到外间敲击云板才醒来，他还犯着困，一边揉眼睛，一边把泓叫身边来切切叮嘱，叫泓万事小心，对云行之可交，但不可信。又点了几个人的名字，让泓多留意。

他这日有例朝，早晨没多少时间耽搁，匆匆交代过，就对泓沉声交代道："好好地去。我等你凯旋。"

泓点点头，便出宫找云行之。

大营

云行之早给两人打点好了行李，一见到泓就怒气冲冲地责怪他。泓有点愧疚，低声解释："突然想起家里有点事情要交代，就急着回宫了。"

云行之知道他有位亲人在无赫殿，哼了一声，挥挥手不和他计较。

两人一路顺利，几日间就赶到了雁北大营。

军队将领对这种临时在营里历练的世家子弟向来都是热烈欢迎，云行之又掏出了大手笔仪礼，以两个人的名义送上去，上上下下打点得无不妥帖。众将领投桃报李，便接连几日地张罗筵席，为他们各路引荐。城郊大营少有战事，将士们闲来便划分阵营，以比武为乐。

泓掐着分寸，赢几场又输几场，结交了无数好友。一晃月余过去，众人依依惜别，两人便奔赴雁南大营。

雁南大营却是另一番气象。那位大营统领御下严厉，众将领都是规规矩矩，凭真本事吃饭。

这回泓便打了头阵，出面与人结交，他办事稳当细致，不管是带兵还是跟着操练都认真，大营统领颇为赏识，还亲自领着两人在营里转了一圈,讲解带兵之道。两人在这个营里,倒是货真价实学了点本事。

眨眼间就入了夏,天气渐渐炎热。

这一日泓和云行之回了营里,正赶上驿车过来。驿差抱了个巨大的包袱,送进两人房中。

云行之一看了包袱,就焦躁得大叫:"怎么又来了!"

这包袱是云行之家里送过来的,一月一个,全是吃穿等物,偏又巨大无比,每次都得麻烦驿差招摇送过来。

军营里提到云行之不一定都认识,提到那位娇生惯养、家里每月都送大包吃食来的小少爷,倒是人人皆知。他们一路换营,那大包袱就一路在屁股后头追,搞得云行之烦不胜烦。

泓见着云行之烦恼的样子,忍不住地笑,劝道:"家里惦记你,也是好意。"

云行之哼了一声,三下两下解了包袱,在里面乱翻。

大包里装了各种夏衣、常用消暑的药丸,还有个两层食盒,装了干果、蜜饯、点心等吃食,是怕营里伙食粗劣,给云行之另外找补。云行之最恨家里拿他当小孩对待,每次一见送吃的就气得两眼冒火,看也不看连盒子扔到泓床上,怒气冲冲地说:"给你吃!"

他每次都把吃的给泓,泓就以两人的名义,拿出去给夜里当值的将领当夜宵。这次见云行之格外愤怒,泓便拿了两块点心吃掉了,劝道:"有人惦记你,是福气。你看多少人孤孤单单的,也没家也没亲人,想要收东西还没有呢,别人虽然笑话你,其实也羡慕你。"

云行之已经翻出了装信笺的小盒子,拆了一封一封看,随口道:"你不知道有多烦。"

信是母亲写的,他一目十行地浏览,见上头长篇大论全是叮嘱他要注意身体好好吃饭,不由烦躁,扫了两眼就扔在一边,挑出祖父的信来读。最近家里不太平,有很多流民到沅江闹事,上一封信里祖父提到了，叫他心里很惦记。

　　结果这回，祖父信里居然也唠唠叨叨写满了要他注意身体饿了加餐等话，看得他无比焦躁。只有父亲写了几句正经事，说秋后他姐姐和堂妹会一起入宫，但是圣意暧昧，不知道会立谁为后，又说现在朝中局势微妙，圣上又挪了几个人的位置，观望不出到底是什么动向。云氏乘虚而入，才有了执掌军权的机会，圣上必然不满，叫他做事千万小心，不要留下把柄。

　　云行之把父亲写的信翻来覆去看了好几遍，轻轻叹了口气。

　　圣上确实有手段。拉着众世家合纵连横，把一手平衡之术玩得炉火纯青，做事又滴水不漏，叫人一点方向都揣测不着。可惜他经验尚浅，不能帮家里做什么，只有乖乖听安排。

　　他正惆怅，突然听得门外一阵乱响，驿差又抱了个巨大的包袱送了进来。云行之顿时暴躁，跳起来大吼："怎么还有！"

　　驿差摇摇头，指着泓道："是这位的。"

　　泓无比诧异，接过了包袱。他莫名其妙，想不出谁给他寄东西来，便在床上解了包袱翻看，只见包袱里一样装了各种夏衣、常用伤药和碎银，还有个八宝攒心的食盒，打开一层糕点蜜饯，一层糖果乳酪，又一层全是切得方方正正的腊肉和火腿。他摸到包袱最底下，摸到那黑底龙纹的徽记才明白，是宫里送过来的。

　　内廷近侍供奉皇室，每年都有各项衣食份例，这是因着他在外办差，就特地把东西给他送了过来。

　　他没有声张，只是把衣物拿出来放旁边，又打开食盒把吃的一样一样又看了一遍。云行之以为泓的家里也给寄了东西，并没有在意他，只多看了一眼，却见包袱半解，露出了里面丝料的夏衣，看着不起眼，却流转着微润的光泽。

　　他是何等眼光，加上家里产丝，常年耳濡目染，只一眼，就认出了那料子是冰凌丝织的，登时心里一凛。

这种丝仅在沅江出产，丝质细润带光，是宫里特供。他往泓的床上一扫，看见了七八件夏衣，都是一水儿的冰凌丝料。点心、零食等物也皆尽精致细巧，全是内廷高阶官员所用。

他借着拿点心，顺势在那几件衣服上一捻，确定了手感，转头就给家里写了封信，叫父亲在宫里彻查泓的来历。

云白临素来相信儿子眼光，见云行之郑重其事地来信交待，便去找了结交的宫人打听。可是帝王密事，哪有那么好查，宫里又没有妃子可以里外照应。

辗转周折，颇费了一番工夫，最后只得了一条记在明面上的消息，便是几个月前，宫里新晋升了一位御前近侍。

知道这一条就已经足够。

云白临当即修书，嘱咐儿子说大家共同效忠圣上，要互相照应，像兄弟一样彼此友爱。云行之自然明白言外之意，使出了浑身解数和泓拉拢结交，两人情谊日渐深厚。

几个月须臾即过。过了中秋，天渐渐凉了下去，皇城里又寄来个包袱给泓，送了秋衣和手炉，又备了各色吃食和厚厚的被褥。两人在翼东大营待了一个多月，便共赴翼西大营。

君恩

JUN EN

第十八章

　　九月刚过，秋汛渐起。漓江沿岸接连几日暴雨，水位急剧上涨，又有了溃堤泛滥之象。

　　治河是个长久工夫，朝廷召集了十万民夫和各地守军，如今大半都在荆陵清淤。秋汛一来，漓江沿岸其他州郡既缺人手，又无应对，难免狼狈。

　　这时候就考验出当地守备州官的政绩了，凡对百姓安危上心的，平日里必然早有准备，或勤治水，或齐备粮草药材，洪水虽急，却能保得治下平安。

　　尤其是莞州陌陵、安青等地，大水一过，安然无恙，显然平日里对河道疏通就下足了功夫。容胤见了两河督道的折子，便下旨大大地褒奖了一番，从一邦邦主到两河督道，都给了嘉赏。

　　秋潮缓退，各邦便着手准备五年一次的察举乡议。这种选官制度是世家子弟论品入仕的补充，由各地驻城司隶主持，举荐那些出身寒门却有出众才华的人入品，入品后便和世家子弟一样，根据品级指官入仕。

莞州陌陵，水吏陆德海家。

窗外淅淅沥沥下了好几天的雨。夜色已深，房中烛火摇曳。

陆德海将手中的信重又读了一遍，轻轻叹口气，把信纸伸到火上点燃。

烛光大炽，映亮了这间狭小的卧室，也映亮了陆德海饱经风霜、憔悴黑瘦的脸庞。

这封信来自皇城，是他最后一点希望。

他被贬回乡，便在陌陵府衙做了一名吏员，专司水利。朝廷下了大功夫治水，一道一道敕令催促甚急，层层递到陌陵这小地方，也不过是拨调了吏员，每天到江边巡视。他是朝里下来的，陌陵乡间又颇有贤名，守备对他很是客气，也不曾指派什么差事，由着他空领一份俸禄。

当年漓江沿岸一路治水赈灾，他跟着下过一番狠功夫，对疏水调沙也有不少心得。就任后沿江转了几圈，就看出江内泥沙淤积，若不疏浚，来年秋汛要是暴雨，陌陵必有大灾。

他当即找了守备，恳请出面治河。头年一场洪灾刚过，乡里流民无数，又有大量失田人家，人手是不缺的。守备乐得不管，便拨了笔款子，全交给了他张罗。

那时候正是水枯时节，他便组织民丁，热火朝天地开始疏浚底泥，扩宽河道。岂料工程干了一多半，突然传来了消息，朝廷要招丁去荆陵修堤，连各城驻军都调过去了。

那头给的工钱多，又是朝廷出面，有保障，听说吃住都有安置，能干上三五年。粗粗一算，三年下来攒的工钱就够买两亩好田，众人当即响应，扔了手头的活就走，陌陵的事便没人干了。

那河道半通，挖出成山的底泥还在水里堆着。

他欲哭无泪，一家家登门哀求，求乡民们拖延个把月，至少把河道清干净了再走，不然今年再有大潮，堤坝撑不住。

可是今年有没有大潮不好说，朝廷诏令急如星火，错过机会却再没有。众人都罢了工，收拾行囊准备去荆陵，他实在没办法，就去找守备哀告，求府衙以徭役的名义，强行把人留下。

这消息一传出来，他当即成了猪狗不如的畜生，人人唾骂。众人恨他挡了财路，冲到他家里乱砸一通，又围了府衙要找他算账。守备怕闹出人命，赶紧打消了主意，劝他放手。

他看着未完的浅滩窄坝，洪峰一来就是修罗场，如何放得下手？那一日众人结队赴荆陵，他一人扛着铁铲，拎了竹筐，逆流独行，发誓就算一个人，也要把河道里的淤泥清出来。

他一个人，在旷阔无垠的江滩里，是只微不足道的蚂蚁。

淤泥堆积如山高，他算过，日日干上七八个时辰，临到水丰时节，差不多能清掉一大半。一大半也就够了，足能保证水来了从河道中走，不会再漫无边际地漫延，毁了好不容易修出来的堤坝。

他一个人干得辛苦，吃睡都在坝上，蓬头垢面，像个精神不正常的疯子。乡里小孩子不懂事，便过来看疯子，围着他嬉闹。

后来渐渐的，有小孩子开始帮他干活。乡民们虽然恨他曾经强留男丁，却也知道治水通淤是为大家好的事，家里孩子愿意去干，母亲也不拦着，还给送饭。

后来，连大人闲下来没事，都乐于过去帮他挖一锹泥。他风雨不歇，日日苦干，有一天日头大晒，昏倒在泥水里，被人抬回家休息。他懊恼自己耽误了辰光，第二日早早就去了江边，却见到了数千乡民。

老人、小孩、女人。男人都去荆陵赚钱了，剩下这些老弱妇孺，清晨聚到了堤坝上，拿着铁锹，挎着筐子等他。守备脱下了官服，女子换下了裙钗，愿意和他一起，用肉身，死磕一条河。

他热泪盈眶。那一日，似乎重回意气风发时，满胸的壮志昂扬，要以一钧之器，为天子盛一小碗国泰民安。他带领众人干了好几个月，疏通河道，挖出来淤泥加固堤坝，到底把陌陵地界调理得顺顺当当。

等到秋洪再来，浅滩变大江，漓江沿岸各处遭灾，唯有此地安稳。因为河道畅通，连带上游安青郡都保了下来。消息上报到朝廷，天子果然嘉奖，圣谕通传九邦，点名夸赞诸位臣子治理有方。

天子恩赐，自然是轮不到他这样的小吏来领的。连城里守备，也不过是得了几句上司温言。他早知官场如此，心平气和，并不当回事，守备却为他不平，在察举乡议的时候，把他的名字报了上去。

当年他不知官场险恶，为了赈灾，压粮逼商得罪过不少贵人，对晋升早已死心。

本以为名字最多上到郡里便会有人作梗，岂料一路通达，竟然直接过了乡议这关，叫他入邦考教经纶。他对政局早就通晓，又踏踏实实干过事，满肚子经纬。在一众察举中脱颖而出，到最后论品的时候，籍本全红，齐刷刷一等甲。

这样的才干，连邦主都惊动。当年他雷厉风行，救灾济民的事迹邦主也有所耳闻，欣赏他为人纯直，便召来面授机宜，承诺亲自保举，助他一臂之力。

有了漂亮的履历，又得了雄厚人脉支持，到了这个时候，他不免热望再起，又偷怀了宏图壮志。邦主知他野心，告诉他想入朝就得评进一品，眼下最难的，是找个愿出品券引荐的一品世家。

像这种察举入品，最后决定品级的，往往不是本人才干，而是一张世家品券。平品和下品世家乐于多多拉拢人才，求一张品券不难，可上品世家就不一样了。

一品的世家大族根本就不需要外姓投靠，若是贸然出券引荐，将来出了什么岔子，还会落下话柄。因此自珍羽毛，极少外放品券。邦主本人就是一品，沉吟了一会儿，把家里诸事过了一遍，最后满面为难，告诉他实在不容易。

陆德海当年在御书房，也交下过几个好友。此时心中尚怀了一线希望，便辞谢出来，转头给几位好友写信求告。苦等了十来天，回信渐至，有人委婉拒绝，有人闭口不谈。只有一位朋友说家里不行，但可以问问别家，会尽力而为。

他翘首以盼，把全部的期望都放在了这位朋友身上，直到了递交籍本的日子还不能定下。他没有办法，便恳请邦主通融，自己拿着籍本先回陌陵，等回信一到，附上品券立即发过来。邦主劝他以平品入仕，他却犯了牛性，愿在这位朋友身上下豪赌，若不得入朝，宁愿回乡作吏员。

他日日煎熬，殷切盼了将近半月，朋友的信才姗姗来迟。一品引券是个玉牌，隔着信封就能摸出来，朋友的信刚拿在手里，他便知道热望扑空。

朋友确实，为他尽力奔走过。如今无功而返，只能说他命中注定。

陆德海烧了朋友的信，又把这几日和邦里往来的信笺都烧掉了。

窗外雨声渐大，天边隐隐雷滚，一道闪电下来，白亮刺眼，吓了陆德海一跳，才发现自己不知不觉，竟然烧了一桌子的黑灰，连什么时候烧到了袖子都不知道。

他慌忙跳起来，扑灭了余火，又推开窗子，让外头的水汽透进来。窗户一开，就见窗下放了个芭蕉叶裹的小包，打开里面是一捧红艳欲滴的大樱桃，半浸在雨水里。

乡民们送些土产到家里给他吃，已是常事。陆德海便站在窗边，顶着夜雨，把那一捧樱桃慢慢吃掉了。

算了吧。他认命。

伴君如伴虎，他在皇城辗转奋斗，使出了浑身解数，圣上雷霆之怒打下来，不是照样褫夺了半生心血？最后只给了句刻薄评价，说他一钧之器，不可容江海。

不看他艰难，不看他成绩，不给他时间，不给他机会。圣上严峻寡恩，自己没那么大本事，何必还要往水深火热的地方凑？

不如留在陌陵。如今他广得尊崇，连守备都敬让三分，在这里好好耕耘，也算一份事业。

只是意难平。

不甘心。

恨自己空有抱负凌云，却虚飘飘没处借力。

他叹了口气，正打算关窗，却突然愣住了。

雨帘中，他见到远处有一点亮光，正以极快的速度向这个方向奔来。蓬门小户，也没什么像样遮蔽，站在窗边一瞅，真真切切，一人一马在道上狂奔。

突然间一道霹雳，割裂了黑沉沉的夜空。神光乍炸，那道身影逆光疾奔，是一身长途跋涉的装扮。那人把兜帽扣在头顶，雨水浇落，便在他周身飞溅，晕出一层雾蒙蒙的水光。他胯下的骏马高大雄伟，肌肉紧绷，跑出了一身的汗，在冰冷雨水中腾腾冒着热气。

陆德海怔住了。

这样的人，这样的马，他是认得的。

这是天子御前影卫，九邦的护火人。

他怔怔地看着，直到那位影卫翻身下马，进了大门口才明白过来，慌忙出迎。大雨中那位御前影卫连屋都没进，站在廊下，从怀里拿出了个黑色的木盒，双手捧着交给他，歉声道："一直忙于打点疏通，送晚勿怪。"

陆德海连忙跪地，接过了盒子。他心慌意乱，不知道现在这样的自己，还有什么资格奉密旨。等御前影卫一走，他立即就开了盒子。

帝王密旨，素来是一道卷轴。廊下灯火昏暗，他一眼看过去，却见是个空盒子，登时慌了，把那盒子一翻，只听得"当啷"一声清脆声响，有东西掉在地上。他连忙捡起来，凑到灯火下去看。

是张一品引券。

陆德海呆住了，一时间惶然，仿佛被当头重击。他捧着冰凉的小玉牌，脑袋里一片空白，觉得自己好像在梦中。

突然又是一道闪电，照得四下里通透光明，接着一声巨雷团团滚过，响彻天地。

大雨滂沱。他心中巨震，想起圣上和他说过的话。

"一钧之器，不可容江海。你若藏大贤能，就必有匡辅之时。"

那声音庄严伟岸，在心头一遍遍回响。陆德海猛地醒悟，霎时间仿佛被抽掉了浑身的力气，缓缓坐倒在地上。他哆嗦着，紧紧攥住玉牌送到唇边，疯了似的咬。

"你若藏大贤能，就必有匡辅之时。"

圣上真正要和他说的话，原来在这里。

他却只记住了前半句，并日日为此黯然神伤。

天子危坐深宫，政事何等繁忙，纵是手眼通天，又怎有余暇，顾他一只蝼蚁？那句话，他只当说过而已，心中是不信的。

天道朗朗，怎么就没信！

陆德海双手颤抖，把那枚冰凉的玉牌紧紧按在胸口，突然想起了刚才那位御前影卫说过的话。

"一直忙于打点疏通，送晚勿怪。"

是了，就奇怪为什么这么顺。从察举报上去开始，对别人，每一步都是坎。在他却顺顺当当，一点波折都没有。

从考科举进了金銮殿，他就顺，极顺。

一授官，就赐御书房行走，有了接触政事的机会。刚当了参政没两天，家乡发水，他顺理成章就得了外派。差事不好做，圣上就送兵权在手。仅办了一点点像样的事，立刻就有了晋升的阶梯。

经略督事和枢密院起了争夺，互相检举揭发，牵连无数，他偏偏就在苗头刚现的时候被远远遣放。如今政局稳定，治水刚有了一点点功劳，入朝的路子重新又铺在了眼前。

他以为是自己有大才干，不承想圣上一路护持。

见他困难，就拉一把；见他骄傲，就当头敲打；见他力有不逮，难以支应，就下放故乡，给时间让他重新蓄力。何等慈厚，何等体察。他见圣上高高在上遥不可及，就不信远在陌陵的自己再有圣眷照拂。

天子大德，抚育万民，如日月当空，何处不受其惠？他怎么就没信！

陆德海失魂落魄，朝着皇城的方向，慢慢走进大雨中。

大雨如鞭，狠狠抽打他的身体，荡尽世间污浊，带来一阵火辣辣、令人战栗的痛快。

他越走越快，在那大路上纵情奔跑，雨水劈头盖脸地浇，浇得他睁不开眼，难以呼吸。他往皇城的方向跑，愿意就这样奋不顾身，全力奔赴。

他一直跑到了江边，那江涛浩荡，潮声如山。大雨中他张开双臂，仰望夜空，看见雷霆又起，满天俱裂。

他想起自己拿了兵权在手，一呼百应拯救万民的得意时光，也想起了自己被褫夺官位，狼狈出宫的那一天。

他声嘶力竭，大喊了一声"陛下"，就跪倒在雨中号啕大哭。

果然雷霆雨露，皆是君恩！

嘉统十九年秋，陆德海以察举一品的身份，重新入朝为官。

他再走老路，回了皇城，银印青绶，重登金銮。那一日，入仕朝臣在崇极殿觐圣谢恩，他跟着众人大礼参拜，见着了天子高坐明堂，威仪垂范不可直视。

他浑浑噩噩地由着司礼官摆布，三跪九叩，躬身而退。宫里本来都是走熟了的，这次重回，却觉得光彩耀眼，处处锦绣。天子恩赐新臣走御道出宫，沿途无数人逢迎问候。他头昏眼花，什么都看不清楚，一抹脸才发现，不知不觉，自己已经泪流满面。

察举过后，便是科举，然后是御前影卫退宫，世家子弟依照品级，依次入仕。

容胤借着这次机会，不动声色地提拔了十几位寒门子弟入朝，根据他们个人的能力、背景，给安排了合适的位置。

他亲政时日尚短，撒播的种子还需荫庇，便广施恩典，给那些世家大族的子弟高官厚禄，又一个个下旨褒奖，烘捧得热热闹闹，展示出一副帝王倚重世家的模样，待众人都关注那几个世家大族了，他再暗暗调动，把寒门子弟放到合适的位置。

这一年他支应得很是狼狈，主要是朝廷出巨资治河，又高价在周氏那里收丝，搞得银钱不堪支用。军费不敢短缺，秦氏的八十万大军也得抚恤，漓江沿岸春种，灾粮还得继续划拨，事事急迫，个个嗷嗷待哺，伸手要钱。

银流来一笔就走一笔，七个茶碗五个盖，盖来盖去总有地方合不拢。偏偏这时候尚书台左丞刘盈告病，接替的新人事事不敢做主，决策下去了，怎么实施还得来问他，熬得他油尽灯枯。

人家说圣明天子垂拱而治，可是他若敢垂拱，底下那些世家大族就敢来分权，稍有松懈就被架空，好不容易稳定下来的局面就废了。

他的主要势力在军中，朝里孤掌难鸣，眼下只有勉力支撑，撑到他的帮手扎稳根基的时候。

好在最艰苦的一年已经过去，秋后缴税，莞潇湘三邦商税翻了番，已经显出兴旺的迹象。荆陵聚集了数万丁夫，他又刻意多给两成工钱，银财聚集，商人们便闻风而动，沿漓江做起了红火生意。

他许以厚利从周氏那里收丝，商人固然获利，周氏郡望的百姓也动了心思，已经开始栽桑育蚕。两年桑，三年茶，到了明年这个时候，骊原、莞州一起出丝，市价就能降下不少。

他粗粗算过，只要朝廷持续出资养上五年，漓江就可以整条盘活，这期间有再大困难也得坚持住。

要说困难，最大的难题就是这五年间云氏是否配合。

眼下水路畅通，莞州的丝茶大量往下游倾泻，果然冲击了沅江云氏的丝业。国库银钱吃紧，先前说定朝廷出银料理沅江，现在恐怕要云氏协理大半。虽然海港已开，可海上商路尚未成型，前期倒要云氏自己往里面垫补。

有求于人就得弯腰，他放低了姿态，婉言请云白临留尚书台再待几年。云白临满口答应，隔几天便来请旨，说云氏二女已到皇城，想入宫向太后请安。

云氏提了要求，容胤自然应允。便由太后出懿旨，宣婉娘和柔娘入宫。

十一月初，泓和云行之结束了中军大营之行。泓返回皇城，云行之继续往北疆去。他突然改换了行程，云行之虽然意外，却并不多问。两人就此依依惜别，相约书信往来。泓归心似箭，一刻也不耽误，当即策马疾驰回皇城。

他一路飞奔，这天上午回了宫，先去无赫殿探望父亲。

大教习正在授课，盘膝端坐中央，身周围了一圈武者。泓一看不好打扰，远远瞥了一眼就走，却被外间侍卫拦阻了，那人低声说："大人，教习有令，说见到你务必要拦下，他有话要交代。"

泓十分意外，便在外面等了半日。待父亲结束后出来，两人找了个僻静地方，父亲当头就道："陛下要定中宫了，你可知道？"

泓虽然知道必要如此，却没想到如此突然，微微一怔才问："什么时候？"

大教习答："陛下今日就去了广慈宫，听说云氏、秦氏和太后母家都有人选。到今天下午，必要赐出如意。"

泓在辅都旁听过皇帝和家们密议，知道皇后已经内定了云氏，可没想到太后也要来横插一手。两姓联姻，不仅仅是一场大婚那么简单，不管是谁入主后宫，都意味着陛下要交权。将来就要和另一姓共治天下。到时候朝廷整个的权力格局，都会彻底变个样。

泓还在思忖，父亲却先沉不住气了，哑声问："你怎么想？"

泓答："本来已经定下是云氏了，没想到太后也要插一手。林、秦两家也很不好惹，陛下怕是难以回绝。"

大教习气急，怒道："我不是问你这个！想你自己！皇后接掌内廷，一定会往皇帝身边安插自己的人手，到时候他的近侍一定会被遣出。你好好想想，在皇帝跟前，可有听过什么不该听的话，做了什么不能见人的事？"

泓吓了一跳，忙道："自然没有。"

"陛下没给过你密旨？"

"没有。"

"那便好。"大教习长舒一口气，在泓肩上拍了拍，"不管是谁入主中宫，接管内廷后，一定会把皇帝身边的近侍都排挤出去，安插上自己的心腹。现在陛下身边就你一个，底下说不定有多少人盯着这个位置，你若主动让位，所有人都会支持。你且有个准备，我已经和掌殿说过了，待定下中宫人选，你的事就会重新翻出来请皇后定夺。到那时你便自请发配从军，只要能出宫，什么都好说！"

泓毫无心理准备，下意识道："我还不想出宫……"

"你胡闹！"大教习打断他的话，厉声道，"你得给自己想想前程！成日在宫里转，能转出什么长进？"

泓不敢直接违逆父亲，只慢吞吞道："照规矩，御前近侍没有退宫的。若不再侍奉宫中，都是直接灭口了事。我若自请离宫，怕也是这个下场。"

他故意拿这个吓唬父亲，岂料父亲听了反而垂下眼笑了，神秘地一摇头，他低声道："傻孩子！你父亲在无赫殿岂是白待的吗！自然全替你都打点好，你只需凤驾前陈情，自有人替你圆场！到时候你全须全尾地出宫，发到北邦去，你青哥、小羽，还有顾顺都在那边，都当上统领了，有他们提携，你还怕什么？现在北邦战事正急，若真有上战场的那一天，父亲就请旨也过去，和你一同阵前应敌，才是大丈夫的丰功伟业！"

他提到的几个人，都是泓小时候在殿里玩得好的兄长，听父亲提起旧事，想像和几个好兄弟一起在北疆策马奔驰，他不由悠然神往，犹犹豫豫地说："可是陛下……之前也说过要安排我从军的，是我主动拒绝了。"

"拒得好！"大教习断然道，"皇上的赏赐，咱们不能领！你想想他是什么位置，头发丝动一动，都有多少人在琢磨。你若真听他安排，你就是他的棋！到时候党争权斗，能绕得过你？只怕你拿了皇家的权柄，到时身不由己！"

泓悚然一惊，意识到父亲确实说得有道理，不由道："父亲教训得是。"

大教习十分满意，紧握着泓的手臂，切切嘱咐："你先进宫，待人选定下来，就传个消息回来，我这边立刻就发动，先叫人给皇后吹风。你是个稳妥孩子，为着前程，你更得谨慎仔细了！皇帝那边，先不要露口风，但找机会也应该试探。切注意了，最后几天，遇事绕着走，伶俐点别听见不该听的事，也别叫陛下抓到你去办秘差！"

泓点头答应，便依父亲所言，到广慈宫去打探消息。

广慈宫。照水花阁。

琴音玲珑，水一样在花阁里曼声淙潺。拨弦的女子隔着屏风，将窈窕身形投在绛丝绣银的薄纱上面。她微垂着头，樱唇轻抿，一颦一笑都看得清楚。

茶香袅袅，满室皆静，小火炉上"咕嘟咕嘟"滚着沸水。云婉穿了一身淡色锦衣，脂粉淡施，巴掌大的小脸上还带了几分孩子气，正心无旁骛地素手分茶，等茶汤归于清寂，她便捧了托盘奉到御座前，请皇帝品鉴。

容胤接了茶，心不在焉地往她脸上扫了一眼。太后便微微一笑，道："这孩子生得喜人。眉眼间和锦如有几分相似，是个有福气的。"

锦如是已故皇后的闺名，云婉的母亲和太后娘家有姻亲，太后便暗示了自己的态度。容胤不置可否，将茶盅往桌子上一放，太后就招屏风后的云柔出来见礼。

云柔明显要活泼些，一双大眼睛黑白分明，到了御驾面前无比紧张，行过礼就慌了，偷偷去看云婉。太后身边随侍的女官怕她君前失仪，连忙出声掩饰，笑道："年纪大了，见着小姑娘活泼，心里就觉得喜庆。"

容胤便抬手虚扶，叫两人起来，和颜悦色地问了些日常，听说两姐妹在家时经常共谱古曲，就令撤了屏风，请两人合奏。

琴音再起。

叮咚的乐音中，太后眼神一瞥，就有宫人撩起珠帘，露出廊下风景。隔着一丛花树，只听得笑语如铃，两个女孩子嬉闹着，正撩起衣裙摘花朵，听见声音，两人不约而同都朝这边望了过来，容胤正正和两人打了个照面，见到一个清秀纤弱，一个却是英气逼人。

容胤微一怔愣，太后便笑着让两人也过来给皇帝行礼，边介绍："这个是我娘家侄子的闺女，这个是秦氏的小女儿，年纪还小，我看着实在喜欢，就叫两人进宫来陪我几日。"

两个女孩被宫人引进殿来，随即低头行了大礼。秦氏女儿明明还是个孩子，瞧着稚气未脱，虽然跪在了皇帝面前，却傻乎乎地只琢磨着怀里花朵。

从来能到自己跟前的人，就没有真凑巧的，容胤明白了几分，不动声色地问："母后什么意思？"

太后笑道："没有别的意思。两家都是求到了我手里，我只是做个顺水人情，引荐她们见一见陛下而已。皇帝自己拿主意。"

容胤皱起了眉头。

依照祖制，皇帝可以迎娶一后四妃，五个人全算明媒正娶的妻子，生下的孩子，也全算作他的嫡子。

也就是最多可以联姻五个家族。

可他本来没打算娶这么多。

他只是需要一个皇后而已。

他需要一个人，作自己和底下大族们之间的缓冲带，双方的需求都通过她传递，留一个讨价还价的余地，不至于硬碰硬地相撞。

朝廷势力复杂，各家族或为世仇，或几代联姻，这里头多少利益纠葛和争夺，也都要通过后宫，由他一一平衡调解。而后宫之主，便是那个凌驾在所有世家之上，和他一起统筹平衡大局的人。这样的人，身后得有雄厚背景，手里得有丰富资源。她的家族，必须能服众。

云婉就是这个最合适的人。

他权衡许久，完成了多项利益交换，才确定下这个人选。为了怕联姻后云氏一家独大，四处勾连，他还特地把云柔也召进宫里，绝了云氏和军中联姻的希望。

可是——

秦氏有兵八十万，去年才表示了正式效忠。若是提出联姻做保障，他无法拒绝。

顾氏是太后母家，也一直是皇族的最大支持者。自己和太后关系微妙，顾氏想借此重新稳固两姓联姻，他若拒绝，怕是会惹大麻烦。

容胤垂下眼睛，忽然感到无比疲惫。

前朝内廷，何处押上筹码，何处要挪掉阻碍，打压哪一家，扶持哪一家，全都已心中有数，安排妥当。亲政三年，立足初稳，到了借势展翅的时候，他斟酌谋划，谨慎布局，已经准备好一飞冲天。

可他千算万算，却没想到要把自己也算进去。

没想到要把自己也当个工具，准备好张开怀抱，去和不认识的人分享一生，还是四个。

几个小姑娘都跪在面前，一个个明媚活泼，等着他宠爱。容胤知道，他应该亲手扶起来，为了示好，也许还要稍微亲近一下。

可是他发现自己很难伸出手去。尤其是秦氏的那个小姑娘，叫他想起自己的小女儿。

若是慧明还活着，怕是也这么大了。

他犹豫着迟迟不动，搞得太后大为困惑。按例见过礼，皇帝就要赏赐，顺势定下皇后人选。可现在他沉默着不表态，屋子里众人就彼此询问，互相交换了无数眼色。

容胤都看在眼中，可还是迟迟无法开口叫赏。

此刻他心乱如麻。

他像只孤高的长腿鹤，已经在水边张开根根翎羽，矜持地理顺了羽毛。现在一身洁白，就昂着脖子在水上得意地左顾右盼，不愿再沾染别的气味。

他穿越过来十几年，历尽权谋争斗，如今独揽大权，早就适应了帝王的尊贵身份，习惯把踩在众人头顶。后宫是他的天下，他可以像先皇那样，酒池肉林，过穷奢极欲的生活，也可以广纳后宫遍收裔宠，把人肆意赏玩践踏。

可他冥顽不化，心里还残存了一点现代人的高傲，想要做一个纯粹、明亮、向上的人。

不是随便什么人都可以……来拉他的手。

可是——

君无私。

他本来就不应该有感情。皇帝的事业、家庭、隐私、爱憎，全是这个国家的。后位不能虚悬，要是因着一己喜好不纳后宫，不仅不利于朝政，也会被世家抱团反对。他不占道理，一个人顶着浪流，不知道是什么样的后果。

何况眼下云氏声势正盛，他突然出尔反尔，众臣必要起猜疑，以为他会对云氏不利。若是云安平先下手为强，还不知道会出什么乱子。

容胤在心中反复权衡，等云氏姐妹一曲奏毕过来行礼，还是不能决断，便令宫人把暖阁里养的大鹦鹉拎过来几只，给小姑娘们玩，算是见礼后的赏赐。

他随口吩咐了几句，一抬头，却见花阁外站着一个熟悉的身影，正和外头随侍的御前影卫说话。

是泓。

有他这么一打岔，容胤立刻找到了理由，借口近侍有事要汇报，敷衍了太后几句，抬屁股就走。他大步跨到阶下，迎头便问："回来了？"

泓说："是。"

容胤便一点头道："走吧。"

说着先行一步，带着随从往御书房去。泓就落了他半步，跟在后面。

帝王御驾，浩浩荡荡一路蜿蜒而行。他们走过恢宏的殿堂，沿着枝林掩映的甬道一路横穿。

秋日渐近尾声，天蓝得发透。宫里的大叶杨和银杏树已经落尽了黄叶，根根枝杈分明，在正午的光明中极力伸展。

容胤在光与树的碎影中忽然站定了脚步。

泓怔了怔，险些撞到容胤身上，忙问："陛下？"

容胤忽然回头对泓一笑，疾步向御书房而去。

泓不知道，在这一刻容胤已经下定决心。

他是九邦之主，圣明帝王。为什么不能过自己想要的生活？就算前头是刀山火海，荆棘利刃，他也要凛然无畏地走过去。

并且要护着他所有在乎之人都毫发无伤。

退宫

TUI GONG

第二十章

　　他们刚进了御书房，太后宫里的女官便追过来，问皇帝如何行赏。托盘里放了四柄玉如意，他想要哪位作皇后，就赐龙凤呈祥，贵妃赐榴花结子。

　　容胤微一沉吟，道："宫里没什么好玉，配不上众女灵秀。改赐一斛明珠吧。"

　　赐一斛珠是用典，意喻辞让。那女官见陡生了这么大变故，吓得变了脸色，慌忙回广慈宫禀告。

　　她刚退，容胤便传了侍墨参政来，叫即刻拟旨通传各部，令云行之署理中军，掌定国将军印，又急召东宫掌殿来，交代了几句话。最后他压着声音急切叮嘱泓："你快去！带人封了内廷，别叫里头传信出去，再往九门加兵，派人盯着云氏动向，若云安平往沅江送信，城外十里，立即剿杀送信人，快去！"

　　这是要切断云氏的信息通道，叫他们来不及商量对策，只能老实接旨。

　　泓知道事关重大，当即清点御前影卫，依次布置，又从都尉府调兵，外松内紧，守住了皇城九门。这是踩着时间比谁反应快，他捏了一把冷汗四处奔波，终于赶在云氏接到圣旨前，把禁宫和皇城九门把守得密不透风。事发突然，他急调了所有御前影卫，此时皇帝身边无人守护，他心里担忧，一得抽身就急忙回御书房。

他抄了近道，从宫人通行的密林中一路疾行，远远地见到兰台宫飞挑的屋檐才放慢了脚步，悄无声息地进了书房。

容胤刚发了几道密旨给军中心腹，叫他们在云行之掌印前做好准备。中军大营是帝王的枕下刀兵，禁宫若有变，就指望他们在第一时间奔赴救驾。那定国将军的位置，本应由他绝对信任的人来担当，他扫清了重重阻碍，是为了再过几年把泓推上去。

结果眼下他既要反悔退婚，又要稳住云氏，只得把后背展露出来，让云行之拿了中军兵权，以示诚意。他眼光向来长远，事有过手，必谋划好三步之外。可天子退婚，虚悬中宫，此事闻所未闻，他仓促间狼狈应对，只把眼前敷衍了过去，将来怎么办，自己也很茫然。

正自苦苦思忖，突然见泓悄悄进来，他便含笑招呼，问："都办完了？"

泓低声道："是。"

皇帝就说："跟我去一独亭走走。"

一独亭建在大湖上，有长桥贴水而连，直通湖心，素来人鸟俱绝，容胤想要清净时，就往那里去。他留了随侍宫人在湖边等待，自己走过狭窄的长桥进了一独亭。泓跟在后面，本也想上桥，脚步刚踏出，却犹豫了。

父亲刚警告他，不该知道的事情，就不要问。皇帝悔婚是大事，朝廷隔日必要大变。

他隔着水波，远远地看皇帝孤身一人，对着满池碧水。他熟悉这样的皇帝，十几年来，陛下每逢大事要决议，都是这样一个人站在水边，不知道他在想什么，也不知道他的心里，是何等挣扎煎熬。大家看到的，都只有结果，只有天子永远圣明，永远深沉威严。

可其实他知道，皇帝也会累，会感到孤单。

泓这样想着，神使鬼差般，脚步就迈了出去。他一直走到了亭子里，站在皇帝身后，问："陛下，不立皇后了吗？"

容胤吓了一跳，回头见是他，却没有责怪，只回答说："不立了。"

泓问："为什么？"

容胤说："我想随着自己心意而活。"

泓试探地问："那样……会很难，很累。即使这样……也不要紧吗？"

容胤说："嗯。"

两人沉默了一会儿，泓握了握拳头，鼓起勇气说："我会永远效忠陛下。"

容胤笑了，说："我知道。"

两人沉默着，再次望向烟波浩渺的湖水。

他们在一独亭里待到日头半落，才一起回暖宁殿。吃完饭洗漱过，皇帝却迟迟不睡，泓便问："陛下还有什么事？"

容胤说："我在等东宫。辞婚总得有个理由，叫太子出面来挡一挡。"

泓惊了惊，忙问："殿下年纪还小……挡得住吗？"

容胤笑了，道："他怎么挡不住？他有母家，又有外祖母家，皇城一半的家族都在背后撑着他，他怕什么。"

他说了一半，顿了顿，突然想到泓真正是无依无靠一个人。大教习不谙世事，就知道训斥他没出息，也不管他在干些什么。念头一转便道："你没事去教教涵明，一人之力总有不及。太子遇事要家族出面，你没有家族，至少也要广结善缘。等太子再大些，你就去教导他们武课，当年大教习怎么教你的，你就怎么教他们。"

泓呆呆地想了想，乖乖地答应了。

到了夜深，东宫果然闹起来。两位皇子自小一块在外祖母家长大，感情亲厚，回了宫也还住在一起。云婉今日入宫请安，就有人私底下和两位皇子说，新皇后将来有了嫡子，他们就有性命之忧。

小皇子立时大哭，太子年纪大一些，却知道这种话竟然有人敢传，背后一定有父皇授意。不立新后对他是好事，太子当即拿着鸡毛当令箭，大大地吵闹开来，拎着把剑要自刎谢罪。消息传到暖宁殿，容胤连忙过去安抚，一时间阖宫惊动。

等到了第二日，圣上因太子辞婚的消息，已经传得满朝皆知。

这一下惊变，打得云安平彻底摸不着头脑。婉娘在深宫传不出消息，另一头拔擢云行之作定国将军的旨意已经通报了各部。云氏父子无可奈何，权衡利弊后决定先叫云行之回来接旨掌印。容胤等到生米已经做成了熟饭才放开宫禁，云婉这才递出消息来，可她也不明白哪里出了差错，云安平便叫她在宫里多留一阵子观望。

容胤一手毁约，一手又给了足够的诚意弥补，此时便束手等云氏出招。云安平摸不透皇帝到底是什么打算，只得按兵不动观望风向，一边往太子母家和太后那里打听。

这时候就显出后宫无人的弊端来，帝王若有个宠妃服侍，枕边稍微探探口风，也能把圣上的心思揣摩出一二。想来想去现在能够得上的只有那位一等御前近侍，云行之便心急火燎地往无赫殿递信要泓出来见面。

泓就趁着陛下例朝的时候出宫和云行之见了一面。两人约在一处幽静的会馆，一碰头云行之就单刀直入，抓了泓衣袖说："小哥这回千万要救我！"

泓说："你已经执掌大印，位列国字将军，这是好事，我有什么可救？"

云行之委屈至极，道："这算什么好事？这是把我架火上烤！你看看满朝大将军，能晋封国字的，哪个不是打拼了二三十年，战功累累才得荣耀？我连冠礼还没行过！咱们俩历遍中军大营，那么多将领允诺将来尽力提携，结果我当时满口感谢，一转身成了人家顶头上司，这不是当面打脸吗？你说这定国将军我做不做得？现在别说去雁北赴任，我在家里连门都不敢出！这是拔擢我呢还是诚心捧杀我？"

泓听了也替他为难，便劝慰道："陛下也是一片好意，只是仓促间无暇多考虑。你先安心接了大印，以后可以慢慢再看。"

云行之如同抓住了救命稻草，立刻攀住道："就是这句话！你既然知道圣意，就给我个准信，这事到底因何而起？我姐生而贤淑，家里一直以国母相待，好好的怎么突然就变了天？现在她在宫里进退两难，我又小脑袋戴了顶大帽子，你要知道怎么回事，就千万救我一救。"

泓有些不自在，拿了场面话敷衍，道："东宫还小，陛下不得不有所顾及。"

云行之急得直跺脚，怒道："别拿这种话糊弄我！册立中宫关乎国家社稷，陛下突然翻盘，必是因着大事。多少家族都在等着定下中宫后晋封承恩女官，我家不能承恩，还要拖到什么时候去？到底是婉娘触犯了天颜，还是陛下对云氏起了戒心，你多少给我透一点。"

泓轻声道："不是什么大事，你不用担心。"

云行之一见便知道泓肯定通晓内情。两人相交已久，他早把泓的性子摸得透透的，知道旁敲侧击、威逼利诱都不管用，就拉了凳子近到身前，一脸的恳切，道："后宫位分关乎家族福祉，陛下身边要有个宠爱的妃子，前朝内廷都跟着受益。眼下后宫无人，出点什么事情，大家只好没头苍蝇一样乱撞。摸不透圣意就容易自危，几大世家一抱团，陛下也不好控御。你要知道内情，哪怕稍微吐露几个字，替大家体察圣意，去了猜疑，也是为陛下尽忠了。"

云行之一边说，一边打量泓的神色，委婉地提醒泓在宫里的身份。

这话透彻体贴，说得泓心中一震，猛地意识到宫中没有后妃，这下传圣意，上陈臣情的职责就必须由自己来担当，否则陛下根基不稳。此念一出，他便正色道："到底是为了什么，不得圣谕，我不敢说。但是云氏想要个什么样的章程，我可以居中斡旋，代为传达。"

云行之一呆，说："这个我做不了主，得先问家里人。"

泓点了点头，道："我只知道陛下虽然辞婚，对云氏却是倚仗的，不然也不会竭力弥补。定国将军是个什么样的位置，你心里清楚。家里是什么意思，你不妨和我说，得机会我就帮你探探陛下的意思。"

云行之听他口气如此笃定，倒怔了半天，将信将疑，问："你说的可有准？"

泓淡淡道："除了我，宫里也没有近身服侍御前的人了，你不信也得信。"

这话是实情。云行之点头应下，两人又闲扯了一会儿，见到了散朝时间，泓便告辞回宫。

泓走侧门入宫，刚过了仁泽门就被宫人拦下，要带他去广慈宫。泓以为是陛下派人来叫，也没放在心上，便跟着那两位宫人进了内廷。待那西侧道甬门突然在身后合拢，两排宫人欺身跟了上来他才惊觉，发现自己退路已封。

他脚步一迟疑，领路宫人便转过来笑笑说："太后亲自召见，这可是天大的恩典，大人不要辜负圣恩。"

泓心中一寒，见着内廷的宫人和女官已经把自己包围，畏惧就不受控制地涌了上来。内廷里的规矩他是领教过的，既然作了皇帝的近侍，他就要受内廷辖制。如今太后掌着六宫大权，懿旨亲召，根本就没有抗拒的余地。

他硬着头皮，跟宫人进了广慈宫的配殿，一抬头先见到司礼官一脸漠然，服侍在太后身边。他头皮发麻，当即拜倒行了大礼，伏地上不出声。

太后五十多岁的年纪，慈眉善目，言语间透着温和，先把泓打量了一会儿，说："这模样可一点儿都没变。"

她像是和身后服侍的云婉聊天，又像是说给泓听，道："这都是陈年旧事了。静怡怕惹麻烦，一心想斩草除根，还是哀家见孩子可怜，硬给留了下来。当年就见着这孩子有福气，现在看果然是个有大福气的。"

云婉便躬身而答："这是蒙了太后恩典，得结一份善缘。"

太后"嗯"了一声，对泓道："中宫未立，皇帝也不想坏了规矩。你身为武者，在陛下身边服侍，须得耳明眼亮，多多体贴圣意。很多话皇帝不说明白，不代表就没有，你自己心里要清楚。"

泓低头应了，太后又道："哀家年纪大了，宫里的事一向懒得管，由着皇帝胡闹。不过胡闹也得有个分寸。圣上国事繁忙，一时想不周全，你服侍御前，却不能不劝诫。侍奉皇帝是个辛苦的差事，你想长长久久地干下去，脚底下就得好好扎根。如今你荣辱盛衰全在皇帝一念之间，哀家怜你孤苦，给你找棵大树依靠，等将来婉娘入主中宫，你的功劳，她不会忘记的。"

她言下之意，便是要泓劝说皇帝立后。泓低了头不吭声，太后就看出他的桀骜来，把脸一翻，厉色道："圣眷虽浓，你也要掂量下自己的斤两！不懂规矩，哀家就亲自来教！司礼官带下去教教规矩！"

她话音一落，司礼官就向前迈了一步，示意两侧宫人近前压制。众人刚碰上泓的手臂，只听得"锵"的一声，寒光一闪，泓竟然把腰间佩剑拔了出来，剑尖微颤，在身前划了道优美的青弧，冷冷道："别碰我。"

御驾前不得见兵刃。他一身御前影卫服色，常年在宫中行走，太后也没想过提防。这一下杀意毕现，吓得人皆变色，立时团团护住了太后。

泓逼退了众宫人，便反握了短剑，在腰上一错一脱，将刀鞘卸了下来。他挺起身子，换成了武者的单膝跪礼，挽了个杀气凛冽的剑花，立即归剑入鞘，横剑在身前，那剑柄上金灿灿的皇家徽记就在虎口边闪耀。

他环视一周，沉声道："臣乃天子刀兵，皇朝护火人。帝王威仪，不容进犯。陛下钦赐佩剑，特赦御前血光。有敢犯颜辱臣者，杀无赦。"

这话里饱含威胁，太后一辈子金尊玉贵，何尝被人如此顶撞过？登时把脸一沉，就要召唤宫外侍卫。众女官都吓得花容失色，无人敢出声，正自僵持间，突然一位宫人贴墙溜进来，在太后耳边小声说了几句话。

太后蓦地一震，不由变了脸色。她也曾经独掌大权，谈笑间控御江山，不是大事，断不会如此动容。云婉察言观色，立即出声打圆场，道："泓大人言重了。婉儿只是有几句话，想私下和大人请教。"

她一边说，一边款款走到泓身前，含着一点笑意，伸手要扶泓起身。

泓瞥了太后一眼，见她一脸冰寒，把脸转过去和那位宫人说着什么，不再往这边看，便就坡下驴，重新行了大礼，恭恭敬敬地和云婉一起退出来。他忍着怒气全在心里，冷着脸一出宫门就要离开，云婉便在身后叫他："泓大人。"

泓站住了脚，转过头等她说话。云婉便俯身一礼，抬起头来却忘了要说什么，光看着泓发愣。

她愣了好半天才低声道："家里严格教导，母仪天下该有着什么样的仪范和胸襟，婉儿全都牢记于心，不敢有丝毫差错。想不到第一次面圣就被遣退，也不知道哪里做得不好。大人服侍御前，若有机会，能不能安排一次御前陈情？婉儿不是不懂礼数，只是家族荣辱归于一身，不得不再争取一回。"

她姿态摆得够低，道理也正当，泓挑不出毛病来，心中却无比暴躁，也不吭声，头也不回地转身就走。

他怒气冲冲，出了广慈宫就直奔御书房。内廷里见不得人的招数多的是，第一次进内宫后，他就曾被人以教导规矩的借口，狠狠地整治了一回，搞得他现在一进了内廷就害怕。当时年少不懂事，现在想起来实在是太傻太傻了！白练了一身武功，居然任人欺辱，一点都不知道反抗！

他也不知道是生自己的气还是生太后的气，憋了一肚子火，回兰台宫找皇帝。一踏上殿阶就觉出不对，御书房里格外的紧张森严，随侍宫人战战兢兢一点儿声响都不敢出，无比的寂静沉重。

他不知不觉屏住气息，放轻了脚步。进了屋子见一位十几岁的少年一脸惊惧，两股战战，趴伏在御驾前。

少年显然是跪了有些时候了，已经汗透重衣，面孔青白。泓见了一怔，认得是太后母家的长孙。太后母家人丁稀薄，第三代就这么一个孙子，素来爱护得如珠如玉，很少出门。

泓不便露面，就一侧身躲在了屏风后面。

容胤本来是一脸的冷峻，见泓回来了，立时换了副温和面孔，和颜悦色地对少年道："起来吧，几年不见，你长这么大了。朕国事繁忙，难免有疏忽，你不要见外，没事常来坐坐。"

那少年被急召入宫，大礼拜见圣上，一个头磕下去，皇帝就没叫起，已经跪了快一个时辰。帝王脸色一沉，寻常臣子都惊怕，何况他一个稚嫩少年？这会儿吓得魂飞天外，汗流浃背瘫在地上，半天不能应答。

容胤便叫宫人扶他退下，温言道："去向太后请个安吧。你一入宫，她就惦记着呢。"

少年刚走，他就出声招呼泓，道："过来。"

泓见皇帝替他欺负人，满腔的怒气早化为乌有，听见陛下召唤，就低眉顺眼地走了过去，低声说："臣鲁莽，在宫里顶撞了太后。"

容胤"嘿"地笑了一声，道："你是御前近侍，出了这个宫门，你就代表皇帝权柄，遇事先自保，算不上鲁莽。"

泓低了头不吭声，容胤便笑道："人皆有重。我最喜欢你这点，自己知道看重自己。"

泓得了夸奖十分高兴，笑道："谢陛下体谅。"

容胤说："你有这份不轻易低头的傲气，我就放心了，可以放你出宫去做点事业。"

泓无比诧异，问："要臣退宫？"

容胤一点头，半是揶揄半是玩笑，道："你再不退宫，大教习怕是要挖我墙脚了。"

泓慌忙想要解释，容胤却一挥手道："不用讲，我都明白。"

FENG YU

风雨

第二十二章

说完容胤也不管泓还在羞愧，放了他转头就拟旨，安排泓退宫。御前影卫退宫后都是一品入仕，在朝中大有空间可以施展。他胸中早有谋划，安排泓到隶察司做了一名小小的典薄，专司科举诸事。

年末退宫的御前影卫有好几位，他一一指派，官位大多显赫。相比之下，泓职位低，权力又小，显得很是寒酸。

他担心泓有想法，就低声给他解释，道："留朝和从军不一样。朝里当差，讲究个先扎根再发芽。你先在底下待两年，基础打好了广聚人气，将来一飞冲天，别人见着你是从泥里起来的，才不会嫉恨。我要是直接拔擢你上高位，别人就对你有顾忌了，什么事都防你，把你高高供起来，叫你想做什么都不成。现在正在风头上，你也不宜多张扬，好好办差，多交几个朋友，叫人家先看清你这个人。等朝里都知道你身份的时候，你已经树大根深党羽众多，别人再非议也伤不到你了。"

泓问："我退了宫，以后怎么进来？"

容胤道："还是近侍。给你办了两套身份。"

风雨 ◇ 163

泓十分高兴，规规矩矩地谢了恩，容胤忍不住发笑，挥挥手让他到隶察司领旨。

眼下正是新科入仕的时候，各部都在加急办理。隔天隶察司放了本，泓便赴隶察司就职。这时候就显出云行之带他各处应酬的好处来，他进得司里，放眼望去同僚全是熟人。朝里相交看家世不看人，他以一品入仕，官职虽然低微，但后劲必然绵长。

一时间众人都来道贺问好，带他各处引荐。云行之听说他退宫了，还专门过来看了一趟。他们关系已不需客气，云行之出手就是张银票，道："这是仪礼。"

泓一看数额，怔了一下便要推拒。云行之按了他手道："这钱是有用处的。你刚入朝，酒乐必不可少。应酬往来不是小数，靠一点俸禄怎么够？我现在不方便出门，你多多和人往来，就当是为我铺路了。"

泓见他一脸烦闷，便问："怎么不出门了？"

云行之苦着脸说："走哪里都叫我大将军，我怎么好再露脸？"

他说到这里突然想起来，道："我家里盯得太紧，待着实在闹心，把你那个宅子借我住几天，我要叫几个人来解闷。你若有事，就到那头找我。"

泓点头应了。云行之见四下无人，便低声道："有个事要你帮忙。"

他很是踌躇，想了半天措辞道："这事有风险，你一定一定要谨慎，不能勉强。"

泓便点点头等他说。云行之压着嗓子道："我家里现在一团乱麻，为今之计，是想先探探风声，再作打算。你能不能试一试圣上态度，辞了云氏，又要属意哪家呢？"

泓答应了下来，云行之见他想都不想如此痛快，很有点恨铁不成钢的意味，道："这事不能直接问，你懂不懂？要不动声色地碰一下就算，有个只言片语就可以。别让圣上疑心你要插手，更不能让他觉得你有偏私。在圣上面前，你得是个纯臣，不能站别家的立场。"

泓慢吞吞地说："我本来就是个纯臣。"

云行之冷冷道："你是不是纯臣不重要，重要的是圣上是不是这么想。有一点差错叫他起了疑心你就完了。圣上城府深沉如海，他有想法也不会露，只会暗暗疏远，叫你连个剖白的机会都没有。"

这一点泓倒是感受甚深，轻轻叹了口气，道："确实如此。"

云行之见他听进去了，才微微放心，道："日子还长着，犯不着现在就把你折进去。你肯冒风险，我家里很感念。千万记住别露出痕迹来，就寻个由头，稍微把几个家族提一提，看陛下神色就可以，一定谨慎小心！"

泓见他一脸郑重，便也郑重地答应了。

当天晚上回暖宁殿，他早忘了云行之的叮嘱，直接问容胤："除了云氏，陛下还属意哪家呢？"

容胤说："我怎么想的，你不是知道吗？"

泓道："不是我问的，是云行之问的。"

容胤懒洋洋地说："你想叫我去告诉他吗？"

泓默默想了半天，只得说："我不明白。"

容胤忍不住笑了起来。他正经道："你告诉云行之，我在云秦两家中摇摆。这样他们要是想和秦氏联盟就有顾虑，我得防着云安平和军里勾搭。"

泓点头答应了下来。容胤又道："要含而不露，似是而非地和云行之说，叫他们摸不着我的心思，才不会堵我的路。"

泓点头称是，隔了几天便给云行之递话，道："我提了秦氏，陛下似有所动。"

云行之便特地回家一趟，把这话说给了父亲。云白临颇为重视，带他去祖父房里，把这话又学了一遍。

云安平正在檐下喂鸟，把蛋黄和小米掺在一起，搓成团一粒一粒地喂那只蓝靛颏吃。这鸟脖子上一圈湛蓝的绒羽，叫起来"嘀呖呖嘀呖呖"的，异常清脆，云安平爱逾珍宝，每天下午都陪上大半个时辰。他一边哄着蓝靛颏鸣叫，一边听云行之说外头种种，等都说完了，和颜悦色地道："好孩子，你做得好，爷爷都知道了。"

他把一个煮熟的红壳鸡蛋放云行之手里，笑道："拿去吃吧，叫爷爷和你爹说几句话。"

云行之被祖父随随便便拿个鸡蛋就给打发了，郁闷得不行，刚想抗议，抬头见父亲在旁边把嘴一努，示意他快滚。他知道这是有事不方便叫他听，悻悻地"哼"了一声，只得抬屁股走人。前脚刚走，云白临便皱眉问："父亲怎么想？"

云安平阴沉着脸，又喂蓝靛颏吃了两粒小米，慢慢想了一圈，才开口道："这位泓大人可了不得啊。天子神武威严，你我尚不好直视，泓大人不仅敢看，还敢猜，后生可畏啊。"

云白临"嗯"了一声，道："这么说是不可信了。"

云安平笑了一下，道："小孩子！信是可以信的。不过他正值鲜花着锦之时，顺水人情好做，有没有那份投靠的心就不好说了。"

云白临道："婉娘说试探过，想借他给搭个桥，他没理。我想着他既有争权之心，别坏了和行之的交情，就让婉娘收手。眼下他已经退宫出来，婉娘更碰不上了。"

云安平皱眉道："他十几年前就记档了近侍，按说不应该再出宫才是，怎么退出来的？"

云白临压低了嗓子道："我查过，不知道什么时候给做了全套履历，合钉合铆，一丝儿不差。现在他顶了两套身份，宫里头还记档，这边已经照退宫影卫的例入仕了。"

云安平冷笑道："这可不容易。工夫花这么细，咱们圣上这是要往朝里打钉子啊。"

云白临低声道："圣上既然有此心，做臣子的自然不能辜负。只是此人武者出身，一没家族，二无私产，无欲无求，和行之交情再深，也不可信任掌控。"

云安平漫不经心地给蓝靛颜理着长羽，道："抓个把柄就好。他不求财不求权，那就是有别的贪恋，往他怕的地方想。"

云白临微微一笑道："圣意难测，天家无情，侍君的，自然怕失了陛下信任。找个绝色佳人和他春宵一度，留个儿子在手里，人就服帖了。"

云安平叹了口气道："收拾得干净点，别叫行之知道。这孩子还嫩着呢。"

云白临沉吟了一会儿，才道："我有个最佳人选。今年察举选上来个一品，叫陆德海，没有什么背景。借他的手做，不用担心牵连到别人。"

云安平一点头道："这点小事你就去办吧，不必再问我了。"

云白临便又问："圣上毁约，父亲到底是怎么想的呢？"

云安平冷冷道："我不管他属意秦氏，还是要怎么样，世家大族的脸面，容不得他说不要就不要！既然不懂事，就别怪老家伙亲自教训！"

云白临一时默然。过了一会儿才说："这位是个明君。咱们若肯退一步，能成就九邦一个百年盛世。"

云安平道："一国无母，天子不家，算什么盛世？大丈夫齐家而平天下，家族繁荣才是盛世之本，你不能忘本！"

云白临不再说话。两人隔着金丝笼子静默相对，一下午只听得蓝靛颜在檐下"嘀呖呖嘀呖呖"地鸣叫。

入局

RU
JU

第二十
三章

第二十二章 ◇ 168

转眼又过了几天，到了十二月就进到年里。除了朝中例赏，各家也有私宴酬宾。官场上的筵宴酒席渐渐多了起来。这一日陆德海端坐府中，翻着长长的礼单，看到后来见全是各色丝料、摆设、围屏等物，不由叹了口气。

人情债难还，过年如过关。

他以一品入仕，得天子钦点，进隶察司分管科举，眼瞅着锦绣前程，各世家便来招揽，逢年过节，不忘仪礼。当年被贬黜回乡，他日日自省，反思自己的一举一行，也明白了做事离不开人，以前故作清高，不屑与世家子弟们同流合污，其实是断了自己的前程。

因此这回他步步谨慎，打点起殷勤笑脸积极逢迎，再不敢轻忽。酒席应酬还好说，仪礼上却让他觉得吃不消。若赠些金银还好，收了东家送西家，互相挪错，总可以还上，最怕的就是送这些昂贵又没法变现的摆设，不能再外送，还得等价回礼，一笔一笔全是钱。

他欲言又止，抖着长长的礼单斟酌半天，低声问一旁的老管家："这些东西，能不能找个门路出手？"

老管家微微一摇头，正色道："大人根基尚浅，钱、权二字，只能选其一。若要钱，现在便可以交给我办理，包大人手头活畅；若要权，架子就还得端一端，收了便是。"

陆德海叹了口气，不再说话。

这位老管家曾在大家族里做掌事，他辗转周折，费尽了力气才聘到家中。老人家皇城里摸爬滚打了半辈子，上至各家族背景恩怨，下至各人府上门房是什么性情，无一不了如指掌。

他初入仕，对待上级下属持什么样的分寸，走什么样的门路，全由老管家点化提醒，平日里很是倚重。既然老管家说收，他便收，只是看着白花花的银两一笔一笔全换成了能看不能用的死物，不免有点心疼。

可心疼归心疼，该做的人情还得做到。陆德海转头便捧出个礼封过来，奉与老管家，笑道："给二叔添一点小彩头。年里辛苦，全赖二叔帮衬，德海就算没有发达之日，也要孝敬二叔一辈子。"

老管家露出了一点笑容，接过礼盒，沉甸甸地往手上一拿，就觉得炫花人眼。只见那礼盒内除了节庆孝敬长辈的寿桃、福饼、平安酥外，另镇了两条金灿灿的小鲤鱼，纯金铸就，鳞翅宛然。

老管家知道陆德海清贫，这笔厚礼不仅是花费重金，更见对方心意诚挚。他有点感动，道："都是自己人，没钱……就不用送这么大礼。"

陆德海微微一笑，道："二叔不必替我担忧。除了账上走的这些，我来皇城时还另带了点傍身钱。本想留着以防万一，眼下手紧，不妨拿出来先做支用。"

老管家见陆德海对自己透了底，更是感动。名利场上讲究蜜里调油，一团和气，关系不到，再亲热也是虚的。人人心里煨着锅老汤，是清是浑，何时开锅，只有自己清楚。

他愿意到陆府来，看上的就是这年轻人是个冷灶，可以由自己架锅烧柴，慢慢熬得喷香四溢。他到陆府才两个多月，做事虽然尽心，却还有所保留，不肯尽透关窍。他年纪大了，又无子女，本意就是想种棵大树养老，盼着东家好。

如今见陆德海真心实意，他便也投桃报李，把礼盒往旁边一收，坐到陆德海近前，低声道："大爷若愁银钱，其实也有谋财的法子，又体面，又干净。只是大爷新官上任，三把火还没烧尽，不知道愿不愿意弯腰。"

陆德海来了兴趣，忙道："还要请二叔给讲解讲解。"

老管家便给他细讲官场潜规则，教他分权引荐，互帮互利之法。每年朝廷论品拔擢，评入一品有圣上钦点，自然不愁官职。但余下那些子弟却艰辛得多，能不能入朝全凭各家本事。可皇城里相交看品不看人，一个一个小圈子看似往来随意，其实等级森严。上、平、下三品之间极少互通，为一个引荐机会，有的家族愿意倾囊相求。

他讲到这里，陆德海想到了自己为求一品引荐，灰头土脸，四处钻营而不得的往事，深有感触，长叹一口气道："确实如此。人一出生，就分了三六九等，互相之间壁垒森严，一辈子没个指望，多少人空有抱负无处施展，实在是不公平。"

老管家一点头道："大爷有这个心思，那就是各家之福。如今你既然位列一品，不妨屈尊为别家引荐，给别人一个攀升机会，自己也有恩报。我有门路可以拉拢，大爷只负责大摆筵席，居中协调即可，一方面是为别人搭桥，一方面也是给自己垫路。我以前替东家大少爷做过几笔，无不机密干净，大爷只管放心。"

陆德海将信将疑，想到自己求引券的困顿苦楚，却也愿意扶人一把。便点了头，交由老管家办理。年里应酬众多，他跟着宴请宾客，神不知鬼不觉地促成几桩好事，既得了人情，又有了大笔银钱入账，自己也觉得圆满。

这一日老管家又带了人来，陆德海便在密室相见。那人姓杨，出身武者世家，在军中当个校尉不算得意，便想找个一品大族攀附。一品的世家大族不过那么几家，子弟全是朝中实权重臣，他自己想攀附尚不可得，何况替人引荐？陆德海为难半天，突然想起一个人来，便问："若是武者呢？御前影卫退宫出来的，行不行？"

御前影卫虽然退宫，大部分仍和无赫殿保持了密切的关系，明面上和察举出身一样根基浅薄，实际背后有整个无赫殿支持，军中各处都能说得上话。那人自然满口愿意，央求陆德海居中搭桥。

陆德海却不忙着把话说死，自己闭目养神，把此事细细地想了一遍。

他想好的那位武者，便是刚退宫出来的泓。两人一同在隶察司当差，自己比他还高了一级。

那位泓大人和他一样，以一品入朝，背后却无根基。此人行止稳重，言谈谦逊沉静，有君子之风。同僚宴乐他也不是不参加，但是往那里一坐，毫无圆滑风流之象，也不大逢迎。

他开始以为这位和自己是一类人，心生亲切，便有相交扶持之意。可是后来发现这位泓大人虽是新人，和世家子弟却很熟络，大家私下都叫他"小哥"，有事也乐意找他，和自己当年初入朝的情形大不一样。

再后来见云氏大少爷三不五时来司里找他才明白，原来这位早靠上了棵大树。他在地方扎实干过，是全凭真本事上来的，对这种靠着世家提携，四处钻营不干实事的人就有点轻视，因此两人虽然搭话，却不算有私交。

如今贸然找他，实在不好开口。

陆德海斟酌良久，缓缓道："此人武者出身，是御前侍奉过的，为人有些孤高。我虽然和他是同僚，却也不好直接出面。但我可以设宴招待，把人邀到府里来，能不能拉拢，就看你自己本事。"

杨校尉大喜，连忙道谢。脑筋一转，小心翼翼问："不知道这位泓大人是个什么样的性情？"

这是想要投其所好，准备仪礼。陆德海会意，沉吟了一会儿，道："平时见他在钱上看得不重。既然是武者，想来兵器是喜欢的？"

武者兵刃都是贴身收着，人在刀在，轻易不会更换。若没有深厚交情，送件称手兵器就是在咒人死。

杨校尉见陆德海在这方面外行，就委婉提醒道："御前影卫的兵刃是圣上钦赐的，再送未免僭越。"

陆德海恍然大悟，为难道："我一时也想不出什么主意。不然这样，你也别忙着送礼，先套熟交情为重。他若有松动，我就设宴请他再来。"

杨校尉连忙道谢，想了又想，小心翼翼道："下官倒是有个想法，不知道这位泓大人可有家室？"

陆德海心中微微一动，笑道："你问到关窍了。这位才退宫不久，妻妾皆无，身边连个伺候的都没有，咱们不妨在这里动动心思，也是雪中送炭。"

杨校尉却有些犹豫，道："怕是有些唐突。"

陆德海哈哈一笑，压低了声音道："男人嘛！钱、权、女人，都是喜欢的。多多益善，怎么能说唐突？你好好找个知心人，他自然承你情。"

杨校尉点头称是，两人便埋头商量，如何将这份礼送得风雅且不留痕迹。等计议已定，陆德海便张罗宴席，下帖遍邀同僚。

年里正是各家轮流宴请的时候，众人自然捧场。泓只当是寻常宴请，就也接了帖子，准备同去。这几日宫中各色庆典和觐见也很多，容胤忙得无暇他顾，早晨听泓说要回得晚一点，就一点头，也没有放在心上。

眼下入了冬，漓江治河诸事皆停。他上午见了枢密院的太卿，听他把银流出入过了一遍。治河是个烧钱的事，头年还勉强平账，到了下一年却肯定要入不敷出。

枢密院的太卿便建议皇帝给漓江沿郡加赋。如今水患刚平，正是休养生息的时候，加了税百姓还怎么活得下去？容胤想也不想地驳了，答应先从内帑划拨银钱进枢密院支应，剩下的由他出面，向漓江云、周、隆三大世家筹款。

他说得轻松，可到底要用什么做筹码，拿出什么样的让步，还得慢慢再筹划。

枢密院太卿退下后，他便在宣明阁正殿里叫了纸笔，一边写"福"字，一边在心头思索，一整个下午都在想这件事。

帝王御笔赐福，是朝中新年定例。要用长青笔饱蘸朱砂，在尺方的金纸上一气呵成福字，遍赐王公近臣。初一悬福是古礼，以前他嫌金色刺眼，从来不让在寝殿里挂福，这回却来了兴致，写完赐臣的福字后，改换了巴掌大金笺，屏息静气，小心翼翼地写了两套五福呈祥，预备着初一那天和泓一起贴。

容胤写完了正端详，突然宫人来报，道太后驾临。两宫表面上虽然维持着一副母慈子孝的模样，实际早结下了深仇大恨，彼此防范，私下久不通往来。容胤很是诧异，听得太后銮驾已到了宣明阁殿前，只得撂笔出迎。

太后穿了一身宫中常服，天气虽冷，仍然是绫纱锦绣，长长的裙摆上流光溢彩，拿各色丝缎绣出了精致花样。她十指细白，眉目福圆，五十多岁的人了，脸上依稀还有当年风韵。常年礼佛为她浸染出了一身的檀香气，闻着叫人心里沉静。

待进了宣明阁正殿，她四下一扫，见满桌金灿灿的福字，便微微一笑道："皇帝好兴致。"

容胤已经请安过，就懒得再敷衍虚礼，大马金刀地往主位上一坐，道："外头这么冷，母后有什么事遣个人来说一声就好，何必亲自来？"

当年太后垂帘，就曾在宣明阁听政。如今往事历历在目，太后心中不尽地感慨，拈着佛珠先四下看了一圈，半晌才道："底下人献了点平日见不着的美食，哀家叫厨房呈过来，咱们母子吃顿团圆饭吧。"

所谓底下人，便是太后的家里人。容胤知道这是太后有事要和他谈，便点头同意。两人相敬如宾地用过了晚膳，太后还不开口，只是和他东拉西扯地讲闲话。

容胤足足陪了一个多时辰，眼见着天色已晚也不说正事，不由满心的暴躁，冷冷道："政务繁忙，母后若没有事情，就先回去吧。"

太后微微一笑，道："事情是有，只是还不着急说。"

容胤只得忍耐下来。太后便道："听说皇帝御前侍奉的那位泓大人已经退宫了。此事于礼不合，哀家不能不出来管一管。"

容胤面不改色，道："没有。他履历已封，怎么能退宫？母后大概是看差了。"

他给泓做了两套身份，封黑侍君的履历，确实还在司礼官那里记档。他赤裸裸地耍无赖，太后倒也不生气，只是道："皇帝做事，想来是有分寸的。"

容胤道："前朝繁杂，政事无一不关乎后宫。朕心里也有难处，母后要体谅。"

两人有一搭没一搭地说了几句，太后身边服侍的女官就悄悄进来，给两人奉茶。太后得了女官暗示，便转过头来对容胤道："哀家有几句知心话想和皇帝讲一讲。叫他们都退了吧。"

容胤便挥手遣退了殿中宫人。太后带了大队侍卫来，此时早有准备，十步开外，立时团团围住了宣明阁，连御前影卫也被隔绝在外。

容胤暂且忍耐，冷眼看着女官布置，等宣明阁里只剩了他和太后，便道："朕和母后之间，还有什么要避人言的？"

太后轻轻叹了口气，却不回答，怔怔想了一会儿，道："当年皇帝大病，一夜糊涂，叫他撞破了机密，静怡是不高兴的。还是哀家执意留人，想着和皇帝有缘，干脆安置在御前服侍。一晃十几年过去，陛下的心可一点都没变呐。"

当年太后留泓是真，可也不过是想叫他分散精力，不要再找得力臂膀。容胤一点都不领情，淡淡"嗯"了一声，也不接话。

太后就仔细将他打量了一会儿，感叹道："这眉目间，还有静怡的影子。她呕心沥血教出来个重情重义的明君，九泉之下也可以瞑目了。"

"只是有件事皇帝得明白，天家薄情，为的不仅是皇家尊荣，更是给人的恩典。皇帝有大德，施恩于天下是好的，都放一人身上就叫人担不起了。当年慧明公主早薨，就是因为皇帝喜爱太甚，叫越贵妃起了妄心。否则小公主平平安安地长大，现在也是个玲珑剔透的美人儿了。"

慧明公主是宫里的忌讳，向来无人敢在他面前提。如今太后突然翻出旧事来，虽然明知道是故意叫他难受，容胤也免不了心里疼了一疼，淡淡道："陈年旧事，何必再讲？"

太后摇了摇头，叹口气道："对哀家，自然是陈年旧事。对皇帝来说，恐怕还是道新疤。有件事皇帝不知道，当年越贵妃给慧明喝的药，是从静怡那里得的。越贵妃对慧明，和静怡太妃对陛下，也都称得上慈母心肠，蛇蝎手段了。"

静怡太妃是皇帝生母，别管对外人如何狠辣，转过头来对自己却是全心全意的顾念。自她去世后，容胤一直感怀。此时太后突然爆出内幕，他心中狠狠一震，立时道："一派胡言。太后给我母亲留点尊重吧。"

太后早知道他不会相信，也不勉强，道："不止是慧明，皇后病薨也是静怡手笔。她转过头来，却怪皇帝照顾不周，叫陛下愧疚十几年，不忍再立新后。除了皇家，天底下谁人的母亲如此心狠？皇后一薨，东宫便牢牢握在了太妃手里，待娘家侄女长成嫁进来，皇帝便妥妥地被太妃家里护持。一边和哀家周旋着，一边还能腾出手来给家族铺路，又得了皇帝敬爱，太妃真正是好手段，哀家不如她。"

她说完扫了一眼，见皇帝面色铁青，知道对方心中已经半信了，便慢悠悠地道："当年这些龌龊事，太妃的近侍都知道。一应设局、过手、接应人等，哀家都留了下来，明日送到御驾前，就当哀家给皇帝恭贺新禧。"

容胤已知此事为真，不由满心错乱。当年朝中局势纷乱，静怡太妃是他唯一的保护人。两人相依为命那么多年，他心中早将静怡太妃当母亲看待。

他一介孤魂，和这个世界本来没什么关系，如今励精图治，努力当个合格帝王，一半为自保，一半却是为了静怡太妃，不敢辜负她庇佑之恩。当时心肠尚软，静怡太妃也曾轻轻责备，叫他多看大局，少想私情。想来私情果然无用，连至亲都可以拿来，捅他软肋。

容胤一时心灰，却不愿在太后面前露出痕迹，依旧端坐龙椅，面无表情道："多少年前的旧事了，难为母后有兴致，特地过来给朕说一遍。"

太后却微微一笑，道："哀家来，不是为了这些旧事。讲这些是要叫皇帝明白，天子情意之重，一人之力难承。皇帝越是看重谁，就越应该远着些，甚爱必大费，知止才可以长久。"

"至尊至高之位，也是至寒至苦之处，皇帝见了哀家下场，应该有这个觉悟才是。那泓大人既然得皇帝信任，就应该把他留在宫里，才见皇室体统。如今皇帝放他退宫，明眼人都能看出来，这是不忍折他羽翼，求个真情谊。天家哪有真情谊？好处不能两头得，可惜皇帝不懂这个道理。"

容胤渐渐有了不详的预感，冷冷道："太后若是知道些什么，不妨拿来说说。"

太后闭目沉吟，拢着佛珠念了几句佛号，才低声道："哀家久居深宫，消息不大灵通了。不过凡事若涉六宫，哀家难免多上点心。今日泓大人赴隶察司陆侍郎府上宴请，应该是回不来了。"

容胤登时变色，起身就要往殿外走。太后端坐下首，冷笑了一声道："哀家陪皇帝待了快两个时辰，不到时候，怎么敢说出来？已经晚了，陛下宽坐吧。"

她声音很冷，带着寒意，好像条冰冷的毒蛇，在人后背上蜿蜒。容胤一时间呼吸都忘了，脚下一软，就重又坐了下来，怔了半天才轻声道："是吗？"

太后见他失态，心里无比快意，又念了几句"阿弥陀佛"，道："今日这酒宴，就是为泓大人设的。酒是烈酒，人是美人，只等着泓大人酒醉退入内室，就有女子来和他一夜欢爱，留个血脉。有这把柄在手，何愁泓大人将来不听话？

"经手人为求妥当，酒里下了料，沾之必醉。那女子也备了药，用后叫人肢体麻痹、神志昏聩，却情欲勃发。哀家令人细细探查，见他们办得实在是周密，真正好手段。莫说是泓大人，就是陛下自己赴了宴，恐怕也得中招。

"哀家实在欣赏，就暗中助了他们一臂之力。只是皇家体面不可不顾，那女子的药，已经被哀家令人悄无声息地换成了毒，泓大人虽然中计，却也清清白白地死，不会玷辱了天子近侍的颜面。"

她声音压得很低，说得和蔼轻柔，仿佛在和疼爱的小辈聊家常。容胤恍恍惚惚听着，字字过耳，心里一个劲沉了下去。

他浑身发寒，太后看在眼中，不动声色继续道："哀家怕皇帝搅了事，陆府一开宴，就特地来陪皇帝用膳。等到陆侍郎扶着大醉的泓大人进了内室，才敢和皇帝开口。这会儿应该已经事发。皇帝放心，那药利落，泓大人不会吃苦。"

她的声音很低，听在容胤耳朵里却越来越远，最后终于满耳轰鸣，什么都听不清了。这感觉很像慧明刚没那会儿，身边全是人，吵吵闹闹地都在说话，可好像已经和他没什么关系。

他怔怔地看着大殿辉煌，满室皆亮，想起身边人都是这样一个接一个地离开了，他已经竭尽全力，却还是一个都护不下。

太后见他一脸茫然，突然间被牵动了愁肠，低声道："当年，哀家孩子没的时候，曾经也有这种感觉。"

"母债子还，多亏你是个重情重义的好孩子，才叫哀家大仇得报。"

容胤垂下了眼，并没有回答。太后的话让他恐惧，但是还可以忍耐。他知道自己要做点什么，要赶紧补救，还要还击，可现在心中却一片茫然空白，好像一瞬间被孤独击倒。

年轻皇帝素来冷峻而严厉的面容现在被另一种脆弱的，已经被深深伤害过却浑然不觉的神态占据，太后满意极了，也无比地失落。

她缓缓起身拢了衣裙，雍容而怅然，低声道："皇帝节哀。"

她话音刚落，突然听得殿外一阵喧哗，一连串刀剑交击的声音相连不断，由远及近，以极快的速度传至殿前。殿门被猛地撞开，一人飞身而入，披了满身的寒气，大吼道："陛下！"

伴
虎

BAN
HU

　　太后悚然一惊，转过头，见来人居然是泓，登时变了脸色。泓见机极快，一看皇帝无恙，立即单膝跪倒，抚肩施礼道："不知太后在此，冲撞了銮驾，请恕罪。"

　　他刚说完，众御前影卫和随侍宫人也跟着"哗啦啦"涌了进来。太后和圣上多年不和，如今封了宣明阁单独说话肯定没好事，众人被隔绝在外，不得圣谕不敢妄动，急得焦头烂额。首领见泓回来，连忙请他去问问情况。岂料泓刚有动作，对方就亮了兵刃。宫中没有大事是不得露锋刃的，敢和御前影卫刀剑相见，必然是奉了懿旨。

　　泓顿时紧张，干脆硬闯了进来。众人心照不宣，当即跟着泓往里冲，要搅了这场私谈。侍卫连忙拦阻，一时间两方对峙，都亮了兵器。

　　太后怔了半天才明白过来，看着泓一时说不出话。她心思缜密，布局极少失手，这次借力打力，把各方人马都考虑进去了，唯独没想过泓会入局。皇帝是个聪明人，吃过一次亏，下回想再算计就难了。她无比地惋惜，冷冷道："皇帝的御前影卫，一个个的真是好身手。"

　　话说完，慢慢地理了理裙裾，昂首走了出去。众人都跟着太后退出宣明阁，一批批悄无声息走了个干净。泓连忙到容胤身前低声问："陛下有没有事？"

容胤长松了一口气，心里是关心，开口却质问："你怎么才回来？"

泓见他神色有异，连忙解释："臣一直在。只是见太后和陛下私谈，不好直接进来。"

容胤抿住了双唇，不再吭声，只是招招手让泓走近些。这里是宣明阁的正殿，容胤正坐在大殿居中面南的龙椅上，泓半跪在皇帝身边。容胤就长叹了一口气，喃喃自语道："我真的不想。"

泓问："不想什么？"

容胤答："送你走。"

泓吓了一跳，立即抬头，紧盯着皇帝的眼睛问："为什么要送我走？"

容胤疑惑起来，见泓似乎一无所知，就问："你不是去陆德海家了吗？"

泓保持着警惕，"嗯"了一声道："他家酒不好，我喝了几口，就佯醉退席了。为什么要我走？"

容胤怔了怔，说："你什么都不知道？"

泓有些恼火，冷冷说："我该知道什么？我只知道我哪里也不去。"

容胤一呆，见泓真的什么都不知道，便把太后的话给他说了一遍。泓默默听着，万万没想到今日歌舞升平下，居然藏着如此暗潮，自己只当寻常，竟然堪堪踩着刀锋走了一圈。他眨着眼睛，想了半天才说："怪不得今天大家都殷勤劝酒，陆德海退到内室，还开了坛好酒灌我喝。"

容胤紧张起来，问："然后呢？"

泓答："喝酒的时候，只要提一口气，真气流转，那酒就全被倒逼出来，根本不下肚。陆德海逼我喝，我就喝一杯敬他一杯，把他灌醉才走。前厅吵闹，我是从后窗跳出去，翻墙走的。"

容胤啼笑皆非，低声道："你这……你这运气可真好。"

他发了一会儿呆，叹了口气，轻轻说："这次是好运气，下次就难保了。只要你我有关系，天下就有无数人想算计你。我答应过不会哄骗你，这一句是实话，我真的很想很想把你留在宫里，护你周全，叫你为我所用。"

"可那样是毁了你。我欣赏你，只想成就你。"

他说完，无比伤心地叹气道："放你出宫，我没法时时看顾，总有出错的时候。皇帝是孤家寡人，我以前不信，现在认命了。"

他还没说完，泓就猛地推开他坐了起来，气得两眼冒火，怒道:"我不需要陛下看顾！"

他一生气，就口拙，别的话再也说不出来了，攥紧了拳头，又说了一遍："不需要人看顾！"

他气得眼睛发红，看也不看容胤一眼，手上一顿一错，就把腰间短剑卸了下来，也忘了在皇帝面前不得露锋的规矩，"唰"地就拔了剑，怒火中烧地在旁边厚垫子上"咣咣咣"一阵乱捅。捅完往容胤面前一推，只见完完好好的一个厚垫子，一点儿破损痕迹都没有。容胤轻轻一拿，那垫子突然经纬俱碎，里面的丝棉早就被剑气震成了粉末，撒了容胤一身。

泓把短剑往容胤身前一放，傲气十足，冷冷道:"臣武功凌驾九邦，可为帝国护火！凡药、毒，种种杀人害人之计，臣熟习了十几年，怎么可能被伤到？那陆德海往酒里加了料，诚心叫人喝醉，我一口就尝出来，才不愿意在他那里久留！他后院里藏了四五位武者，我不是照样来去自如吗？这种上不得台面的阴谋诡计，再来上几万遍，我也依旧贴着刀锋，毫发无伤地回来！我！我只是想得少！我以后会多想！"

他怒气冲冲地说完，却怕皇帝被剑伤到，连忙归剑入鞘。想着陛下总是如此，屁大点的麻烦就想把人往身后藏，凡事必替自己打点得溜光水滑，好像天底下只有他长了利爪，是个猛兽，果然伴君如伴虎！

　　他越想越愤懑，愤怒中又觉得受伤，便冷冷道："反正我——我哪里都不去。"

　　泓气得够呛，容胤听在耳中，却是一阵安心和高兴。他低下眼睛，想到自己竟然如此软弱，被太后几句话就吓住了，不免有些羞愧。同时却又放心，无比的放心。

　　他垂下眼睛，看到玄色靠椅上精雕细琢的龙翟纹，满眼金灿灿的闪耀。这大殿富丽堂皇，他独坐帝国权力的最中心已经很久，无穷的权势无穷苦，无穷的义勇无穷难。他步步维艰，咬着牙走了很长的路，今日终于遇见同伴，可以把这有限的光阴有限身，从此都托付。

　　托付给一个人，一个能保护他，也懂得保护自己的人；一个比他软弱，又比他坚强，比他怯懦，又比他勇敢的人。

　　容胤心血沸腾，此时却一句也表达不出，只是低低地"嗯"了一声。

　　泓往容胤身前挪了一点点，狐疑地歪过头，打量着他的神色，说："我以后会更小心，好不好？"

　　容胤说："好。"

　　泓高兴了，低头行了大礼。

两人坐一起，重理了前因后果，还把所有言行都做了一遍复盘。龙椅两侧的靠垫被泓掏坏了，里面的丝棉撒了容胤一身，泓见了有点尴尬，就一点点整理，一边把刚才的事情又想了一遍。

酒以烈为美，宴席上开几坛好酒，泡一点发物助后劲，是件很平常的事情。他今日在酒宴上喝到，也不过觉得这家主人好醉，并没有想到别的地方去。

只是他御前护驾了十几年，习惯时时保持清醒，才不想喝那酒。

若念头稍稍一偏，想着不妨放纵，这会儿就中了计。

御前近侍的荣耀不容玷辱，今日若真入了陆德海的局，别说是他自己，就连陛下也落了个把柄在人手！

泓这会儿才觉出惊险来，不由后怕，低声道："好阴狠的手段！"

泓既然无恙，容胤也就不把此事放心上，淡淡道："太后只是推波助澜，摘了个桃子。做这事的，是别家。"

泓心里泛上了一阵寒意，道："我平日里和陆德海来往也算亲切，想不到他竟然投靠了别家，背后陷害我。"

话说完，气得牙痒痒，恨恨道："我要杀了他，看谁还敢打我的主意！"

容胤笑了笑，道："杀陆德海干什么？他只是颗棋。今日能被别人所用，明日就能被咱们所用，你杀他不是毁自己兵马吗？谁经手这事，谁就是最无辜的。不信你暗中探探，这盘局里的人，一定都不知情，还以为自己发自本心，做了好事。算计我怎么敢露马脚？知情的，只是下棋的人。"

他说完，叹了口气道："你也是颗棋，太后拿来和我对局；我也是颗棋，被这些家主们拿来对局。这棋盘上有多乱，我简直没法跟你说。这一局不输不赢，大家平局。不过——"

他故意顿了顿，见泓紧张起来，就邪恶地笑道："太后诈和，露了底牌。我可以出气了，切她一条尾巴。"

他们心照不宣，谁都不提布局之人是云白临。容胤知道这一局为立后，不想说出来给泓平添压力。泓则是知道云氏繁茂，不想让陛下为难。他想了一会儿，感叹道："真正是好手段，好计谋。"

容胤不屑一顾，道："这算什么计谋？拿贪欲算计贪欲，这叫营苟。格局粗浅，手段下作，只看自己眼前三分利，哪有个盛世大家的气象？"

他说完，又担心泓冒进，道："立国治民，得讲究个明正典刑。这一次没抓到把柄，就不能把他们怎么样。你心里警惕，脸上不要露出来，且纵他们更远些，叫他们自己露尾巴。到时候数罪齐发，一击而中，他们才再不能翻身。"

容胤做事风格一向如此，泓早已熟悉，便点头答应，想起刚才闯进殿里时陛下一脸凄惶，心中不由气愤，轻声道："就算是营苟……也是算成了的，害陛下白担心了一场。"

容胤闷闷不乐，"嗯"了一声道："我不擅长这些……害人陷人的手段，所以总在这上头吃亏。倒也不是不会，是不想使。"

泓低声问："哪怕吃亏，也不想使出来吗？"

容胤说："不想……别人用阴谋，我用阳谋，就喜欢看那些人明知道是坑还得往里跳的样子。"

泓垂下眼睛低声说："陛下若直接立后，也不会有这么多事。"

容胤微笑道："明明不喜欢，为何要走容易的路？这叫问心无愧。这四个字，是负担，也是顶梁柱。凡事若不讲究个问心无愧，就少了苦辛，轻松许多。可是也没了心气，人就随波逐流了。"

泓轻声道："我给陛下作顶梁，咱们把乾坤撑起来。"

容胤高兴极了，与泓相视一笑。

胸襟

XIONG JIN

第二十五章

一场惊变就这样悄无声息、云淡风轻地揭了过去。陆德海当日醉酒，替泓做了一夜新郎。他酒醉忘形，颇为主动，那女子便也没用药催情，两人浑然不觉，自鬼门关走了一个来回。第二日陆德海悔之不迭，可生米已煮成了熟饭。

好在当日酒宴上，杨校尉结识了位世家公子，虽然没有泓品级高，但难得两人投缘。于是皆大欢喜，杨校尉得偿所愿，陆德海纳了房美妾。

那女子见陆德海身居高位，家里又清爽，便认他是个良人，自诉凄苦身世，求陆德海为自己妹妹赎身。

陆德海很是怜惜，出面接了女子妹妹回府，承诺将来为她寻个正经人家嫁出去。岂料女子妹妹真正绝色，行止柔媚，胜其姐三分。朝夕相处难免心动，陆德海干脆将妹妹也纳入房中，二女娇艳，众人皆羡，一时传为美谈。

太后发力扑了空处，容胤便趁火打劫，让泓主掌大局，挑了太后在朝中的暗线。只是泓第一次出手难免稚嫩，中间出了岔子，误杀了位云氏暗桩。云白临立时警惕，收了所有线头。可圣上再无动作，他摸不清对方是否知晓内情，一时不敢妄动。云安平横了心要给年轻皇帝一点教训，借着开年纳福闭门不出，连书五封密信，当夜发往九邦各大世家，同时召回云柔云婉，令她们年后出宫。

风雨欲来，满堂俱静。各邦俱献祥瑞，共庆盛世丰年。嘉统朝就这样安详地度过了第十九个年头。

过了新春，便是正月。无赫殿大教习的生辰在正月里，到了这一日，宫中亦有筵宴。众武者齐聚无赫殿庆贺，泓也跟着陪席，热闹到深夜方散。

大教习喝了不少酒，散席后泓便扶着他回房休息。等照顾父亲换过衣服上了床，泓就捧出一个礼盒，恭恭敬敬放在大教习身前，跪倒磕了三个头，说了几句吉祥话。

大教习怜他清瘦，连忙叫起，让他坐在自己身边，一手掀开了礼盒，见里面是节庆孝敬长辈的常礼，整齐摆着寿桃、福饼、平安酥等点心，还有个红彤彤的苹果。

东西虽然常见，但样样精致，连托盘都雕着花样，显见价格不菲。大教习就顺手吃了块点心，埋怨道："花这个钱干什么！"

这礼盒有个讲究，一旦打开，就要一次性全吃完，取新年纳福之意。点心精巧，大教习三口两口就吃了多半，还不忘怪责泓乱花钱买贵东西。泓低眉顺眼，乖乖听着，等父亲把点心吃差不多了，他先慢慢滑到床沿边上，才小心翼翼道："不是我买的，是陛下送的。"

大教习正啃苹果，听到泓这话就呆住了。

他还记恨着皇帝硬把泓留在宫中作近侍，闻言立时把嘴里的苹果吐了出来。可这礼盒已经被自己吃得一片狼藉，哪还有不收之理？登时气得热血上头，破口大骂，把苹果往泓身上扔。

泓早有准备，一挨了打就跑，三步两步蹦到了屋外头，隔着窗子道："盒子都开了，还怎么退回去？父亲都吃了吧，那是御膳房给父亲专做的，别糟蹋了好东西。"

他说完，听里头骂声不绝，父亲气得满地找鞋要揍他，连忙拔腿就跑。等大教习追出来，人早已不见了踪影。

又过了几日，便有武课。容胤进了无赫殿，见到大教习带领众位武者已经恭候，就微躬身，行了个见长辈的常礼。他身份尊贵，以往都是一点头便过，今日郑重其事地以小辈身份见礼，即显得尊重亲热，又不失帝王仪范，大教习心里便觉得说不出的妥帖舒服。

皇帝往日行止他看在眼里，也敬佩这位是个圣明帝王，泓出了事，他心中虽有愤怒，却不怨恨。如今泓已经如愿退宫，皇帝尽显诚意，他心中那口气也就消了。想着佛祖尚要金刚加持，孩子投身一场，就当为世人渡劫，也算功德，何况他自己愿意。纠结了半天，等到需要给皇帝纠正动作时，便哑声对泓道："宝柱过来，为陛下正一正身形。"

那练功房里除了侍剑人和随侍，无赫殿各位教习和武者都在陪侍。泓猝不及防，被父亲叫了出来，登时尴尬。他硬着头皮，慢慢起身入场，也不敢看容胤，半低着头，为陛下纠正动作。

容胤觉得好玩，低声道："大教习是好意，你有什么不好意思的？"

泓慌忙端正心念，认认真真又为皇帝教导了一堂武课。结束后两人一同去聚水阁拿书，天冷水枯，水阁池中满覆细沙，铺出层层水纹仿出碧波的样子。容胤在池边站了站，回头低声问："大教习不生气了？"

泓红着脸说："父亲就是那个脾气，嘴上还硬，其实已经不生气了。"

容胤又问："他待你如何？"

泓轻声说："待我很好，今年结下的柿子，一个都没送人，全给我吃了。"

容胤哑然失笑："我帮你赚了一树的柿子，你回头才给了我一个吗？"

泓道："我都晒成柿子饼给陛下吃。"

他们在池边低声闲谈，声音虽轻，却被书库里的云婉听得清清楚楚。宫里防卫森严，皇帝行驻的宫室照规矩是不得留死角的，四下里通透阔达，声息相闻。檐下有苍天古木遮挡，外头看不到里面有人，可里面的人却可以把外面动静听得一清二楚。

云婉不小心听了壁角，这会儿反倒不方便出去了，便带着自己的司仪女官在书架间稍等了等。那位女官本来就是云氏安排在宫里的人，将来也是要跟着云婉的，跟外人不敢妄谈，和云婉却可以稍微打趣几句，便悄悄笑道："陛下看着威严，私底下也挺随和呢。姑娘没想到吧？"

云婉点点头，微叹了口气，没想到的东西太多了。

她只是中人之姿，堂妹却绝艳。她以为陛下必怜之惜之，可是没有。

陛下行峻言厉，当年的雷霆手段余威尤震，她以为对自己也不会有温颜，可是没有。

陛下听她弹了首曲子，还叫人拿了大鹦鹉给她玩。有这一分正眼看重她就知足了，可以心平气和地作个宝相庄严的皇后，匡辅大宝，协理六宫。她已经准备好说得体的话，维持端庄的仪范，持皇室的权柄，承那一夜之恩……可是也没有。

陛下赐了一斛珠，那之后就有好多人来问她，叫她细细回忆，思索自己哪里出了差错，逆了龙鳞。

问到她烦，为什么一定是她的错。为什么所有人都看不出来，陛下明明就是不喜欢她。

连她一个深闺女子，都明白肩上担子有多重。

一个家族里，儿子是枝丫，要竭力伸展，往高爬；女儿则是深根，要盘根错节，和别的家族稳固勾连在一起。皇室虽尊，可也是一棵树，根基要扎得广扎得稳，就得和世家相连。举族繁盛，尽在一身，怎么能容得下私情和任性？枷锁虽沉，毕竟是黄金。

她半日不语，司仪女官便以为她神伤，低声宽慰道："姑娘别伤心。

天下没有不疼儿女的父母，以姑娘的人品家世，还怕没有良人相配吗？嫁过去便是大家主母，不比宫里差。”

云婉叹了口气，低声道：“是啊。去哪里都一样。”

她们又等了一会儿，便见掌殿女官带领众宫人将陛下恭送了出去。宫中品秩森严，女官入宫都从侍人做起，一阶一阶考核晋升，没有二三十年的资历不可能掌权。云婉见着外面那位女官云鬟微挑，不过十七八的年纪，便惊了一惊，道：“这位年纪这样轻！”

司仪女官也跟着扫了一眼，笑道：“姑娘常在沅江不认识，这位是刘家的，尚书台左丞刘大人的长女，名唤展眉。家世摆在那里，入宫是从承恩女官直接就做了侍书女官，掌殿一告老，她就继任了。”

女官不得婚配，要在宫里侍奉终老，从此就是皇家的人，却不如妃嫔尊荣。凡家世高一些的，都不愿意自己女儿做女官。云婉很意外，问：“好好的怎么作了女官？”

当年展眉摘紫入宫之事，宫里传得沸沸扬扬，人尽皆知。司仪女官便压低声音道：“她自己说是厌烦繁文缛节，家长里短的俗事，宁愿书墨相伴，清清静静过日子。听说本来安排她和林氏联姻，大概是嫌那家妾侍太多。”

说完掩嘴笑了笑，道：“家里教得不好，年轻气盛，又不懂得容人。虽然说后悔了可以再退宫，可女人的好时候就这么几年，年纪大了哪有人家敢要呢？刘大人一世清名，到老了却被自己闺女玷辱，满皇城人都在戳着脊梁骨笑话他，也是心酸。”

云婉一呆，问：“她家里……怎么就让她入宫了？“

司仪女官道：“人家是先斩后奏。等爹妈知道的时候，宫册登了，衣服都换了，还能有什么办法？”

云婉忍不住，又向窗外瞥了一眼，低声道：“她……她胆子这样大。”

她心中猛地起了一阵冲动，被一个可怕的、激烈的想法蛊惑了，下意识地攥紧了帕子，魂不守舍地问：“只要……只要找掌殿女官说不想婚嫁，就可以吗？"

司仪女官笑道："哪有那么容易！听说这位展眉姑娘饱读诗书，文章经史都有见解，作承恩女官的时候才得了掌殿的偏爱。没几分本事，人家凭什么庇护你呢。"

云婉怔怔地想了一会儿，说："我……我做点心很好吃。"

司仪女官吓了一跳，见云婉好像当了真，忙道："姑娘别胡说。做点心也好，管书也好，再大的本事也是伺候人的。人前看着风光，人后没个男人依靠，不知道有多凄凉呢。一品世家的女儿入宫做女官，家族也跟着蒙羞，刘大人都哭到御驾前去了，老脸丢了个干净。"

云婉忙问："陛下怎么说？"

司仪女官撇了撇嘴，道："圣上倒替展眉说话，说她志大。志大怎么不去当个娘娘？像姑娘这种，后宫之主，母仪天下才是真志大呢。"

云婉很怅然，低声道："志大志小，也都由不得我。"

她再次抬头向窗外看去，却见御驾已经走远，年轻的掌殿女官正指挥宫人们把书箱子往殿里搬。

这一次进书两千余种，皆是从各地大儒那里借来的孤本、珍本。聚水阁会将其重新誊抄刻板，发往坊间书斋供学子参阅。书是个奢侈的东西，学者著书立说，不过印个几百本，往各大世家书房里一送，哗啦啦就没了踪影。寒门子弟家里纵有余财想读书，也不知道从哪里能得一本。

容胤亲政后为了推行科举，便新辟了外殿，专做制版印书，往民间发行。他政务繁忙，这些事都交由掌殿女官一力主持。眼下科举规模渐渐扩大，到底考什么，学什么却还没有定论，一开年容胤便下旨，令隶察司与御书房参政们入聚水阁验书，尽快定出书单来推广发行，陆德海和泓都在其中。

陆德海自那日宴席上泓不告而别后，心里就有点发虚。那美人本来是要送泓的，却被自己占了，隐隐地总怕将来泓知道有想法。

他试探了泓几次，问他家世并妻妾，泓却总不详答，就让他有点恼火，想着自己虽然得了个察举一品，到底还是寒门，叫人轻贱。泓官职还不如他，不过是攀上了个云行之，就对自己爱搭不理的，可见世态炎凉。

他蒙天恩重新入朝，心内存了一腔热血，发誓要在朝中蹚出条血路来，立志要位列九卿，入尚书台御前尽忠，才不辜负陛下厚眷。可是眼下他在隶察司分管科举，打交道的尽是些寒门学子，手里没有实权，想求人提携都拉不上关系，不免焦急。如今奉旨入聚水阁读书，更是连出宫都不太自由了，一半惦记家宅，一半觉得差事清寒，日日烦恼。

转眼就出了正月，科举取士一百二十余人，容胤亲自召见过，留下了十来人。

遣往地方任职的都赐了钤印，允诺他们奏言上达天听。他暗地里把自己的耳目和暗线都交给了泓，泓这才知道那笺箱里的密折，大部分来自科举后返乡的士子鸿儒。

他和容胤行事风格又不同，看笺箱格外关注民生疾苦，欲以皇帝名义广施恩惠，容胤却另有打算，叫他用自己的私印，方便将来公布于众。

又过了几日，御驾赴籍田举行劝农仪典，云白临便趁这个机会递了封信给云婉。

他为人宽和，待子女也如旁人一般尊重，定下什么决策都不相瞒，便告诉云婉眼下漓江回暖，治河工程又要开期，朝廷大笔银子投下去，现在后续无力，正是要仰仗世家的时候，云氏打算联合漓江的周、隆两家，断掉对朝廷的支援，稍作要挟。

沅江临着入海口，如今全是淤流，云氏若是不开郡望，朝廷在上游花的心力就全打了水漂，须知水能载舟，也能覆舟，天子位尊，却也不能任性而为，不给臣子余地。

这一次十拿九稳，朝廷必会让步。只是眼前尚有隐忧，天子座下亦有家族扶持，漓江固然上下一条心，却怕别家掣肘。他已久不理事，朝中以尚书台左丞刘盈为首，实力也不可小觑，云白临希望他能袖手旁观，不要偏帮。

他先分析了下局中形势，又叫云婉尽快脱身出来，怕一旦两方对峙，女儿夹在其中成了人质。

云婉把信细细读过，只觉满纸兵马，言语虽平淡，笔墨下却全是刀光。她愣了会儿神，到底长吁了一口气。

有人桃花树下桃花仙，就得有人鞠躬在车马前。她已经半生作烂泥，无力傲寒枝，却可以让父亲心无挂碍，酒酣去向花下眠。

沉得下气，担得起重，享得住福，才是世家女儿的真胸襟。

她心中极平静，掀了熏炉上瑞兽纳福的盖子，把信塞了进去。

宫人都在外面伺候，她便敲了敲窗棂，淡淡道："去请聚水阁的掌殿女官过来。"

权谋

　　展眉已经是宫中女官，两个人家世虽然相当，但现在身份上却低了云婉一头。她跟着宫人进了偏殿，见云婉已经肃容等候，便微躬身施了礼。

　　云婉回了礼，低声道："听说前一阵子刘大人身子违忧，现在可好些了？"

　　云氏和刘氏分属两派阵营，尚书台两位丞相大人明争暗斗了十几年，平日少有来往。云婉突然相请，展眉有些摸不着头脑，便谨慎应对，答："已经大好了。"

　　云婉就笑了一笑，道："那我就放心了。"

　　她并不落座，远远地站着，打量了展眉一会儿，才道："婉儿行止失当，被陛下赐还，想来掌殿已经听闻了。"

　　此事展眉自然知道，只是云婉以谒见太后的名义入宫，明面上不过是陛下赐珠作见面礼，并无失仪之处。云婉突然直白地说了出来，展眉却不好应答，只得不吭声。

　　云婉等了等，缓缓道："家人让我回沅江学学规矩，太后便给了恩典，准我带两位女官回去，贴身教导宫中礼仪。我文课粗陋，见了掌殿文采，才知天下之大，心中不尽艳羡。因此冒昧相邀，想以东席之礼迎掌殿和我同回沅江。"

展眉心中一跳，连忙拒绝："我有职责在身，怕是不能相陪。"

云婉道："我会禀告太后，另安排合适人选接替你。"

展眉惊住了，只觉渗骨的寒意缓缓升了上来。世家子女成日在深宅大户里耳濡目染，就算再不懂事，心中那根政治利益争夺的弦也是紧紧绷着的。

云婉一开口，她便意识到这是云氏要拿自己作人质要挟父母。她已脱离了家族庇佑，在深宫中不过是个小小女官，哪有力量违抗？不由惶然无措，勉力保持着镇定，道："父母在堂，展眉不敢不孝。沅江路远，待我先禀告父母，想来太后也能体恤。"

云婉道："为人臣女，总要先事忠再尽孝，刘大人应该也是明白的。沅江路远，不日就要启程，掌殿尽快打点行装吧。"

说完一挥手，叫来两位宫人，道："掌殿是我家里的贵客，今日起你们贴身服侍，不得怠慢。"

那两位宫人都是有武功底子的，齐齐施了一礼，便左右把展眉夹在了中间。展眉急了，厉声呵斥："别动！我是陛下御笔册授的三品内官，不得外命，谁敢碰我！"

云婉没有回答，只是敛裾深深行了一礼。

其中一位宫人笑了笑，道："不敢冒犯掌殿，有什么差事，掌殿只管吩咐。"

展眉一时说不出话来。早春的阳光正亮，照进大殿，如沁冰雪。她和云婉分站了大殿对角，两人都是一样的云鬟金钿，宫纱迤逦，一样大家族里教养出来的尊贵秀雅。展眉向前迈了两步，隔着满殿的锦绣冰霜问："你家里到底想干什么？"

云婉垂下眼睛，依旧深深行了一礼。

展眉昂起头，转身走了出去。

她步下高高的云阶，走进殿前宽阔的广场。软缎子的绣鞋悄无声息地踏在冰凉的青石地面上，鞋尖上金丝攒珠的小蝴蝶就轻轻扑闪着翅翼。她行走在朱墙碧瓦间，沿着中轴穿过恢宏雄伟的九重宫阙。她像一朵小花，或者一粒沙子，沉静而轻柔地掠过，不被任何人放在心上。那两位宫人一直跟着她，长长的影子罩着她的脚步。她看见了，却装作毫不在意的样子，横了心径往御书房走。

一直走到通往聚水阁的阁道上，远远地看见了庑殿重檐，展眉才猛地想起来，御驾已赴籍田劝农，连她的父亲也跟去了。

既然敢出手，时间自然是算好的。

展眉胸中霎时一片冰凉。

她突然跑了起来，使劲地跑，屏住了一口气，竭尽全力地跑。她跑得飞快，跑得好像一个没有教养的野丫头，可即使是这样，那两位宫人还是紧紧在身后跟着。她不管不顾，跑过聚水阁直入明堂里，这里已经是御书房的一部分，宫人不得圣谕不得擅入，她听见那两位宫人止步在明堂外间，她还是使劲地跑。她跑过了明堂的天井，在登上云阶的时候踩住了裙角，猛地摔在一个人身上，只听得那个人"哎呦"了一声，连忙扶住了她，问："这是怎么了？"

展眉抬头，认出对方是隶察司的陆德海。他们奉旨在明堂读书已有月余，大家都是相熟的，展眉本想敷衍过去，岂料一抬头，一颗硕大的泪珠就不受控制地滚了下来，眨眼间泪落如雨。

她很怕。

她怕一个人去沅江。

她是家中幼女，自小深得父母娇宠，一朝入宫作女官，曾把父亲气得大病一场。这样自私任性，已经够让家人为难了，现在还要被人利用，去逼迫父亲做事。她厌倦党争权斗，不曾过问家族政事，可也隐约知道父亲心中有个盛世江山，为此愿倾一族之力。她怕自己成了人质，逼得父亲四面掣肘，不得展志。

可是她更怕……怕父亲就这样放弃她。

她已是弃子，再不能为家里效力。父亲，会为了她一个人，牺牲整个家族的利益吗？

她怕父亲受逼迫，可她更怕父亲不受逼迫，左右两难，不能自处，只得滂沱如雨。

她在明堂里哭泣，已经算君前失仪，引得众人纷纷侧目。陆德海慌了，连忙扶着她寻了个僻静的地方坐下，劝了一会儿。

展眉渐渐止了泪，才意识到自己在陆德海面前失态，微微有点难堪，低头赔礼道："让大人见笑了。"

她身为聚水阁掌殿，素来端丽持重，自有威仪。今日哭得梨花带雨，带了三分小女儿情态，陆德海见了便无比怜惜。宫中内外有别，他不好多劝，只得抬手折了根柔韧的柳枝，三下两下编出个青色的蚂蚱，递给了展眉。

他虽未开口，安慰哄劝之意已尽数传达。展眉抚弄着蚂蚱的长须，轻轻笑了一笑。陆德海见她不哭了，就小心翼翼问："这是怎么啦？"

展眉举目无靠，眼前只有一位陆德海还亲近些，便低声把事情告诉了他。此事牵扯到云、刘两氏积怨，陆德海听了也没办法，想了半天，道："我现在就出宫去籍田，帮你给刘大人报信。"

展眉垂泪道："籍田路远，等大人消息送过去，我已经离开了。"

陆德海想想是这个道理，叹了口气道："远水难救近火，你家里还有什么人在？"

展眉微微一摇头，轻声道："我已是宫里的人，只要太后懿旨一下，此事就再无置喙余地。家里……家里管不了的。"

话到一半，又是含泪哽咽，明丽的大眼睛薄薄蒙上了层水，微微一颤，泪珠就滚落下来。

陆德海和她离得近，那一滴眼泪正砸在他衣袍下摆，迅速化作一小摊水痕，当真是露浓花瘦，泪痕红浥鲛绡透。陆德海心中一热，豪气顿生，慨然怒骂："云家欺人太甚！两家争权夺势便罢，还要把入宫的女儿牵扯进来，是个什么居心？"

他这一番话倒提醒了展眉，眼下受制于人，唯有"居心"二字可以拿来扯个大旗。就算去了沅江又如何？只要朝廷上非议不绝，云家就得乖乖把她送回来！

展眉微一思忖就有了主意，起身大礼相拜，低声道："有个不情之请，求陆大人帮忙。请大人帮我往家里传个话，就说展眉已是宫里人，那云氏长孙尚未婚配，瓜田李下，令人生疑。我有兄长在家里，听了就知道如何布置。"

她和陆德海本无深厚交情，只想求对方帮忙往家里传条消息。岂料陆德海竟是个义气人，当即拍着胸膛满口答应，还自告奋勇，说和云氏长孙有点交情，愿意替她出头，找云行之以此理相劝。展眉颇为感动，施礼谢了又谢，陆德海就温言安慰，叫她放心。转眼天色渐晚，两位宫人还在明堂外等候，展眉只得离开，两人约定明日此处再见。

他们在水阁池边商议，却不知泓正在殿里看书，此番话一字不差，全落进了泓的耳朵里。他名义上已经退宫，品秩又没高到可以跟着御驾出行，容胤去籍田带的都是三公九卿，他跟着实在太惹眼，只得留下来，老老实实和隶察司众人一起在书阁选书。

他的书桌设在窗下，本想图个清净，却不想听见了展眉和陆德海两人私谈。陛下虽然说过不会娶云婉，但如今听说云婉终于要走了，心里不由一阵高兴。展眉之事他也没多想，只觉得云婉临走还要硬带个人，确实过分。陆德海去找云行之出面也不错，自己家姐弟劝诫一下，总比将来闹得满城风雨好。

他把话听在耳中，却只作不知，等两人都走了才露面，回无赫殿找父亲吃饭。

天色很快就暗了下来。

陆德海热血沸腾，提早离宫便要去找云行之，救美人于水火。等出了正阳门冷风一吹，他打了个寒噤，头脑冷静下来再一想，却觉得此事实在棘手。他一时冲动，在刘女官那里夸下海口，其实自己和云氏并没有什么来往，贸然前去找人家未免也太唐突。他坐在马车里左思右想，怎样都不妥当，只得先回家再说。

他一到家，就把老管家请到书房，密密把事情讲了一遍。老管家不声不响等他讲完，叹了口气问："那云家姑娘要带刘女官去沅江，所为何事？"

陆德海怔了怔，答："这个刘女官没说。"

老管家又问："云、刘两家是大姓，光在皇城里，子弟就有千余人。好几代的纠葛，到底有过什么积怨，大爷知道吗？"

陆德海张口结舌，答不上来了。

老管家摇摇头，叹道："大爷一问三不知，就往自己身上揽事，怎么不替自己想想后路？此事办成，刘女官自然记你好处，可大爷也得罪了云家，将来怎么应对，可有想过？那刘大人坐镇尚书台，是个跺跺脚朝廷也跟着震的人物，大爷插手人家后宅，管起了人家闺女的事，叫不叫人起嫌猜？"

这一番话，说得陆德海心中透凉，好似被兜头泼了一盆冷水。他愣了半天，才道："也……也没想那么多，只是瞅着刘女官哭得实在可怜。"

老管家两眼望天，漠然道："大爷看人家可怜，我看大爷也可怜。阎王打架，小鬼遭殃，人家都避之不及，大爷反往前凑，这一腔热血，可够皇城人家饭桌上谈笑半年了。"

老管家说的话字字在理，陆德海在关系人情上是摔过跟头的，一经提点就明白了。可想到刘女官那般切期盼的神情，要罢手又不忍心，挣扎半天，低声道："云氏霸道，实在叫人看不过眼。"

老管家长叹一声，道："天下不平事，岂止这一桩！可是云、刘两家路宽，纵有不平，也是天沟地壑。大爷就算整个人垫进去，也难换公平啊。"

陆德海低下头，不吭声了。

老管家见他心意回转，很是满意，便又点拨道："人呐！想成全自己不容易！大爷仁义，可是也得掂量掂量自己斤两。以后若是心又热了，不妨往庙里布施几个钱，听人赞句慈悲，心里就舒坦了。难得糊涂，自己得会开解！"

陆德海满面为难，道："我答应刘女官了，要是撒手不管，怎么和人家交代？"

老管家淡淡道："没让大爷不管。这是件讨好人的事，不仅要管，还要管得两面光彩。大爷只管派个小子去刘家把话传到，人家若听了，自然承你情。日后云氏若真计较，大爷也可以一推不知。那云氏少爷也好办，听说他不在云府住，大爷偏递个拜帖到云家去，人家接了帖再来告诉你少爷不在，几日已经拖过去了。在刘女官那里你就说已经递帖求见，不日定有好消息。两头敷衍便是。"

不愧是老手，官场上的套路使出来，果然两面光彩，叫人挑不出毛病。陆德海无比感慨，长叹一声，挥了挥手叫老管家去办。他自己突然心灰意懒，瘫在太师椅里看破红尘，觉得这官场待得实在不如回家挖两锹泥来得痛快。

老管家体谅他的心情，把两位美妾叫进去相陪，哄了大半夜才把陆德海哄得重又高兴起来。

等到了第二日，陆德海如约和展眉重又相见，便告诉她消息已经送到，自己又往云府里递了帖子，要叫云行之出面劝解。展眉很感激，连忙施礼道谢。美人如玉，又对自己全心依赖信靠，陆德海忍不住飘飘然起来，和展眉大大吹嘘了一番。

他们两个在外面私谈，依旧不知隔墙有耳，被泓听得清清楚楚。

等陆德海说到往云府递帖子，泓就知道他找错了路。

眼下云行之要躲清净，正在自己宫外那个宅子里住着，往云府里投帖怎么找得到？他听着陆德海大包大揽，尽说些不着边际的虚话，知道此人根本就不是真心要帮忙，心里就淡淡起了反感。等两人一走，他也跟着出了宫，直奔城东自己的私宅。

他已久不回私宅，进得大门，只见满宅皆乱，热闹非凡。正屋大堂里灯火通明，檐下挂了一排火烛灯笼，把前阶做成了个戏台，阶下敲锣打鼓，正在那里演傀儡戏。这消遣的法子够别致，泓哑然失笑。他抬脚进屋，见那偌大的厅堂空空荡荡，最中间孤零零摆了个软榻，云行之一脸的无聊，正瘫在那里看戏，见他进来，微动了动眼珠。

泓推了推他，在软榻上挤出个位置来，坐了问："好久没听你的消息，躲这里干什么呢？"

云行之叹了口气，说："寂寞。"

泓问："你家里安排好没有，大将军什么时候上任？"

云行之一脸厌倦，道："心烦，快别问了。"

他不让泓问，自己却大发牢骚："人家都是从小练出来的，几十年的硬功夫傍身，军营里才立得住。我这样的算个什么将军？我就是个酒桌上的将军，风月场里当领袖，我就适合在朝廷里跟着搅浑水，叫我带兵，还不如杀了我。"

泓道："那就不要当了。"

云行之大叹了口气："唉，你不知道这身不由己的苦处。一大家子拖着你，一点差错不能出的，岂能由着性子来？"

泓日日在容胤身边，见多了皇帝的身不由己，深有感触，也跟着叹了口气。两人相对无言，一起看了场傀儡戏，艺人换场的时候，泓才对云行之道："找你有事。"

他把展眉的事情简略一说，道："你家里又不缺人，为什么非要为难人家？劝劝你阿姐。"

云行之干脆拒绝："不行。"

他做事是从不得罪人的，既然说了不字，就诚恳给泓解释："婉娘和我一样，说话算不得数的。这事一定是我家里授意，她只是照着做而已。找她找我都没用。"

泓皱眉问："那你家谁做得了主呢？"

云行之正在心里琢磨此事，听泓问起，就心不在焉地敷衍："我爹。"

泓默默想了一会儿，道："那便算了。"

他起身作势要走，顺手在云行之身上一撩，摘走了他的贴身玉佩。云行之察觉了，支起身子不满道："喂！"

泓说："我出去用一下，一会儿还回来。今晚我在这里留宿。"

云行之的佩玉是块表记，凭此玉可以在云氏的商铺里随意提货取银。云行之有时候懒，便叫泓拿着玉佩帮他取东西，已经习以为常。泓一说要用，他便不吭声了，只是道："别搞丢了！我爹要是知道我不贴身带着，非扒了我的皮不可。"

泓一点头，边往堂外走，边道："明天还你。"

云行之没有放在心上，转头抓了把松子仁扔进嘴里。

次日。

云府。

天边刚现了一轮红日，屋檐下挂着的黄鹂就叽叽喳喳叫了起来。一夜降霜，阶下寒气逼人，外间当值的下人开了暖阁通风的窗子，静悄悄地退了出去。

云白临睡意仍浓，蒙眬间翻了个身，脸颊压上了块冰凉坚硬的东西，就掏出来眯眼看了一看。

云纹团金，水色碧青——是行之贴身带着的玉佩。

云白临登时清醒，冷汗"唰"地就流了下来。

在同一时刻，云行之也被泓闹醒，说要带他去无赫殿玩。这是泓早就说过的，云行之并无异议，匆匆洗漱过就跟泓进了宫。

御驾不在宫中，无赫殿就热闹了许多。几位不当值的御前影卫不能出宫又没事做，便早早起床，聚在一起要编个套子打鸟。泓带了云行之来，正赶上大家要走，众人常年在一起，都养出了十足的默契，和泓交换了几个眼神，便明白他要拖住此人。

这个简单容易，众人当即称兄道弟，和云行之玩到一起，带着他去殿后的大片荒林里打鸟逮兔子，将打到的猎物就地扒皮清膛，架火烤了起来。世家子弟要习骑射，往日虽也行猎，可那都是一大堆人跟着，凡事皆有人安排，如今事必躬亲，别有一番乐趣。云行之玩得不亦乐乎，直到了黄昏才依依不舍，和众人告别。

他和泓一起出宫，意犹未尽道："原来宫里也这么好玩！"

泓一点头道："人多的时候更有意思，可以把整个林子都围起来。"

云行之突然想起来一位认识的御前影卫，便说了那人名字，问："今天怎么没见到他？人都去哪儿了？"

泓答："一半跟着御驾去籍田了，还有一半奉了密旨出外差。"

既然是密旨，就不能再多问了。云行之便只点了点头。

他家里是九邦第一大世家，祖父和父亲在朝廷地方都有经营，皇城更是密布眼线，紧盯着圣上动静。平日里有什么旨意交代下来，兵马一动，家里就察觉了，事情还没办，他家里已有应对。

可密旨交代给御前影卫则不同，人悄无声息地过去，办的什么事，有了个什么样的结果，除了圣上自己，没有任何人知道。御前影卫都是高阶武者，能力拔群又绝对效忠，若为刀兵，当真是锋利无比。

云行之无比感慨，又和泓聊了几句闲话。等出了正阳门两人就要分别，云行之突然想起来，便要泓把玉佩还给他。

泓站住了脚，微微一笑，道："我已经还给你了，你出了宫便知。刘女官的事情，请你转告云大人，就说我诚心相求。"

云行之莫名其妙，只得先告辞回家。刚一露面就被人大呼小叫地围住了，这才知道天下大乱。父亲为了找他，已经把整个皇城翻了个底朝天。他被众人卫护回家，听说泓居然把玉佩送到了父亲的枕头边，当场崩溃，气得嗷嗷叫。

云白临身为一国丞相，一族家主，府上多少武者日夜护卫，居然被人摸到了枕头边，差点身首异处，事情一传出来，满府皆惊慌震动。

皇族世家间明争暗斗，说白了不过为着利益二字，家族人口众多，威胁继承人并不会改变一个家族的立场，却会招致对方全力反扑，得不偿失，少有人出此下策。泓这一招当真是不走寻常路，一出手简单粗暴，同时威胁云氏子孙两代，为的却是件和他毫不相关的事。

朝堂里各家皆有立场，行止都有迹可循。云氏父子党争权斗浸淫多年，惯于四两拨千斤，袖里翻乾坤，凡事皆要多想三步，如今碰上泓这种莽撞作风，颇有点讲不清道理的困苦，一时摸不清这是背后有皇帝授意，还是泓自己要和云氏划清界限。

不管哪个，表态也表得够明确了，云白临当即把暴跳如雷的云行之禁足，不准他再和泓接触。婉娘到底年纪幼小，手段稚嫩，既然泄了消息，事情就不能再办。云白临便往宫里递了消息，叫婉娘立即回来，不要再理展眉。

没过几天，婉娘便辞了太后，由家里安排回沅江。云府里闹得鸡飞狗跳，在泓来看却不过是件小事，转头就撂到了一边。

从龙 CONG LONG

三月初，新一轮的科举结束，隶察司选上了百余考卷，交由聚水阁存档。众人脚不点地大忙了几天，安顿好后就偷了懒，大家轮值当差，其他人便回家歇息。

这一日轮到陆德海当差，临近散班，展眉突然过来，打了声招呼。陆德海知道她有话要说，两人就找了处僻静地方，展眉见四下无人，便敛袖躬身行了个礼，道："云氏已经回沅江，多谢大人居中斡旋。"

陆德海"哈哈"一笑，忙虚扶了展眉，道："举手之劳，不必如此大礼。"

展眉正色道："要不是大人为我出面，展眉现在已经在沅江路上了。大人仗义，我家里上下十分感念。"

陆德海不过是派人到刘家传了个口信，扪心自问，也担不起这样的感激，连忙满口相辞。

云婉悄然离宫，展眉家里也不知缘由，却知道云行之突然回府，便猜测有人暗中和云行之说过什么。

展眉思前想后，只想得到陆德海一人，此时便殷勤相谢，又微躬身施了一礼，道："我在宫里，诸事不便。这里有一封信，想麻烦大人跑一趟，帮我递给家父。"

她说着，从衣袖里抽出一个小小的纸卷，用银灰色丝绸扎着，双手捧给了陆德海。

这信笺紫底银丝，绑扎得很是精巧。陆德海见了登时心中狂跳，推辞的话再也说不出来，把纸卷接到了手中。

这东西叫荐扎，是世家大族间最正式的一种举荐方式，持信人将得家主亲自接见，从此纳入家族庇护。上品世家讲求风雅隐秘，拉拢举荐之事都藏在下头，表面上一派矜贵典雅，轻易不肯接纳新人。

这机会太难得，抓住了可以少奋斗二十年，他不过是一时善意流露，想不到竟得了如此厚报！

陆德海难掩激动，紧握着荐扎，低声道："多谢……刘女官成全。"

展眉没有回答，默默躬身施了一礼。

陆德海当晚回家，和老管家细细商议了一番，第二日便投帖到刘府，尚书台左丞刘大人果然亲自接见，把他请入内厅私谈。

刘盈是极偏心自己小女儿的，展眉在宫里孤苦伶仃，差点被带到沅江去，刘盈事后得知心疼万分，对肯出手帮忙的陆德海十分感激。刘、云两家争斗相持多年，他知道以一人之力不可能撼动云氏，猜测是陆德海误打误撞，碰上了什么忌讳，才逼得云氏放手。

他对云白临这个老对手十分了解，知道将来必有秋后算账，才让展眉把陆德海引到自己面前来，打算观其心性，施以庇护。

陆德海一进门来，他见了对方一身铁骨，却又沉稳可靠，雄心勃勃，心里便叫了个好，暗忖圣上果然眼光锐利，提拔的臣子个个不凡。

两人归了主客入座，刘盈便又稍稍考教，问陆德海学问。陆德海是底下摸爬滚打，下过真功夫的，此时对答如流，句句皆在点上。刘盈十分满意，便问陆德海将来打算。

他素来温厚，说起话来轻声细语，不疾不徐，此时流露出欣赏之意，陆德海大受鼓励，不知不觉便把自己深藏的野心说了出来，道："圣上厚恩，下官无以为报，只想着有得觐天颜，匡辅大宝的那一天。"

所谓"得觐天颜，匡辅大宝"，便是指位列九卿，御前听政。

陆德海虽然是朝官，却没有御书房行走的资格，重新授官后，再没有单独觐见圣上的机会。他满腔的热意无处传递，便下定决心要披荆斩棘，走到皇帝面前去。

朝廷里三公九卿皆为九邦砥柱，背后有无数家族支撑扶持。他一介孤身，怀抱这样狂妄的想法，堪称荒唐大胆。

刘盈哑然失笑，却也喜欢他勃勃向上的生气，沉吟一会儿，委婉道："年轻人，有朝气是好的，但是要实际。"

陆德海点点头，诚恳道："下官知道这是奢望，不过记在心头，督促自己向上而已。下官是泥里滚出来的，不敢忘了出身，现在只想着做点实事，能够福泽百姓，惠及旁人，便是实际考量了。"

刘盈很认同，长叹道："为人臣子，有这份心思难得，不枉费陛下栽培你一场。眼下你在隶察司分管科举，便是实实在在一件福泽百姓的好事，好好干，像你这样的人，选上来越多越好。"

他说到科举，陆德海却不吭声了，面露为难之色。

分管科举虽然惠及寒门，却也要往长远打算。他自己走过科举这条路，知道朝中人皆抵触，就算陛下大力推行，怕也四面掣肘，将来难以发展。

朝廷里就这么些个位子，他提上来个寒门，便挤掉一个世家，这种得罪人的事情做多了必有隐患，就算有陛下在身后撑着，怕也难逃骂名。他早已为难许久，现下便将这层顾虑和刘大人提了一提。

刘盈是政事办老的，陆德海一说便知根底，微一沉吟，道："朝里办事可逆风不可逆水，只要肯干，再艰难也能开路，可若得罪了人就难争上游了。你能想到这么长远，看得又清楚，实在难得。今年秋后我家里几位子侄也要入仕，等机会合适，会想办法帮你挪一挪。你属意那个部院呢？"

陆德海闻言大喜，连忙起身相拜。他早就想过，最好还回经略督事治水，一方面是自己本行，做出来是件踏踏实实的功绩；另一方面有钱有权，可谓名利双收。刘大人既然主动提起，他便把这个打算说了出来，恳求刘盈帮他活动。

他在朝中跌宕，几番大起大落刘盈都清楚，见他还想回经略督事，便有些迟疑，道："经略督事里水浑，几个家族把持大局，抱成了铁板一块。陆大人吃过亏，还想再去试练吗？"

陆德海恳切道："人脉二字，全在经营。那时候下官孤高自傲，不懂得和光同尘，现在想来，还是我自己错得多。大人放心，下官现在已知深浅，绝不会重蹈旧辙。"

经略督事的太卿是老朋友，刘盈想了想，觉得此事容易，便点头答应下来。陆德海欣喜无限，连忙大礼谢了又谢。他是个知分寸的，知道人家肯给多少支持，还要看自己日后表现，当下不再多提要求，坐了坐就告辞。

刘盈很欣赏这位年轻有为的陆大人，亲自送到了外厅。直到人走了，才慢吞吞转过身，就在檐下望着院子里迎春金黄的花朵，轻叹了叹。

他这挖人墙脚的事，做得可真不够地道。

刘氏早已站了位，圣上大力推行科举，家族自然要全力支持。可论他自己私心，对这事是不大认同的。寒门子弟纵有能力，没经过家族几代熏陶，眼界短浅，怎么能治国？

科举口子一开，世家与庶民共同理政，各有立场难以协调，怕是将来朝中要大乱。

眼下这个陆德海，明摆着就是圣上的马前卒，要靠他开路的，可不是也一样看出了利弊？趋利避害，本来就是人之本性。这事做成了，也是毁誉参半；做不成，那就是万劫不复，没人愿意牺牲前程的。圣上到底还是年轻，把人想得天真。

他顺水推舟，把陆德海引走，也算含蓄给陛下提了个醒。这个年轻人确实不错，栽到科举里，可惜了。

刘盈嗟叹了一番，想到年轻皇帝的倔强与强硬，默默摇了摇头。

三月中旬，容胤终于结束了劝农仪典，带着大批人马回宫。

容胤回来先行国事，要到祈丰殿正堂把金瓯里供奉的五谷换新。群臣围护皇帝行国礼，泓的身份不够，连堂前都不得进，便跟在后面，看着天子高立丹墀之上，带领群臣为来年的风调雨顺向众神祝祷。

正式的祈谷大典在籍田已经做过了，这次不过三拜而毕，御驾就移到崇极殿受礼。直等到日头过午群臣才退，泓进了内殿，参拜陛下。

容胤没有回身，笑着问："这么多天干什么了？"

泓小声说："等陛下指令。"

容胤说："一离了皇城，我就后悔了，一大堆事情要做，一个帮手都没有。下回说什么也得带上你，我才能喘几口气。"

两人互诉别后诸事，泓便告诉容胤科举春闱已毕，隶察司审出了百余考卷，只等皇帝御笔钦点。容胤微一思量，就让他把卷宗拿到暖宁殿去替自己审阅，又嘱咐他对新科举人们多加关照。

泓都一一答应，容胤便拍拍他肩膀，缓缓道："这一块，以后就交给你了。将来越做越大，必然会抢了世家大族的利益。

"这是一条得罪人的路，你会被人仇恨唾骂，陷害诽谤，你全心栽培的人，会反过来敌对你；你辛苦开路，耗费无数心血，回过头会发现大部分人都把功劳归到自己身上，反轻你贱你。这条路苦辛多而欢愉少，可是一旦做成，将遍惠天下，是件值得做的事。

"我也可以让你管钱管粮，一道圣旨就能让你得众人追捧，名利双收。可名利是个让人舒服的东西，却不能让人燃烧。一辈子总该竭力做点什么，把涣散的精力、热情都凝注起来，发光发热，过向上的人生。这是我的野心，所以，我也这样为你安排。你要是有别的想法，就告诉我，我们再商量。"

泓点头道："没有别的想法，这样挺好。"

容胤含笑问："这么干脆就答应了？"

泓"嗯"了一声，答："臣从龙。"

收局

SHOU JU

第二十八章

转眼就进了四月。春暖花开，冻土渐化，枢密院结束了上一年国库对账，划拨了银流下来，治河工程便重又开始。

这是朝廷主持治河的第三个年头，短短几年时光，漓江已经大变了模样。

骊原周氏郡望内，山地多水脉少，桑蚕不服水土，缫出来的都是下等粗丝，色泽暗淡，质感粗劣，往日少有人问津。可朝廷收丝都为军用，丝质不讲究，价格给得又好，农家便纷纷弃田从桑，在重峦叠嶂的山地间栽种起绵延不绝的桑林。

下游荆陵隆氏境内，常年泥沙积淤，积成了一片漫无边际的浅泥沼，如今聚集了十几万役夫在这里淘滩作堰，已经出现了河道的雏形。这些役夫本是当年水患失田的流民，现在领着工钱一干好几年，索性就在荆陵安了家。

这些人手头活络，衣食住行总要有个来处，商家闻利而动，便在漓江沿岸热热闹闹地开起了店面，每天无数商船往来，把昔日冷清清的滩涂变成了红火火的水路码头。

在漓江入海口，朝廷特设的静水港已经修建完毕，加上云氏大力扶持，北上商船全在沅江卸船，每日吞吐货流无数。商业一起，税银就增，朝廷在漓江课税都是通过世家缴纳的，枢密院算好数额奏上来，容胤见了便长长舒了一口气，觉得长久以来压在心头的大石终于放了下来。

朝廷连续几年倾尽府库，眼下终于能缓口气了。

这几年他东挪西凑，拆了东墙补西墙，精神时刻紧绷着，生怕哪里出了差池，拿不出银钱。云、周、隆三家今年税银翻了几番，多了这笔钱周转，哪怕边疆再起战事也不怕了，还可以往粮仓里多放一点粮，补上当年赈灾的窟窿。等整条河水路通畅，沿岸码头大兴商业，退耕失地的百姓也可以有个活路。

他心情极好，便下旨大加褒奖，又令两河督道协理三家缴税，尽快让银流回笼。皇帝龙心大悦，朝中便暖如春阳，众臣都松了一口气，知道来年差事好做。岂料没过了两天，云氏突然携周、隆二姓并大小属族上本乞赦，说是域下治河扰民无数，请朝廷免赋一年，作百姓安宅之资。

乞赦免赋是大姓的特权，凡郡望内有天灾人祸，家主都可以上本乞赦，为域内百姓请命。这也是皇族和世家交易的一种隐晦方式，当年太后垂帘时令云氏出银抚军，作为交换，就曾免了云氏五年粮税。

可眼下国库半罄，朝廷正值用银之际，漓江三大郡望并十几属族同时上本乞赦，摆明着就是来者不善，要乘人之危，合力向皇帝施压。

世家联合反逼人君是国之将衰的不祥之兆，奏本一出，朝野上下登时哗然。

漓江富庶，每年的税入几乎占了国库的半壁江山，沿岸几姓世代联姻，早同进同出，盘根错节结为一体，如今统一了战线公然拒税，朝廷纵想追究，也难单拎出一家惩戒。何况眼下治河到了关键时候，税银收不上来，就只能停工干等。

尚书台左丞刘盈急得起了满嘴的燎泡，当晚就领着尚书台众位辅政大臣入暖宁殿劝谏，请求年轻气盛的帝王暂且退让，下诏罪己，向世家低头。

众人都知道此事是因皇帝拒婚而起，便委婉相劝，建议就算不立继后，也应该让云婉以外封承恩的身份重入后宫，施以恩宠。众臣声泪俱下，劝得口干舌燥，可年轻的帝国皇帝面无表情地听完，却始终不作表态。

世家是皇权统治的根基。皇帝亲政才几年，羽翼未展，势力还没扎下，这时候得罪云氏，相当于砍掉自己一条臂膀。而云氏摄政几百年，在朝中已经根深叶茂，难以撼动，真若横了心和皇帝叫板，最后怕是个两败俱伤的结果。群臣劝谏不成，眼见着皇帝一意孤行不计后果，难免忧惧。

事关重大，军中亦有惊动，众位效忠将军和皇族外封王索性合奏了一本，恳请皇帝以大局为重。有道是铁打的世家，流水的王朝，一家出了事，果然满朝同声相应，同气相求。

眼见着众人一面倒地支持漓江三家，容胤冷笑了一声，索性再不听谏，御笔饱蘸了朱砂，批了个"准"字，便令下发各部，广而告之。

他这个"准"字批下来，别人还未怎么样，倒打得漓江三家措手不及。所谓乞赦不过是个要挟，三家本抱着漫天要价的打算，等着朝廷就地还钱，岂料年轻的帝王冲动行事，竟然真就免了一年钱粮，宁可吃闷亏也不肯低头。

三家聚头一商量，觉得眼前的便宜不妨一捡，等国库入不敷出的时候，自然叫皇帝知道其中的厉害。九邦大小世家无数，这三家带头倒逼皇权占了便宜，其他人未免也暗生觊觎，想要效仿。

一时间有人担忧有人暗喜，有人惶惧有人蠢蠢欲动，众人心思各异，都等着看皇帝如何收场。容胤心里明镜似的，面上却只作不知，若无其事地令枢密院重做了预算，照旧治河。

四月、五月云淡风轻地过去，进了六月，一年过半，枢密院便觉得有些吃紧了。往年漓江三家缴上来的税都拿来贴补治河，如今缺了这笔进项，就得从别处腾挪，一来二去几处款项没有着落，枢密院只得请旨拖延几日。

容胤知道枢密院不好过，当即温言安抚，准了延期。这仿佛是一个不祥的预兆，是帝王凛然威仪被臣子冒犯的一个开始，九邦万众瞩目，都看到原来三家联手，就可以问鼎天子之尊。

一时间朝野人心浮动，议论纷纷，逼得尚书台左丞刘盈不得不出面站位，带领一众世家高调效忠，力保容胤大位安稳。

治河延期拨款的消息传到漓江，宛如往火药桶里扔了个炮仗，霎时就炸开了花。

三家拒税，朝廷无力掏钱治河的消息早就在民间流传，众役夫或是水患失地的流民，或是贫寒的穷苦人家，拖家带口在此地出力，都指望着五年后攒笔银钱可以安家。

一旦朝廷停工，就是断了众人的生路。大家一年辛苦到头，税都没少交，岂料都进了云、周、隆三家的腰包，后果却要众人自己承担。这一下群情激愤，民怨沸腾，几乎是一夜之间，各地都有人揭竿而起，举起大旗带领愤怒的人群向三家问罪。

这一次震荡被后世称义，以云、隆、周三家的衰落为标志，预示着古老皇朝终于进入中央集权的新时代。

隆氏首当其冲，十几万役夫在郡望内声势浩大地张扬起来，隆裕亭几乎吓死，连忙就近联系周氏派兵相救。

岂料连环套环环皆套，周氏早先一步被隆氏套死。原来周氏境内已经全民皆桑，产出的蚕丝虽然粗硬，价格却低廉，连寻常百姓都承担得起。漓江治河役夫十几万，工钱又给得高，众人手头活络了，都愿意买块漂亮的丝绸给家里妻女添衣。

今年因着乞赦，朝廷没有收丝，大批的下等蚕丝缲出来，有钱人不屑一顾，就全靠着治河役夫购买。现下这样一闹，周氏的丝绸就全砸在了手里。周氏百姓几年前就弃耕从桑，吃粮全靠卖丝得利，丝卖不出去，一家老小全得饿死，还不等治河的役夫们闹起来，周氏郡望内已经自己先开了锅。

眨眼间一条大河就寸寸沸腾，沿岸民众尽举义旗，向三家问罪。郡望里都是世家自治的，一家不过万余民兵，怎么顶得住百姓的汪洋大海？

周、隆两家见势不好，当即共同上奏，深刻向皇帝承认了错误，表示头年税银早就齐备，如今境内盗贼繁多，恐怕有失，请天子赶紧派人下来收银，顺路帮忙把流民镇压一下。

他们之前挟持逼迫帝王，现下知道这一笔账必要算清，只得硬着头皮叫长子亲自捧本上奏，给皇帝送人出气。

两家长子在朝中位高权重，已经多少年不曾跪拜人前，如今却不得不素衣免冠，大礼拜倒在御书房外向天子请罪。

这两人早做好了沉重的心理准备，知道这一回皇帝非把他们脸皮撕地上蹭几个来回不可，岂料奏本刚递进去没一会儿，侍墨参政就捧盘送了出来，打开只见朱砂如血，御笔亲书，批了个"准"字。

两个"准"字一出，满朝文武皆尽胆寒。

明眼人此时都看了出来，所谓治河，从一开始就是个连环套。

先是大力扶植，利诱周氏弃耕从桑，让他们全赖贩丝为生。骊原产丝粗劣，只能贩售给百姓或军用，皇帝便派了大批流民在隆氏郡望定居，沿江大兴商业，作了周氏的售丝的下游。

这一路货走货来，全靠沅江云氏的港口吞吐，硬生生造了条生产一流通—销售的商业链出来，把三家绑死在一条河上，只要其中任意一环被朝廷掐住，就没人能独活。

更可怕的是，这陷阱如今明晃晃摆在眼前，却逼着人眼睁睁往下跳。

这次民乱，两家都翻了天，云氏却封了郡望逃得一劫，是因为海路未尽通，港口还不成气候。等过几年云氏成了南来北往的枢纽，就再也不能独善其身了。

周、隆两家已经绑死，云氏还有机会脱身，大可以封了海港，保持郡望独立。可云氏是产丝大郡，贩货进出若走别人家港口，每年光租港就不知道要扔进去多少钱，何况港口厚利，纵使云安平下令禁港，也自有人万般规劝，贪图一分厚利。

漓江沿岸繁盛已显，真金白银的在眼前摆着，就算家主下令抵制，也难保家族里其他人不动心。皇帝已经给铺好了路子，顺之便家族繁盛，逆行则万人阻拦，纵使知道如此一来经济命脉全交到了朝廷手里，也不得不心甘情愿地被皇帝牵着鼻子走。

治一场水，就捏住了三家大族的咽喉，此事必思虑长久，酝酿数年方有一搏。

期间三家试之、探之、欺之、闹之，帝王照单全收，没露丝毫端倪，直到了入套收网方显峥嵘，光这份岿然不动，就足以让人心惊肉跳。等到了占尽上风的时刻却又不喜不骄，轻飘飘一个"准"字，堪称杀人诛心。

三家乞赦，众臣皆有表态，此时回想自己言行，无数人涔涔流了一身冷汗。

容胤翻掌间倾覆了一条河，便将那锐利锋芒一闪即收，转过脸就换了副慈厚面孔，一头派兵助周、隆两家安民，一头发了道上谕，安抚大小世家。他拿捏着分寸，轻描淡写地把这几年手里抓到的各家把柄一一抛出，众人当即闻风丧胆，纷纷上密折投诚。一时间满朝歌功颂德，人人赤胆忠肠，捧着一颗红心向帝王表忠。

九月初，周、隆两家的银税加了三成重利，敲锣打鼓四处宣扬，高调归入国库，以安民心。这一场无形的较量唯云氏全身而退，云安平身在皇城，就在帝王的眼皮子底下，照样稳稳控住了沅江大局。

云氏家族繁衍众多，子弟个个人中龙凤，上下齐心，加上云氏郡望易守难攻，地产丰腴，关起大门来可保百年衣食无忧，众人便叹云氏占尽天时地利人和，根基固如铁铸，连帝王都难撼动。

大家都以为事情就此平息，岂料民心易放难收，一旦声势浩大地煽动起来，就连帝王刀兵亲降也无法消解，漓江沿岸已经群情激愤，这时候见周、隆两家归服，当即矛头齐指沅江。

云氏郡望已封，云安平派心腹武者率重兵把住了入郡函谷，容胤不愿见百姓以肉身相抗，忙派人提前拦阻，又连下三道教谕，备述云氏淳厚家风及祖上三代尽忠尽孝，竭力为民谋福等事，将云氏家主旧年义勇拿出来大加表彰。

云安平年轻时做了不少冲动事，旁人不以为然，他心里却是引以为傲的，此时天子如数家珍，一一感念，云安平不免大为感动，生出了拳拳的知遇之情，当即上表剖白，和帝王一唱一和，拿出了光风霁月的臣子模样。

朝堂上君臣相得，众民便息了愤慨之心。

容胤又通谕九邦，大讲治河之紧要，担保无论朝廷多困难，也要砸锅卖铁地撑下去。为表决心，他带头俭省，削减了宫中大笔开支。

岂料民心刚安，湘邦五州暴动又起。当年水患绝收，这几个州因着云氏欠粮府库空虚，闹饥荒饿死了十几万人，此时见云氏摇身一变，倒成了国之功臣，当即大闹起来。有义勇的武者单挑了大旗，又有孤儿寡母哀哭倾诉，五州士绅门阀齐递万人状，黑纸白字桩桩件件，把几年前那场人间炼狱一一重现，叫人观之惊心。

此事一发，九邦皆震。帝王教谕尚在，此时再看云安平谢恩之辞，字字都是欺君。朝廷捉襟见肘何等艰难，却仍在一力苦撑，为民治河，那云氏冷眼旁观不说，居然趁危要挟，扣下粮银坑死多少百姓。

天下皆道天子慈厚，被云氏蒙蔽了眼睛，一时间举世口诛笔伐，尽传云氏污名。世家大族最重清誉声名，这下连云安平也坐不住了，连忙把云白临和云行之叫过来，预备三人一起回沅江主持大局。

眼下已经进了十一月，百姓再怎么闹总是要过年的，云安平便急调钱粮，预备着年前由长子和长孙亲手施放，收拢民心。

他安排得各处妥当，唯云行之闷闷不乐。这几个月他被关在家里，每每想起泓算计自己的事，总气得咬牙切齿，恨不得当面问个清楚。父亲已将利害剖析清楚，责令他不得再和泓亲近。道理他都懂得，可还是意难平。马上就要回沅江了，他却连见泓一面的机会都没有，思来想去一万个不甘心，干脆趁着家中忙乱偷跑了出来，直奔隶察司找泓算账。

眼下科举刚完，差事还算清闲，云行之进了隶察司偏堂，一眼就见泓正和人谈笑。家里出了事，他闷在屋里日日惶惑，泓却在这里和人悠闲聊天！

云行之登时就气红了眼睛，大步上前，当胸就给了泓一拳，吼道："你！"

泓不痛不痒接了拳头，见到云行之很是惊喜，问："你有空出来了？"

云行之怒道："你还好意思问！"

眼见着两人就要打起来，众人连忙上前相劝。泓便带了云行之找了间没人的屋子私谈，一关上门，云行之就又吼了一句："你！"

他往日想起泓，早把对方撕成了百八十片，咬牙切齿地想着要怎样当面质问，怎样义正言词怒骂，怎样谴责泓居心不良，再和他割袍绝交。可真到了这时候，却翻来覆去只说得出个"你"字，气鼓鼓地瞪着泓说不出来话。

他们两个人已经好长一段时间没见面，泓一直以为云行之分身乏术，没有放在心上。此时见对方这么大怒火，他困惑了好一会儿才想起来，便带了点歉意，微微笑道："还生气呢？"

云行之恨道："你利用我！"

泓道："不错，我确实利用了你，都过去这么久，不要生气了。"

云行之见泓云淡风轻不当回事，登时气疯，挥拳直出，把泓打得偏过了脸。这一拳实在是有点疼，泓也不高兴了，反手扭过云行之的手腕，怒道："你不是也在利用我吗？互相用一下，干什么这么生气？"

云行之被他扭得肩膀生疼，使劲挣了几下，大吼："我没有！"

泓放了手，提防着他再打过来，退了半步说："你要我帮你在陛下面前美言，又要我探陛下口风，我都做了，也没有像你这样生气。"

云行之莫名觉得冤枉，大吼："我才没有！"

泓反问："没有和我刻意结交吗？也没有在我这里探消息吗？"

他不过是随口一说，到后来却想起差点被云白临下毒，害陛下担忧的事来，语调便越来越冷，静静问："当初结交，不就是为了各取所需，互相利用吗？你我均从中获利，交易得好好的，处得也还融洽，为什么要生气？因为你拉拢了我，我却没肝胆相照，认你是个知己吗？"

他的话仿似一盆冷水，兜头浇得云行之熄了大半怒火，怔怔地说不出话来。是了，一开始和小哥结交，就是看上他是个天子近臣。所以才投其所好，使出了圆滑手段拉拢逢迎，想拉他上船，将来为自己所用。

拿出剔透心思，揣摩他的喜恶，掐着松紧，和他培养深厚情意。小哥生性内敛疏淡，他软硬兼施，花了多少玲珑心思，下了多少水磨功夫，用了多少细致手段啊！

才换来今日这场真伤心。他素来有玲珑七窍、圆融手段，人情宴里八面敷衍，名利场上四方参透，但凡有心结交，哪个不和他好得蜜里调油？既然盯住了一人下功夫，水滴石穿天长日久，自然是拉拢得亲密无间，无话不谈，自觉两人已经情深义重，肝胆相照。

想不到小哥始终清明，他反把自己笼络了进去！云行之又气又恨，满腔愤怒、委屈却又无言以对，只得狠狠瞪了泓一眼，扭过了头。

泓也觉得自己说得过分了，便放软了语气，道："别生气。你我立场不同，迟早有冲突的时候。但我是当你这个朋友的。"

云行之恨恨道："你要真当我是朋友，就不该威胁我家族！"

泓静静道："我是武者。不为私情妨碍大义，是我的职分。交情归交情，我既然侍君，就应该和你家划清界限，以免勾连不清。这是给你父亲的警告。他再有妄动，我出手不会容情。"

他说完顿了顿，见云行之一脸崩溃，就轻声道："你我各有立场，是为大义。但你若有事，我不会旁观。放心，我会保护你。"

他素来沉稳内敛，若不是放得极重，绝不会轻易许诺。

云行之早摸透了他的脾气，听他一说，心气才稍稍平和，勉强满意。转念一想又不放心，低声开导："天下臣子，都是一个立场。你做不做纯臣，和站在哪里无关，要看那位怎么想。说你是，你党羽遍天下也是；说你不是，你就算大义灭了亲也不行。你一生悬命，全拿来侍君，可须知花无百日红，现在不留退路，以后可怎么办呢？"

泓见他真心为自己担忧，便微微笑了，轻声道："不用担心我。我没有畏惧。"

他们两个捅开了窗户纸，这时候反倒更好说话。云行之和泓互叙别后诸事，他知道泓有个老父亲在无赫殿，往日也曾时时问候，这时候便问他安康。

泓替父亲谢过，答："现下不在宫里，正外头办差。"

泓的父亲身份颇高，早已不用再接外差。云行之出乎意料，怔了怔问："老人家还没歇下来？"

泓笑一笑，答："偶尔还是会接点差事，顺便活动活动。"

无赫殿最讲齿序，寻常外差都派低阶武者去，也有历练的意思在里头，若不是大事，断不会让侍剑人接手。云行之心中一动，不动声色地旁敲侧击，道："快入冬了，鸟兽都肥。什么时候方便，咱们再去后山围猎。"

泓说："现在宫里无人，大家都在外面。等你下次回来，我叫上人好好闹一场。"

云行之垂下眼睛，心内一阵狂跳。

半年前入宫，小哥就说过御前影卫都奉了密旨在外面办差。到底是什么样的大事，一办办了将近一年，需要无赫殿自上而下，倾殿而出？

今年就这么一件大事……眼下还没完。

所以无赫殿的众武者，也还在外面。

云行之再也坐不住，敷衍了几句和泓相约日后再聚，拔腿回家就把此事告诉了祖父。他在这方面是极敏锐的，云安平从不轻忽，当即叫人前去打探。没几天传回消息，隐隐约约也不是很确定，说这次五州暴乱中，似乎见着了几位武者。

凡事若有了个方向，只需抓着尾巴严查就是，云安平忙派了大批斥候过去，详查那十几万役夫和五州众民中带头挑事的领导者背景。

斥候们浑水摸鱼，连查十几天，却没发现丝毫异状。十几万人一朝起事，湘邦五州遥相呼应，全国民怨皆沸，这里头多少投机，多少煽动，多少利益纠葛，又有多少趁火打劫，怎么可能一点异状都没有？

没有异状就是最大的异状，云安平一颗心沉到谷底，和云白临密谋半日，换了个方向探查，派心腹武者亲去湘邦州府，直接清点当地守军人数。

这一次果然查出了端倪，消息很快传回来，道湘邦某州有两名千夫长不在任。地方州府守军都是系将的，即所谓兵随将走，两名千夫长不在，意味着麾下兵将全带走了，他们秘密探查了三个州府，发现皆有千夫长旷任。消息迅速送到云府，云安平和云白临相顾骇然，一时间面面相对，说不出话来。

漓江沿岸，加上湘邦五州，到底少了多少兵？那无赫殿上上下下，在役武者数百人，又全部外派到哪里去了？

暖阁里一时静默，唯有檐下蓝靛颜依旧活泼，发出一阵"啾啾"的鸣叫。

云安平不由长长吸进了一口气。这样一支人数过万，由御前影卫层层统率的铁军，聚，可攻一城；散，则可翻江倒海，干什么都够用了。

怪不得这所谓民变，变得如此有章法，有组织，有头有尾有配合，变得一切尽在帝王掌握！朝廷素来优待，百姓未缺吃穿。他一直困惑这民怨所从何来，一夜之间，就尽举大旗，共伐三家。那湘邦五州素无动静，怎么就突然遍地孤儿寡母，正义乡绅。

这哪里是民变！这是真真正正的天子之师，不过是要占着正理，外头套了个百姓的壳子！

先是震慑周、隆两家，叫他们无力出手相助，再大造舆论，把他捧得高高的当靶子，刀锋未降，先煽动起举世愤慨，这是不打算给云氏留活路了！

云安平只觉得口干舌燥，想喝口水润润喉，却发现自己的手在剧烈地颤抖。他蓦地冷笑出声，冷冷道："好！好得很哪！天子圣明，老夫算瞎了眼！"

云白临满身寒意，沉声道："这事，大概从当初欠粮就开始布置了。这么多年里他人前施恩，人后藏锋，硬是一点端倪都没露出来，城府何等深沉，心性何等坚忍，真叫人不敢细思。漓江督道并沿岸州郡，我平日都有结交，每年大笔的仪敬砸进去，竟然一点消息都没提前透出来——"

他只说了一半，便被云安平挥手打断，哑声道："漓江二十八州郡，都是自己人，绝不会隐瞒。带兵的既然只是千夫长，在州郡里，恐怕都是吏员在打理此事。你去查查。"

云白临蓦地一震，道："是了！这几年科举选上来的，全派到了漓江。我只当他是要治河！"

云安平点了点头，一丝老态悄无声息地压下了他的唇角。他疲惫地搓了搓脸，隔了半天才说："多说无益，皇帝占尽先机，能提前洞察已算幸事，趁着尚未问罪，赶紧堵路，叫他没法再降责。这一局大败，咱们翻盘重来。"

云白临点头称是，既然知道了幕后主使，也无须回沅江了，当即密密商议，亲书奏折，以云氏家主名义恳切认罪。

两人揣测着皇帝手中把柄，一一提前封堵，把当年欠粮并银税加了重利奉还国库，承诺一定广开郡望，全力支持朝廷治河；又以云行之年齿稚嫩为由，把到手的兵权还了回去，叫皇帝不能再兴师问罪。到末了又哀哭自己倒行逆施，已无颜忝列家主之位，决议告老，由长子继任。

一封陈罪奏折写完，云白临便把云行之叫了过来交代始末，又把奏折拿给他看，让他了解家里大事。

云行之满脸凝重，把奏折拿过来扫了几眼，见那上头句句先机，都在堵皇帝的口，立即道："不行！消息是我从泓那里探的，得先把他摘出去！不然陛下看了折子，第一个就疑到小哥身上！"

云白临沉声道："事有轻重缓急，容不得慢慢布置了。再拖下去，连你都会被连累！"

云行之急了，连忙哀求："父亲！这次要不是他，咱们也探听不出来这么多！我和小哥相交一场，不能转头就害了他！"

云白临怒道："我说的话都忘了吗？你要分清楚，他是敌不是友！若顾念他，就得害了你！皇帝手段狠辣，一动手就不会留退路，第一个要整治的就是你！再不先下手为强，等他污水泼身上，你前程就毁了！你要为个不相关的人，搭上自己的一辈子吗？！"

云行之浑身剧震，一时说不出话来。他怔怔想了半天，突然起身跪倒，一字一顿道："是。不要害他。"

"我有家族庇佑，大不了回沅江做富贵少爷。可小哥无依无靠，生死荣辱全在人君一念之间。陛下隐忍多疑，素来恩威难测，一旦相疑，小哥连个剖白的机会都没有！父亲再拖几天吧！等陛下显了锋芒，再把折子递上去，就怪不到小哥身上了！"

云白临冷冷问："你可以回家做富贵少爷，婉儿以后还要不要嫁人？你的兄弟姐妹呢？再拖下去，皇帝轻轻松松就能臭了你的声名！家主污名难堪，你叫你的族人们以后如何自处？为着一个泓，你要把云氏都栽里头吗？"

云行之呆住了，颤抖着嘴唇说不出话来。

云白临恨铁不成钢，恨恨道："倾族只在翻掌间，你还在顾念私情！看看你姐是怎么做的！那个泓在御前迟早是个隐患，上折子就是要叫皇帝疑他，懂不懂？这叫借刀离间，逼其自断羽翼，你大了，该学点为人处世的道理！"

他还要再教训，却见云行之一言不发，一骨碌爬起来，头也不回就往堂外走，便在身后跺脚骂："站住！干什么去！"

云行之大吼："学道理！"

他自小娇惯，从未被父亲这样怒骂过，此时又生气又委屈，满心想的就是不要在家里待了，便一头冲到了大门外面。

众人慌了，连忙跟在后面少爷少爷的叫着要来拦，他听得烦躁，提口气突然拔腿就跑，脑子里只有一个念头：

我要找小哥去！

伤

SHANG XIN

第二十九章

心

伤

心

◇

225

　　他车夫也不叫，一口气跑到内城隶察司去找泓。此时正临散值，泓被他堵了个正着，见他跑得气喘吁吁，不由诧异，连忙引入偏厅。

　　云行之穿得单薄，跑起来不觉得什么，站下了才觉出冷来，接连打了好几个喷嚏。泓忙把自己烘暖的大衣给他裹上，又递上热茶给他暖手，问："什么事这么急？"

　　云行之坐了下来，两手在里头揪紧了大衣，把自己裹成一团。

　　这件冬衣外头不过是寻常灰缎子面，里头却拿银鼠皮连缀，冰凌丝封底，连领衽都是绢丝衬的，披身上轻若无物，暖若温阳。这东西云行之也是用惯了的，只是用料既然如此奢华，外头少不得也要十分锦绣，这件却刻意朴实，显然是考虑到泓的身份不宜张扬，只拿来作件避寒大衣。

　　云行之捏了捏着里头厚实的丝绒，突然间鼻子一酸，想着陛下待泓真正是好，圣眷深沉如海，但这好却都在天子一念间，收放由人。寻常两人相处，都是有敬有信，便是出了矛盾，也是大不了一拍两散，可泓侍君却只能敬之、顺之，悦之、乞之，纵是皇帝信任一辈子，也只能称个恩宠。

他怔怔地想了半天，低声问："我家里有事要奏，不知道这两天是不是合适日子。"

泓答："只管奏来就是。陛下最近在宣明阁起居，要是想绕过侍墨参政上折，就直接送到掌殿那里。"

他一提到皇帝，嘴角就先翘了起来，一副胸有成竹的模样。

云行之本想把事情和盘托出，见他神情就张不开嘴了，一时间心如油煎，就只是低垂着眼睛，低声道："皇天在上，臣子皆若尘泥，圣上漏下一指头，就是你我厚福深恩。你得记着天道不仁，无私无党。在你是全副身家，在他不过是雪飘雨落一阵子。所以朝里为官大家都讲究个嘴里啃泥，屁股朝天。脸和屁股不能冲一个方向去，你就算一心从龙，也得和几大世家牢牢勾连住，土垫厚实了，屁股才能撅得高。我劝你好多回，你都不理。你……"

他说了几句，一阵酸楚上来，心想说这些已经无用，就抿了嘴不再继续，叹口气道："圣上翻脸如翻书，你做御前影卫服侍多年，看得自然比我清楚。你……千万仔细小心。"

他素来无忧无虑，轻狂不羁，如今郑重其事地说出这样一番嘱托来，泓便觉出了什么，凝目看着他问："到底是怎么了？你家里可有什么安排？"

云行之轻声道："那天你说你我立场不同，现在我懂得了。"

他刚进来时一头热血，这时候冷静下来，已经权衡了利弊。家里要提前堵皇帝的路，他要是现在告诉了小哥，便是向皇帝泄了底；若是不说，却又误了小哥。他是长房嫡孙，是未来家主，全族责任担在肩头，怎能容私情干扰决策？他胸口憋闷，像压了块大石头，一咬牙硬是忍了下去，把腰上玉佩扯下，在泓面前一晃，放进了泓的大衣内袋，道："你不是总惦记我这块玉吗？给你了。这个东西怎么用，你是知道的。"

泓皱眉道："给我干什么？"

云行之把衣服脱下来递给了泓，说："你把这个拿到铺子里给掌柜看一看，就有兵马送你平安去沅江。就算是在皇城，拿出来别家也都得给几分人情。你我相交一场，就当留个纪念。"

他把话说得这么重，泓就不好推辞了，只得接过衣服来，随口道："我去沅江干什么？"

云行之沉默了一会儿，低声道："沅江路宽。"

他句句都是不祥之语，泓也不方便接话，只得接过衣服来穿上，叫了车把云行之送回府。

陛下运筹帷幄，长线布置好几年，眼下蓄力待发，只等一击倾覆沅江，他从头到尾看在眼里，站定了立场，没半分动摇。可人心毕竟肉长，现下见了云行之的惶惑，他心里也难过。等回宫进了宣明阁，见皇帝正靠软榻上翻折子，就悄悄地候在一旁。

容胤看出了他不高兴，偏过头问："怎么回来这么晚？"

泓闷闷地说："叫人绊住了，说了几句话。"

容胤"嗯"了一声，低下头继续看折子，边问："谁？云行之吗？"

泓微微一点头，低声问："陛下打算把他怎么样呢？"

容胤扯着嘴角笑了笑，说："你要替他求情吗？这家伙脑袋灵光，不趁现在按死，将来就难拿捏了。云家繁盛，子孙无辜，我总不能屠戮干净，这次不过耗他一半家底，日后必会卷土重来。云行之是个翘楚，若是容他磨砺，将来就是你最大的敌人。有这一次震慑，云氏以后不敢在我面前放肆，小动作却不会少。要留了他，就害了你，这都可以吗？"

泓默默地想了一会儿，说："我会提防。而且我也不怕吃亏。"

容胤皱眉道："你不怕我怕。放心，他家大业大，不会伤筋动骨。"

泓叹了一口气，不再说话。这次众武者远赴漓江，皇帝撒手不管，都由他和父亲宫内宫外遥相呼应，坐镇指挥。容胤特地搬进宣明阁，就是为了帮他避人耳目。他虽为云行之难过，手上却丝毫不软，把漓江递来的消息一一看过，便传了送信人，加紧布置了下去。

第二日容胤有例朝，起了个大早，匆匆用过早膳，泓便赴隶察司当值，容胤赶到崇极殿受礼。眼下正值多事之秋，听政时众臣吵了个天翻地覆，都在请皇帝派兵平息民乱。容胤忙乱了一整个上午，直到用过午饭才稍歇了歇，侍墨参政便趁机将新一年世家子弟论品入仕的名单递了上来。

世家子弟入仕拔擢都是由各家安排好的，递到他手里不过略看一看，便一律批准，很少出面干涉。容胤把长长的折子一展，走马观花扫了一遍，提笔正要批，却顿了顿怔住了，见林家拔擢的众子弟中，有个异姓格外显眼，正是陆德海，由尚书台左丞刘盈亲自出面，提调到经略督事治水。现下治水这一块有权有钱，各家都争着把自己人往里面调，陆德海能钻到这里来，必是已向刘氏投诚。

他重新入朝不过一年多，能钻营到这个程度，实在是十分难得。

此人勤奋踏实，能力才干都出色，当初见他一身硬骨，满怀蓬勃向上的野心，虽然名利心重了点，却也为民谋福，肯做实事，才重新提了上来。朝里水浑则鱼不清，怕他跟着搅迷了眼，便放到清净的科举部，打算温养几年，也叫他踏踏实实把基础夯实，再谋冲天。

看来这是等不及要下水了。

想去就去。容胤不再看折子，直接拉到最后潦草地写了个"准"字，便传给了侍墨参政。

他批得虽然痛快，心里还是有几分不高兴的。笔一撂就起身在屋里走了几步，在宣明阁敞亮的开窗前站定。

眼下刚入冬，还没真正降寒，宫里已提前烧开了地龙，热气外熏，殿外草木都跟着沾光，株株青叶未脱，犹带暖意。这叫皇天眷命，宫中视为祥瑞，还请他到几个殿里各坐了坐，拈一炷香。

草木知冷暖，只要栽培，便竞相争辉。人却不这样。

每年入仕遴选，若有优秀人才，他都会分神关照。一半是把持朝政大方向，为帝国培育忠良，一半是给自己找帮手。世家大权在握，他稍有动静便是满朝逆流，一人独木难支，需要世人尽动兵马，齐成一匡之业。

他已竭力而为，可群臣嘴上虽夸他是个贤君，心里却不信他，把那"圣眷易变，伴君如伴虎"的当官要诀默念上百八十遍，稍成气候就勾连世家，想着两头投靠，各逞胜场。凡事还未投身，先要思止思退思荣华，怎么能做他的伙伴？

每次真心错付，他都要默默地恼怒一番。尤其是这个陆德海，他摆明了就是要拿来扶持科举的，却被刘盈釜底抽薪，提前调走，不声不响地给他碰个软钉子。刘氏历代忠君，当年夺权时就旗帜鲜明地站到了自己这方，可纵是明确立场跟定了他，在科举这里却也处处掣肘，不肯支持。

人人唯唯诺诺，个个阳奉阴违，说出去的话到底下就变了样子，只能一点一点磨。做事太难，进一寸有一丈的艰辛；想退却容易，一松手，轻舟就过了万重山。

容胤叹了口气，意还未平，掌殿又送奏疏来，说是云氏急奏。他只得把满肚子急躁压了压，打开奏章。

这是一封上表，按例要通传朝野，呈给他的同时，另一份副本也发到了各部。

容胤一目十行粗粗扫过，先吃了一惊，忙又从头细细读起，但见满纸谦辞恭语，姿态低得十足，却干戈暗动，句句占尽先机，将他起事的借口全堵。此表一出，提前安排好的圈套陷阱全用不上了，他再无理由袖手旁观，必须出兵为云氏护郡。

多年运筹，就此功亏一篑。

容胤又惊又怒，一时间胸中震荡，满耳轰鸣。他做事向来谨慎周密，从来都是环环打磨圆融才相套，面上不动声色，手下藏匿三分。岂料自己还在蓄力，对方却已出招，刀锋未降，竟先被人拔去了大旗！

这次拨拢漓江三家，他自问准备得足够细致精巧，三年时间文火慢烹，朝野上下尽入瓮中，本想舀着漓江水，兑几勺流离人，熬出一锅天下大同，眼瞅着猛火收汁要起锅，却被云氏勘破机关，顷刻间就釜底抽了薪！到底是哪里出了差错？

容胤定定神，半眯起眼睛，在软榻上坐定了，迅速把事情过了一遍。

从筹备，到布局，到设套，到后手掠阵，到合围包抄，经手的全是自己人，提粮调款走的也全是私库。兵将从漓江二十三个郡县出，若不是拿着名单刻意查证，断无暴露之理。

到底是哪里不对？容胤百思不得其解，紧皱着眉漫不经心地把泓半搭在软榻上的大衣一掀，只听得"当啷"一声脆响，一枚玉佩从大衣内兜里滑了出来，跌在地上。

云纹团金，水色碧青。

容胤心脏蓦地紧缩，一时间如遭雷殛。

是泓。

是泓。

这枚云纹玉，是一条退路。

凭此玉护身，纵是帝王雷霆杀伐，也可保人全身而退。

是泓给云氏透了消息……是了，他早试探了好几回，想为云行之求情。

是泓……

容胤一时间心中发寒。

这件事情，从头到尾看在眼里知道根底的，只有泓。

大意了。

不该出这种差错。

空门大开，必有敌乘虚而入，他自己不加防备，就不能怪人暗度陈仓。帝王权术，全在"难测"二字，本当朝夕相惕，容不得一丝一毫的疏漏。

怪不得人。怪他自己懈怠。

不可恋战，赶紧重整旧山河，翻盘再来。

容胤深吸了口气，硬是把满心的慌乱压了下去，稳稳地擎过御笔，温言安抚了几句，准了云氏奏表。批完把笔一撂，他便俯身伸手，捡起玉佩，塞回泓的大衣内兜里。

那一瞬间，他眼眶酸胀，觉得自己快要失态了。

被身边人背叛，原来是这般感觉。

奏表一递，宫中耳目皆盯，他的一举一动，一个微妙的神情，都会被人万般揣摩解读。

不能露出痕迹。

容胤牙一咬，便收敛了满腹伤心，起身摆驾兰台宫。

到兰台宫要绕过一个大湖。冬季各宫都封了水道，万水归流，全蓄在这一池大湖中，水位陡高，淹过了底下的木桩子，湖中心一桥一亭，孤零零的，好像漂在水面上。

容胤站在湖边略望了望，只见得水色幽蓝，寒意逼人。他胸臆酸楚，满怀意懒心灰，便令随从在岸上等候，自己信步而行，沿着长桥慢慢往湖中心走。

以前他伤心，就爱往这里来躲一躲。后来修炼出金刚不坏之身，来得便少了。

小女儿的铃铛就扔在这里。那时候水清，一日一日看着，慢慢被泥沙侵蚀消失。

现在没什么可以往水里扔的了。

为什么就不能给他呢？

他明明比世上所有人都渴望，也比所有人都需要。他已经很累了，为什么要这样对待他？

他慢慢走到了湖心小亭子前，举目四望，只见得一湖大水碧波浩渺，倒映着云影天光。

寒意倒逼，冻得他一阵一阵发抖。

"水深而广，谓之泓。"

想起当初相遇，他曾对他说。

那时候他是很高兴的，因为这个人让他有被关心的感觉。

别人都敬他、怕他、仰靠他、倚仗他，只有泓关心他，知他冷暖，解他苦忧。

后来泓说愿意留宫里，他就更高兴了。

泓还是很好的，怪他吹毛求疵，苛求完美。

他是真龙天子，什么容忍不下？泓想要保云氏，给他就是。他要若无其事地回御书房，把这事轻描淡写地揭过去，以后只要稍稍防备，不让泓什么都知道，两人就还可以云淡风轻地相处下去。

这念头只是转了一转，容胤就难受得直抽气，一阵怒火涌上心头。

不。

绝不。

他容不下身边人怀二心。应该把泓赶到沅江去，以后再不见他！

他说做就做，当即怒火滔天，转身就往岸上走。岂料天冷桥滑，他又心思恍惚，才走了几步就一脚踩空跌进湖中，立时灭顶。

　　这一下惊变忽起，岸上随侍众人顿时炸开了锅，御前影卫们惊惶失措，慌忙跃入湖中救驾。

　　容胤一进了水就冻僵了，当即屈膝团身，要把浸水沉重的衣服脱下来。他抓着脚刚要脱靴子，突然想到等会上岸衣服没了，岂不是仪范全无？

　　就这么一愣的工夫，只听得湖面上"扑通"之声不绝。他知道这是御前影卫赶过来营救，顿时无比暴躁，立刻潜气下沉，在湖底淤泥里一通乱踹，把湖水搅得混浊不堪，自己提了一口气就跑。

　　有完没完！有完没完！到哪里都跟着！永远没个清净时候！

　　跟着他干什么！他又不是皇帝！皇帝就应该化条龙飞出去，而不是像现在这样在水里刨！

　　一会还要上岸叫人看笑话！

　　他越想越愤怒，满腔怒火无可发泄，狠蹬了两下，在水中一蹿老远。

　　他怎么这么蠢，这么蠢！怎么变成这样了！

　　他当了十五年皇帝！十五年！没朋友，没亲人，没人陪伴！成天累得要死!

一个个全在辜负他!

当初一穿越,就应该直接死掉,活着毫无意义!

他水性极好,拖着沉重的衣服游了半天,憋着口气硬是不冒头。众人在湖里遍寻不着,只见得一条水线笔直地往岸边去,没一会儿皇帝就拔身而出,湿淋淋如天神降临,怒气冲冲地提着滴水的衣摆自己上了岸。

众人慌忙一窝蜂地迎上去,要拿毯子把他裹起来,岂料一近身,皇帝就勃然大怒,吼道:"别过来!"

他吼完转身就走,还不忘大声威胁,道:"御前影卫看着!再有人跟着,朕就杀无赦!"

天子素来深沉难测,如此雷霆大发还是头一回。众人噤若寒蝉不敢靠近,眼睁睁着皇帝披头散发像只愤怒的狮子,一步一个湿脚印,寒风凛冽中一个人往暖宁殿去。

大家束手无措,只得远远尾随在后面。

容胤明知道宫人还在跟,却也没力气再吼,一个人哆哆嗦嗦地回了寝殿,进屋就把殿里的宫人统统赶了出去,直接绕进浴室里往池子里下。

池里水温常年微热,他现在冻得浑身僵硬,怎么受得住?一脚下去,烫得哇哇大叫。

消息立即就给泓报了过去。泓吓得魂飞魄散,急奔而至,一进殿就听见皇帝在里面咆哮。圣旨虽让御前影卫阻拦,哪个又真拦他?众人如见救星,慌忙迎进。

泓进得浴室,见容胤坐在池边上,湿淋淋地抖成一团,顿时就慌了,忙上前道:"陛下!"

容胤早就恨透了泓,一见他进来就气红了眼睛,也不管烫手,疯了似的往泓身上泼水,怒吼:"别过来!"

泓顶着当头淋下的水，依旧近前要扶他。容胤勃然大怒，奋力挣扎着咆哮："出去！"

他怒火上来，力气也不小，泓一时压不住，急得满头大汗，连忙好言好语地相劝："好好好，我这就出去。"

一边说，一边暗鼓劲，往容胤两肋下用力。容胤半身一酸，就麻了手脚，被泓扶着小心翼翼放进旁边的凉水浴桶里。

桶里水虽凉，对容胤来说却是暖如春阳，一进水他就激灵抖了两下，迅速软了下来，趴在桶边不吭声了，等体温回暖后又挪到热水池里泡。容胤没了精神，在热水里连打了七八个喷嚏，老老实实地擦干了身体，缩进了被窝。

医官们都已经在偏殿等候，这时候忙呈了祛寒汤来。泓便捧着药碗上了床，想喂陛下喝两口。岂料他一接近容胤就怒火又起，嘶声吼道："出去！"

泓连忙又道："陛下先喝了药，我这就出去。"

他一边说，一边把药碗往皇帝唇边递。容胤怒极，手一抬就去推他，险些把药碗打翻。泓着急，干脆扳过容胤肩膀来，掐着下巴硬给灌了进去。这一下灌得容胤眼冒金星，呆呆地还没反应过来，泓又给他灌了半碗。灌完把碗一撂，便拿着毯子要给皇帝裹好。

他一靠近，容胤就抬腿去踢他。泓便好言好语地相劝："陛下龙体为重——"

他一边劝，一边真气流转，在容胤周身大穴上施力。容胤只觉得热气旋涡般在身上打转，很快就暖了。他喝的祛寒汤里掺了安神药物，泓以真气助药力上行，没一会儿就叫他迷迷糊糊，昏昏欲睡。

泓见容胤安静了，就小心翼翼地问："什么事气成这样？哪里惹到陛下了？"

容胤冷冷道："哪里都生气。"

泓无奈，只得随侍在旁。直到容胤睡熟了，才悄悄出去，把医官叫进来请脉开方子，又叫随侍宫人来问详情。听到宫人说陛下不仅掉到了水里，还一个人顶着冷风自己走回寝殿，泓满心担忧，又怕陛下受风寒，又担心陛下气坏身体，满腔的忧急愁苦，回屋里却见皇帝大摊手脚，睡得无忧无虑，不由静静凝视了半晌，叹了口气。

容胤热乎乎地睡了大半夜，再醒来发现泓还站在身边。他气还未消，就恼火地动了动肩膀转到一边，结果却被毯子蒙住了手脚。

金尊玉贵的帝国皇帝不作就不会死，到了下半夜体温就渐渐升了起来。天亮后已经烧得浑身滚烫，神志昏聩。

这一下众医官都慌了手脚，各色汤药流水般灌下去，却不见丝毫用处。等到了第二日，干脆牙关紧咬滴水不进，病得昏昏沉沉。天子政躬违和，满朝都来侍疾，见了皇帝情状皆尽失色，众人面面相觑，都想到了十五年前那一桩旧事。

彼时皇帝年幼，也是这样溺水高烧不退，生死线上堪堪走了好几个来回。醒来后又昏聩不知冷暖，过了好几年方能理政。

眼下旧事重演，众人心中都暗生了不祥的预感。

等到了第三日烧还不退，人已经病得脱了形。朝廷上下人心惶惶，太后便担起大任，以东宫名义急调兵马，封了皇城九门。岂料懿旨刚下，朝臣群起反对，皆称太子可堪监国，太后不宜论政。

太子便点了自己外祖父和舅舅作辅臣，掌权署理政事。外朝风波未平，医官又来报圣上脉浮，已出肌表。浮脉是阳气外脱的先兆，太后急了，立时带着太子、群臣入暖宁殿探视。

寝殿里门窗已经密密拿棉麻封了起来，挡着厚厚的毡子。太后怕过了病气，令太子和众臣都在外殿等着，自己仅带一贴身女官入内。

只见殿里面昏暗温暖，帘幔低垂，满屋子沉苦药气。泓和床头侍疾的几位医官见了太后，忙过来大礼问安，太后却看也不看一眼，径直入内，边冷冷道："都出去。"

她把床头的纱帘一掀，扫了一眼就怔住了，不由慢慢贴着床沿坐下，发了一阵呆。

乍一看，还以为是静怡复生。

平日里不觉得怎么样，现下皇帝这样昏沉着，又病得苍白消瘦，气势全无，那侧脸活脱脱就是一个静怡。

这孩子，和他娘长得一样一样的。

鼻子都一样往下钩着，又高又挺。闺阁时她还取笑，说这面相硬，可见静怡是个狠心薄情的，将来一定会忘了她，惹得静怡大哭了一场。

到后来，也不知道谁比谁狠心，谁比谁薄情。

她和静怡，本是一对亲亲热热的手帕交。也曾情切切义结金兰，意绵绵为盟噬臂。她与皇室联姻，静怡就入宫承恩相伴，两人誓要做一对好姐妹，一辈子不分开。

然而。

然而。

到底是怎么回事，为什么不知不觉，就变成这样了呢。

只道那姐妹情如铁铸就，却不知人心易顷刻前尘。

好像只是小事。一点点。一点点相负，一点点相瞒；一点点隔阂，一点点疏远。

头顶一个皇帝，身后两个家族。反正前后摇摆，左右是非不分，就这样藏愤懑，怀机心，忘证了前果兰因。

从此两宫里各分宾主，锦榻上空布枕席。

太后满怀怅惘，静静地凝视着皇帝的侧脸，那一刻斗转星移，时光回溯，她却岿然不动，就坐在床边，陪静怡沉睡。

她的姐妹。

年轻的姐妹。

那时你未产子，我也没有嫁人。你我分一套花黄，裁料子做漂亮衣裳。你说年华正好，不羡鸳鸯，要和我埋坛老酒，共酿二十年光彩无恙。

现在三十年都过去了啊……

三十年大梦一场，等你醒来，看江山还是你家天下。

她尚自发呆，侍疾的三位医官却齐来请旨，道圣上大凶，宜下虎狼。她拿了方子一看，果然君臣佐使，样样猛烈。皇帝重病体虚，这一碗汤药下去，怕不等破积除瘤，先要了这孩子小命。

她微微沉吟，低声问：“可有缓点的方子？”

几位医官不敢回答，只趴地上连连磕头。

太后明白了，便抬手给皇帝掖了掖被子，暗叹口气。

太子自幼养在静怡母家，如今已知图报。皇帝在时，她尊位尚安稳。太子践祚，满朝就尽归别家了。她半生颠簸，到底为人作嫁一场，拿这翻云覆雨手，换了个零落成泥碾作土。

太后忍不住轻轻抚了抚皇帝的眉眼。

当初有多想叫他死，现在就有多盼着他活。

怔怔地看了半天，太后才轻轻道：“皇帝是个有福报的，去熬药吧。”

没一会儿药就呈了上来。太后端着药碗拿勺子搅了搅，只觉得药气熏人，便随手递给了身旁女官，自己出得内室。她本要回宫，却见到泓在外间仍跪着未起，便在他身前站定。

她居高临下，静静凝视了半晌，想起当年皇帝也是大凶，当时多亏这个人从旁救助，第二日就转好了。

她心肠骤软，轻声说：“你……好生照料皇帝。“

泓没有抬头，低声答应了。

太后不再看他，抬步出了寝殿，只听得她在殿外冷声下旨，令即日起宫中皆换斋饭，广供神佛，为皇帝祈福。

泓怔怔地原地跪了半天，只觉得一阵又一阵的晕眩，只得以指撑地，好半天才起身。

太后叫求神保佑，他也觉得应该求。

可他的神生病了。

他的神食着人间烟火，会发脾气，还会生病。

外面众臣喧嚣，有人痛哭失声，有人念佛祈福，他听了只觉得吵闹。

他静静地又站了站，才抬步入得里间，见太后的那位随侍女官正给陛下喂药，一勺舀出来轻吹了吹，垫着帕子喂得体贴小心，没一会就喂了半碗药汤下去。

宫里凡给贵人喂药，都用如此伎俩。陛下几日水米不进，怎么可能喂得进去？不过是样子好看，实际药汤全倒进了帕子。

陛下好着的时候，天底下披肝沥胆，全是赴汤蹈火的忠臣良将。一有不行，风向立换，群臣齐齐地转个脚跟，又去忧心太子圣安。

泓默不作声，在一旁静静等着，见那女官手脚利落，喂完药把帕子往袖子里一藏，便起身施礼告辞。泓也跟着躬身回礼，转头便叫宫人再熬一碗药呈上来。

他拿了药碗，先放在床头。陛下还烧着，触手暖热。

他本来很平静，可这会儿却突然涌上一阵伤心。

吃了这么多苦，扛了这么多难，天底下却无人知你衣冷暖，也无人为你遮霜寒。

陛下！

他撬开皇帝紧咬的牙关，一点一点用勺子给皇帝渡进了药汤。

陛下……陛下……快点好起来吧……

他当夜喂了两回药，天亮时容胤发了一身的汗，体温渐降。医官说这是好转的症状，泓心尖剧颤，默默地求了一万遍。医官加重了分量，白天又喂了几回，晚上容胤再次发汗，把寝衣都浸湿了。

泓突然想起十五年前也是如此，陛下夜里发汗，醒来便要喝水，才把他叫进了内室。

这一回是真真正正要好了，他满怀喜悦，忙喂了好多水下去。到了次日果然退烧，昏昏沉沉醒过来一回。医官又换了方子滋补，接连三副药剂下去，终于把容胤从鬼门关上拉了回来。

这一下泓如获至宝，更加静心照顾。容胤病里稀里糊涂，做了无数怪梦，一忽儿梦到自己和泓同去了泹江，一忽儿云行之又要带泓走。自己在梦里也不是个皇帝，无权无势，急得直冒汗。等他真正清醒，见泓就在身边，不由铭感五内，万般庆幸自己当了皇帝。

他趁病提了好多无理要求，泓都一一答应，端茶倒水，照顾得无微不至。

虚弱暴躁的皇帝终于心满意足，喝过药就趴在枕头，揉着眼睛。泓怕他挂忧，便轻声把这几日宫里外朝诸般安排说给他听，又告诉他太子监国等事。

容胤听到这个却触动了愁肠，想到先皇、先先皇一概短命，说不定自己也快到了时候，便叹了口气道："是该预备了。太子要培养，也得给你安排个好出路。"

泓半抬起身子，郑重其事地说："陛下若大行，臣就做陛下的引路人。"

容胤心下一震，失声道："胡说！"

他说完立时起身，逼问道："你做了？做没做？"

泓分毫不让，和容胤互相凝视，道："做了。"

容胤呼吸一窒。

所谓引路人，引的是冥路。

帝王尊贵，往生路上虽然神鬼不侵，却也要走一段无光的幽冥道路。引路人，便是用来在那时候给帝王照明的。

凶礼庄重，自皇帝晏驾当日起，引路人就要断绝水粮，日日饱饮清油。内外俱净后再浸入油缸，苦熬四十九日，浸得里外润透后白蜡封裹，随帝王梓宫一同入葬，拿来以身为烛，燃一团火，为帝王引路。

这个炮制法子极为痛苦，引路人若非自愿，易成厉鬼，因此若有人愿意引路，须得先登名，完成一套繁复仪式，在神鬼面前自证决心。

容胤凝视着泓，一时间只觉满心酸楚。

这是他的近侍，他最信任的人。他不求正果，却只要作盏灯笼。

容胤千言万语无法尽诉，只是微颤着双唇，低声道："泓！"

自登基那日起，他的陵墓就开始修建了，极尽恢宏荣华，万般堂皇锦绣。

他陪他在人世白头，然后愿经千锤百炼，忍那洗髓销骨之苦，把自己做成灯笼，多陪他走一段，守从龙之约。

他们走过冥路，就会分别。泓神魂寂灭，他则有神佛来接，依旧御辇扈从，前往极乐永生。

如果真的有幽冥，他将在大光明前，看着泓魂消魄散。

容胤低声叫道："泓！"

泓抬起眼睛，微微笑了。

容胤敛下了满腔感动，轻声道："我不要你引路。我要你好好活着，将来功高震主，权势滔天。我要这全天下皆拜你为师。"

他指了指案几上的科举考卷，道："这些人，将来就是你的根基。等到了那时候，我就赐服，以家主身份，纳你入宗室，与你共享万年香火。我要你和我一样长生，一样转世为神佛。"

泓怔怔想了半天，问："会有那一天吗？"

容胤答："会的，一定会。我已经看到了。"

泓轻声道："那陛下要活得久一点，等着我。"

容胤道："好。"

他们怀着对未来的美好期待，在黎明前彼此凝视，相对而笑。

年轻皇帝第一次撬动世家体制的尝试，就这样一半成功一半失败地结束了。他在位期间做了无数次这样的尝试，有时候成功，大部分失败。

他锱铢尽较，寸寸坚守，直等到满朝抛撒的火种风来燎原，青涩的少年们成长起来，成为他座下最坚实的力量。

他的理念终生未改，终于以一己之力，推动这个古老的王朝缓缓转了方向，得见到天下大同。

他在位期间纵使引来朝野非议无数，可这些不过是他帝王生涯众多烦恼中的一种。他与泓稳扎稳打，两人彼此扶持，毕生再未相疑。

云行之后来到底良心难安，向泓坦白了事情首尾。泓悚然而惊，终于明白了什么叫逢事多想，他回宫向皇帝请罪，容胤一笑置之，却又细细给他讲解其中关窍。泓在一次又一次的政治斗争中迅速成长，到底磨炼出一副玲珑心肠，他和皇帝默契十足，在朝中有唱有和，明暗相应，终于把科举扶持了起来。

泓主持两闱，亲点鼎甲，一批又一批的学子经他关照，分流向九邦朝野。他得列三公辅国，果真成了九邦座师，被天下人纪念；也果然片语成旨，权势熏天。

云行之家中姐妹都和皇族联姻，在朝中根基稳固。他自己入仕从政，作风凌厉，手段圆融，保住了云氏百年富贵。他继任家主后，站到了泓的对立面，两个人一辈子都在相争相斗，互相坑害，却又偶尔私下约在酒楼，聊些风花雪月。

云婉最终与太后母家联姻，作起了大家主母，夫家人丁稀少，她却福泽绵长，进门就开枝散叶，一辈子安稳顺达，养育了十一个子女。世人皆羡其多福，传为佳话。

展眉终身未嫁，留在了聚水阁。她搜亡求佚，校刻图籍，拯救了无数古籍珍本。她为天下学子编纂书典，从开蒙识字到朝廷取士皆有涉及，她编校过的书籍被后世称为"眉本"，成为学者著书立说的典范。泱泱历史大浪淘沙，多少英雄豪杰湮灭了辉煌，消失了痕迹，唯她的姓名万古流芳，使父亲刘盈也不被遗忘。

陆德海在经略督事只待了两年，很快就得到更好机会，换到了枢密院。他眼亮手快，极善借势，在世家中见缝插针，游刃有余，广为结交拉拢，终于打入皇城圈子。他姬妾成群，生养众多，子又生孙，满门隆盛，成为真真正正的世家大族。

这一日陆德海和众家主欢宴，席间就有人聊起旧事，说起科举如今大热，经手人个个高升，感叹陆大人当年若留下搞科举，现在怕也可以和辅国公比肩。

陆德海心中微酸，就哈哈一笑，剔着牙故作感慨，叹道："上头没人，难啊。"

众人皆知辅国公名声，此时心照不宣，都笑了起来。这几位都是仕途上到顶了的，平日里放浪形骸，道听途说了不少事迹，这时就拿出来一一品鉴取乐。

大家正得趣，突然一人拍桌子指着陆德海道："非也非也！陆大人你上头也是有人的，就是看你乐不乐意逢迎了。"

此言语惊四座，大家就争问根底，那人故作高深，道："要放十几年前，这话我不敢说。现在都过去了，说说无碍。咱们陆大人，当年那可真真正正是盛宠啊！"

陆德海哈哈大笑，问："宠从何来啊？"

那人见大家都当儿戏，反倒较上了劲，认认真真道："陆大人你记不记得，当年你察举一品，是谁家引荐？"

他问得无礼，陆德海不由一怔。那引券是皇帝亲赐，多年来他一直引以为傲，珍之、藏之，未曾示人，现下被人问起，倒是不好回答。

正迟疑间，那人哈哈一笑，道："不好说了是不是？你不说我说，咱们陆大人的引券，当年可是圣上拿一族的富贵换的！"

此言一出，举座皆惊，众人忙问根底。

那人得了追捧很得意，便给大家细细讲解。原来当年世家权大，圣上想提拔谁，也得走个迂回，皇族本无引券，皇帝便在朝中找了家根基浅薄的，刻意捧抬提拔，等那家成了一品，出的第一张引券，便给了陆德海。此事办得隐秘，朝中本无人知晓，他表妹嫁入那家十几年，才知道点内情。眼下皇权一统，圣上行事不再受世家掣肘，这桩旧事也才渐渐透了出来。

他讲完，又指着陆德海，感叹道："引券也不是什么重要东西，圣上本可随便叫哪家送一张。你们道为何如此大费周折？只因当时朝中皆看出身，陆大人拿了谁家的引荐，难免受那家掣肘。圣上这才自己捧出一家，秘密出引，叫咱们陆大人到皇城来，自由自在，不受人牵制。你们论论，这圣眷算不算浓厚？拿出来和辅国公也可以比一比啊！"

等他讲完，陆德海已经呆了，怔怔道："有……这等事！"

那人得意了，一点头道："千真万确，决不欺瞒。当年圣上根基尚浅，为了叫你入朝，不知道费了多大工夫！这才叫圣眷隆重，千金相托啊！你们说说，陆大人算不算上头有人？"

众人立时轰然赞同，又开起玩笑，说和辅国公相比，他上面虽然有人，却不曾攀附。

陆德海满心震动，再也说不出话来。

他在混水里趟了半辈子，内幕一提，他就明白了这种提拔意味着什么。

真真正正的天子股肱！

当年圣上势单力薄，花这么大力气拎他入朝，是要栽培羽翼，以借腾云之力。几十年里朝廷治漓江，开科举，平北疆乱军，又收西南十二州，件件都是辉煌大业，样样有人扛旗作急先锋。他看着那些人借此德高望重，留名青史，也曾羡慕圣眷隆重，暗叹自己不如人。

他本可和那些人一样，甚至和辅国公一样，成为国家重器，立不世伟业！

几十年里风雨动荡，如今桩桩件件都到眼前。

"你若藏大贤能，就必有匡辅之时。"

那声音庄严肃重，一遍遍再次响起。陆德海蓦地战栗，手上一抖，杯中美酒洒了一半。

当年他唱衰科举，找关系调出了火坑。他一走，辅国公就顶了上去，没几年便做大，如今桃李满天下，朝堂半数文武，见了他都得尊称一声座师。

陆德海悔之不迭，只得怪自己没眼光。后来治水忙了两年，事务烦琐，过手全是薄名微利。他看着这日子不到头，便又跳到了枢密院，在枢密院他有了点权力，众世家都来逢迎。他便借此广为结交，娶了大族女儿，如愿扎下根基。

再后来他左拉右拢，广连网而深捞鱼，也扶持了几个小家族壮大。如今他左右皆牵连，上下尽羁绊，根基深厚，脚跟稳固，名头拿出去，也堪称一家之主。

他一生奋斗，终于滚得锦绣堆，进得金玉堂，对得起富贵荣华。

可是。

可是。

"你若藏大贤能，就必有匡辅之时。"

当年陛下把他拎入朝中，是真指望他匡辅的！可他却早早站了立场，把那大贤能，拿来搏蝇头利。

二十年钻营，负尽了圣恩！

匡辅之时，他以为陛下只是说说，他不过条泥鳅，朝廷里四处钻钻缝子，找个热乎窝。不登三公九卿，怎敢抢匡辅之功？

是了！他曾经要争一争九卿的！想要得觐天颜，匡辅大宝，那时候年少轻狂，把这虚妄志向常挂嘴边，成了人家笑柄。后来他就不说了。

再后来，就……忘了。

陆德海突然站了起来，一拱手便告辞，转身就往外头走。

他得做点事。做点实事。

眼下朝廷在边疆起事，要举兵伐蛮族，正值用人之际。他不能为圣上领将带兵，却也一样可以尽些微末力量，明日就争取，筹粮饷也成，安流民也成，先励精图治，从小事做起。锦衣玉食久了，也没什么意思。人总得向上！

他还一个人修过坝呢！一个人救了两郡百姓！那才值得投身！

他紧咬着牙齿，大步往外头走，外面等候已久的马夫忙上来迎，笑道："老爷耽误了辰光，张家酒宴怕是要迟了呢。"

陆德海厉声道："什么酒宴？成日就知道寻欢作乐！回府！"

他边说，边打开马夫的手，自己往马车里上。那四驾马车何等气派，披锦着金，高舆大辕，他抬腿往上蹬了好几回都没使上劲，反扭到了腰，不由"哎呦"一声。

马车里等候的美丽侍妾忙探出身相扶，好不容易才把陆德海扶上了马车，便忍不住埋怨："老爷也不看看自己多大年纪了，还逞什么英雄呢？叫夫人知道了，又责骂我们服侍不周。"

陆德海呆了呆，一低头，先看见了自己肥胖的肚子和松弛的手臂。

他下意识抬手摸了摸。这脸上，也满是皱纹了。

他浑身剧震，脑袋里"嗡"地一下，突然间万念俱灰。

常年声色犬马，日日酒色消磨。如今他眼已花，头已昏，垂垂老矣，不复英华。

晚了！干什么都晚了啊！

上马车都费劲，还谈什么投身大业！

那侍妾见他神色不对，忙卷起了车帘子透风，又让车夫驾马启程。

带着陆氏银色徽记的威风马车很快就拐出了坊间，缓缓走在皇城大道上。眼下正是春闱时分，路上尽是赶考学子，年轻的脸上洋溢着光彩，满怀热望，要闯荡出一番事业。

他当年……也是这样的。

可岁月将他的年华与壮志，时时摧残，虚耗殆尽。

陆德海远望着巍峨宫城，从胸腔最热处，发出了一声至沉至深的叹息。

他想起了自己在漓江赈灾的日子。那时候年富力强，大权在握，是他一生中最风光得意的日子。

他跳了龙门，一头扎进深水潭，才懂天下之大。享不尽的荣华富贵，看不完的露浓花垂，捞了还有，有了再捞。想做点事业多难呐！

这皇城里，有无数诱惑和吸引，想努力求个上进的时候，总有人半道来拖人下水，或打压，或吹捧，或危言恐吓，或巧言令色。好不容易抵御了外头，心里的欲念又兵荒马乱地涌上来。

他半天不说话，那侍妾就小心试探，问："老爷，不去张家了吗？老爷费了好多工夫，才搭上这一家……"

陆德海愣愣地怔了半天，突然长长地吐出一口气，绝望地闭上了眼睛。

他疲惫地挥了挥手，哑声说："去。"

马车缓缓地拐了方向，慢慢往皇城最中心走去。

这条路，他当年科举登第时就走过。他走着这条路春风得意，又走着这条路黯然回乡。再后来，他踏着这条路，去见帝王。

他知道自己人生辉煌，前程锦绣。

确实锦绣，太锦绣，处处堆花着锦，时时烈火烹油，走得他满目光明，浑身喜乐。

锦绣得他把这一腔凌云志，全递给了路边花！

"一钩之器，不可容江海。你若藏大贤能，就必有匡辅之时。"

陆德海毕生，只得了帝王这一句话。他一生庸碌，到底再没能御前听政，得见天颜。

后来北疆果然起事，朝廷急难，辅国公挺身而出，以六合大将军之尊出征。他领兵六十万，亲斩阿兰克沁部大汗于马下，迅速扫荡了蛮族十七部，大胜而归。

将军凯旋，帝王亲赴辅都相迎。朝野齐颂，共上贺表，求帝王以天下嘉奖。

容胤顺应众议，在祭天大典之日祝祷天地，赐辅国公正色仪服，封并肩异姓王，立誓与之同摄朝政，抚理天下。

那一日五岳含气，国祚呈祥。

容胤和泓齐赴皇郊，带领满朝文武祝祭乾坤，为天下佑平。他们两人站在众臣前，在大祀殿三拜九叩，行九邦国礼，起身时两人相视而笑，共同想起了当年在山洞中，那个穿黑色衣服的小影卫。

完

番外一

弄臣

——他是佞幸，是弄臣。

——是所有物是人非的景色里，唯一不变的人。

弄臣

YING LU

【番外一】

一场科举舞弊案，拉开了琉朝十年党争的序幕。两虎相争，始作俑者稳坐钓鱼台，任各家唱罢又登场，袖里翻乾坤。

他窃柄盗权，当朝秉政。

他弄权上位，为君子不齿。

他是佞幸，是弄臣。

是所有物是人非的景色里，唯一不变的人。

五年后。

早春的寒风依旧凛冽，夹杂着晶莹剔透的雪粒扑打在窗棂上，发出一阵细碎声响。

容胤蓦地沉下脸，心里泛起了一阵难以抑止的焦躁。

暖阁里烧着地龙，煨得桌椅都暖，他端坐在软榻上，被旁边炭炉里四溢的香气熏得心浮气躁。他把脾气压了又压，才抬起眼来，稳稳当当地问："太后刚才说什么？"

太后眉眼不动，把手里的绣活儿举起来左右打量，很温和地说："皇帝下了例朝，已经很久没来广慈宫了，不要因一时之气，坏了宫里规矩。"

容胤又是一阵怒火攻心，冷冷道："天冷，等暖和了再来。"

太后微微一摇头，道："宫里这么多双眼睛看着。皇帝垂范天下——"

还不等她说完，容胤就粗暴地打断："知道了。"

两人相对无言，只听得外面雪下得一阵比一阵紧。隔着半合的明瓦窗，能看到主殿阶下有人大礼跪伏，在寒风中一动不动。容胤瞥了一眼就低下头，压着满腔的愤怒和烦躁，把手里的折子翻得乱七八糟。

已经五年了。

太后协掌六宫，泓作为内廷唯一的御前职官，就得照规矩定期来慈宁宫问安。他怕太后刁难，便安排他跟着自己下了大朝后一起来，可自打第一次泓在阶下大礼拜见，太后就没叫起过。

主位不免礼，泓就得一直在阶下跪着。他以内廷近侍身份退宫入朝已经违了祖制，不能再落个藐视内廷的罪名，每次下了大朝，众臣都散，他却得来广慈宫跪上一个时辰。

内廷如今由太后执掌，她若坚决不肯让步，容胤也没有什么办法。他明里暗里地和太后较劲好几年，终于没了耐心，索性废掉下朝问安的例，几个月不来广慈宫。

武者作近侍算得上惊世骇俗，泓虽然尽量低调，仍压不住朝中流言四起。泓若不得太后让步，便永远是佞幸弄臣，有心人随便掀一场风波，就能把他牵连进去。

容胤越想越心烦，见太后一脸慈爱，装模作样地还在那里给他做衣裳，怒火就一阵一阵往脑袋里冲。他把手里折子往桌案上一扣，冷冷道："顾家入仕的名单朕看过了，太后安排得妥当，就这么办吧。"

太后手上顿了顿，问："漓江怎么安排呢？小辈不懂事，发过去历练历练吧。"

容胤满怀恶意，漫不经心地说："朝中名额已满，那几个位置，是给科举留着的。漓江百废待兴，差事辛苦，朕的母家怎么能往那种地方去？不要失了身份。太后若想让子侄历练，不妨下放到自家郡望里，就近照看也放心。"

　　放到自家郡望里，就是赤裸裸的黜免了。太后被噎得无言以对，低头又去绣丝衣上的金龙，道："科场舞弊一事，朝议还没争出个黑白来，陛下先料理干净了，再安排漓江吧。"

　　所谓科场舞弊，指的是头年秋闱后捅出来的授官瞒报案。

　　眼下科举兴盛，容胤便留了一批进士在皇城。可这些人留朝就抢了世家子弟的位置，科举授官的谕旨发下去，好多官职都是表面上空着，其实早已被世家内定。实办的官员不敢得罪世家，更不敢抗旨，只得焦头烂额地和稀泥，一头留着空缺，一头遍搜朝野，逮着空子就把人往里面塞。

　　这样一来科举授官就成了笔烂账，明面上某人在此任职，实际上早不知道给打发到了哪里。如此敷衍了两年，终于被人捅了出来，朝廷上下顿时群情激愤，皆称科举祸乱朝政。

　　舆情汹汹，尚书台刘盈摆明了乐见其成，容胤不好直接压制，只得到广慈宫来，要太后替他发声。此时太后主动提起，他便直接道："朕要叫他们闭嘴。"

　　太后微微一摇头，低声道："顾、刘两家，既是陛下喉舌，也是臂膀。从来没有左胳膊打右胳膊的道理，顾家早站在陛下身后了，皇帝不妨去劝劝刘大人。"

　　她这样说便是替娘家表态，虽然不会出面和刘盈打对台，却也不会反对皇帝决定。容胤勉强满意，也懒得和太后母慈子孝，当即抬屁股走人，反倒是太后起身送了出来。

　　两人在宫人的簇拥下出得暖阁，殿门一开，风雪便呼地倒灌进来。只见得外头天地皆白，泓跪在殿阶下，膝下积雪已经寸深，他垂着眼睛，安安静静地等待，听得众人脚步声，便双掌按雪，再次大礼拜倒。

容胤沉下了脸。

太后视若无睹，回头埋怨宫人："这么冷，怎么不给陛下带个手炉？"

她一边说，一边把自己的手炉给容胤递过去，道："先拿着这个，赶紧回去吧，一会儿雪又大了。"

容胤置若罔闻，看都不看她一眼，自顾自下了殿阶。他走到泓身前，伸了手道："手炉。"

泓抬头扫了太后和众宫人一眼，犹豫了一下。

容胤很不耐烦，又说了一遍："给我。"

泓无比尴尬，只得慢吞吞从怀中掏出个镏金雕龙的手炉来，递到容胤手里。

手炉已凉。容胤拿到手里，"哼"了一声，头也不回就上了御辇。泓便默默地大礼再拜，然后起身拢好了车帘，示意司辇官起驾。

太后平静如昔，高高地站在殿阶上，目送容胤一行人离去，直到帝王驾辇拐上了夹道，她才慢慢转过身，轻叹了一声。

随侍的司礼官连忙扶她进了大殿，一边走，一边低声劝："陛下心意已决，太后何必非较这个劲？您越逼迫，陛下越上心，到最后母子不合，白叫刘家捡便宜。"

太后摇头叹道："就是因为皇帝上心，哀家才不能认。树欲大而风必摧之，他抓着科举，已经风光无限，招得满朝嫉恨，我若再让他在内廷里舒舒服服的，这满朝文武，怕是就要清君侧了。他在我这里跪一跪，朝臣们知道还有人能辖制他，心里头就舒服点。"

司礼官大为意外，怔了怔问："太后这是准了？"

太后冷冷道："哀家已经和皇帝绑在了一条船上，还有什么准不准？帝王何等尊贵，我敢不准吗？"

司礼官不敢妄议，只得笑道："可怜天下父母心。"

太后叹了一声，让司礼官扶着慢慢坐下，道："这几年你我没少挫磨，本想叫他知难而退。岂料这孩子心性坚忍，世所罕见，倒也不枉皇帝看重他。"

以往她提到泓，都是十足的鄙薄厌恶，如今口风大变，司礼官便知道她已妥协，忙跟着赞道："泓大人确实难得。外朝、内廷这么层层压着，凡有一点气性，现在早被碾死了。偏他懂得顺着来，心气虽高，姿态却软，踩泥里也不碰脏东西。"

太后微微笑了笑："朝臣早看科举不顺眼，这回借机生事，哀家不想替皇帝挡刀。且看着吧，泓大人若能在朝中站得住，哀家就不做那个恶人。日子长着，二丫头还在宫里，留一线余地，将来还指望皇帝给顾氏赐个龙种呢。"

司礼官道："太后想得长远。"

两人好半天都不再说话，一同看着窗外出神。

风停了，雪还在无声无息地下。

从广慈宫到无赫殿有一段距离，夹道里雪还没来得及清扫，辇舆走得很慢。容胤在车里等了一会儿，见泓只在下面跟着走，便掀起轩窗上的帷幔，怒问："你上不上来？"

泓犹豫一下，说："我身上凉……"

他话还没说完，容胤已经"啪"地放下了帘子。泓只得上了辇舆，一进车里，依旧小心翼翼不敢近前。

容胤不耐烦道："我哪有这么容易受寒？越不敢冻，越容易生病。"

御辇下面有隔层，冬天烘着炭，触手滚热。泓摸到车板，先激灵灵打了两个冷战，索性坐下来煨暖，一面微笑。

容胤皱眉问："笑什么？"

泓说："不要生气。"

容胤哼了一声，转脸掀了帘子去看雪，泓便道："宫里没有先例，太后也很为难，被她压一压，也是好事。刘大人早看我不顺眼，若不是太后在先，他就要自己动手了。"

容胤悻悻道："他是没抓到你错处，不肯落人口实。那老家伙把名声看得比命还重。"

泓轻声说："陛下打通了漓江，又借科举授官的名义广派兵马，已经掐了好几家商路。刘大人如此威逼，不过是怕科举威胁到自家。"

容胤想了想，叹口气道："是这个道理，除了你，我也找不出第二人敢担这个差事。他们若能拿掉你，科举就废了一半。"

泓又忍不住微笑，低声说："我也不敢，陛下要多给鼓励。"

容胤万分疑惑，问："你总笑什么呢？"

泓没有回答，只是偏过头来，看到那个已经变凉的镏金手炉，被容胤随意扔在旁边，忍不住又微笑。

刚才在广慈宫，他突然醒悟。

陛下当着众人的面，要他把这个御用的手炉掏出来，是在向太后施压，告诉太后他代表着皇帝的脸面，再让他跪下去，就是在折辱皇帝。

这是陛下惯用的手段，怀怒不发，满含威慑，天底下无人不忌惮。

可是陛下在他的面前，却有着完全不同的一面。

非常任性，会乱发脾气，但很容易就能哄高兴；喜欢皮影戏，看的时候无比认真；喜欢辛辣的味道，喜欢马；见血心悸，然后允许他用内力治疗。

不知从什么时候开始，一点一点地，在他面前展露了真性情。

陛下看重他，对他好，给他精致衣食和锦绣前程。他们身份有若云泥，陛下居高临下，看他清清楚楚；可他看陛下，却很难，非常难。

他看不清就只能去摸，不怕烫手，铁了心一遍遍摸索，有时候以为抓到了，皇帝却塞一把权势搪塞他。能给的东西太多，多到陛下自己也不知道哪些是真意，他只得咬着牙照单全收，每一样都稳稳接住，终于换得陛下信任，敢展露真性情。

他就想要这个。

泓看皇帝无知无觉，只偏着头往车外看雪，忍不住再次微笑。

容胤感觉到了，非常不满，问："神神秘秘的，到底笑什么呢？"

泓微笑道："不说。"

容胤故作生气，道："不说就不准笑。"

他板着脸说完，自己憋不住先笑了，本想再逼问，见马车已到无赫殿前，只得先和泓下车。今年秋天有巡猎，泓说要秘密安排出几天空闲，两人到山里打野猪。容胤无比期待，一开年就叫加了武课练骑射。

今天这么大雪，马不能骑了，两人便站在檐下往园子里射箭。

他们把靶子高高地架在柿子树上，两人你一箭我一箭地往上面射。泓有心哄容胤高兴，每一箭都瞄着容胤的箭，在靶子上射在一起。两人你追我赶地玩了一会儿，容胤就故意往狭窄的地方射，让泓挤不进去，可是他箭术不好，连射几次都脱了靶，不由十分烦恼。

两人没一会儿就射满了一只靶，容胤便换了硬弓来练准头。这种弓劲数大，射速高，配合短小的无翎箭，可以射中天上大雁的眼睛。容胤上手还不习惯，连续射偏了好几次，泓便教他用背肌发力。两人手把手地练了一会儿，容胤出手就准了，一箭射出，柿子树上的积雪跟着簌簌扑落。他很得意，转头问泓："怎么样？"

泓微笑道："瞄了半天才射中不算，要拉弓就射，出弦即中才算练好了。"

容胤不吭声，当即拉满了弓，"嗖"地射了一箭出去。靶子上画了只大雁，他对着眼睛射，却射到了雁脖子上。他不甘心，又射了一箭，射中了雁脑袋，泓便鼓励他："准多了。"

两人正说话，忽听得御前影卫来报，说六合大将军请见。

容胤还未及传召，只听得一阵爽朗大笑，那大殿遮挡的屏风上先显了道魁梧的影子，接着一位年过花甲的武者大步走了进来。他满面尘霜，穿了一身鳞甲，密实的甲片暗淡无光，一直防护到手臂。这位六合大将军常年驻守边关，主掌天下兵马，当年两宫争权时曾倾力支持，帮容胤坐稳了江山。这次回皇城述职，还是容胤亲自去辅都接回来的。

容胤对他向来敬重，见对方行至身前要行大礼，忙伸手去扶。岂料手上一抬，大将军却岿然不动，硬是单膝跪地，端端正正行了武者的大礼，才起身笑道："听说陛下勤勉，武课至今未废，老臣亲眼见到，可以安心见先皇了。"

容胤微微一笑，道："朕还指望大将军封疆护国，大将军自己倒急着偷懒了。"

大将军哈哈一笑，道："不行了，老啦！指望后来人吧！今年退宫分到我那里去的几位御前影卫，身手真是了得，老臣已经打不过了。"

他嘴上说不行，手上却拿了弓拉满就射。只听得一声凌厉尖啸，无翎箭正中雁眼，扎入靶心三寸。御前兵器不敢锋利，那无翎箭是个半钝头，能扎这么深，足见臂力惊人。

容胤见他有心炫武，一时半会也摸不清他什么意思，便赞道："将军好箭法。在皇城若有闲暇，不妨常来无赫殿，朕正愁无人教导。"

大将军又是哈哈一笑，放了弓一转身，见到泓腰间短剑紫绶金徽，便抬手招泓到身前，笑道："这位也是一等出身？难得。"

话音刚落，他突然出手如电，直袭泓胸口。泓斜身避过，两人迅速走了几招，大将军收手赞道："底子果然不错。陛下若放他跟老臣历练上几年，回来又是位顶梁将军。"

容胤道："朝廷里哪一天不历练？朕身边得留个靠得住的人。"

大将军笑了笑，将泓上下打量了一番，道："陛下既然如此信任，老臣可得亲手验上一验。"

他说着，便转头让宫人推兵器来。这位大将军是三朝老臣，他主动要考较身边人武艺，连容胤也不好十分推拒，只得示意泓上前。泓知道这位将军惯使重刃，不宜以力打力，便主动先挑了把长枪，背到身后，向将军行礼。

大将军笑道："小孩子聪明，把老家伙摸透了。"

他果然拎了把阔背厚脊的劈刀出来，皱眉空挥了两下。两人顶着雪站到园子中，泓便再次抚肩施礼，示意将军先开局。

大将军哈哈一笑，上前两步，反握着大刀，在身前虚虚一挥。大刀锋刃虽钝，但刀口紧紧上翘，刀光空旋，劲气直逼面门。

泓蓦地有了感应，在将军毫无笑意的眼中看到冰冷凛然的杀心，他还没明白过来，身体已经本能地反应，双手一架，将长枪回胸抵挡。只听得"咔"一声脆响，阔刀上的力量排山倒海，把他手中长枪震得粉碎。

大将军用了内劲！

殿前较量非关生死，对招不得带内力。大将军隐藏得极好，握刀空挥，内劲才提。泓毫无防备，只觉得一股大力逼面压来，登时血气直冲，满喉的腥甜。眨眼间刀锋就劈近眉心，凌厉的劲气仿佛实体，刺得他视野里一片血红。

这是要杀了他！

泓惊出一身冷汗，刀锋压额，在他面前划过一片浑厚的阴影。他猛地侧仰，在刀光中和大将军相隔仅有一发，两人堪堪相错，他狼狈摔倒在地。那重刀在大将军手中轻若无物，一击不成，刀锋微微一旋，斜刀即斩，劲气摧拉枯朽，如巨石坍塌，当头把泓笼罩。

事发突然，御前影卫们飞身扑进园子，却已来不及阻挡。

大将军发力下劈，他身上铁甲撞击的声音尖利刺耳，刀光映在他苍老的眼睛里，比冰雪更冷漠。

"咻！"

突然间一声尖啸，短箭疾如流星，猛地扎进将军手腕。只听得"砰"的一声巨响，将军手上一偏，重刀贴着泓脸侧斩下，激起一片冰凉的雪雾。

鲜血蜿蜒成一线，至大将军手腕缓缓滴落。

"陛下！"

泓猛地回头，见到容胤面沉似水，正慢慢把弓拉满。他站在殿阶上，居高临下，将黢黑的箭镞对准了大将军的额心。

"别动。"

他声音喑哑，刚毅的下巴紧绷着，手臂上青筋暴突。那把硬弓全张开差不多要三石力，他没有内劲，巨大的张力全凭手臂支撑，却稳稳的没有一丝颤抖。

"陛下……"泓怔住了。

护驾的无赫殿教习和御前影卫迅速把大将军围了起来。

大将军见无法得手，便将大刀一扔，抱拳沉声道："陛下三思！如今朝野未平，军中尚有觊觎，陛下把这种人留在御前，就是给世人留把柄！将来若有家族借此清君侧，连老臣都没立场征伐！老臣护国半百，不能看着九邦大好山河毁在这等弄臣手上！陛下！"

容胤一言不发。

他反折弓臂，将牛筋的弓弦紧紧拉至脸侧，张满的硬弓上箭镞寒光四射，正对着将军额心。

众人见帝王大怒，连忙把将军带走，他跟着调整角度，一直拿箭稳稳地瞄着。大将军的身影消失在殿外，他却毫不松懈，紧紧咬着牙，对着空无一人的殿门张弓引箭，好像对面敌人不可战胜，而他正与之宣战。

雪花无声无息，落满他肩头。

怪雪光太亮，怪忠心只能深藏，怪笑中的苦，怪苦里的蜜糖，怪诸多磨难，才让他悲伤难抑，夺眶而出。

泓站在园子里，怔怔看着容胤的背影，陛下紧握着武器，好像所有的艰难都不能将之摧毁。他在皇帝怒张的羽翼之下如熬如煎，却只能咽下话语，缓步上前。

他走过去，皇帝控弦的那只手紧握着弓身，冷得像冰，他一点一点掰开僵硬痉挛的手指，拿下了那张弓。他轻声道："陛下练得一手好箭法。"

他使出很大的力气，让皇帝隔着衣袖去摸自己护腕里的刀锋。

"答应过你……不会死。我只是…… 我只是……犹豫。"

容胤一一摸过泓袖中的匕首，怀中的短剑，和小腿侧藏着的刀刃。

"御前不可带刀。大将军毫无防备，我本可以伤他自保，只是不想让陛下见血。"

容胤摸着泓袖间匕首，才觉得稍稍放下心。他清了清嗓子，说："嗯。"

他缓过神来，手臂肌肉一放松，便抖得几乎举不起来，泓帮他拿着弓，低声问："回去，还是接着练？"

容胤哑声说："不想认输。练。"

大雪满园，已经遮盖了刚才打斗的痕迹。泓扶着容胤的弓，两人一起把箭壶里的箭一支一支全射进了雪里。

他们一直待到傍晚才回去休息。容胤满心的愠怒和憋屈，沉着脸闷不吭声，一进寝殿就绕到后面浴房，衣服也不脱就泡进了池子里，池里水热，他下水先抖了半天，就没精打采地往池边一趴，只觉得从后背到指尖，无一不酸痛。

泓在旁整理头冠服饰。容胤叹口气道："大将军闹得没道理，一定又是刘盈居中调拨。他借题发挥，闹大了舞弊授官的案子，本来是要废科举，结果被我硬压下来，只得先动到你头上。"

泓简单地"嗯"了一声。

他低垂着脸，很认真地把皇帝换下的衣服一件件拧干，摆在浴池边上。容胤不知不觉呼吸都缓了，像沉在一出戏里，拿手指勾着衣服的一角，轻声道："这件攥一下就行，拧干了会留褶子。"

御用的衣服日日换新，这几件拿出去就处理掉了，拧一下只是为了不滴水。泓见容胤郑重其事地还想着穿第二回，忍不住笑了，他也不点破，照容胤说的松松一攥，把一件丝衣沥干了水叠好，又扯过湿淋淋的外袍来，问："这件呢？"

容胤很不确定，说："拧一下没事吧。"

泓便下狠劲拧干了，递给容胤叠好，两人默不作声，一个拧水一个叠，没一会儿就把湿衣服收拾好，整整齐齐摆在浴池边上。

泓腰间还带着刀，怕伤到容胤，便退一步先一样一样把短剑、匕首卸了，再道："刘大人若一心想撬掉我，总会找机会动手。拖下去也不是长久之计，陛下不用再压制，不如就借这次做个了断。"

容胤怔了怔，半天才明白过来，道："你要想清楚。"

泓低声道："朝议太凶，把授官都搁置了，再这么拖下去，今年一榜的进士就全耽误了。总得有个人出来收场。"

他轻声细语，对朝中局势作了一番分析，他低垂的侧脸平和沉静，好像那些逼压和威迫都是些体力活，只需要他们两个人等天亮出去稍作打理。容胤等泓说完，他驴唇不对马嘴地接了一句，道："今年有秋狩。"

"今年。还有五个月。"

容胤心情低落，从水中伸出双手来，搭在浴池边，说："这事若是放开了查，最后一定把你牵连进去，要是进刑狱过审，光走过场就得三五个月……秋狩没了。我不想一个人去。"

他说完，满腔的茫然无助突然都翻了上来，觉得泓简直是他的尾巴，又粗又长又显眼。所有人都想砍他尾巴，大将军当他的面就敢杀泓，谁知道在刑狱里会不会做什么手脚？

就算没人敢放肆，一番折辱也是免不了的，这样一想，他憋屈得无可形容，闷声道："你根基尚浅，朝中众口铄金，哪有人敢为你说话？老实伏着，什么都不要管。等着万事俱备，自有你一飞冲天的时候。"

泓微笑了一下，道："江湖不等人，哪有万事俱备的时候？"

他保证道："不会进刑狱过审的，我只想探探刘大人的意思。刘大人翻云覆雨，竟然连大将军的刀都能借，在御前动起了刀兵——"

他话说了一半，声音转冷，透着冰寒的锐意："刘氏之盛，已成隐患。臣请旨出战，为陛下分忧。"

容胤问："你想怎么做？"

泓轻声道："臣要给陛下找个护盾来——叫他们势均力敌，互相牵制。我看顾氏就很好。太后和陛下母子连心，理当彼此守护。"

容胤紧皱着眉毛，想了想才道："顾、刘两家还算和睦，想要太后出面替我挡一挡，可不是件容易的事。"

泓似笑非笑，说："那要看陛下给臣放多少权了。"

他性子虽然温和，偶尔拿定了主意却是谁都拧不过。容胤素来招架不住他的犟脾气，看着他半天没作声。

泓忍不住笑了一笑。

等到了第二天，御前参政又呈奏本，众臣统一口径，皆参科举舞弊渎职等事。容胤这回松了口，御笔朱批，令底下查证后再报。泓在御前得力，父亲又是帝王的侍剑人，众臣拿捏着分寸，先不往他身上多牵扯，只是参奏署理科举授官的提调并几位授官进士欺君。

朝中风向微变，隶察司分管科举的提调官沈一舟便坐不住了，慌忙递贴入侍郎府，要与泓私谈。他进得二门，见侍郎大人在正堂危坐，当即趋步上前，一声不吭大礼跪倒。

泓低垂着眼，足足过了半盏茶工夫，才出声道："沈大人有什么话就直说。"

他是沈一舟的主考官，又管着沈一舟的差事，两人平日常有来往，见面只称表字。这一声"沈大人"，便是见了外，沈一舟心中一沉，连忙拜了又拜，悲声道："座主，学生对不住你。"

泓"嗯"了一声，却不接话。沈一舟等了半晌等不到回应，不由心中慌乱，扎扎实实大礼拜了又拜。他抬起头来，见座主一直看着自己，神情温和，平静如昔。

两人四目相对，沈一舟突地眼眶一红，想起当年初见，他殿试得中，便是这位主考官亲自召见，进行了一番考教，又温言鼓励，举荐他御前点墨，得了帝王破例提拔。后来他意气风发，言语骄狂，也是对方委婉责备，令他谨慎。

这几年沈一舟仕途通达，众人都来逢迎，他心气便高了，不知不觉和座主疏淡了来往。本以为自己能一飞冲天，岂料一跤跌落，众人避之不及，到头来依旧只有这个堂上人，愿守灯相待，听他倾诉委屈。他满腔苦楚翻涌上来，低声道："座主，学生这回完了——一念之差，错本不应在我。"

泓冷冷道："你错了，大错特错。事有两难，你就不该瞒我。"

沈一舟叩首再拜，泣声道："是学生骄狂，不愿示弱于人前，想要办得两面光彩。圣上降恩，授的官职却早被世家内定，我不敢抗命，又不敢得罪那些大族，想着不过是些吏员部属，稍加掩饰，也不会有人追究。众进士出身寒微，我平级调动，也没有亏待。这种事要是坦诚，岂不是陷座主于两难？所以才一直隐瞒至今。学生实在有苦处，才想出这么个折中的法子，实在是，实在是没办法啊。"

泓皱眉道："你欺上瞒下，做出这种没法见光的事来，就叫办法了？做人要堂正，在官场里，这一点比什么都重要。你稍歪上一步，被人拿住把柄，就再也站不稳了。于情，我是你的座师；于理，我是你的上峰。你看不清路，就应该先来问我！"

沈一舟低眉顺眼，听着座主拿大道理教训，心里微有不服，轻声问："若是座主来说，学生该怎么办呢？"

泓道："谁家内定了官职，你就应该去找谁家管事人，把难处说一说。他们自然会体谅。"

沈一舟万没想到座主在朝中办差多年，居然能说出这样一番天真迂腐的话来，一时目瞪口呆，小心翼翼地提醒："他们……若是不体谅呢？"

泓怒道："他们傻吗？不过几个微末官吏，又不是委任尚书台，有什么不体谅？"

他顿了顿，见沈一舟尚未明白，索性把话说得更透彻些，道："他们若是不体谅，你回头再把这移花接木的事办了，而且要过了明路，大大方方地办，到时候捅出来，你一扯一大片，涉事家族全都拉下水，谁敢不保你？大家都是聪明人，不用你走到这一步，自然都懂得退让。眼下你偷偷摸摸做了，两边都不知情，错就是你一人担着。"

他三言两语，做了个局出来，更难得的是，这一招虽然是要挟，姿态却漂亮，也不得罪人。沈一舟默默想了一会儿，明白了其中妙处，不由佩服得五体投地，道："学生惭愧。"

泓淡淡道："看多了，你自然懂得。"

他看着沈一舟笨拙懵懂，却又锋芒毕露而不自知，仿佛看见了几年前的自己，不由叹了口气，低声道："你起来，坐下吧。不疼到自己身上，人是学不会教训的，这种错若再犯第二回，你就不要叫我座主了。"

沈一舟慌忙答应，起身在下首坐下，只听得座主又道："科举大兴，抢了太多人的位置，这一次怕是不会善了。陛下也有意借此事重振朝局，你心里有个准备。"

沈一舟一惊，登时吓得魂飞天外，圣上有雷霆之威，这次若欲借机生事，第一个惩治的，必然是自己这个始作俑者。他心中本存了几分侥幸，想着最多降职，熬上几年又是条好汉，可若是卷入朝争里，怕是就要做坑底第一人了。他怔了半天，颤声问："消息可准？"

座主父亲在宫里，是圣上的侍剑人，传出来的消息自然绝无虚假。沈一舟满心慌乱，问了也不等泓回答，自言自语："我家里还有妻儿。"

泓扯着唇角笑了笑，道："轮不着你。"

他将桌上托盘一推，把一个巴掌大的锦盒送至沈一舟面前，道："这个你放好。到时候，就是你的保命符。"

那锦盒上封着蜡印，沈一舟拿到手里，下意识就要拆开，泓连忙伸手拦阻，沉声道："他们意不在你。里头的东西让别人看了，能给你条活路；若你自己看了，却只能做成个死局。要不要拆，你自己掂量。"

沈一舟手一抖，便只在蜡封上摸了摸，低声问："座主有什么打算呢？"

泓有些疲倦，揉着额角说："满朝抱成铁板，科举不好钻空子。得让他们自己斗起来。你现在就去安排，等上头查起来，所有罪责都认下，只管往我身上推，你们什么都不知道。"

沈一舟大惊失色，慌忙拜倒，道："一人做事一人当，学生万万不敢牵连座主！"

泓冷冷道："去做。"

沈一舟拜了几拜，劝道："座主三思！那几家参奏的罪名，桩桩都是欺君，若真一口认下，是要进刑狱的！国法在上，就算座主能澄清罪名，进去后也免不了二十脊杖，何况那里头暗无天日，消息不通，若有人想做点手脚，座主连个照应都没有！"

他苦苦相劝，把那道听途说来的可怕刑罚一件件拿出来添油加醋，百般恐吓，只求泓改主意。泓听着听着忍不住笑了，说："你坊间话本看过不少。"

沈一舟一呆，想起座主是御前影卫出身，掌的就是刑司，去刑狱怕是比自家后院还熟。他顿时尴尬，嗫嚅道："就……就算传言为假，进去一趟也得遭罪，哪有人自己求着要进刑狱的？"

泓静静道："我不是要进刑狱，我是要找机会和刘大人正面交锋。皮肉之苦，算不了什么。"

沈一舟劝道："座主若想求见刘大人，不如让学生想办法？我也结交了几位世家子弟，到时候办上一桌酒席把人请来，座主不妨和他们敷衍一番，攀上关系后，再找人引荐。"

泓闻言冷了脸，盯了沈一舟一眼，这一眼颇为严厉，沈一舟慌忙辩解，道："学生没有别的意思，只是多结交几个人，办事容易些。座主势单力孤，若是多几个学生广结人脉，出了差错也能有个荫护。"

泓默默想了一会儿，字斟句酌，慢慢道："我不是拦你与人结交。只是你现在根基尚浅，贸然下水易被人利用。那些酒桌上的朋友，都是些过眼云烟，靠不住的。要不，你就找一个真正的大族依傍，要不，你就不党不私，尽忠于圣上。这两条路才是正途。"

沈一舟眨着眼睛，可怜巴巴地问："眼下要说大族，莫如刘、云、顾三家，可人家又怎么看得上我呢。"

泓垂下眼睛，叹了口气道："好好办差。"

沈一舟半信半疑，当晚拜别了泓，回家闭门不出。

没过几天，朝中果然掀起了风浪，众家见皇帝退让，便趁势推波助澜，将四处搜罗的证据把柄都扔出来，参奏诸科举考官舞弊渎职，众口铄金，一时连容胤也无法偏私，只得下旨令尚书台携廷尉彻查。

那廷尉的正监杨呈礼是刘盈的人，把涉事官员收案后，便明里暗里地引着证词，往泓头上罗织罪名。

好不容易拿到了确凿证据，他便派兵奔赴隶察司，要将泓带到刑狱审问。岂料这一日正赶上泓休沐，众人扑了个空，一问才知泓在无赫殿父亲那里尽孝。

廷尉虽然拿着圣旨，却也没有大张旗鼓，往宫里去抓人的道理，杨呈礼只得派了几个人去"请"，自己先回狱里，备好了刑堂。

廷尉里刑堂素来有个讲究，要设在阴冷潮湿的大狱里，叫过审的官员先穿过一段黝黑狭长的过道，在精神上受一番打击。

杨呈礼带着几位副手在幽暗寒冷的刑堂里正襟危坐，足足等了将近两个时辰也不见人来，不由心下暗怒。他身旁的掌书记察言观色，躬身问："大人，先回茶房歇歇吧？"

杨呈礼微微一摇头，道："事关重大，半点疏忽不得。你可布置好了？"

掌书记忙道："都安排好了。"

他说完一击掌，只听得左右黑暗的牢房里一阵金戈交击之声，涌出二十几位武者，将刑堂挤得满满当当。掌书记一挥手，这些人又悄无声息，重新退回到了牢房里，他见杨呈礼面露满意之色，便恭声道："谨遵大人吩咐，这么多人对付一个，就是挤，也要把他挤死在这里！"

杨呈礼怒道："胡说八道，诏狱过审出人命，你还要不要脑袋了？我叫你找人来，是要把人稳稳妥妥地留在这里，用上一个拖字诀。审案倒在其次。这是刘大人的意思！"

掌书记摸不着头脑，问："这……这算什么意思？不审案，把人叫过来干什么？"

杨呈礼长叹一声，拍了拍厚厚的卷宗，低声道："哪有什么案子可审？朝里这是要倒科举！这位隶察司侍郎大人做了好几年主考官，提携了无数寒门子弟，如今声望渐重。那些清流闹得厉害，也不过是仗着他在朝里撑腰。他要是折了，这烂摊子满朝哪个敢接？圣上手里无人，科举自然不了了之。"

掌书记打了个寒噤，在自己脖子上比了一比，压着嗓子问："真……真要……"

杨呈礼怒道："蠢货！这位做过护火人，入八辟论罪的，敢把人杀了，你还要命不要？刘大人的意思，是把人关在这里，天长日久地拖下去。这位侍郎在无赫殿作过侍剑人，和天子有这么一层私交，到时候圣上若沉不住气，下旨叫廷尉放人，尚书台就往他头上栽个恃宠上位，僭越国法的污名，毁他仕途，叫他再不能服众。要是圣上要走流程，咱们就慢慢拖，一边把他心腹拔除，拖上一年半载再放出去，树倒猢狲散，他手下跑了个精光，还能掀起什么风浪？"

掌书记敬佩无比，叹道："此计果然精妙！"

杨呈礼冷冷道："刘大人辅国半百，自然比你我高明得多。等会人来了，你我暂且问案，待到三更时分，就悄悄把人送出去，转到城郊大牢里，你安排人手沿途保护，不要出了岔子。"

掌书记连声称是，翻着案卷叹道："这位侍郎大人能力不错，手段也干净，可惜夹在圣上和尚书台中间成了馅饼，一辈子毁了。"

杨呈礼道："谁叫他不懂看风向？听说他刚出仕那会儿，走的是云家的路子，后来大概是要一心干科举，和世家划清了界限。现在云家声势正隆，哪怕帮他透个话呢，尚书台多少也会顾虑些。他虽有父亲在宫里，可这会儿再活动也晚了。大局已定，只要进得这个门，哪怕请出御旨特赦也难救。你若是怜悯，等会儿不妨给他多添一层被褥。"

他边说边抖，摸着半凉的茶盏勉强温手。外头数九寒天，刑堂里却连个炭盆都不烧，又阴又潮。这是廷尉里提审的惯例，要叫非富即贵的钦犯先在刑堂受一番苦楚，杀杀傲气再行盘问。眼下钦犯久等不来，他们审案的便只好先在这里受冻，杨呈礼又等了半天，等得一肚子火，怒问："人犯怎么还不带到？"

掌书记也万分疑惑，答："已经派了两批人去催，按说早该到了……"

他话音刚落，外面突然传来一阵嘈杂，似乎有大批人马急奔而来，沉重的脚步声迅速合围，将刑堂团团包了起来，接着一声清脆击掌，外头陡地安静，顷刻间落针可闻。杨呈礼惊疑不定，不由站了起来。

昏暗的通道尽头，响起了一阵环佩叮当，淡色裙裾无声无息地拖曳在地上，带起一阵幽柔香气。待那严峻的司礼官露了脸，杨呈礼吓了一大跳，慌忙领着众人上前迎接。

内廷多涉皇室禁忌，杨呈礼无比乖觉，赶紧将下属尽数遣出，也不多问，只施了个礼道："司礼官有何事吩咐？"

司礼官肃然不语，微微一侧身，只见一位年轻武者缓缓走了进来，见了杨呈礼浅浅一躬，道："杨大人。"

杨呈礼又惊又疑，慌忙回了礼，司礼官便在旁边道："这位隶察司左侍郎，六年前大祭于奉乾殿，做了陛下的引路人。引路人不在刑书，若有罪当议，按例应由内廷出面协理，大人既然传唤，内廷不敢轻忽，便由司礼司仪两位女官前来陪审，请大人依律行事。"

引路人多为御前近臣，通常在帝王葬仪上才大祭，礼成后随梓宫一同奉安。眼下皇帝春秋鼎盛，引路人居然先选了出来，简直是闻所未闻。

何况殉仪不吉，内廷向来讳莫如深，从未有叫外臣提前知晓的先例，为何今日却告诉了自己？杨呈礼心中"咯噔"一下，登时有了不好的预感，瞪着泓半天说不出话来。

泓笑了笑，躬身又施一礼，道："杨大人不必惊慌，下官无意为难廷尉，只是既然涉案过审，下官身份特殊，不得不请内廷庇护。"

他说完一抬手，将手掌一翻，在杨呈礼面前亮了亮，道："这是陛下的旨意，杨大人知道就好，不要外传。"

他半掩着衣袖，手腕上朱痕宛然，杨呈礼只匆匆一瞥，认得是天子"大德曰生"印，心中不由一凛。这印是受命玺之一，专用于颁诏大赦，诰令四方。国之重宝受命于天，此印一出，皇帝的旨意便是天命，朝臣再无置喙余地。

怪不得内廷不避讳！杨呈礼心中一松，便知道自己脑袋安全，忙将众人请入府衙偏厅，又殷勤奉茶，请泓上座。

内廷规矩严谨，众位陪审宫人凝神肃容，把偏厅守了个严严实实，里里外外一丝儿声气都没有。杨呈礼在这肃然威严的沉默中正襟危坐，没一会儿就开始错乱，觉得自己在面圣。

他眼观鼻，鼻观心地坐得笔直，眼角余光看到泓一抬手，身后的宫人便无声无息地退了下去。

这是个很平常的动作，就是因为太自然了，反而泄露了很多事情。杨呈礼急忙收回目光，便知道这位侍郎大人在御前一定是有年头了。此人碰不得也捧不得，他转念间就有了主意，和颜悦色问了泓几个问题，便将卷宗一合，推说廷尉不敢擅专，要将此案移至尚书台决断。

泓早知道是这个结果，点点头道："有劳杨大人，只是我有几个学生现在还在狱里，案子若交到尚书台，便和他们无关了。狱中无聊，请大人多多关照。"

杨呈礼连忙起身答应，笑道："他们已经过审，只等着案子了结，衙里就把人挪到了城郊暂且关押。刘大人还特地吩咐过，本来今晚要把您也安排到那边，和学生们互相有个照应。"

他三言两语就卖了刘盈来讨好，泓却不领情，只是笑了笑。待到申时初刻宫人来请，他便在供词上按了手印，跟着司礼司仪两位女官回宫，他如今是个待罪的身份，司礼官便依例将他带到了奉乾殿廊庑关押，叫他不能与外头互通消息。

奉乾殿是礼殿，泓作了引路人，每年都要到这里来拜一场，常在廊庑歇息。小屋子他熟得很，进去了先把被褥一摸，发现已经换了新，便满意地安顿下来。屋子里久不住人，四下里空空旷旷，显得有点阴冷。

泓百无聊赖，吃过晚饭早早就上了床，长胳膊长腿地在床上东摆西摆，怎么都睡不着。长夜渐深，陛下应该已经用过晚膳，该回寝宫了。陛下明日上午有廷议，下午也有事情，不知道什么时候才能拿出时间料理自己这边的事情。

他算着时辰，满心黯然，便支身拿了短剑来，打算在床头记一记天数。锋利的刀尖只划破了层漆皮，他念头一转，想到这里规矩大，乱涂乱划说不定会犯什么忌讳，就叹口气收了手。

他不能错，错一点都是把柄，不知道会给陛下添什么乱子。他在宫里守内廷的规矩，在外头尽臣子的本分，虽然累，但心里很稳当。

可现在孤零零一个人待着，他觉得就有点熬不住了。

他翻来翻去地睡不着，眼睁睁地看着外头月亮一点点移行，离了树梢，再上枝头。也不知道过了多长时间，突然听得外头有人叩响房门。

他起身应了一声，大批宫人便鱼贯而入，叫他出门领祭。泓一头雾水，拿了祭文一看，竟然是陛下亲自手书的圣祖悼文。他是皇帝的大礼领路人，逢此祭礼就得亲自进奉乾殿领祭，可现在正被关押又去不了，众人都茫然不知道怎么办，只得去找内廷要放人，折腾了大半夜才散。

等到第二日旧事重演，皇帝又送了一份手书来叫泓行祭礼，他在廊庑里关了两天，皇帝就跟着思缅了两天先帝，第三天满宫惶恐，司礼官只得毕恭毕敬将泓送了回去。

容胤便趁势撤了泓的禁足，只叫两个宫人随身跟着，权作看守。

泓一得了自由，便出宫直奔隶察司府衙，却见丞署里空空荡荡，满庭大雪，几位辅官和掌印文书都不在。他心里直沉了下去，出二堂便叫了差役来，问："人都哪里去了？"

衙里出事，那差役正惶恐，此时见了泓如见救星，忙道："大人！你可回来了！高大人、刘大人还有赵文书，都被尚书台派人抓走了！"

泓有些微怒，皱眉问："尚书台用的什么罪名，谁下的手令？"

差役道："手令我见着了，是尚书台左丞刘大人的印。"

泓一算时间，正是自己在刑狱见杨呈礼的那天晚上，便知道一定是刘盈见动不了自己，改拿底下人开刀。那几个人都是他的心腹，若是栽到刑狱里，前程就全毁了，泓顿时着急，当即飞身上马，直奔廷尉刑狱。

他进得廷尉里，杨呈礼连忙恭敬相迎，听了泓来意，便低声道："不瞒大人说，您要的那几个人是尚书台传召的，不过廷尉的手。昨天在这里录了口供，一大早就发到城郊关押了。"

泓沉着脸，冷冷道："杨监察就应该知道，这几个人是今年才调进隶察司的，和此案毫无干系，怎么就定罪发往城郊大牢了？"

杨呈礼叹了口气，却不直接回答，只是道："大人，夹心饼不好吃啊！"

他见泓皱眉不吭声，忙又道："那位姓沈的提调官，大人特地叮嘱过，我就担着干系，硬给大人留下了。大人放心，廷尉绝不敢怠慢，等案子一结，立刻把人白白胖胖地送出去。"

他一边说，一边引泓去刑狱里去看沈一舟。两人进得关押嫌犯的筒子房，只见隔着一道栅栏，那小屋里桌椅俱全，沈一舟正四仰八叉地躺床上，跷着脚酣然大睡，被人吵醒后他还未明白，揉着眼睛问："座主，你也进来了？"

泓面无表情，静静看了他一会儿，转头对杨呈礼道："把人放出来，我现在带走。"

杨呈礼吓了一跳，忙道："这可不行。没有尚书台手令，廷尉哪有权放人？"

他抬手敲了敲铁栅栏上巴掌大的小门，道："大人请看，这锁头在里面，要开栅栏，得先开了这道门插，把锁头拿出来。这道锁我能开，可是里头这道锁的钥匙在都尉府——"

他说着，小心翼翼把手探进铁栅栏狭窄的缝隙间，把里面的大锁头举起来给泓看，苦笑道："大人看看这都尉府押印，都是热蜡灌的，碰一下就残损。就算我有这个胆子越权，我也没钥匙啊！"

他态度恳切，早看准了泓是个温和好搪塞的老实人，就拿出了虚虚实实的太极功夫，把泓敷衍得水泼不进。

泓在朝中官名不显，纵有天子青眼，手里也无兵无权，另一头尚书台左丞刘大人却是大权在握，家族显赫。现在火烧到家门口，他两害相权取其轻，只求好言好语把泓打发走。他搬出了都尉府的名号来，见这位侍郎大人沉着脸不再说话，心里便微微一松，知道这一关是混过去了。

他站在泓身后，见对方微垂着脸，也不说话，只是轻轻摩挲着栅栏上的锁链。那低垂的眉眼看起来有几分秀气，侧脸白皙，在昏暗的烛光下流转着柔和的光泽。

他视线只在泓脸上一扫，便不动声色地转开，心底不由生出了各种各样绮丽的猜测，正自遐想联翩间，突见泓把脸一沉，骤然出拳，狠狠砸在了铁栅栏上！

铁栅栏发出崩裂般的巨响。杨呈礼目瞪口呆，眼睁睁看着那生铁的门插在巨大的撞击中弯折，泓便轻轻松松开了小门，把里面的锁头拿了出来。他指头一拂就拆了蜡封，看也不看杨呈礼一眼，转头就往外走。

他大步走出押房，见都尉府护兵已经围了过来，便从怀里掏出印牌扔出去，冷冷道："在下是御前一等影卫，荫袭无赫殿指挥使，有都尉府提调官金印在此，叫你们统领过来放人！"

领头护兵慌忙接了印牌，见那上头紫铜青篆，真的是都尉府总提调金印，不由吓了一跳。都尉府是天子亲兵，名义上虽然有提调官统任兵马，可是不得御旨，谁敢擅自提调？久而久之，所谓都尉府提调官就成了授予武者的虚衔，向来是领衔不掌印，白拿一份俸禄而已。那总提调若要掌实权，除了天子敕谕外，还得有四营统领将军认可，领头护兵满腹疑云，将印牌一翻，见那背面果然镂刻了四位将军的封衔。他当即不再迟疑，连忙掏出钥匙，双手奉上。

原来所谓"钥匙在都尉府"，实际是在都尉府护兵手里。泓接过钥匙，便瞥了杨呈礼一眼，他见对方一脸尴尬，就隐而不发，径直开了门锁，叫沈一舟出来。

沈一舟无比迷茫，空着两手，跟泓出了都尉府。两人直走到正阳门外步道，泓将沈一舟送出了禁宫外门，才道："你家人安好，只是受了惊吓，你回去吧。"

沈一舟知道这次牵扯到尚书台，本以为要在狱里蹲上个一年半载，想不到座主轻轻松松就把自己领了出来，他满心疑惑，问："这就算完了？"

泓微微笑了下，说："你还想怎么样？剩下的，和你无关了。"

沈一舟怔了怔，说："我以为会有惩处。可都尉府的人见到座主给的锦盒，对我就十分客气。那个锦盒里装的什么？"

泓冷冷道："你做错事，等案子结了，自然有惩处。锦盒里的东西，是保你不吃苦头的，你以后就知道。"

他一边说，一边翻身上马要走。沈一舟见他神情有异，慌忙扯住了缰绳，问："座主要到哪里去？"

泓答："还有几个人，被尚书台发到了城郊大牢。我要赶在定罪前把人带出来，不能让他们履历上有污名。"

沈一舟急道："城郊大牢归尚书台辖制，你又没有手令，凭什么让他们放人？"

泓面无表情，按住了腰间短剑道："我有刀。"

他声音轻柔，沈一舟却蓦地有了种大军压城城欲摧的恐惧感。座主素来温和，平日里即使被人刻意打压也不计较，让人几乎忽略了他的武者身份。可是真到临事的时候，他简简单单一个挺身按剑的动作，就让人感到了不可动摇的强势和决心。

沈一舟呆了呆，突然扑身抱住了泓的腿，大叫："冷静啊座主！要三思！三思！刑狱里动刀子，不就是劫狱吗！上头追究起来，管你是御前影卫还是御后影卫，全得掉脑袋！"

他一边说，一边拽泓下马。泓被闹得心烦，怒道："尚书台若追究，我自有应对的法子。你再磨蹭一会就来不及了！让开！"

沈一舟急道："我们先找人通融一下不好吗？尚书台又不是只姓刘的一家！我们找人问问，总会有门路——你一个人杀过去，日后怎么收场？"

两人争执不下，正拉拉扯扯间，突然听得一声巨响，正阳门轰然中开，两列侍卫飞奔而出，左右站好了位置。这是辅政国公拜谒天子的随行仪仗，泓抬头望去，远远见一位华服少年坐着肩舆在众人簇拥下缓缓而来，顿时怔住了。

有国公仪仗开路，无爵官员都要下马避道。沈一舟连忙拉了泓下马，两人站在路边，只见那华服少年眉目如画，面罩寒霜，带领众人擦身而过，看也没看两人一眼。直到那少年远去，沈一舟才叹了口气，轻声道："是云家大公子。看来二房没争过，还是由他袭爵，等御旨一下，人家就是尚书台右丞了！"

泓怔了半天，喃喃道："来得这样快，我竟然都不知道。"

沈一舟心中一动，打量着泓的神色，小心翼翼问："听人说座主和云氏新家主是旧识，可是真的？"

泓轻轻道："年少轻狂，不值一提——"

他只说了半句，突然顿住了，猛地想起了什么，转过头来似笑非笑，问沈一舟："你刚才说，尚书台又不只姓刘的一家，确实如此。我手上有个旧物，可以假借尚书台右丞云大人的名义，向城郊大牢要人，只是我不方便出面，你敢不敢去？"

沈一舟愣了愣："要是云家发现了——"

泓说："发现之时，生米已成熟饭。你只要回到我身边，就没人能动你。"

沈一舟心底发虚，犹豫着半天不敢吭声。泓便摇摇头，转身上马要走，他刚一振缰绳，沈一舟就大喊："慢！"

泓说："你不是害怕吗？"

沈一舟咬牙道："我要不去，你是不是又想到大牢里硬抢？去就去，二十年后又是一条好汉！"

泓笑了笑，便遣人进宫，没一会儿就取了枚青色玉佩来，递给沈一舟道："这是云氏新家主的表记，放在我这里，也有好几年了。你拿到城郊大牢，只说是奉了尚书台右丞的命令，他们自然放人。"

那块玉佩色泽温润，雕琢着精美的团金云纹，沈一舟拿在手里，紧张得手心直冒汗，又问了一遍："要是被人看出是假，怎么办？"

泓道："用家族徽记代替手令是常事，你拿出一块真玉佩来，大家自然当作是右丞的意思，谁会去想真假？你要是心虚，就等天色晚一点再去，黑天也看不清你的脸。"

沈一舟喃喃道："我这辈子就没装过假。"

他不再多说，回家匆匆换了身衣服，等到天色渐晚，便策马直奔城郊大牢。

城郊大牢设在中军护城大营之内，还没进兵营，沈一舟就远远地见着角楼上寒光凛凛，两队持刀武士正换防。营寨中门大开，兵道上却静悄悄的一个人影都没有。沈一舟深吸了一口气，下马刚迈步，突然听得一声凄厉锐响，一只黑色羽箭飞射如电，正扎脚下。接着一声暴喝："什么人！"

随着这声怒喝，一队弓箭手忽地现身，在营寨城楼上齐齐拉满了弓，锐利的箭头蓄势待发，正对沈一舟额心。

沈一舟顿时吓呆了。

以前府衙有差事，也去过城里兵营几回，军营里虽然纪律严格些，却也从未如这般戒备森严。沈一舟本就心虚，这下更是心跳加速，一开口，嗓音干得好像塞了沙子，哑声道："我奉了尚书台右丞云大人之令，要见你们大营统领！"

城楼上那位将领神情紧张，转过头和身边人商量半天，才挥了挥手。过了一会儿，便有人来带领沈一舟从侧门进营。

沈一舟一进到营区里，就下意识屏住了呼吸。这护城营里至少驻扎了几万人，本应该车马喧嚣才对，可眼下却满营肃杀，处处戒备森严。他心中突突而跳，忽然有了不好的预感，等跟着领路士兵再拐了几个弯，远远地看见统领大营被无数银铠青衣的武者团团拱卫，他恍然大悟，登时心尖剧颤。

那是六合大将军的随帐亲兵！今天是赶上大将军巡营来了！

真是倒了血霉！

沈一舟无比后悔，连忙站住脚对领路士兵赔笑道："不知道大将军今天在营里，我还是别打扰了。"

领路士兵面无表情，冷冷道："已经通报进去了。"

沈一舟顿时头皮发麻。

他在门外做了无数心理准备，把那要说的谎话念叨了几百回，等里头开始传唤，他就狠狠一咬牙，抬步进了大营。帘子一撩，里面人都向他望了过来。

沈一舟横下了一颗心，此时反倒不怎么怕了，他迎着大将军的凛凛目光，硬是拿出了一副从容坦荡的模样，呈上玉佩朗声道："下官奉尚书台右丞云大人之命，前来提人，时间仓促，没来得及下手令，只有云大人表记为证。"

他说完又面带微笑，向众将领点头致意，摆出了恭候的姿态。

营帐内一片诡异的沉默。

大将军眼神摄人，定定看了沈一舟一会儿，开口道："云氏家主云大人叫你来的。"

这话虽是问句，却说得平淡无波，毫无询问的意思。

无形的威压像堵墙一样逼近沈一舟面前。他紧张得腿肚子直转筋，竭力保持着坦荡的笑容，答："正是。云大人说天色已晚，不想再拖到明天。"

大将军意味不明地"哼"了一声，突然开口道："行之，这是你的意思？"

这话好像一道惊雷，正劈在沈一舟头顶。沈一舟只觉得脑袋里"轰"的一声，登时毛发倒竖。他僵硬地扭头，果然见身后正对着书架翻书的少年缓缓转过身，那少年苍白消瘦，眼角眉梢都透着寒意，正是刚刚袭爵继任家主的云氏长孙云行之。

沈一舟全身的血液都凝住了。他瞠目结舌，眼睁睁看着一身素色三重领的少年扫了眼桌子上的玉佩，垂下眼沉默着——那沉默比一万年还要漫长，比死亡还可怕——然后他拢了袖子，低低地"嗯"了一声。

沈一舟如蒙大赦，霎时间汗透重衣。

大将军颇为意外，追问："你知道这是什么意思吗？"

云行之又"嗯"了一声。

大将军沉下脸，没有说话。

营帐里暗潮汹涌，几位将军和家主们无声地交换着眼神。过了一会儿便有人来报，说已将大牢里关押的几人带了过来，沈一舟一头雾水，只知道自己劫后余生，慌忙施了个礼就要退下，忽然听得云行之沉声道："慢。"

他拢着袖子，慢慢走到沈一舟面前，把那枚玉佩放到了沈一舟掌心，冷冷道："从哪里拿的，就还到哪里去。"

少年冰冷的手指一探即收，重新拢进了宽大的袍袖中。沈一舟接过玉佩，近看才发现对方的素色衣摆上，密密拿银丝绣满了华丽的云纹徽记，晃动间不动声色，流转着暗哑的光泽。他不知为何心中就是一震，抬头见少年眉目凛然，已经转过了身去。

自打云白临告病，满朝的人便都等着看热闹。那云氏长孙云行之娇生惯养，一味混玩，是个出了名的纨绔子弟；云氏二房能力手段都是一流，这几年拢了不少权力在手。主少叔强，众人便猜云家将有夺嫡之祸。云白临过世后，沅江确实乱了一场，结果最后袭爵安国公却还是云行之，以云氏族长身份，入主尚书台。

煊赫大族之长，哪个不是杀伐决断，历尽磨砺才坐稳了位置，只有一个云行之，才二十来岁的年纪，就靠祖荫上了位。众人茶余饭后闲谈，都叹云行之会投胎。

以前远远看着云行之高马扈从，他也曾艳羡人家命中富贵，可今日在帐中，却亲眼见着这少年孤身与人周旋，一言一行清贵沉稳，何等谨慎，又是何等战兢。

天底下没有白得的好处啊！

沈一舟满心感慨，谢过诸位将军家主，便带着几位同僚回城。泓早已等候多时，为防着尚书台再来抓人，就把众人安排到自己御赐的宅子里暂住。眼见着万事料理妥当，他再没了后顾之忧，便策马直奔刘府。

天色已晚，刘府外门紧锁，只留了道侧门供人通行。这时候正是饭时，来门上拜见的，基本都是些有通府之谊的老朋友。泓贸然上门，又没个手本名帖引荐，门房应对起来便有几分不耐烦，也不请入奉茶，就只让泓在门廊里等候。

足足等了一炷香工夫，那门房才回来，满脸尴尬道："大人请回吧，老爷说——老爷说——"

他踌躇半晌，才把话复述出来，道："老爷说，刘府门槛高，弄臣佞幸之流，还够不上资格。"

此话一出，门廊里几个差役都向泓望了过来。

泓无声地叹了口气，道："既然如此，我就在门外恭候。"

他出了门廊，站到刘府大门外，把脖子上的团龙玉佩摘了下来，递给门房道："烦劳把这个送进去，再通报一回。"

他态度温和多礼，那门房也不好直接赶人，只得委婉劝道："我家老爷脾气直，把清誉看得比命还重。他若是不愿见，大人再等也是无用。"

泓负手站在阶下，轻声道："有劳。"

门房无奈，只得转头又进去通报。没过一会儿，突然听得刘府内人声鼎沸，轰隆一声四门齐开，家丁分列两旁，齐声道："请大人入府。"

泓站在阶下，抬起头，他的视线穿过洞开的大门二门，见着了九邦的辅国公刘大人一脸铁青，正站堂前迎候。

泓微微一笑，远远地先躬身施了礼，才缓步入堂。

刘盈满怀怒意，冷冷道："国之礼器，岂容你这等谄媚弄臣肆意摆弄？你恃宠上位，窃国盗权，当我真奈何不得你吗？"

泓静静道："下官本不敢僭越。只是既然身为帝国护火人，应该知道什么时候出剑，哪怕剑光耀眼。"

他提到自己御前影卫身份，刘盈语气便缓了缓，皱眉道："你还记得你护火？嗯，在这里，你只是个弄臣，你应该回到你自己的位置上去，六合大将军帐下有足够的天地，让你为荣耀而战。"

泓沉声道："哪里都有战争，但我可以选择战场。"

刘盈眯起眼睛，淡淡道："这个战场里，佞幸弄臣没有上桌的资格。"

泓冷冷道："漓江沿岸十八道商路——每个位置，都是我的资格。"

刘盈蓦地沉下脸。

泓放软了口气，继续道："漓江水路已通，陛下有意把科举进士发过去历练。大人要倒科举，不过是为着这些人挡了路。这世上只要有路，又怎么会少了挡路人？清了科举，自有别家。"

刘盈冷笑一声，自架子上拿下一个锦盒来，递给泓道："自有别家——你看看是谁家吧。这个东西，是从沈一舟那里搜出来的，沈一舟可是你的人！"

泓扫了一眼锦盒里的东西，眉毛微挑，看向刘盈。

刘盈冷冷道："沈一舟欺上瞒下，把科举名额私自拨给世家，原来是为了给云氏挪位置——他家已经占了漓江入海口，还想再占十八条水道吗？"

泓叹了口气，低声道："实不相瞒，陛下确实有意给云家拨三五条水道——毕竟是太后姻亲，陛下也有顾虑。两河督道下的各部吏员，也有云氏的位置。"

刘盈面无表情道："散布谣言，祸乱朝廷，你好大的胆子！"

泓微微笑道："只要圣宠不衰，我自然胆子大。"

他起身便走，临出门时突然顿住脚步，转头道："其实还可以更大——沈一舟做过的事情，我也可以再做一遍。只是尚书台不饶沈一舟，我就不敢引火上身。"

刘盈冷冷道："说下去。"

泓道："我可以在漓江给大人留出四个位置，只是如此一来，科举名额被占，刘家要用自己的名额补上。今年就得请小辈委屈些，走科举入仕，漓江水混，只要子弟争气，不出两年，四条水道就是刘家的了。"

两人视线交汇，僵持了半晌，刘盈开口道："我要汶阳道和汉川道。"

泓抚肩施礼，笑道："谨遵大人吩咐。"

刘盈又道："沈一舟要惩处，余者不再追究。"

泓点头答应，两人又商讨了一番，泓便告辞而去。

他回到宫里，正赶上容胤在宣明阁用膳，两人视线交汇，泓微微一点头，容胤便知事情已成，笑道："了不起。"

泓没回答，只是把容胤碗中的虾饺夹起来塞嘴里，嚼了两嚼说："不好吃。"

容胤便探手拿了盘菜摆到泓面前："吃这个盐酥鸡。"

两人相对而坐，几筷子解决掉晚饭，容胤起身笑道："走吧。你送了炮仗，我去点火。"

帝王驾辇在朦胧的夜色中静静停在了广慈宫前。两人走到暖阁阶下，泓便一振衣摆跪倒在地，规规矩矩行了大礼。

皇帝的脚步没有迟疑，轻轻自他身前擦过。

宫里已经掌了灯，大团大团的烛火，把暖阁映照得温暖而明亮。窗边小桌上满置茶器，咕嘟嘟煮着新茶。

容胤进得暖阁，见太后捧着茶盏，正低头嗅香。他站在下首，先微一躬身："给太后请安。明天大朝后不能过来了。"

太后一点头，问："有什么不妥？"

容胤答："科举舞弊案，尚书台已惩处了首恶，其他人留京等着授官漓江，朕明日要召见两河督道。"

太后垂首不语，只是默默斟了茶，亲手递到容胤身前。待容胤喝了一口，才轻声道："这是今年的明前，香气鲜亮，陛下平日里没余暇，不妨在哀家这里好好尝尝。"

水过二沸，茶便出沫。太后轻轻舀出茶沫，边道："绥安的明前茶，价格可与金子等价，民间又称茶金。茶农搜山刮野，一春也只得三斤。"

"每年进鲜，陛下要独占两斤半。只是老祖宗传下的规矩，进鲜的东西在宫中不过打个转，便又分赐下去，给各家尝鲜。陛下可知为何？"

容胤耐心接话："为何？"

太后一字一顿，冷冷道："皇帝与民争利，是大不祥。"

容胤不怒反笑，"啪"的一声放下茶盏，用无比强硬的声音道："天下苍生，皆是朕的恩典，朕可以赐，民不能夺。"

他直视着太后的眼睛，轻声道："朕已经赐了四条水道，给刘盈。"

太后神色一缓，便知皇帝来意，问："陛下要怎么安排顾家呢？"

容胤道："汶阳道和汉川道，额外再加三条支线，如何？只是如此一来科举名额被占，顾家要让出入仕名额补上。今年顾氏子弟，要参加科举后才授官。"

汶阳道和汉川道是漓江两个最大的商卡，太后微一斟酌就同意，容胤又道："还有第二条——"

他话只说了一半，到底第二个条件是什么却不说了，只是屈指在桌上敲了敲，起身便往外面走。

太后跟在容胤身后送出来，两人站在暖阁阶上，见着泓在下面大礼拜伏。太后默然一会儿，低声道："陛下春秋鼎盛，事业虽重，也要考虑子嗣为好。"

容胤一声冷笑，头也不回地上了马车。

帝王驾辇隆隆而去，待宫人都走净了，太后才款款步下台阶，躬身亲手扶起了泓，一开口，声音无比和蔼："地上寒凉，快起来吧，以后要注意身体。宫里诸事复杂，若有什么不好办的，只管到哀家这里禀报。"

泓连忙低头应了，太后又和声细语，问了几句衣食起居。泓一一答过，便谢恩告退。

他出了广慈宫，一拐上夹道就见容胤叫停了马车，正站在墙下阴影里等着他。泓连忙上前道："外头冷，陛下怎么不在车里等？"

容胤答非所问，轻声说："今晚月色好。"

月色下的重重宫阙像沉默的浪涛，层层叠叠，隐没在黑暗中。夹道两侧的墙脊上还有残雪未融，反射着朦胧的月光，把银一样的光辉披泻在小路上。两人一前一后，在夹道里缓步而行，两个人的手都一样骨节分明、修长有力，一起握过刀剑，如今轻掬月光。

他们都知道最艰难的时刻已经过去。

等到了第二日大朝，廷议时容胤便提出要放开科举，鼓励世家子弟参考。考科举的都是些寒门小户，世家大族自重身份，从来不肯牵扯进去。岂料这次皇帝只提了一提，刘、顾两家便站出来大力支持，允诺要做个表率，让自家子弟参考，两家一带头，朝廷里风向立转，众臣皆称此法可行。

皇帝龙心大悦，便依言下旨，开放科举给世家。此事被后世史家视为辅穆王踏上政治舞台的第一步，也被称为科举推行的转折点，自此嘉统帝终于打破了世家和寒门的界线，将科举推行到九邦全境。

科举之后，便要议世家入仕。漓江水路新通，沿江商卡、渡口、商道，皆是厚利实权的好位置，各家早就争破了脑袋，如今全等着天子圣明。容胤胸有沟壑，大朝后便一道圣旨通谕各部，将各家都做了妥帖安排。他空手套白狼，得了刘、顾两家的入仕名额，转头就全给了云氏，另一边却把刘、顾两家穿插安置，一起放在了争夺最厉害的汶阳和汉川等商道。

圣旨一出，立即在朝中掀起了轩然大波。商道这种东西，以往都是由大家族主持疏通，一旦开辟，就牢牢垄断，不允许外人涉足。漓江水道既由朝廷出资疏通，天子自然可以任意指派，岂料皇帝居然在一条道上安排了两家主事，明摆着就是要让人相争。

那刘、顾二氏在朝中一唱一和颇有默契，两家本来欺负云行之年少，想要趁机各占四条商道，排挤云氏，岂料却被顶头放在一起，反把入仕名额拱手相让，叫云行之成了最大赢家。

刘盈见了圣旨，登时气了个半死，当即直奔御书房，要找皇帝质问。他沉着脸刚进宣明阁，便正正和出来的泓打了个照面。

泓躬身施礼，先打了个招呼："刘大人。"

刘盈冷笑一声，道："不敢当。大人做得一手好花样，老夫自愧不如。"

泓低下头，轻声道："刘大人，下官已经尽力了。太后施压，陛下也很难办，下官执意为大人争取，才有了这个结果。"

刘盈缓缓道："大人好意，老夫心领了。"

他不再理睬，抬腿就要进书房，却被泓抬手拦下，泓又躬身施了一礼，沉声道："大人听我一言。圣旨已下，朝野皆知。汶阳和汉川是厚利之地，大人已经拿了一半在手，难道还要吐出去吗？"

刘盈怒道："当初你是怎么说的？四条水道，刘家全占。不是一半！"

泓一躬身，轻声道："大人有令，下官自然赴汤蹈火。我这就和大人一起进去面圣，拼了命死谏御前，一定能让陛下重新委派。只是如此一来，大人虽然逼顾氏吐出一半，从此却也结了个大敌，我替大人不值。"

他点到为止，只说了一句话，刘盈便明白了。这四条商道是个大靶子，明枪暗箭人人争抢，不论谁家独占都难服众。

皇帝玩得一手好平衡，干脆让两家背靠背一起扛靶，一方面让其他家族知难而退，一方面叫两家争斗内耗，免得威胁皇权。如今刘氏若是抽身不干，就是吐了到嘴肥肉；若是执意独占，就是得罪了太后。他骑虎难下，思来想去竟然想不出一个更好的解决办法来，不由眉心微皱。

泓察言观色，已知刘盈选择，就微微一笑，道："大人安心，陛下已给刘家留了把利剑。云氏是太后姻亲，这次虽然占了漓江大半，可家主毕竟资历尚浅。"

他轻描淡写，却暗藏刀光，看似坑了刘盈一把，又立即补上大礼，给刘家送了个好机会。刘盈满腔的恼怒发又不好发，咽又不甘心，只得冷冷"哼"了一声，却见眼前这位侍郎大人沉静温和，再次躬身对他施礼。

刘盈心中突然一凛。

他轻敌了！

两人数次交锋，自己位高权重，看似占上风，却一直被对方牵着鼻子走！

一直觉得泓不过是得了点实权，就拿来大放厥词，妄图参政。此人平日还算老实，若不是科举挡路，他本来也懒得计较。

来往了几回，才品出味道来。

处危有度，临变不惊，辱谤加身，不改其色。此人看着温和无害，也不招人恶感，可探手进去全是锋芒。

对自己做什么，要什么，非常清楚，一丝一毫地争。

朝堂里厮杀不见血，最怕遇上这种人。这种人有立场，没敌手，往那里一站不起眼，却能花上二三十年，拿根针把你墙脚挖塌。

他又是个生死不惧的武者！等闲奈何不了他！

只要皇帝护盘，这一局他就能玩到最后！

刘盈心念电转，立即起了拉拢之心，抬手就要扶泓，笑道："既然如此，老夫听劝便是。日后漓江诸事，还要请大人多多照应。家里小儿参选科举，若是有不懂事的，还要请大人多加管教。"

泓微微一避，和刘盈擦肩而过，回头轻轻道："不敢当。大人忘了？我只是个弄臣而已。"

他说完便抬步就走，一路走御道出宫。

春天到了，风中已闻淡香。他迎着如水的阳光，突然想起很久很久以前，陛下说过的话。

陛下说："我只用阳谋，不走小道。"

他亦如此风格。

他出了禁宫，便去沈家找沈一舟。沈一舟如今是个戴罪之身，早已闭门不出多日，只穿了件大袖青衫就迎了出来，潇潇洒洒地长揖到底："座主别来无恙。"

他装腔作势，倒还真有几分世外高人的气派。泓哑然失笑，问："你这是要归隐田园了？"

沈一舟把泓请入厅堂，笑道："我先归隐炕头再说。"

泓便道："尚书台的判令已经下来了，降职三等，以下品调用。"

降职三等，便是一撸到底，从一等提调官贬成了末等吏员。沈一舟虽然早有预料，此时却还是心中一酸，长叹了口气。

以下品调用，将来想再出头就难了。十年寒窗，满怀壮志，从此付之一炬。

不过壮志雄心这种东西，大概总是会没的——人要是没苦过累过，哪里知道不求上进是何等舒服的事！

这样一想，沈一舟豪气顿生，当即仰天大笑三声，唱了起来："天不亡我沈某人——"

泓皱眉问："疯完了吗？"

沈一舟立时噤声。

泓便从怀里掏出个锦盒来，轻声道："你虽有错，可也是被我牵连。以后就不要留在我署里了，另有荐你的去处。"

锦盒一拿出来，沈一舟便认出是当初泓给自己，后来又被刘盈收走的保命符。他打开锦盒，只见那里面是一个小小的银制卷轴，雕刻着精致的云纹花样，还扎了条浅灰色丝绸。

沈一舟不由一怔。

这是云氏的荐扎！这种银制卷轴，属于举荐里最正式的一种，拥有这个，便意味着拥有云氏全族庇护。

沈一舟目瞪口呆，一时说不出话来。泓便将锦盒推至沈一舟面前，低声道："给你这个，为的是把云氏扯下水。刘盈以为你为云氏做事，他搞不清楚云家主目的，自然也不敢动你。

"我和云家主已经许久不曾往来，但是除了我，他再没第二个可信任的人了。他年少失怙，朝中难以立足，正是最艰难的时候，我不能不帮他。现在他得了大半个漓江，已经足够与二房抗衡，家主位置十拿九稳，你大可放心投靠。

"你是我举荐的，云家主不会轻忽。他正是用人的时候，大概会把你放在漓江水道。商卡厚利，你在那边待几年攒足了银钱再回皇城，云氏自然助你一飞冲天。只是记得别再耍小聪明，要走正途。"

沈一舟眨眨眼睛，问："我走了，座主怎么办呢？"

泓笑了笑，道："还是这个样子。将来，还会有更多的人像你一样，莽莽撞撞来到皇城，撞得头破血流，我要护着他们走得稳一点。朝堂崎岖，我是那个铺路人。"

沈一舟怔了一会儿，转头又去看锦盒。

荐扎银光耀眼，在小盒子里粲然生辉。沈一舟伸出二指想把荐扎拿出来，却在触碰到的瞬间，像被烫到似的缩回手。

"管漓江商路一年能赚不少钱吧？"他满脸梦幻，喃喃自语，"能买个带大院子的宅子，架上一株葡萄。夏天坐葡萄树下吃冰，冬天煨个炭炉喝酒。还能养两匹马，想骑就骑。

"外放两年回来，钱也有了，权也有了。有云家主做靠山，将来进尚书台都没问题。"

泓忍俊不禁，说："对。等到了那个时候，再见面我就要称你一声大人了。"

沈一舟怔怔地看着锦盒，叹口气说："人家说皇城全是锦绣，走路都捡金子，果然如此。荣华富贵，唾手可得，这大概是我这辈子离权贵最近的一次。"

他说完起身，再不看锦盒一眼，一振衣摆，双膝跪地道："座主在上，受学生沈一舟一拜！云氏显赫，不关我事！学生愿追随座主，万死不辞！"

泓皱眉训道："你胡闹什么？"

沈一舟拜了几拜，道："我心里清楚得很。座主就是圣上的兵卒，被派来走一条独木桥，有去路，无回身。荣华富贵全给了别人，有过错却得座主承担，说不定什么时候，就成了替罪羊。座主身边多几个人，就是多了几重保障，这场战斗不好打，赢了却惠及千秋。学生愿意赌一场，赌座主赢家通吃，成就大业。"

泓静静问："要是输了呢？"

沈一舟答："人心无输赢。得一人，就赢一寸，永远不会输。我追随座主，也许有殒身之日，却无被遗忘之时。"

泓摊开掌心，把云氏的荐扎送到沈一舟面前，沉声道："你可想好？只要你现在拿了这个，去见云家主，明天此时，你已经在去漓江的路上了。"

沈一舟连忙捂住了眼睛，大叫："快别问！再问后悔了！"

泓忍不住笑了起来，将荐扎收入怀中。他想了一会儿，敲敲桌子道："那葡萄树，我帮你种。"

两人说做就做，当即就到院子里找了块向阳的好地方，刨开地砖堆土。泓又拆了个旧屏风，抽竹骨搭出来个葡萄架，扯绳一直拉到墙根底下。两人忙乎了一下午才弄完，拉了两个小凳坐葡萄架下喝酒，泓道："明天可以去买一株葡萄秧。"

沈一舟唉声叹气："坊市里买来的，都不是好种，结出葡萄不甜。隔壁黄大人家里长了一院子好葡萄，可惜却不肯给人分株。"

泓想了想，笑道："好葡萄宫里有。宣明阁栏下就有一株茂盛的，夏天结出的葡萄连陛下都喜欢吃。"

宣明阁是天子问政的地方，平日里肃穆森严，朝臣进去都踮着脚走，沈一舟再长上十八个胆子，也不敢让泓进去偷葡萄，忙道："不行不行，吓死人了。"

泓说："没关系。随侍的御前影卫都是我的熟人，看见了也不会说什么。"

他不多说，辞过沈一舟回宫后，就先去宣明阁折了许多葡萄枝下来，拿一个小碗装着，泡了半碗水放在廊下。

容胤在书房里正批折子，隔窗见了问："这是什么？"

泓说："葡萄。沈一舟家里要种葡萄。"

容胤便停笔扫了一眼，皱眉道："这种养不活，你得找那种有节有芽的，泡水不行。"

他说完也来了兴致，出去亲自剪了几枝回来，拿给泓看："要这种，健壮的。密密地插土里，最后留下长势好的。"

泓便把葡萄枝拿油纸包了，叫人送到沈一舟家里，又把沈一舟宁愿留在他手下的事讲给容胤听。

容胤很满意，笑道："他品性不错，可以栽培。但是你不能就这么把他留下来——别叫人觉得可以用情义操控你，你还叫他走云氏的路子，给云行之打个招呼，发到尚书台去。他不是怕得罪世家大族吗？叫他先跟那些人打打交道，磨掉他的畏惧心。"

泓一听叫他和云行之打招呼，便不吭声了。

容胤很无奈，劝道："你们俩别扭好几年了，到底什么时候算完？你我要扶持云氏去制衡刘盈，虽然给了云行之好处，可是也把他拽进了乱局，若没有你俩的关系在，他怎么会老实任我摆弄？当年若按安排掐掉了云氏，现在你也找不到这么利的剑去对付刘盈和太后。时局变得这么快，哪有什么对错之分？"

泓低声道："我没有怪他，我是怪自己，他也怨我当年算计他家族。断了来往，对我俩都好。"

容胤皱眉道："他现在一个人举步维艰，正是雪中求炭的时候。"

泓把云氏的玉佩拿出来给容胤看，轻声道："去年他家里出事，回沅江前我曾派人把我的短剑给他送去，准备为他杀人。他最后没有用，可是也没把剑还我，却送回了玉佩。他明白我的心意。"

容胤放弃了，挥挥手道："我不管你们俩的事。"

他看着泓珍而重之，小心翼翼把玉佩藏进了书架最上面，突然冷哼一声道："那把剑是你的随身之物，他凭什么不还？"

泓笑一笑，握在自己腰间佩剑上，笑道："我用陛下的剑做随身之物。"

容胤非常满意，突然觉得有几分不好意思，转了头去另扯一个话题，把手上正批阅的折子拿来给泓看，说："这是今年秋狩的安排。"

泓探头略看了看，笑问："要在北疆多耽搁几日吗？"

容胤一点头，在舆图上指了下，道："这里，镜湖山。当年锦帝打天下，就是在这里起步的，礼官说会安排一场郊祀，顺便也可以召见一下唐、端、李几家家主。"

泓"嗯"了一声道："听说那边天气干爽，圣祖潜邸里封存的书册还原样留着。那时候内有大家族群雄割据，外有蛮族兵临城下，皇室孱弱，全靠圣祖一人力挽狂澜，最后赢得全境效忠，这里头一定有着无数惊心动魄的故事和英雄传奇，史书上查不到，也许在圣祖潜邸里，能找到一点记录。"

容胤摇摇头，道："我派人去看过，里面全是话本和志怪传奇，锦帝也算一代枭雄，居然爱看小人书，也真是奇怪。"

他说完顿了顿，问："你知道我最佩服锦帝什么地方吗？

"佩服他敢违祖制，给御影卫实权。

"他那个时代，御影卫是一种礼官，只负责随侍。锦帝是第一个把天下兵马都交给自己御影卫的人。有了实权，御影卫就不能时时随侍在侧，后世由此才改称御影卫为御前影卫，并且允许影卫退宫。"

他说完慢慢浮起了一点笑意，轻声道："也正是因为有锦帝这个先例，我才敢同样给你实权。"

泓小声问："圣祖的御影卫，后来就做了六合大将军吗？"

容胤叹口气道："几百年前的事情了，谁知道呢。不过锦帝敢把天下兵马交托，他一定非常非常信任他的御影卫……就像我信任你。"

他看着泓低声说："我信任你，胜过世间所有，可是却总让你吃苦。我知道刘盈辱你，我今天权衡再三，还是没能为你出头——"

泓摇摇头，打断了容胤的话。轻声道："他没有说错。臣愿意……穷一生，做陛下的弄臣。"

他的眼神专注，凝视着皇帝，好像在望着一片海。

容胤轻轻地应了一声。

春日的暖风轻轻进书房里，在两人脚下温柔地打转，又悄无声息地静静流走。窗外的葡萄萌出嫩绿的枝芽，在风中发出瑟瑟的声响。

一年年好春光，一年年日子长。一年年岁月流逝，有的人争锦绣，有的人求相守。

他们将在重重的宫阙里，在恢宏的帝国都城中，在九邦的最中心，彼此陪伴，度过平凡的一生。远方还有更远，艰难还有更多的难。但是他们无所畏惧，也从不曾被生活亏待。

完

弄臣 ◇ 291

你的战争

番外二

谁在呼召，谁在莽原边，谁夜里不寐，谁沐血问道。

谁和谁对坐饮茶，看那铁鳞十万，踏碎江山白。

你的战争

YOUR WAR

【番外二】

嘉统三十二年，北疆琉河，大渚渡口。

雪原浩瀚，反射着耀眼的日光。

这里是北疆的最后一道防线，河对面就是蛮族阿兰克沁部的草原。过去秋夏时节，两岸常有牧民在这里放牧，顺便交换些茶叶和皮毛。近几年边疆战火频繁，为了提防敌方的窥探，两边都不约而同采取了肃清政策，一把火将河两岸烧了个精光。现在从这个渡口跑马出去，方圆百里都没有人烟，只有大军穿行留下的凌乱兵道，穿过冰封的河面，又延伸进对岸的皑皑白雪中。

年轻的战士站在兵楼上，向着雪原尽头眺望。寒风凛冽，他跺着脚，把脖子都缩在熊皮大衣里。大军已经出发，只留了几个人在兵楼放哨，防着外人擅闯。冬天的草原就是杀人场，四面八方全无遮挡，更无人烟，一场暴雪袭来，能瞬间把人埋在冻土里，哪有什么人会来？年轻战士匆匆一瞥，就低下头，专心拨弄起了炭火。

银白色的炭灰被挖开，露出了两个圆鼓鼓的紫皮大地瓜，表皮焦黑，已经熟透了。

年轻战士哼着小曲儿，把地瓜掏出来吹了吹，摆在火炉上。一阵热腾腾的香气升起，炭火烧得正旺，年轻战士却突然顿住了，心中划过一丝不详的预感。

太安静了。

四下无人，可也不该这样安静，连一丝风声都没有。蛮族那边讲草原是神的躯体，这话听起来有点玄乎，可在北疆镇守三年后，他也相信了。草原会呼吸，会伸展，它庞大的躯体上时时刻刻涌动着各种声响，哪怕是在最最安静的隆冬半夜，也能听见一阵阵低沉的隆响，那是草木生长，生灵喘息的声音。

除非——

他猛地起身，警觉地眺望远方。果然，在蔚蓝的天边升起一道耀眼的雪线，像条白色巨龙在雪原尽头涌动。

"要刮白毛风了！白毛风来了！"

年轻战士慌忙冲到窗边，朝楼下大吼。白毛风是草原最凶猛的大风雪，风起时一点儿预兆都没有，可眨眼间就会席卷雪原。暴烈的大风能把草原上连人带雪，带牛羊帐篷，全都卷上天空，若是来不及提前躲避，就会被暴雪活活掩埋。

楼下传来一阵慌张的应答声。年轻战士手忙脚乱地拽下挡风帘子，又在窗口堵上厚厚的棉被和狼皮。小屋里一下子昏暗下来，在关最后一扇窗子的时候，年轻战士却突然怔住了，几乎不敢相信自己的眼睛。

他看见一个人。

一个策马奔驰的人。在他身后，暴风雪像一道不断坍塌又不断升高的白墙，穷凶极恶地扑卷着他的脚步。寒气突降，碧蓝的天空瞬间就变了脸，大片大片的雪尘从天空倾倒下来，遮盖了他的身影。

年轻战士心中猛地一沉。他在草原上经历过好几次白毛风，知道起风的瞬间雪尘狂卷，跟沙子一样当头扬下，能立刻叫人窒息，有时候扑脸就这么一下，人和马全都闭气，眨眼工夫就能被暴雪席卷上天。

他只怔了一会儿工夫，那道人影忽然又出现了。战马已经不见，只他一个人在风雪中发足狂奔，敏捷地跃上高坡，迅速往兵楼逼近。他身后，雪尘卷起足足有十几丈高，像是头巨兽的大口，咆哮着紧紧追逐。

战士心中一喜，探出窗外大吼："快跑！"

"快跑啊！"几个声音在楼下一起吼。

那是镇守在楼下的战士们，已经顶着暴风封住了兵楼的全部入口，只留下大门等着风雪中的陌生人。可是风雪太大了，山崩海啸般地俯冲而至，转瞬就将那个孤独的身影吞没在一片白山里。雪粒打得人睁不开眼，兵楼大堂里躲雪的战马也全都发了疯，嘶鸣着要狂奔而出。

"关门！关门！马惊了！来不及了，关门吧！没救了！"

在众人的叹息中，兵楼大门紧紧关上了。门闩放下，一层又一层的篷布和羊皮钉上去，迅速封堵了所有缝隙。屋里屋外昏黑一片，只有雪粒呼啸着漫天狂舞，在兵楼坚固的石墙上打出亿万点白色飞痕。

年轻战士跟着叹了一口气。暴雪已到头顶，草原上一片昏黑，他被狂扬的雪砂打得睁不开眼，手忙脚乱地爬上窗台，封住了一半窗户。等他顶着雪，最后一次往外张望的时候，却吓得一个前冲，险些从窗台滚栽下来。

雪浪中视野模糊，可他清清楚楚看到一个人影逼近兵楼，卷着狂风扬着冰霜，仿佛一个雪里的精怪。

是刚才那个人！他没死！

可是楼下大门已经封了！他怎么进得来？

年轻战士顿时急出了一身汗，猛地拉开窗户，朝楼下大吼："开门！开门！还有人在外面！"

他一开口，就被白毛风呛得憋紫了脸，所有声音都被卡在了嗓子里，一句话都发不出。大风卷着冰雪和石头劈头盖脸地砸过来，一眨眼工夫便见那人已到楼下。他也发现兵楼大门已关，微一迟疑，抬头向楼上望来。

年轻战士忙挥手喊："这里！这里！"

他回身四处搜寻，想找个绳子把人拉上来。岂料才一错眼，忽地听见脑后风声急响，那人几个起跃，竟像只大鹰一样直接攀了上来。两人急忙一起封好窗子，最后一道缝隙刚堵上，就听外面一阵呜嚎，海啸山崩一样的暴雪"噼里啪啦"地打在外墙上，震得整个兵楼都在颤抖。

暴风雪真的来了。

陌生人转过头来，一扬兜帽，微笑道："多谢。"

这是个英俊得叫人眼前一亮的男人，眸光清亮，身姿挺拔，只是眉目间有几分沉郁，像是郁结着什么心事。年轻战士一下子结巴了："泓……泓大人。"

泓微微一怔："是。你认得我？"

年轻战士更窘迫了，不知所措地挠着头。泓大人分到雁北大营作监军，升帐那天他正好在主帐轮值，亲眼见到了六合大将军如何当面刁难，等泓大人走了，大将军和副将抱怨，他又不得不旁听了一大堆宫廷秘事，所以才对这个新任监军印象深刻。

大将军说他专会媚主，靠皇帝宠信才坐了高位，这回被贬斥到北疆来，定是要四处钻营，想法子立功再回去，要大家都放警惕些，别被他抢了功劳。这种话肯定不能当面说的，他憋了半天，最后才结结巴巴地说："我……我在主帐外值守……总看到你……"

泓点了点头，笑道："原来如此。"

他说着，边脱下大氅，抖落了一身的积雪。寒冬腊月的天气，大衣下他竟然只穿了犀皮战甲和长靴，手臂全露在外面，在刚才那一场风雪追逐中跑得汗气蒸腾。他发现年轻战士在瞧自己，就从衣兜里掏

你的战争

297

出个扁酒壶递过来："喝一口，暖暖身子。"

年轻战士接过酒壶，视线不由被壶身上精美的雕工吸引了。这是一个白铜壶，外面嵌一圈湛蓝珐琅，里面蚀刻出流云奔马的图案，壶身微微一动，那花纹就映射出各种光彩，好像马都活了过来，正在云间狂奔。他看了泓一眼，见对方一脸鼓励的神色，就小心翼翼捧着酒壶，轻轻抿了一口。

冰凉的液体一入口，就在喉间烧了起来，年轻战士猛地睁大眼，几乎不可置信。

装在这样名贵酒壶里的，只是最普通、最便宜的烧酒，军营里叫"烧刀子"，草原苦寒，到了冬天这种酒遍及每个帐篷，所有人都喝。

年轻战士不由"哈"一声笑了出来："是烧刀子！装这么好的壶里，我还以为是什么酒！看这雕工，是义木大师的手笔吧，他的奔马图是天下一绝。这手艺，进贡都可以了，我也是第一次见有人居然拿它装烧酒。"

泓有些诧异，不由多看了对方一眼。这酒壶确实是银雕大师义木在儿子考上科举后送给他的，为防着别人说三道四，特意用了最便宜的材料，他用了这么久，大家最多只是觉得那几块珐琅值点钱而已，这还是第一次被人认出了义木的手艺。他笑了笑："是。我和义木有些私交，他听说我来草原，就送了个酒壶过来。我本来不喝酒，但在这么冷的地方，不喝两口，真的顶不住。"

年轻战士笑道："我还怕喝了大人的好酒还不起。如果是烧刀子，我床下还有两坛，等会儿给大人满上。"

他说着，就投桃报李，把炭炉里烤得流浆的地瓜分给泓吃。两人喝着一壶酒，分吃了两个烤地瓜，泓问："你怎么称呼？"

年轻战士答："我姓端，大名端陌。"

端氏在北疆是第一大姓，也是贵族才有的姓氏。便是远房支脉，生意也都做得风生水起，富可敌国，怎么会有子弟沦落到北疆这么苦寒的地方当个普通兵士？泓闻言一怔，年轻战士明白他的意思，笑吟吟道："怎么？没见过穷人？"

泓说："没看过姓端的穷人。"

端陌就一拍胸膛开始吹牛："那你可得好好看看，也就穷这么几年吧。将来我还是要去做大生意。其实我小时候，家里阔着呢，不然怎么能供得起我习武？"

泓听到这句，地瓜一放，抬手就往端陌胸前袭去。端陌含胸抵挡，两人有来有往地过了几招，泓蓦地收手，点头道："功夫还真不错。"

像端陌这种年轻武者，进了军队都是直接做骑兵的，将来卫长、校尉、将军阶阶攀升，未来大有可为。泓还是第一次见到有武者居然从兵卒作起，不由大是疑惑。

端陌就给他讲起了自己身世，原来他家属于端氏的一支远房，早就和主家断了联系，母亲早亡，父亲做生意虽算不上巨贾，却也衣食无忧。几年前父亲认识了一位蛮族朋友，就跟着他做起了皮毛珠宝生意。

朝廷虽然和蛮族常年征战，可民间往来还是挺多的，父亲邦里邦外跑了几次，获利颇丰，不由起了野心。蛮族朋友就和他说最近有一个机会，是部落里一位大贵族想要卖些黑曜石和猫眼原石，他可以居中引荐。

黑曜石和猫眼在九邦都是紧俏货，若能搞到原石，拿回来就是几十、几百倍的利益。父亲立刻答应，转头就倾家荡产，又遍借亲朋，凑了一大笔黄金送到草原。

这一趟生意至关重要，父亲特意带着端陌，要他也见见蛮族大贵族，长点见识。两人顺顺利利在蛮族贵族那里买了箱宝石原石，对方为表诚意，还额外赐了颗猫眼石珍品。

端陌说到这里，把脖子上的链子掏出来给泓看："就是这一颗，我一直戴着。"

泓拈起猫眼石，对着火光看了看。见那宝石蜜亮油润，中间一线金黄，确实是珍品猫眼，就点头道："确实不错，这一颗，可值百金。"

端陌咬牙切齿，道："对，就为了这区区百金，断送了我父亲性命！"

泓惊了一惊，忙细问究竟。原来端陌和父亲得了这颗猫眼石，全都万分喜悦，对那位蛮族贵族满心信任感激，也就放松了警惕。两人高高兴兴回到家里，一开箱却傻了，那箱子里只有上面一层是黑曜石和猫眼矿石，底下全是破烂石头！

端陌大呼上当，当夜就策马赶回蛮族，要找那贵族算账。岂料他回去一看，那贵族连人带马，带随从，带部落，早就溜之大吉，只留下一地的狼藉和马粪。端陌在草原整整寻找了三个月，问过的人却全说根本没听说过有这么个人，他知道这是遇上骗子了，只得绝望回家。

这么一下子，家里不仅倾家荡产，还额外欠了无数债务。还款日一到，债主们蜂拥上门，可家里却一分钱都掏不出来。他们家做生意，向来以诚信著称，父亲一口唾沫就成钉，这辈子都没食言过，哪曾想竟有还不上钱之日？这下子连气带急，竟然以死谢罪，临死前写了封血书，求大家放过自己的儿女。

事情闹成这样，亲戚朋友们自然都不好再要钱了，可端陌却深感屈辱。他还有一个妹妹在家里，两人就办了一桌酒席，把债主们都请来立下毒誓，发誓要代父还钱，洗清耻辱。大话说出去了，两人却一点本钱都没有，正愁要怎么开始，朝廷的兵役就下来了。

九邦的军制分辅兵和统兵两种，统兵都是武者自愿入伍，一经录用，便终身为国护火；辅兵只有战时才有，而且是强制召用，分摊到兵役的人家必须入伍，干个三五年后返乡，拿一笔遣散金了事。这种兵役干的都是牛马的活，既无前程又耽误时间，有钱人家不舍得自己孩子去，就会出钱买一个人，叫别人来顶自己家的名额。端陌就这样

"卖"了自己，得了一笔钱给妹妹做生意，自己从了军。

他虽然进了辅兵队，可毕竟是武者，往人群里一站，就是鹤立鸡群。没几个月就被统管的卫长看出来了，打听完身世，便大骂他糊涂，为着一点钱断送了自己前程。那卫长也真是个好人，竟然辗转把端陌调了过来，只是他没参加过武者遴选，只能从普通兵卒干起，在六合大将军麾下当个小兵，已经两年了。

泓听到这里，就皱眉问："都尉府每年都有遴选，你怎么不去参加？以你的功夫，轻轻松松就可以进骑兵队，干得好两年足可以升一阶了。"

端陌笑着拿脚尖点点地板："这不她还在这里嘛，这几天正和我闹脾气。"

泓再细问，才知道"她"，就是当年调任端陌的卫长。老太太年纪大了腿脚也不好，脾气更是暴躁，去年被人明升实贬，发配到这个小小的渡口兵楼来管事，端陌就一起跟了过来。

两人就端陌要不要参加遴选已经吵了百八十回，老太太一心要叫端陌上进，最好今年参选明年就当将军，后年赶紧成亲三年抱俩，可端陌却不放心她一个人在这里，不论怎么赶就是不走。最近这几天老太太又犯了寒疾，身上不舒服脾气更暴躁，逮到端陌就臭骂，逼得端陌灰溜溜拿着铺盖躲到了二楼。

他说到这里，忍不住拍腿嗟叹："她那个腿，唉！一犯病膝盖肿得比脑袋都大。医官说得用天山雪莲膏外敷，那玩意指甲盖那么大一块，就能顶我半个月的俸禄，这几天我想着不行就出去碰碰运气，说不定能采上一两朵，可这场暴雪一下，不知道又得等到什么时候了。"

泓问："天山雪莲？是白色花吗？"

端陌说："是啊，长得有点像包菜，中间一朵白色花。"

泓就慢吞吞从大衣兜里，掏出一捧白色花朵来："是这个吧？我吃了一半。"

端陌忙拿来仔细查看，见果然是最上等的天山雪莲，不由又惊又喜，问：“你哪里采的？”

泓说：“来的路上。我为了躲暴风雪，绕了点远路，看见悬崖下长了许多，只是下去的路很险。”

“险我也要去！”端陌霍然起身，满脸都是喜色。只是话刚出口，他突然反应过来，那雪莲价值昂贵，人家发现了就是人家的东西，怎么可能随随便便就让他去采？这下子尴尬了，他挠挠头，支支吾吾道：“呃……我不是那个意思……”

泓微笑道：“没有关系，等雪停了，我带你去采。”

端陌大喜，连忙拜谢了泓，又再三保证自己只要能入药的一小点，绝不贪心。泓笑道：“我只要一朵，剩下的全给你。”

端陌十分感激，紧握着泓的手道：“唉我都不知道怎么谢你！我若是有钱，一定请你喝好酒，我……”

他说着赶紧掏出一个小本本来，郑重其事地在上面记了一笔。泓凑过去一看，见那上面密密麻麻写着，某年某月，因何事受人恩惠，打算如何报答云云。泓看着自己的名字也被写了上去，不由哑然失笑，问：“你报答了几个？”

端陌垂头丧气道：“唉。说来惭愧，至今一个都没报答成，因为我没有钱。”

泓晃晃酒壶，微笑道：“那就先报答我吧，把你的烧酒给我满上。”

端陌十分高兴，连忙抱来酒坛子，给泓倒了一壶酒，又从床底翻出两个土豆抹点盐水烤上。泓瞧见墙上挂了一串干辣椒，就提建议：“再加点辣椒末。”

他把土豆切成厚片，抹上辣椒末和盐水，在炉子上两面烤焦黄。端陌一尝果然香辣带劲，赞美道：“好吃！你真会烤！”

泓笑道：“以前我常去山里打猎，都是逮到什么就烤什么，土豆算比较好吃的了，还烤过野萝卜，那个不好吃。”

他说着像是想起了什么，笑意忽然淡了下去。端陌瞧着他心事重重，想起传言说他是被皇帝贬斥到北疆来的，和发配也差不多，就小心翼翼地试图开导："大人可是遇到什么难事？其实北邦这边挺好的，风景好，可以尽情跑马，也没什么人管。"

泓淡淡一笑，道："是。我年轻的时候，也曾十分向往草原，有一阵子，我差点就来了。"

端陌喜道："正是正是，现在来也不错，等开春大祭后就可以打旱獭了，我知道有一个獭子窝，那边獭子特别肥，剥下来的皮做成毯子，又轻又暖和。"

他傻乎乎地口无遮拦，岂料泓听见"大祭"两个字，又是一阵扎心的难过。他是陛下的引路人，以往宫中大祭，都是他领祭作礼官，可今年不行了。

皇帝剥夺了他引路人的身份，以后宫中大祭，他再也无法站在皇帝身边。陛下解释说不想让他殉葬，可他身份低微，死后也没有归处，若连陛下都不接纳，他一个孤魂野鬼能到哪里去呢？

皇帝说科举是大势，总有一天他会权倾天下，成为九邦座主，到那时会封他异姓王，以宗室之尊入皇家陵墓。异姓王，那太难了，他不知道自己得建立多大的功勋，才配得上如此荣耀，可他只是想有个归处而已啊。

他满腔的委屈怨怒，一气之下拍马而去，决定到草原建功立业，平叛边疆，不成功则成仁。他人先到了草原，过了几天陛下调令追过来，给了他一个雁北监军的名头，还送了些衣物用品过来，要他散散心就回去。他明明没做错什么，却无缘无故被褫夺了位份，又被皇帝哄猫哄狗一样给了个官职就完事，心中的愤怒和屈辱简直无可言说。

他本不想接这个官职的，可到了北疆一看军营里处处是问题，顶上的几位护国大将军全是世家公子出身，军队里所知不多，下头统领们各自为政，只管自己那一小块，人人都想立功，蛮族随便派支游骑兵，就能把一整个大营的兵将溜得满草原瞎跑。他实在看不过去，只得走马上任，要把军营好好整饬一番。可他一个空降文官，在军队里怎么可能轻易掌权？到了雁北几个月，还是个没头苍蝇四处乱撞的状态，大家全都冷眼旁观，等着看他笑话。

泓想到难处，不由轻轻叹了口气，仰头喝了口酒。炉火"噼噼啪啪"地响着，两人对坐温酒，听着外面狂风呼啸，别有一番静谧。端陌把棉帘子掀开一点，往外望了望，又猛地堵上了，道："嚯，雪好大，什么都看不清。"

泓皱眉问："明天能停吗？我有急事得走。"

端陌忙道："不行不行，大雪封原，这可不是闹着玩的，要是在草原里迷了路就得喂狼了！"

他见泓愁眉紧锁，就问："什么事这么急？"

泓说："我听说六合大将军急调了雁北二营，到鬼泡子伏击蛮族？"

端陌点头道："是。据说有人在里面看到了个首领，依稀是格日特的模样。"

格日特是蛮族阿兰克沁部大汗的第三子，最擅长闪电战偷袭。他手下有一队轻骑兵，号称草原之刃，神出鬼没，专门实行斩首行动，暗杀了九邦无数将领，大家提起他，全都恨得咬牙切齿。

半年前格日特带人在夜里暗杀了六合大将军的长女，噩耗传过来，大将军当场就吐了血，立誓一定要手刃奸贼，为女儿复仇。可格日特为人狡诈残忍，打那之后就失去了踪迹，偶尔听说在某处现身了，等带人再过去，就只剩下满地九邦将士的尸体。现在追杀格日特，叫他血债血还，已经成了北疆将士的最大愿望，更有将领直接放下话来，说谁若杀了格日特，他愿领着全军效忠。

格日特是该杀，可大将军调兵，却连监军都不告诉一声，实在也太过份了。泓皱眉道："北二营另有用处，他不能调。我要趁着全军出发前拦下来。"

朝廷委派的监军和带兵统领之间，到底哪个更有统兵权，是个军队里争了几百年也争不出结果的话题。过去武者都是各家族自己培养的，所谓监军，其实就是家主叫自己的子女来代理兵权，而底下统领，不过是奉命执行主家意志而已。

可后来自打翎帝时期第一任六合大将军临渊统收各邦兵权，把军队全都归到朝廷名下后，军队统领权力就越来越大，委派监军，渐渐成了一种名义上的监管，实际还要看具体官员的能力如何。

端陌知道这种高层斗争不是自己能多嘴的，就只耸了耸肩，还是劝："这么大的白毛风，就连大将军也得扎营躲避，大人且先等几天。"

泓知道自己在草原的经验不如端陌丰富，就问："这样的雪，得什么时候才能走？"

端陌看泓态度坚决，只得道："你自己走，至少得等到雪化看得到路。这样吧，明天如果能出太阳，我带你去。"

两人这就说定，和衣在兵楼里凑合了一宿。到了第二日天色放晴，端陌便收拾家伙，拿着冰镐使给泓看："要是掉进雪窟窿里，就这么一横，这样，就勾住了。"

泓点点头，两人下了楼，见一位个头矮小的老太太正在马厩里扫雪。她瘦削憔悴，一张常年在草原日晒风吹的脸又黑又红，粗糙得像老树皮，头发蘸过油，板板正正地梳在脑后，挽了个髻。

她听见声音，往这边瞥了一眼，面无表情又继续干活，端陌就笑嘻嘻地过去攀着栏杆说："小姑娘，我出去一趟，送这位大人去河对岸找大将军，明后天就回来。"

老太太扫帚不停，怒道："去去去，别在我跟前碍眼！"

端陌说："这位大人给了我点药，我交给小武了，你记得拿来涂腿。"

老太太沉着脸不答，只拿扫帚重重往地上一扫，扬了端陌一腿的雪。端陌就出了马厩，招呼泓上路，一边说："我要是有钱就好了，给她修个大炕，冬天烧得热热乎乎的。你看这么冷的天，她还得扫雪。"

泓说："你若参加遴选作了骑兵，没几年升上去，就有钱了。"

端陌叹气："我知道。可我没升上去的这几年，她怎么办呢，我走了，她犯病连个倒水的人都没有，就那么一点钱，也买不起药。我若在，还能给她张罗张罗，买不起药，我可以到山里采。我走了，她就是等死，她脾气也不好，别人都烦她。唉，人生处处是牵挂。"

泓也深有所感，跟着叹了口气。

两人走过冰封的河面，深一脚浅一脚地进入了草原腹地。晴空高照，大雪铺地，举目望去，四野一片雪白，像条厚实的大毯子，掩盖了所有生灵的踪迹。

两个人一边找路一边走，走到下午才在雪层下发现了结冰的马蹄印。端陌大喜，笑道："找到了！你看，昨天就在这里扎的营。脚印冻得还不是很结实，应该几个时辰以前才走。"

泓沉了脸，道："追。"

隆冬的雪地里，人走得要比马快。两个人沿着脚印一路追寻，又走了两个时辰，就见几个断后的骑兵正驻马休息。两人过去打听了大将军行辕位置，再走就见一支小队整装待发，正是将军亲卫。

泓赶紧上前几步，远远地见一魁梧的白发老人翻身上马，就大声道："将军！"

大将军在马上转过头来，见到泓脸一沉，开口道："大人有何贵干啊？"

泓跑得紧了，微微有些气喘，先说："你调兵，没问过我。"

"哈。我还要问你？"将军像听见了什么笑话一样，仰天一笑，"太稀罕了，我还是第一次听说原来我调兵，得经人准许。"

左右骑兵们都跟着笑了起来，大将军居高临下，在马上冷冷问："军务紧急，耽误了事你负责？调兵之日你不在营里，我还没追究你擅离职守之罪！"

泓瞪视着他，寸步不让："我去主营领军令，再回来一营的人都没了——就算你有调兵之权，调令也应该直接送到我手里。绕过我直接带人走，就是你的不对。"

这几句话说得心平气和，甚至隐隐有和他平起平坐的意思，六合大将军几乎诧异了，低头正眼看向了泓。他和这位监军大人接触不多，唯一算得上来往的一次，是在十多年前那一回，他曾经御前行刺，想把对方斩在刀下。

那一次被皇帝拦了，再就没有第二次机会了。这几年陛下威势日重，他从看护幼帝的心态，渐渐变成了心甘情愿的效忠，也没胆量御前再触龙鳞。其实他跟这个人没什么私怨，当初起了杀念，是因为科举搞得满朝怨怒，他若不找个替罪羊出面清君侧，只怕战火要烧到皇帝身上。

后来陛下稳住了大局，加上科举日盛，反对声音小了许多，他就不再理会。只是因着这一桩表态，众人都知道他站在科举对立面，就给他讲了许多泓大人欺下媚上、徇私舞弊的坏话。谣言不可尽信，也不可不信，不管怎么说，他在朝廷兴风作浪是真的，被皇帝贬斥到北疆来，又紧赶着抓权也是真的，现在大战一触即发，哪容得他来搅浑水？大将军一拽马头，冷冷道："战事紧急！放跑了格日特你担得起责任吗！"

泓分毫不让："放跑格日特是小事，主营不能有闪失！上个月大军的口粮刚进旺满粮仓，还没来得及往各营送，若是这时候被人放把火烧了，整个北疆的大军就得饿死！北二营是专门镇守粮仓的，将军把人调走，我上哪里再去找人守粮草？"

大将军微微一怔，也是没想到旺满粮仓里居然还有粮。一阵怒气直冲胸臆，他竖起两道眉毛怒问："都什么时候了，粮草怎么还没分发？想叫人都饿肚子不成！"

泓回答："今年连刮三场白毛风，路封了，车马走得慢。"

军队粮草是大事，众人一听都有些踌躇，只有一位副将不放在心上："雪封了是好事，咱们出不去，蛮族自然也进不来。"

大将军就坡下驴，哈哈一笑，挥手道："老子一辈子打鹰，总不会这时候被鹰啄了眼，你去，通知骑兵，全军上马，急行军！到鬼泡子一来一回不过十天，能出什么事！"

他说着马缰一甩就要走，泓急了，连忙上前拦下，厉声道："不行！守粮仓就是守粮仓，一天都不能走！格日特最擅长急行军，你和他比快，比不过的！不知道就被他溜到什么地方去了，十天怎么回得来？将军再多等两天，三营骑兵队马上就回来了，到时候叫他们跟你走！"

三营的骑兵队是泓的亲兵，他们的统领是御前影卫出身，和这位泓大人有私交，当初监军一升帐，就把三营的骑兵拨了过来。将军闻言脸色一沉，冷笑道："说了半天，原来在这里等着。怎么，想半路截胡？告诉你，趁早死了这条心！将士们拎着脑袋打下的功劳，一分一毫都不会让给你！"

这话一出，在场众人立刻寂静，都冷冷地注视着泓。泓呆了呆，万没想到大将军竟然会往那个方向上偏，怒道："将军若不信我，也可以等三营回来去守粮仓，你再带人走！"

六合大将军冷冷道："免了。你的话，我一个字都不信。"

泓咬牙切齿问："同在边疆御敌，泓某到底是哪里不对，叫将军如此猜疑？"

大将军居高临下瞥了泓一眼，淡淡道："笑话。我猜疑你干什么？我的地盘里，可不是你钻营弄权的地方，在这儿，都是凭本事说话。你若有功劳，我亲自保举你；你若是个废物，也别想着捞到一丝好处。你干的事情，我都盯着呢！"

泓恍然大悟，才明白自己到北疆之后竭力抓权，又说动三营统领支持的事都被大将军看在了眼里。眼下人多口杂，没法和大将军细谈，他只能道："雁北确实需要人出面整顿。大将军若有合适人选，只管向陛下举荐；若没有，泓某出面，又有何不可？我和你们一样都是武者出身，又一样为帝国护火，我要求争得一席之地，有什么不对？"

"你？"六合大将军勒马冷笑，"监军大人，十多年前我就和你说过，边疆，才是武者施展的好地方，可你不。现在被发配了，你才想回头，已经晚了！你虽然和我们一样是武者出身，可是没在刀尖上舔过血，没有背靠背对过敌，你就永远得不到信任！"

他说完一顿缰绳，拍马就走。泓拦之不及，眼睁睁看着众人策马从他身边擦过，没有人再看他一眼。

等到众骑兵都远去，端陌才慢慢蹭过来。他也听见了将军的话，这会儿又尴尬又替泓难过，小心翼翼地劝解："大人，我们先回去吧？天快黑了。他们骑的都是好马，几天工夫就回来了，出不了事的。"

泓满心焦急，问："渡口现在有多少人？"

端陌说："不算卫长，还有四个人。不过就我一个武者。"

四个人怎么可能守得住一条防线？泓无可奈何，只得和端陌回兵楼，当天夜里又下了一场大雪，他就在兵楼暂住了下来，等着六合大将军带人马回营。

十天眨眼而过，河对岸还是一片静寂，一丝人影都没有。泓无比焦急，拉着兵楼里几个人全副武装，要到草原腹地去救人。大家虽然出了门，可都觉得监军大人小题大做，端陌道："草原那么大，说不定在哪里耽搁下了，才十天，再等两天就回来啦。那么多人，怎么可能说出事就出事？"

泓急道："大将军通晓军务，不会不知道粮草没人防守的后果。他说十天回，就一定会回，便是有事，也一定会先派一部分人回来守粮草。"

他说得也有道理，大家便驱赶了牛车，带上武器和粮食，重新进了草原。十天工夫，大雪已经把人马走过的痕迹都掩埋了，他们凭着记忆走过当日和大将军分别的扎营点，再往前登上山梁，就见眼前一片平整雪白的缓坡，无边无际地延伸到前方。

泓没有经验，刚抬脚要走下去就被端陌拉住："小心！这是雪窝子，会陷人的！"

他说着拿了根长枪远远贯出去，就见"唰"的一下，丈八的长枪尽根没入雪中，只剩三寸枪尾在雪面上颤动。泓吓了一跳，连忙收回脚："这么深？"

"是。这里本来是一条深沟，大雪全埋上了，看着像缓坡，一脚踩下去，能直接没顶，要没人拉一把，就活埋了。"

端陌拿长杆四处乱戳，指着雪面上露出的干黄草尖尖道："要看到有草尖的地方，才能下脚。这边草都不高，能露头，说明雪不深。"

他说着一脚下去，果然雪至膝盖就不再下陷。接连几天的晴空和大雪，让厚厚的雪层融了又积，积了再融，结出一层薄脆的雪壳，人在上头走着走着，说不准哪一脚踩坏了，就会轰隆一下塌陷，接连一大块雪面沿山坡滑下去。

几个人小心翼翼费了半天劲，才趟出一条路来让牛车通行，好不容易到了鬼泡子，就见一片雪湖平坦如镜，在阳光下泛着剔透的光泽。湖水封冻了，拨开浮雪隔着厚厚的冰层，能看到无数小鱼在冰和水的夹缝中游动。

端陌和几个人商量了一会儿，就四散开朝各处搜寻而去。这片大湖看着普普通通，实际地下有一个很深的水源，水丰的季节涌上来，就形成一个巨大无比的湖泊。水少的时候渗到地底，大湖就散成了无数个小湖。有时候天气骤变地上地下温度不一样，湖水会一夜间消失，说不准又从哪里冒出来。曾经有一支军队在此扎营，一夜间高地化作平湖，一整个营的人全淹死了，那之后每到夜晚，就有无数亡灵在水面哀号，所以才有了个名字叫鬼泡子。

他们出去找了大半天，端陌才回来，脸色十分难看："出事了。"

他领着泓走到湖边，指着刨出的几个大雪坑道："这是饮马坑，这里坡陡路窄，马跑到这里，全都喘得不行，必须得凿冰饮马。这几个冰窟窿有日子了，冻了凿凿了冻，里头还没冻实，应该是蛮子留下的。"

两人绕过大湖，又走到一个小湖旁，端陌继续道："这里有新凿的饮马坑，里头全是雪，应该就是那天大将军带兵留下的。他们一定是在大湖边看到了蛮子，所以藏在这里饮马整顿，准备伏击。这饮马坑还没冻实就灌了雪，说明那天晚上有暴风雪。"

泓想起前两天晚上刮的那场暴风雪，心顿时沉了下去，问："这附近可有躲避的地方？"

端陌点头："有。我怕的就是这个。我上次来，水泡子还不在这个位置。雪天看不清路，怕就怕哪处新冒出个水泡子来，大将军不知道……"

他没有把话说完，但是几个人都齐齐打了个寒噤，不敢再往下想。正焦急间，忽然一个人狂奔而来，大吼："找到了！找到了！"

那人一脸惊恐，吼得声音都变了调。泓慌忙跟过去，连滚带爬地登上一道山梁，往下一望，就见一片平平的缓坡铺展而下，坡底板板整整的一层雪上，全是大大小小的雪洞，露着冻僵的尸体和马头。雪窝里还有好多人在动，见到他们几个人过来，就大声吼叫起来。

泓骇然失色，隐约见坡底人堆里有个人一身亮甲，正是六合大将军，慌忙飞身上前。那缓坡上一层厚厚的雪壳，一踩"咯吱咯吱"地响，他下到半坡，才听清楚大将军声嘶力竭，正对他吼："别过来！别过来！"

泓微微一怔，脚步刚顿，就听见一声清脆裂响，猛然间他所在的位置塌陷进去一大块，整个人陷进了雪里。大块的雪和冰堵住了他的口鼻，他惊慌失措，一挣扎又陷下去一截。这雪窝里也不知道到底有多深，他抬高了手伸长了脚也够不到底，只觉脚下像有个漩涡吸着一样，身不由己地往雪里沉。正惊慌间，忽然听见头顶端陌大吼："别动！别动！"

话音刚落，"噗"的一声，一根空心竹竿直直插进，又猛地拔出，带出一竹竿雪。竹竿反复插拔了几回，泓脑袋周围的雪就松了，端陌又把竹竿插进去，一点点调整，感觉触到了什么，就大吼："用这个！能喘气吗？"

泓费力地把口鼻凑过去，终于在疏松的冰雪间，吸到一口寒冷的空气。他张了张嘴，艰难发音："能。"

"好！你等着！千万别动！"

头顶的声音远去了。泓放松身体，一动都不动，慢慢停止了下陷。他闭着眼睛，可依然能感觉到眼前是亮的，白亮白亮。热量迅速流失，他微动了动指尖，几乎没有感觉了。

也不知道等了有多长时间，忽然听见有人在头顶刨雪。没几下他就见了天光，被人拉出来疯狂揉搓手脚。他身体底子好，没一会儿就缓了过来，才发现自己躺在邦硬的木板上。这板子是从牛板车上拆下来的，几块板并齐拿牛筋一勒，在雪坡上一推滑老远。人站在上面，体重被板子分摊，就不会压碎薄脆的雪壳。

他们用两块木板替换，慢慢踩着走下缓坡。泓一路走一路注意看，脚下连一根草尖都没有，竹竿插下去探不到底，至少积了两丈深的雪。越往下走，周围越宁静，平整的雪面像是一个冰湖，剔透晶莹，反射着明亮的天光。

这是一场美丽平静的屠杀。

雪面上有着无数大大小小的塌陷和孔洞，有的还露着冻僵的马头在外面，是灭顶的人最后挣扎留下的痕迹。雪壳有的地方薄，有的地方厚，好多人侥幸站在了厚的地方，马已经陷下去了，人还蹲在雪窝里，战战兢兢不敢动。木板上承重有限，泓和端陌来回救了好几波人，终于慢慢下到坡底，把六合大将军和他的亲卫们拉了上来。大将军老泪纵横，一被拉上来就指着远处说："快……还有人……往那边去了……"

他说完就一头栽倒在地，昏了过去。泓便派人照着将军的指示立马去找，果然在几里地外的一个大雪窝子里又救了一大批人。万幸雪壳子结得厚实，陷进雪窝后又有马匹在下面顶着，大部分人都只陷了一半，撑到了泓来救助。他们忙活了好几天，把冻僵的战士们送回渡口兵楼，又找了随军医官医治，终于稳住了局面。

这些骑兵久在边疆，冬天雪原什么情况都清楚，本不应该如此疏忽大意才对，泓十分疑惑，私下打听了一圈，才知道他们赶到鬼泡子那天真的撞上了格日特的骑兵在湖边扎营。双方一打照面，都是吓了一跳，格日特拍马就跑，大将军便在后面穷追不舍。

主将带队，底下人自然没有不跟之理，大家就一窝蜂地也跟着追。那天天气不好，离着几丈远就看不清路了，只听得风雪中蛮族的唿哨声连成一片。那两处大雪窝，过去只是个带洼地的陡坡，大家没想到那里最近冒出了鬼泡子，等发现不对的时候已经连人带马全翻了进去。这会儿重新想一遍，才明白格日特憋着坏水，是故意引他们过去的。

大家说到这里，全都咬牙切齿，恨不得生扒了格日特的皮。六合大将军更是怒火攻心，自己还病着，就把泓叫来，开门见山问："你的人，还有多长时间能过来？"

泓道："大概还要十来天，我已经发过消息，叫他们直接去守粮仓，不必过来。"

大将军揉了揉眉心，道："叫他们立刻过来，我有一用。"

泓立刻道："不行！整个大营一冬的口粮都在那里，必须得有人守卫！"

他瞧着大将军神色，知道对方还抱着带兵去找格日特复仇的念头，就劝："将军便是要复仇，也不急在这一时。这几天天气太差了，仓促作战，咱们不是格日特的对手。"

六合大将军面色阴沉，冷冷道："雁北的调兵之权，我大概还是有的。"

泓叹了口气，抚肩单膝跪地，剖白道："属下绝对没有要制衡大将军的意思。只是从大局来看，最迟到明年春天，两国必有决战。咱们孤军深入，靠的全是后线补给，一旦掐断，就是不战自败。我若是蛮族首领，现在一定会想法子攻击粮仓。咱们不可不防。"

六合大将军瞥了他一眼，满脸不耐烦："我若像你这般，处处畏首畏尾，做事不求有功，但求无过，早就被蛮族打到皇城了！你放心，这次你救了人，我一定上报朝廷，绝不会埋没你的功劳，若有任何闪失，也由我全力承担，不会牵连你半点！"

泓知道这位大将军，素以做事出其不意、雷厉风行著称，打过无数次奇袭闪电战。对他来说调几个兵将发动一场千里奔袭太正常了。他叹了口气，一时间简直不知道说什么才好，还要再劝，忽然听见外面一阵喧嚣，端陌连滚带爬地闯了进来，颤声道："将军！大营急报！旺满粮仓叫格日特抢了！"

此言一出，泓登时变色，猛地起身厉声道："你说什么！再说一遍！"

端陌急得满头大汗，忙道："粮仓刚传来的消息，说前几天夜里，有一队蛮族骑兵趁着风雪偷袭，偷偷进了旺满粮仓，把里面看守杀了个一干二净。万幸有个人夜里出去小解，发现情况不对就没回去，雪地里走了好几天才碰到人，把消息送了过来。"

这一下好似晴天霹雳，大将军目眦尽裂，张了张嘴，声音却都卡在嗓子里一句话都说不出来，猛地就向后仰倒。泓和端陌慌忙扶他起来，一个揉胸口一个捏人中，好半天大将军才缓过一口气，眼睛却还直着。

草原已经进了隆冬，来边疆的粮路早就被风雪封了，外头的粮运不进来，里面粮仓又被敌军烧毁，整个大营几万兵马，怕是要活活饿死在这里。泓也慌了，勉强稳定心神把事情捋了捋，吩咐端陌："这件事先别和别人说，你去找几个人，悄悄把各营囤粮清点一遍，看还能支撑多久，那位粮仓看守可还在这里？去请他过来问话。"

端陌慌忙出去把那位粮仓看守叫来，几人仔细盘问，确定了那队偷袭的蛮族骑兵，正是当天格日特的人马。他们在风雪中引得六合大将军入了陷阱，转头杀了个回马枪，连夜直奔旺满，趁着守卫空虚，不费一兵一卒就拿下了粮仓。

看到大将军的兵马，就知道一定是就近调了粮仓守卫，还能带着人在暴风雪的天气里以最快速度赶到粮仓，显然格日特平时早把边疆大营研究得透透的了。几个人面面相觑，都感到一阵刺骨的寒意袭上心头，六合大将军破口大骂："格日特那个坏种！"

泓思索着，问："你离开粮仓后，瞧见他们做什么了？"

看守答："他们关了外城门，我什么都没瞧见。"

"关门？"泓心中一动，连忙追问："没有点火？你没看到火光？"

看守答："没有点火。我心中害怕，边走边回头看，生怕他们追上来，那天夜里很黑，我摔了好几个跟头，一点儿光都没看到。"

泓微微一喜："格日特没烧粮！咱们还有机会！"

几个人脸上都现了喜色。两军交战，想要毁掉敌人最简单的方法就是烧粮草，只要一把火下去，眨眼间整个军队的生计就没了。格日特明明占了最大的优势，却没烧粮，只说明一件事。

他缺粮。

他会先想法子把粮草搬回草原，实在搬不完的再烧毁。这就留出了几天的空档，大将军霍然起身，牙关咬得咯咯响，恨道："去点兵！老子要把粮仓抢回来！"

端陌满面为难，支支吾吾道："禀将军，没兵，也没马。"

房间里的气氛一下子沉重起来。这次攻袭损失惨重，战士们在雪窝里冻了一天一夜，马死了，人也伤了，连大将军自己都发着高烧，拿什么去和格日特抢粮仓？若是从主营调兵，最快也得五六天才能赶到，等人到了，只怕粮仓也烧干净了。

大将军脸上隐现绝望，颓然坐了下来。泓心里也很沉重，默默计算着从主营赶到旺满粮仓的距离，他问："我们现在能凑齐多少人？"

端陌掰指头算了算："渡口能上阵的武者就我一个，加上你们俩，一共三个人。"

泓摇头："不够。"

他突然想起一事，问："我记得去杨树林的路上，要路过一个军堡，我曾经见过有人在城墙上巡逻。那边是什么人主事？能调兵吗？"

端陌怔了怔，反问："什么军堡？"

泓拿出舆图，指了指大概的位置。

端陌恍然大悟："噢，你是说雷神堡！那是民堡，咱们没权力调兵。这个堡里住的，都是过去在边疆的百姓，之前和蛮族关系好的时候，这边好多人和蛮族通了婚，现在两边一打仗，他们就没地方去了，两头都不待见，谁想起来都过去捶一通。

"后来来了个混号叫霹雳雷的武师，把这些百姓组织起来和大营统领谈判，说他们也是邦里人，要不给他们活路，他们就要投敌了。大统领没办法，就把过去废弃的一个军堡拨给了他们，约定彼此秋毫无犯。好几年前的事情了。

"霹雳雷作了堡主，带着百姓在周边开荒放牧，发展得挺好的，为了防着蛮族再来扫荡，他们自己组织了个卫队日日巡逻，那日你看到的兵将，不是营里的，是他们自己家里人。"

大将军听到这里便是一喜，道："有卫队？太好了，我去找他们借兵！"

端陌十分为难："前几年咱们在边疆肃清，把百姓赶得东躲西藏，他们都记着仇呢，从来不和军方来往。别说借兵了，之前有一次雁南的宣武将军想从雷神堡借道，都被他们拒绝了。那位将军是个暴脾气，直接带兵围攻雷神堡，打了好几天打不下来才算。后来霹雳雷带人来报复，他也够损的，偷偷潜进雁南大营的伙房，也不祸害人，只把人吃的粮食和马料拌一起了，挑也挑不干净分也分不出来，逼得全营人吃了好几天马食。后来大家一提雷神堡，都绕着走，不敢再去招惹。"

大将军不屑一顾，一挥手道："那都是小节。家国存亡，匹夫有责，我去和他们谈！"

他们时间紧迫，立刻收拾行装出发，当天下午就赶到了雷神堡。

石堡修建在一个小小的山关口上，外形浑圆，外墙足有十来丈高，二层往上，开了一排箭孔，一个死角都没留。

最顶上是环堡小道，巡逻的卫兵瞧见几人，大喝一声"谁！"堡墙上顿时就探出了一溜脑袋。

六合大将军勒了马，抬头大声道："我是北邦总统领、四营主帅、尚书台辅政、六合大将军赵靖霆！有事求见雷堡主！"

上边探头看了看，问："不是就三个人吗！"

六合大将军顿时无语。端陌见他把头衔当人名，就知道不能再讲军营里规矩了，忙把长刀抽出顶在脑袋上，道："是三个人！兵器在这里你看看，没恶意！"

他说着挤眉弄眼地，叫泓和大将军也一起把刀顶脑袋上。泓倒无所谓，只大将军踌躇半天，才不情不愿地照做了，三人顶着刀又等了一会儿，里面就出来个年轻人，走跟前上上下下地打量了一会儿，才一撇头："这边走。"

他们跟着那人从侧边石拱门进了堡，就见一条小道分出左右，沿堡内围分出上下两层，各有隔屋十三间，八个方位都建了小厅，影影绰绰能见到有人在里面大呼小叫地赌牌。这是仿照城墙修建的兵楼，端陌一见就咋舌，低声对泓道："哇真厉害，这帮人直接就住城墙里了，有事都不用现招兵，怪不得大统领攻不进来，"

六合大将军目不斜视，冷冷道："一个土堡能有多坚固？是人。这么小的地方，挤这么多人，还能做到轮守不乱，巡察警惕，各干各事，这位雷城主绝非池中物。换你们俩来，要不了几天就完蛋。"

几个人探头探脑，嘀嘀咕咕地跟人进了外厅，先见到门口檐下一溜红彤彤的小灯笼，上挂牌匾，写着"六灯堂"三个大字。一个四十多岁的男人迎了上来，自称是堡里的大掌事，笑眯眯地把几个人请进屋里，问道："久仰久仰，大将军名传天下，我堡里也早闻声名。不知道有什么事能效劳？"

六合大将军就把来意说了，请求雷神堡出人救助，一起去打旺满粮仓，护下军粮。那人听完点点头，一脸同情之色，却不提派兵，只叫人捧出一盘金银来，笑道："丢粮可真是个麻烦事。大将军为我百姓开邦护土，现在出了事，雷神堡断无坐视不管之理。别的先不讲，这一点心意请将军拿去，先解了燃眉之急再说。"

六合大将军一见对方把自己当成了乞丐，顿时气得涨红了脸，脸一沉道："国家危难，匹夫有责！尔等受我九邦将士庇护，急难时却畏缩不出，形同通敌叛国！这是大罪！"

掌事依然笑眯眯地："将军息怒。我等升斗小民，怎么能懂得将军的胸襟和格局？实在是堡里现在也困难。今年收成不好，一亩地才收了八十斗，赋抵税一共交了三十七斗，军用摊派了十八斗，剩下的扣掉种粮，就剩下了个喝粥的份。那旺满粮仓里的军粮，至少有一半是我堡里交的呢，你说我们急不急？我们出了粮，又给了银两，将军还要出人，这是逮着一只羊刮秃噜皮啊。"

这一套软中带硬的说辞，顶得六合大将军直喷粗气。泓见着气氛紧张，忙居中调和，温言道："我们不为钱财，只求堡主施以援手，至于军费摊派，正好大将军在这里作个见证，诸位有功于国，不如这一趟就顶了明年的庸赋——"

他话还没说完，大将军就拍案而起，怒吼："你闭嘴！"

转头指着掌事鼻子道："你思想有问题！国家大事，轮不到你插嘴，去把你们堡主叫来！我倒要看看他在我跟前，能不能讲点大义！"

掌事蓦地收了笑脸，冷冷道："轮不到我？将军，我家就在大渚渡口边上。大军屯扎，我一家老小四十七口，全被征召进了雁北作辅兵，三年后战亡四十六人，剩我一个拿了特赦退伍回家。国家大事轮得到我灭门绝户，却轮不到我插嘴吗？我全堡上下两千来人，哪一个没在战场上死过亲人？有被强征的，有被大军肃清的，都算了，没计较了，找个地方喘口气，继续给你们交粮交税，这还不叫讲大义？你的大义也太大了！"

"你！"

将军勃然大怒，拳头攥得咯咯响，上前就要揍人。泓和端陌连忙拦下，两方安抚了半天，泓苦笑道："大掌事，咱们明说吧。实在是情况危急，需要人手帮忙。你们有什么要求，只管开出来，我一定尽力满足，只求你们援助。"

大掌事冷冷道："就一个要求。当年雷神堡初立，我们堡主和定国将军击掌为誓，约定大军秋毫无犯，雷神堡两不相帮。我就想问一句，你们的定国将军是不干了？还是死了？他说的话到底还算不算数？"

泓肃然道："定国将军身为辅政三公之一，统领北邦兵马，说的话自然一言九鼎，我等不敢违逆。所以我们是来求堡主帮忙的，不敢有强迫之意。"

大掌事道："两不相帮，这是之前就约好的。恕不远送了！"

他说着微一欠身，是个送客的姿态。泓顿时着急，大声道："请堡主出来谈一谈！一切条件都好商量！"

大掌事冷冷道："堡主病着呢。我一样作主，请吧。"

他说着一挥手，周围几个人全挤了过来，作势要把三人往外推。雷神堡是他们最后的希望，这里若没人帮忙，粮仓就别想抢回来了。

三人顿时着急，在大堂里拉拉扯扯地争执起来，正混乱间，忽然听见楼上震雷般一响，有人声如洪钟，问："这位小哥，可是皇城人？"

泓抬头望去，见二楼栏杆旁有一高大的人影，逆光站着，看不清面容。他答："是。"

那人便转了身，"咚咚咚"地从楼上下来。掌事很不赞同，迎上前阻挡："堡主！何必和他们纠缠，赶走便是了！"

那人大掌一挥，低声说了句什么，掌事满脸惊诧，回身看了看三人，低头退下了。帘子一掀，便见一个身材魁伟的男人大步流星走了出来，当胸一抱拳，对泓道："恩公，我帮你。"

泓猛一抬头，顿时目瞪口呆。却见这位雷神堡堡主相貌堂堂，威风凛凛，竟是当年在西三坊武馆打擂台的武师雷大壮。他张口结舌，问："雷……雷大壮。你怎么到这里来了？"

雷大壮哈哈大笑："恩公你还记得我！"

两人共诉别情，原来自那时候泓和皇帝一起看打擂，前所未有地点了五个灯笼后，雷大壮一下子声名鹊起，成了皇城里最厉害的五灯师傅，赚了一大笔钱。他又干了几年，听说北邦武风昌盛，就举家搬过来自己也开了个武馆。再后来战乱频繁，众人流离失所，武馆开不成了，他稀里糊涂地应势而起，竟也成就了一方霸业。雷神堡建成那日他抚今追昔，觉得自己能有今日，全赖当年泓的六灯之恩，于是给正堂起名六灯堂，还把当年那一串灯笼都带了过来。

他说着让泓看那檐下小小的一串红灯笼。泓十分疑惑，问："你怎么知道是我给你点的灯笼？我虽然点了，可是从来都没有露面。"

雷大壮微微一笑："恩公这话一说，就能看出不是俗世中人。武馆一个包间要价好几两银子，岂是寻常人出得起的？都是家里有大喜事了，聚一起租个包间乐一乐。唯恩公每次来都是一个人，占了偌大一个屋子，出手又大方，每次都押我赢，武馆上下全知道，我岂有不知之理？那日我早见了恩公带朋友来，灯笼一出，我就知道是恩公救助。只是恩公行事低调，我不敢打扰。后来恩公好久不来，我以为再没有当面道谢的机会了，想不到今日竟然能在这里遇到，实在是老天有眼，要成全我雷大壮的恩义啊。"

泓自打官至九卿，就再没余暇出宫游玩，不知不觉这么多年过去了，连雷大壮另立门户都不知道，更不知道他什么时候离开了皇城。他十分感慨，瞧着雷神堡如今兵强马壮，又替对方高兴。两人聊了几句旧事，雷大壮就召集堡里人手，派出精兵三百，他自己亲自带队，跟着泓去打旺满粮仓。

他们衔枚疾走，邻近天亮赶到了粮仓。这里几百年来一直是九邦的囤粮地，名字虽然叫粮仓，实际和个小城也差不了多少，四垣高筑，上面一样有烽台，有箭楼，进了北仓门里面还有一个内城门，平时在这里装车卸货，战时两门一关，还可以作瓮城用。粮仓都建在最高地，众人摸到墙根下潜伏，隐约就见墙上火光点点，是蛮族士兵正四下巡视。

自古城池都是易守难攻，尤其带瓮城的城墙，上头随便扔个什么东西下来，就能砸死一大片。硬攻是不行的，大家观察了一会儿形势，最后约定由泓、端陌、六合大将军三位高阶武者想办法进城，从里面打开城门，再让雷大壮领兵冲锋，趁着夜深造出大军压境的架势，把粮仓夺回来。

他们约好以箭火为号，便偷偷绕到了北城垣底下。这城垣里头就是藏粮的窨仓，整面墙都是拿厚青砖灌米浆筑成的，摸上去滑溜溜，连道借力的缝隙都没有。三个人费了老大的力气，才一个摞一个地把大将军送上了墙头。

六合大将军攀出墙头，只瞄了一眼，立刻就缩了回来，低声道："不行，上不得。上头是块平地，积了两尺的雪，爬只蚂蚁都看得见。箭楼里的蛮子瞧见了，一支箭就能把咱们穿成糖葫芦。"

三个人只得重新找地方爬墙。连换了好几个地方，上去看都是一片积雪的平地，底下还铺着防水的草苫子，踩上去哗啦啦响，根本就藏不住人。泓便道："实在不行，咱们藏草苫子底下挪过去，不要打草惊蛇。"

端陌连连摇头，比手画脚地解释："这边的房顶夏天要晒粮，所以都是平的。不仅平，还很斜，为的是下雨不会积水，清雪也方便。现在上头的积雪看着稳当，其实草苫子稍微一拽，整个房顶的雪都会滑下来，跟雪崩了一样，何止是打草惊蛇，那是打草打死蛇。"

大将军笑道："你倒是懂。"

端陌踌躇了半天，突然连连作揖，道："在两位大人跟前，有件事我不敢说，但是也不能不说。提前求个宽恕吧，唉，要叫兄弟们知道我打小报告，肯定得揍死我。"

他说着就引两人到后垣的西仓院，寻得了一处极隐秘的地方，七拐八拐，竟然直通仓厫，从一处窄缝钻了出来。原来这里是边疆将士们的秘密通道，军营里管得严，无令不得外出，就常有人借来粮仓轮值的机会，从这条密道偷跑出去寻欢作乐，端陌也是其中之一。

六合大将军想通了这一层，不由气得吹胡子瞪眼，在后面踹了端陌一脚。端陌回头苦笑道："大将军，我这也算是为大义舍小我了，对不对？求求你，若能抢回粮仓，以后别追查。不然我名声可就臭了。"

泓奇道："我来粮仓巡察过好几次，居然都没发现。"

端陌说："兄弟们私底下的勾当，怎么敢叫大人知道？都是自己人才告诉。"

大将军笑道："小伙子，有点用。"

旺满粮仓是个方方正正的格局，四面窨仓，围出一个方正的广场，仓吏和兵将起居办差的地方都在后院。三人从西南角的廊房里出来，当头就闻到一股浓香的麻油味，大将军脸色立刻变了："不好，他们要烧粮！"

泓和端陌脸色也变了。三人慌忙近前探查，就见广场上停满了大车，蛮族兵将们挥舞着马刀，正驱赶粮仓仆役一袋袋往车上装粮。火把熊熊，照得广场亮如白昼，还有人提着油桶，正满地抛洒。

麻油贵重，每个营里只能分几桶，逢年过节做点新鲜东西给将士们打牙祭。眼见着明年的份例都被蛮族兵将糟蹋没了，端陌心疼得直抽气，恨道："那都是好油！唉，我最爱吃麻油烙饼了，这帮混帐东西！"

六合大将军不在乎几桶麻油，只努力在人群中寻找着格日特的身影，一边道："这才几天工夫，也不知道格日特从哪里搞出这么多大车，是个硬货。"

泓十分紧张，估算着大车上粮食的数量，低声道："他最多带走一小半，天亮前就能全装完，到时候他就要放火了！"

现在粮仓里已经是满地麻油，哪怕一个火星儿就能烧起来，三人就算武功高强，又怎么能防得住这么多人，这么多火把和这么多双手？大将军急得两眼发红，道："我去开城门，叫雷大壮他们过来！"

泓慌忙拦下："不行。一旦发现有人攻击，他们转头就能烧粮，根本就没法拦！不能打草惊蛇！"

端陌急得直薅头发，捂着自己脑袋自言自语："镇定点镇定点，有办法有办法……水井在哪里？"

他突然想到了什么，一拍脑袋道："窖仓里有太平缸！"

太平缸就是一个大缸，里面蓄满清水，专为火灾急用。泓和大将军顿时大喜，慌忙问清方位，原来这窖仓是一排筒子房，但是每隔二十来丈就隔绝出一个小屋，四壁夯实三合土，中间放一盛满水的大缸，底下都通着厨房烟道，保证冬天水也不上冻，着火时直接敲碎大缸，粮仓里就会灌水灭火。除了太平缸外，窖仓外还有四个水井，各样灭火器具也都常备。

泓稍稍松了一口气，喜道："太好了，这就不怕了！"

端陌便趴在廊房墙根底下，一一把太平缸的位置给泓指清楚。

三个人正低声交谈，忽然听见远处一阵隆隆的开城门声，接着一阵人喊马嘶，广场里的大车突然动了。原来蛮族兵将们已经装完粮食，开了后城门就要启程。

　　几个人都吓了一大跳。大将军连藏身都顾不得了，猛地一直身，惊道："他们没套马？这就要走？"

　　大车装满粮食，再引马驾辕，拉套，上笼头，上夹板，怎么样也得好几个时辰。院子里只栓着寥寥八九匹战马，却有二十多辆大车，这怎么走得了？泓和端陌也是大吃一惊，就见蛮族兵将们挥舞着马刀，竟把粮仓的仆役们和马套在一起，又把大车首尾相连，组成了一条车龙。鞭声炸响，就在仆役们的哭喊声中缓缓驱动了马车。

　　马匹不够，竟然把人当牲畜使唤！三个人全都气得咬牙切齿，可还不等做什么，最后一驾大车也装完粮准备行进了。一切只在眨眼间，三个人连起身的工夫都来不及，就见一个留着三绺胡子的蛮族人拿火烧了烧箭头，转身就把一支带着火的箭射进了粮仓里！

　　火焰"轰"地一下就烧了起来。泓一跃而起，话音未落，人已经跑了出去："我去敲缸！"

　　大将军也唰一下没了人影："我去开城门叫人！"

　　转眼间廊房里就只剩端陌一个。他左右看看，想去帮泓敲缸，又心疼那被蛮族兵将抢跑的十几车粮食，最后狠狠一捶墙："我去抢粮食！"

　　火势开始蔓延。

　　泓顾不得再隐藏自己，直接横穿过蛮族众兵将，一头扎进了窖仓。满地油花飞溅，带着火冒着烟，把整个粮仓都笼罩进一片红光中。浊气逼人，泓屏住气息，冲过去一脚踹开隔屋，果然见里面一个大缸，上头加盖，还裹了一圈棉套子。

　　泓心中微松，当即力运双臂，拿刀柄往缸肚上狠力一敲。只听得

"咣"一声大响，缸壁四裂，却一滴水都没流出来，反震得泓虎口发麻，好像敲到了块大石头上。掀了缸盖一看，里面的水早冻成了个大冰坨。

他不敢耽误，飞奔到下一个隔屋，缸肚一敲，里头也是个大冰坨。接连敲了好几个太平缸，里面的水已经全冻上了。原来格日特占了粮仓之后，就把伙夫差役抓去给他拉大车，厨房停了火，烟道里一点热乎气都没有，窖仓里滴水成冰，哪还有什么太平缸？

大火熊熊烧了起来。水能灭火，冰坨子可不能，泓顿时急红了眼，想起端陌说外头有水井，立刻就冲了出去。才一露头，就见银光一闪，一柄马刀当面劈来。

泓慌忙闪避，被来人堵在了窖仓里。火焰舔上了他的小腿，那人回转刀锋一顿一挫，怪声怪气地笑道："好功夫，怪不得一个人来。可惜晚了！"

那人说的虽然是官话，但是带着浓重的蛮族腔调。泓定睛一看，正是刚才点燃粮仓的三绺胡子。他勃然大怒，可也没工夫和此人纠缠，反手短剑一挥，就听"当"一声厉响，兵器相错，泓已经飞身而出。

他直奔水井，可还没等碰到井沿，身后忽然一声箭啸，一支羽箭带着火苗直直扎进井轱辘，竟把井绳射断了！泓又惊又怒，猛一转身，见那三绺胡子慢条斯理地又搭上了一支火箭，拉开弓笑道："你一个人，厉害的。但是打不过我们。"

他说着手上一松，箭火疾如流星，一头扎进西粮仓。那里头麻油也都已经洒上了，火星一到，瞬间燎原，只听得一阵"噼里啪啦"之声接连不绝，大火烧成了一片。

泓心里猛地一沉。还不等想什么，三绺胡子的马刀已经劈下。刀锋上带着排山倒海的力量，如一面巨墙迎面压来，逼得泓胸口热血欲喷。他狼狈滚地闪避，还未起身，另一把马刀又至，蛮族兵将们围了上来，截断了他的退路。

这些人若论单打独斗，和泓还差着一大截，可几个人联手，泓就吃不消了。他们的马刀十分锋利，稍有不慎，碰上就是一道血口子。眼看火势越来越大，泓急得几乎要发疯，被人砍了好几道伤口。正危急间三绺胡子忽然把马刀一收，笑道："我不杀你。你急，我偏要你看着烧。这是，教训。一个人，没用的。"

鲜血滴滴答答，落在雪地上。大火熊熊燃烧，一位蛮族士兵吹了声口哨，拉弓引箭火，瞄准了东窖仓。可这回他还没放手，手臂忽然被人拧住了。一股大力几乎要捏碎他的手臂，他疼得尖叫，火箭远远射向了半空。

"我不是一个人。"

泓冷冷道。一瞬间他眼神犀利如刀，抢下蛮族士兵的弓箭就朝天连射了三箭。远处立刻传来回应，三枚火星轮流上天，传来一阵人喊马嘶的声音。

"你！"三绺胡子变了脸色。

"我来也不是没有用。"

泓举起双手，摆出了个投降的姿态，一步一步向后退去。他一直退到了窖仓门口，忽然微微一笑，飞身抓住房顶上的草苫子，猛地往下一扯！

一瞬间如玉山倾颓，屋顶上整整一冬的积雪哗啦啦全砸进了火中。这草苫子是长长的一大片，泓狠力一拽，大半个窖仓的草苫子都被他拽进了粮仓，连冰带雪地往上一捂，火焰立刻偃旗息鼓。到处都是破冰碎雪的声音，暴雪从天而降，眨眼间就把东南西北四个大窖仓埋进了寒霜里。

蛮族兵将们目瞪口呆。

"上！上啊！杀了他！"

三绺胡子回过神来，顿时暴跳如雷，拿蛮语大吼着，挥舞马刀冲向泓。几柄马刀同时从头顶劈落，泓闪避不及，眼看着就要被乱刀斩在马下，斜刺里忽然寒光一闪，一把阔刀压来，替他挡住了所有攻击。

"干得好！"六合大将军挥舞着阔刀，神威凛凛地大喝："接家伙！"

一把长剑抛了过来。泓精神一振，持剑在手，立刻挽了个剑花挥了出去，问："端陌呢？"

大将军一边杀敌，一边大吼："去抢粮了！我刚才瞧见他在车队里！"

孤身陷入敌阵可是个危险事。泓立刻问："格日特在车队里吗？"

六合将军大吼："不知道！没看见！"

泓皱起眉，转头见三绺胡子要偷袭雷大壮，就冲过去一把掐住脖子，卸下了对方的马刀，问："你们首领在哪里？"

三绺胡子昂然答："出卖兄弟，是你们九邦人才干的事。"

泓不再废话，当即拎着三绺胡子上了粮仓的哨楼。粮仓都建在高处，粮仓的哨楼自然是方圆百里内的高中最高，他居高临下，远远地就见一条车队蜿蜒前行，向着草原深处而去。泓夺下三绺胡子的弓箭，开弓引箭，瞄着车队里的领头人问："格日特在哪里？你若不说，我就放箭杀了他。"

三绺胡子露出了个轻蔑的笑容："你杀吧。你杀一个，首领就带着我们杀一百个，血债血偿。"

这帮蛮族的骑兵们，若论一对一的真功夫，可能打不过端陌，但他们配合默契，手段又阴狠，联合起来多打一，端陌可就比不过了。泓一时还真不敢放箭，眼睁睁地看着车队越走越远，眼看就出了箭程。他急得心中冒火，眯起眼睛，一个一个辨认着端陌的身影。

与此同时，端陌也急得直冒火。

他混进粮仓仆役的队伍里，一样被绑上了手脚，拼命拉着大车。这车队足有十几丈长，一车又一车的粮食，得够多少人吃啊，现在却要亲手送给蛮族。他边走边心疼，边心疼边算计，走着走着忽然发现，在正数第五辆大车上，放了几桶麻油。

他心中不由一喜。

大车是拿绳索和铁钩子一辆一辆连在一起的，栓得十分牢靠，看得出来，格日特为了尽量多带粮食，费了不少心思。他偷偷问过一位粮仓的仆役，说蛮族兵将占领了粮仓后，门一关所有的时间都花在组建这条车龙上了。若是车队断掉，想重新再组，没个一两天工夫下不来。

一两天工夫，足够泓大人带兵来夺粮了！何况现在离粮仓又不远！

端陌说干就干，"吭哧吭哧"地又推又拉，装出一副十分积极狗腿的样子，实际偷偷摸摸把麻油桶全捅出洞，悄无声息地把整车粮食都浸透了。为着好引燃，还把自己的大毛衣裳脱下来，浸过油铺在了大车最上层。

他冻得瑟瑟发抖，点火时却傻了眼，摸遍全身连块火石都没带，上哪去弄火？寒冬腊月的天气，稍一耽误油就冻得烧不起来了，偏偏那蛮族首领见他积极，还一个劲吆喝令他到前头去拉。眼瞅着机会稍纵即逝，他急得团团乱转，恨不得满天祷告，求老天给道雷。

就在这时候，他突然看到远方闪现了一道光点。

"九邦狗子。去吃粪。"

三绺胡子反绑双手，被泓按在了城墙边，嘴里还在奋力用官话骂着。

泓无心理会，只眯着眼睛，一个一个仔细辨别，努力想找出端陌的身影。他记得端陌穿了件红棕色的大毛衣裳，可眼下那批人全是灰不溜丢的，分不出哪个是哪个。他拉着弓箭，箭头一会儿瞄瞄这个，一会儿瞄瞄哪个，就是找不到一个目标。眼瞅着这支车队就要翻下小坡，消失在射程中了，他急得额角渗出了冷汗。

"九邦狗子，没用。"三绺胡子在一旁冷笑，"你熄了粮仓的火，也没用。粮食，我们抢到手了。我们吃你们的粮，还要杀你们的人，明年开春，我们杀到九邦皇帝家，把你们的皇帝当马骑。"

泓有些微怒，分心看了他一眼，就在这个时候，他眼角忽然划过了什么。

车队拉车的人群中，他看到一个人忽然高举双手，朝天合十乱拜。蛮族兵将立刻给了他一鞭子。可过了一会儿等监工回身，他又东南西北地胡拜了起来。泓看着他旁边大车粮食垛上铺的毛衣裳，忽然明白了什么，忍不住笑了。

他一声不吭，直接引弓搭箭，把一簇火苗射了过去！

火焰冲天而起。

蛮族兵将们立刻乱作一团，停了车队扑火。泓俯身向墙下，大吼："来人！都跟我走，到城外把咱们的粮抢回来！"

众人轰然应答。泓把弓箭又挂回三绺胡子肩上，拿蛮语一字一顿道："你可以用蛮语骂我，我听得懂。"

说完，在三绺胡子的大骂声中，他转身下了城墙。

五日后，泓的亲兵队终于赶到粮仓，重新把旺满粮仓护在了手心里。

这一次有惊无险，粮仓的火势虽然大，可没一会儿就被泓掀雪浇灭了，只烧坏了窖仓里隔绝湿气的一层干草。蛮族兵将们虽然拉走了十几大车粮，可走到半路车队突然着火，泓和雷大壮又带人去抢回来了一多半，还把蛮族骑兵们打得屁滚尿流。六合大将军清点完账目也是松了一口气，拍了拍胸口说："还好没出什么大岔子，不然我都没脸回去见陛下。"

泓瞧了瞧损失的数目，道："我和雷堡主商量过了。缺损的这些粮，就由雷神堡紧急补上，算朝廷暂借。明后两年免掉雷神堡的税赋，算抵消了这次出兵，将军觉得如何？"

六合大将军笑道："那是自然。这次多亏老雷仗义相助，我得请你们俩喝酒！"

他开了几句玩笑，却见泓神色沉重，就问："怎么？"

泓答："端陌还没回来。"

那日泓虽然带兵抢回了大半粮食，可混乱中还是有几辆粮车和仆役被蛮族劫走了，端陌也在其中。他是武者，又熟悉草原，泓本以为过不了几天他就会自己偷跑回来，岂料渺无音信，竟然再没有了消息。

大将军闻言也担忧，皱眉道："再等一等。"

两人耐着性子又等了几日，端陌没等回来，却等回来个从蛮族处逃回来的仆役。听他讲那天众仆役把大车拉到了一处草场，就有个蛮族大官带人来迎接，令人挑了几个健壮的仆役作奴隶，剩下身体弱的就地砍杀。他跟着躺倒装死，才堪堪捡回了一条性命。

泓听到这里，顿时坐不住了，立刻收拾行装，对大将军道："端陌肯定出事了，我得去救他。军营里，请将军多照料。"

大将军皱眉道："你一个人，怎么打得过格日特的骑兵？"

泓说："我会谨慎行事，绝不轻易出手。这次好不容易知道了格日特的行踪，咱们一定不能放他跑。我去找端陌，顺路也是探听消息，请将军也给主营大统领发信，看能不能调支援兵过来帮忙。"

现在朝廷里势力纷繁错杂，各路人马都在观望，谁都不想先出兵叫别人占便宜，哪可能那么轻易就调动大军？就连六合大将军自己想追杀格日特，也是各处求兵不成，才不得不带着自己的亲卫队亲自出马。这里面的诸多难处掣肘他都没法说，只得点头道："我试试看。"

那片草场离得不远，一来一回跑马也就十来天，两人就定下了个死约，说好十五日之内必回。可泓这一去，竟然再也没了音信，大将军急派斥候去探消息，回来说草场已经空无一人，格日特早就带兵不知道跑到哪去了。勉强再等了几日，草原又刮起了白毛风。

六合大将军这下可彻底坐不住了，慌忙写了一封言辞恳切的信求告各方统领调兵。他怕说要援军救泓会被拒绝，就在信里浓墨重彩地只说格日特何等危险强悍，对九邦的边疆护卫又有何等威胁，把国家大义、边疆安危的大帽子一顶一顶都扣上，只在最后稍微提了下泓的名字，连夜发给了九邦军营的家主将军们。

几日后，北邦的大营总统领就收到了信。

四位监军家主和实权将军们静悄悄站着，没有人说话。

六合将军的信在众人手中传看了一圈，又放回到统领的案几上。

"格日特确实该杀。他若在，对诸位都是个威胁。大家有什么想说的没有？"

没有人回答。家主和将军们彼此互看着，都露出了鼓励对方出头的神色，却没有一个人开口。

统领高深莫测地笑了笑："也罢。今日，我们就把这件事情说开了吧。"

他挥手令侍卫们出帐五十步，在外面围成一个圈，团团拱卫了主帐，又放下帘子，确定不会有人偷听后，才缓缓道："大战在即，诸位为了保存实力，不愿意先行出兵，我是很理解的。"

"我知道诸位也担心，怕我不顾大家意愿，硬要往外调兵。那么今日我就在这里给大家表个态。

"咱们北邦大营为国征战多年，在朝廷里却一直没捞着什么好。仗咱们打，有危险都是咱们先上，都尉府等着在后面摘桃子。人家吃肉，咱们只能跟着混碗汤。

"和蛮族打了这么多年，现在的局势大家也都看出来了，百年之战，在此一举，我知道大家都憋着劲，要等最后的决战。可决战之后呢？都不活了？到时候诸位元气大伤，兵马没了，家底也掏空了，除了一个护国安邦的空名头，咱们手里还剩下些什么？还拿什么和都尉府那帮老家伙们争？"

统领说到这里，意味深长地顿了顿。他环视主帐，在家主和将军们的脸上，看到了赞同的表情，才一字一顿，掷地有声地说："所以我觉得，这决战，不打也罢！"

虽然已经大概猜到统领要说什么，可在场众人还是震了震。朝廷现在有三大势力分庭抗礼，此消彼长，若是在蛮族那边耗尽了实力，就是给对手送人头。所以大家全不愿真刀真枪地和蛮子拼。可算盘虽然拨得响，皇帝面前也得交待得过去，陛下一心一意要平定北邦打造太平盛世，他们也不敢明着泼冷水，敢把态度放这么明确的，大统领还是第一个。

家主和将军们不约而同，一齐看向了主位上沉默的男人。

月白色的大袖上绣工华丽，遮住了男人大半张脸。他单手撑着下巴，漫不经心地一点头。

统领便道："定国将军也是这个意思。"

在场众人就全悄悄松了一口气。这位定国将军不仅仅是军营的大监军，还是九邦大姓云氏的家主，尚书台辅政三公之一，是个动动手指头整个朝廷都要地动山摇的大人物。有他在前面顶着，天塌了也砸不到别人头上来。大家心里有了底，气氛就轻松许多，一位将军笑道："我等自然是唯云家主、大统领马首是瞻。调不调兵，只凭您二位一句话。"

另一位将军有些犹豫："六合大将军毕竟在草原待了大半辈子，他的判断，还是准的。"

统领道："格日特不是不能杀，是得挑时候杀。蛮族兵强马壮，这场仗，才能长长久久地拖下去。要不，我给诸位再念一遍六合大将军的信，大家再斟酌斟酌。"

他说着，把那封求援信又念了一遍。待念到最后一句，主位上的定国将军忽然脸色大变，惊问："他说什么？谁被格日特抓去了？"

统领莫名其妙，仔细又看了看："是雁北营的泓监军，说是身陷敌营，已经数日没有音讯。"

定国将军惊慌失措，慌忙把信夺下，一字一句又看了一遍。看完往桌子上一扔，他转头就去翻名册："该死！赶紧去召集兵马！"

他手口不停，翻着名册调兵遣将，眨眼间就点出十几个军中精锐去支援六合大将军。这一下可是意料之外，统领想起那位泓大人来主营的时候，曾和定国将军私谈了大半夜，就试探着问："将军怎么又改了主意？可是和这位泓大人有私交？"

云行之冷冷道："何止私交。"

他点出了自己名下所有精锐去救泓，还是觉得心慌意乱，看着手下这帮蠢家伙还茫然不知出了什么事，不由气得大吼："还愣着干什么？赶紧调兵！把大军给我拉到雁北去！泓监军真出了事，你们没人能担得起！"

吼完又喃喃自语："我也担不起。"

他定定神，知道这事绝对不能隐瞒，慌忙写了封密报，派人八百里加急送到皇城。

几日后，云行之的援军抵达了雁北大营，泓失踪的消息也放到了皇帝的御案上。

容胤把那封密报读了又读，然后不动声色地把信札原样叠好，端端正正压在了镇纸下。

想了想，他开口道："去把沈一舟叫来。"

沈一舟如今是枢密院的提调官，发往北邦的各项钱粮兵马，全从他手中过。听闻陛下召唤，他还以为是军营钱粮出了问题，捧了厚厚一堆账本飞奔而来，待知道是座师出了事，顿时吓得呆了，扑身在地道："陛下圣明！"

容胤又好笑又好气，反问："圣明什么？"

沈一舟求道："求陛下发兵，派人去救救泓大人！"

容胤冷冷道："他是朕的人，朕当然会救他。"

沈一舟暗暗松了口气，忙给皇帝出主意："大营里既然已经派兵，求陛下从都尉府也派一支援军过去，到时候为争功劳，他们一定会尽力的。"

容胤淡淡道:"嗯。朝廷里的事,你倒是看得很透。知道谁和谁在争。"

沈一舟慌忙拜倒,又是大呼:"陛下圣明!"

他自打擢升成了提调官,就得天天进御书房和皇帝打交道,可他不会说漂亮话也不会拍马屁,每次见了皇帝都紧张得要死,只会趴地上一个劲磕头。后来偶然有一次见座主说了一句"陛下圣明",皇帝竟然露出了个微笑,他就偷偷学会了,那之后不管什么事,他见了皇帝必先"圣明",每次都能蒙混过关。

他靠着"圣明"大法糊弄过陛下意味不明的指责,刚松了一口气,就听皇帝问:"北邦四大营,现在共有兵力多少?"

他连忙答了,皇帝就又问他粮草、兵马武器等事。问完北邦,又问都尉府,还叫他把两府的情况写一个详细条陈递上来。他听着听着越听越不对劲,终于忍不住问:"陛下可是有意出兵?"

皇帝下意识摩挲着云行之的密信,低声道:"这场仗拖得太久了,令人厌烦。"

沈一舟咬了咬牙,猛地跪倒在地,大声道:"陛下圣明!只是有几句话,臣不知道该说不该说!"

容胤淡淡道:"不知道就别说。"

沈一舟顿时傻了眼,纠结半天,还是道:"陛下圣明!臣身为朝廷提调官,还是得说!"

容胤不耐烦了,寒声问:"你到底说不说?"

他脸色一沉,沈一舟就紧张,慌忙伏地又"圣明"了一番,才吞吞吐吐:"陛下可知道,现在朝中对蛮族的态度,那个,嗯……十分的不一样。有人想打,有人不想打。不管想不想打,他们都不想第一个打。都想,嗯……保存实力为先。"

"如果陛下想决战,就得先把这个事解决掉。不然打了也是白打,大家拖拖拖，最后还是给你拖了个虎头蛇尾。攘外必先安内，里头抱成铁板了，才能去打别人。"

容胤心里明镜一样，早看出了众人的小算盘，他不说破，底下人就也溜须拍马地糊弄着他，成天给他传捷报。沈一舟是第一个敢在他面前直言不讳的人，容胤闻言轻笑一声，道："有胆子。不怪你座主看重你。"

沈一舟怔了怔，伏地又大呼："陛下圣明！派兵去救救座主吧！"

容胤道："你刚才不是说了吗，大家都想保存实力，不作那第一个出头的。那我派兵又有什么用？谁会真心去救助？"

沈一舟咬牙道："臣愿去。求陛下成全！"

容胤冷笑："泓大人去了草原且碰壁无数，你去有什么用？"

沈一舟张口结舌答不出来。想了半天眼圈红了，问："难道我就什么都做不了，只能干等着吗？"

容胤道："朕去。"

这是要御驾亲征的意思，沈一舟闻言顿时吓得魂飞魄散，忙劝："陛下万万不可！人主乃国之根本，怎么能往那么危险的地方去！千金之体，坐不垂堂，陛下圣明啊！"

容胤冷冷道："你不必劝。此事自从泓大人离了皇城，朕就一直在考虑。这场仗，拖得太久了。全都不想承担责任，又不舍得竭尽全力，那就国君替诸位出征吧。这点儿实力，朕还是有的。"

他说完就拟了谕旨派发各司，宣布要御驾亲征，又直接调用宗室藩卫和御前影卫，给自己组建了支亲兵。

这一下可打了众臣一个措手不及。人主是一个国家的根本，九邦所有的规则秩序，贵贱君臣，全是以他为核心构建的，各项工程、税赋、生产、边防都等着他指挥协调，他若有个三长两短，整个九邦都得翻了天。何况大敌在侧，只怕稍有闪失，那阿兰克沁大汗就真能打到大家的枕头边上！

家主和将军们立刻就傻了眼。这时候也顾不得派系斗争了，大家抱成了一块铁板，慌忙把家底都掏出来摆在皇帝面前，表示要肝脑涂地竭尽全力地去打这一仗，只求陛下千万不要冲动。转眼间大军调动，银流回笼，各样的进谏、劝说、请罪书小山一般堆到了御案上，众人成群结队，堵住了皇帝的御书房。

在这样的一团混乱中，容胤带着他的护火人悄悄出发了，箭一般直奔北邦。

半个月后。

白毛风刮过，又是接连几日的大晴天。

泓伏在草坡的枯草丛里，抓了一把雪塞进嘴里。

冰凉的雪水下喉，让他的精神振奋了一些。旁边端陌见状，就递过来一个豆饼。

豆饼粗粝难咽，是蛮族给奴隶们分配的食物，但对于此时的两人来说，却是难得的美味。泓三两口吃掉了干饼，俯视着草坡下集结的蛮族骑兵们，低声说："这是要练兵？"

泓点点头，没有再说话。

他们俩来到这个隐蔽的蛮族大本营已经好几天了。

那一日泓按照粮仓仆役给指的方位，深入草原腹地找端陌，一直走到他们说过的草场，却发现那里空无一人，蛮族骑兵们早就不见踪影，只留下了一地凌乱的脚印。

格日特在草原上是出了名的神出鬼没，六合大将军追杀他好几年，都没能找出他的大本营。如今好不容易寻到一点儿线索，泓犹豫半天，实在不舍得就此放弃，最后还是咬牙沿着脚印追去。他餐风露宿，穷追不舍地跟了好几天，最后终于追上了格日特的骑兵队，远远就见端陌被打得一脸血，在奴隶堆里跟着拉大车。

草原上条件简陋，骑兵们只是简单拿麻绳把奴隶们绑在一起，夜里也不十分看管。泓偷偷跟了他们三天三夜，就见了两起奴隶偷跑事件，可端陌却无比老实，一点要溜的意思都没有。泓十分疑惑，在夜里找机会和他碰了头，才知道端陌竟然在这支骑兵队里见到了个老熟人，原来格日特，竟然就是当年那位拿黑曜石骗他父亲，害得他家破人亡的大贵族。

天底下竟然就是有这么巧的事。泓听到这里，不由一怔，问："你确定？"

端陌咬牙切齿，点头道："确定。他梳了攒顶大辫，露出耳背，耳背上有一颗大红痣。当年那贵族样貌如何，我其实已经记不太清了。但是攒顶大辫，加上大红痣，绝对就他一个。"

蛮族只有封了王才有资格梳攒顶大辫，当年端陌父亲深信不疑，也是因为对方梳了这根大辫，证明确实有个贵族身份。格日特虽然身为王子，可他也是个带兵将领，平日里都是骑兵打扮居多，九邦军营里有他的画像，端陌虽然见过几次，可也没往仇人身上联系。直到猛地见了格日特作贵族模样，才认了出来。

仇人相见，分外眼红。可格日特只带人来接收了粮食就走了，一共只停留了半天，就再也追不上。端陌恨得咬牙，立刻就决定潜伏在奴隶堆里跟着走，非要报了这血海深仇不可。

他铁了心不肯走，泓也想追踪格日特，两人一商量，干脆泓也留了下来。两人分吃端陌的口粮，一个继续做奴隶，一个偷偷跟在后面照应，在雪原上艰难跋涉了好几天，这一天终于到了阿拉坦山脚下。

阿拉坦在蛮语里是黄金的意思。阿拉坦山，就是金山。他们到的那天正好是个下午，夕阳斜照，映得山顶一片灿烂辉煌，真如金铸一般。这里是蛮族的地盘，可实际上九邦这头派斥候探查过，说进山就一条谷道，再往里走是条大河，两岸悬崖峭壁，根本不能通人。

阿拉坦山脚是深入草原腹地的必经之路，大军行进，最怕的就是有人在此伏击，截他们后路。既然无法通人，那就不用担心了，统领

你
的
战
争

337

们就在舆图上把这一片都打上了"安全"标记，计划着将来一路把战线平推到这里。泓和端陌本以为蛮族骑兵们也要走山脚那条路，岂料竟拐进了谷道，寻到一处极隐蔽的小路上了山。

他们在山里又行了几日，爬过一个山头，眼前豁然开朗。原来这群山环护之间，竟有一片无比宽敞的盆地，密密麻麻扎满了蛮族骑兵们的帐篷。出乎意料，泓和端陌在这里竟然见到了数量庞大的军奴，有的是蛮族其他部落的财产，有的是周边百姓，还有很多被俘的九邦将士。奴隶们手脚都戴着铁链，每天被驱赶着到峭壁上凿石头铺路，稍有不慎，就会掉下悬崖摔个粉身碎骨。

泓的心立刻沉了下去。

他看得出来，这是在修急行军下山的路。等九邦大军来袭，只消在这里伏击，就能像包饺子一样把主力整个歼灭在这片山谷里。更可怕的是，他在这里还见到了许多火炮，全都摆置在悬崖间的炮台上，炮口直直冲着山谷里。

火炮是最近才发展起来的新式武器，一枚飞弹能炸一大片，但是射程短装载又慢，将军们都嗤之以鼻，说拿来守城墙还勉强，在草原上用，等它点火启动，骑兵们瞧见早跑了。可火炮藏在悬崖上就不一样了，谷底只有一条道，利用高度差打下来，便是武功再高强也没地方躲。

泓想起在云行之帐篷里见过作战路线图，整个大军的主力都要从这条山谷里穿过，心中不由一阵发寒。显而易见，定是有人早就把计划透漏给了蛮族，格日特就专门找了这么一片隐蔽的地方提前设计好了陷阱。今日发现此事，两人不由庆幸，便潜伏在奴隶营里找机会继续偷偷探查。

几天下来，两人把格日特的兵力摸了个差不离，却是越了解越心惊。营里的骑兵们全都有着黑枭一样锐利的眼神，身形精悍，气息从容。他们的胸口挂着一枚暗红色的狼牙，这意味着他们每个人都曾经孤身深入狼群，俘获过最凶狠的头狼。

他们是草原上最精锐的骑兵，也是传说中格日特的尖刀队。泓和端陌曾偷偷见他们排兵布阵，其迅捷狠戾，比九邦的高阶武者都厉害。端陌一见就咂舌，叹道："嗬，好厉害。这水平，都得是金封了吧？"

泓眯起眼睛仔细看了一会儿，发现有好几个人和自己水平差不多，数了数道："大概有二三十人，水平算得上金封武者。"

九邦的金封武者一拿了敕书，就被各家抢破头，到了军队里都是直接做将领，怎么可能甘心当个骑兵？端陌叹了口气，道："完蛋了，咱们比不过。哪有金封武者乐意在底下做骑兵的。"

泓说："其实也有。"

他指的是无赫殿的御前影卫们，军制上隶属于都尉府第十七军，帝王若是御驾出征，他们就是直属骑兵。这支队伍是九邦能组建出来的最高兵制，全由金封武者组成，只听命于一人调遣。近几百年来，第十七军只有过三次出征记录，每一次都是大胜而归。

可惜十七军只跟着御驾走，不可能到这里来帮他们打蛮族。泓收回思绪，远远地见格日特匆匆进帐，就比了个手势，两人悄悄摸了过去。

帐篷里几个人正在密谈，有一人报告说北邦的雁北大营里，一定是来了个了不得的大人物，警戒和护卫都与以往不同。

端陌听到这里，不由疑惑。他见过最大的人物，也就是六合将军了，实在想不到还有谁能比六合将军还威风，就低声问："会是谁？"

泓想了想也不是很确定，答："可能是定国将军。"

他临行前曾和六合大将军商量，要他给云行之发信求援。想到好友竟然放下繁重政务，特地过来了一趟，他心中不由一暖。两人又听了一会儿，里面就开始商量，说要怎么想办法把这个大人物暗杀掉。格日特就点了几个北邦将领的名字，说这几个人都是内应，可以如何如何安排，想法子给那大人物投毒。

泓和端陌开始还愤怒邦里出了叛徒，到后面听格日特各样安排周密细致，说不定真的能得手，不由越来越心惊。两人慌忙商量，泓道："不行，我们得想法子把消息传出去！"

端陌说："下山的路只有一条，沿途都有人看守，人过不去。我有个主意，马厩里有好几匹咱们的战马，不知道什么时候被蛮子抢来的。咱们写封信系马身上，再想法子把马放出去，他们自己会找人的！"

泓有点拿不准，皱眉问："用马传信？能行吗？"

端陌说："老马识途。它不仅能回营传信，还能再带人过来呢。我在渡口天天养老马，我知道。"

两人立刻行动，端陌找了匹熟悉的老马，和它说了许多悄悄话，哄着把密信绑在了尾巴上。泓又在马厩里做了手脚，趁半夜偷偷把马放了出去。

一晃又是几天过去。

夜色渐深，淡蓝色的月光如潮水般铺陈在雪原上。寒风卷起一团团细小的雪霰，在帐篷间呼啸翻滚。有处篷布没绷紧，在风中卷动，发出一阵拍击的声响。

端陌在黑暗中睁开了眼睛。他身边的老奴隶睡得正香，发出一阵阵滚雷般的鼾声。端陌深深吸了一口气，从衣领中扯出那颗猫眼石，握在嘴边默默和父母说了几句话："爹娘保佑，一切顺利，看儿子给你们报仇！"

他把猫眼石又收回衣领里，蜷起腿扭脚腕上的锁链。他们已经在这个奴隶营里等了好几天了。他从翘首以盼，到失望，到最后终于明白，援军不会来了。

他们信上写得很清楚，就以焰火为号，求雁北大营派一支骑兵过来，里应外合，打格日特一个措手不及，一举拿下阿拉坦山沿线。可他抻长脖子看了几个晚上，连一丁点焰火都没看见。六合将军那边渺无音讯，从格日特和下属的谈话中也能听出来，雁北大营一切正常，没有出兵的迹象。

泓大人也十分失望，说可能是被其他事绊住了。他曾和定国将军云大人彻夜长谈，知晓军营里各家族将领间的种种牵制，解释说不是每个人都毫无保留地支持出战的，有人不想让对手出风头，有人早被架空，还有一些甚至和蛮族有了私下往来，想发兵，也没那么容易。

单凭两个人，怎么打一个营？端陌气得要死，就这么走又不甘心，当即决定去杀格日特，至少先报了私仇再说。可泓大人却把他拦了下来，说要干票大的。

干票大的！就在今天！

他悄无声息地拧开脚上锁链，起身蹑手蹑脚地往外走。奴隶营里也没有什么床铺，大家横七竖八地睡了一地，他小心翼翼地跨过众人身体，临到帐子门口，还特地看了一眼睡在门口的大胡子。

大胡子觉轻，要是惊醒了他，肯定要大吼大叫，坏了好事。

其实大胡子也是个奴隶，脚上一样戴着锁链。可他当奴隶比谁都积极，自己干活卖力气不说，见到有人偷懒，监工的鞭子还没到，他巴掌先已经呼上去了。蛮子见他如此自觉，干脆封了他一个队长，每顿饭多给几口咸菜，就算额外奖励。奴隶们都恨他，背后叫他奸细，可他自己却自鸣得意，真开始以队长自居，每天晚上都睡在帐篷门口，连人半夜上厕所都要过问。

大胡子打着鼾，是真睡着了。端陌控制着气息，跨过大胡子的腿，从半开的帐篷帘下钻了出去，再稳着动作，慢慢让帘自然垂落。

他做完这一切，心中松了一口气，再转身却猛地瞧见了一双炯炯有神的大眼睛，登时吓得差点跳起来。定睛一看却是只大羊，歪着脑袋，正好奇地看着他。

这只羊后面，还有几百只雪白的羊，目光炯炯，全都看着他。

端陌吓出了一身冷汗，这才想起明天要清扫羊圈，羊们全被赶到了奴隶营里。他怕惊动羊群，就以极缓慢的动作，朝旁边迈了一步。鸦雀无声。羊们停止了咀嚼，默默看着他。

端陌又迈了一步。羊们无声无息转过脑袋看着他。

端陌竖起手指，摆了个"嘘"的姿态，一步接一步，在羊们的集体凝视中挪出了奴隶营。走到栅栏跟前他彻底放心了，摸摸旁边小羊的脑袋，低声说："好乖好乖，太听话了，就这样，保持安静，明白吗？咩？"

一个"咩"字一出，整个羊群立刻回应，集体道："咩——"

此起彼伏的咩声在黑夜里，简直是震耳欲聋，直传到三里之外。端陌顿时吓得魂飞魄散，一抬头，就见帐篷口的大胡子猛地睁开了眼睛。

四目相对。两人都呆了。

一瞬间端陌心中升起了打晕堵嘴，威胁恐吓等等一系列混乱念头，可还没等行动，就听帐篷里有几个人问："羊怎么了？去看看。"

大胡子若无其事地翻了个身，喝道："看什么看，没听过羊叫？睡觉！"

帐篷里立刻安静下来。

端陌心中一软，走回去把偷来的钥匙塞到了大胡子身下，压着嗓子说："承蒙照顾，能跑的，就趁乱都放跑吧，回家去。"

大胡子没出声，只是轻轻打着鼾。

端陌不再迟疑，猫着腰跑出了奴隶营，泓已经在外面等候多时。两人悄无声息地在帐篷间疾行，不多时就进了骑兵营，在武器帐前两人猛地站住，伏了下来。

沉重的脚步声传来，提着马刀的蛮族骑兵们懒洋洋走了过来，拿火把四下挥舞，开着粗俗的玩笑。这是主帐夜里的巡察，每两个时辰一次，可他们每次都不认真。

等骑兵们过去，两人闪身进了大帐。帐子里警觉的看门狗没有狂叫，而是发出了低低的呜咽声，疯狂地摇起了尾巴。泓把手伸到狼狗面前，大狗温顺地舔了舔他的手，期待地等着他掏出肉干。

从潜入营里的第一天起，泓就开始偷肉干喂狗了，现在他们已经是朋友。在他喂狗的时候，端陌进进出出，把一个又一个西瓜一样大的火弹抱出去，装在准备好的袋子里。等泓喂完狗出了帐篷，端陌已经整整装了三大袋，藏在壕沟里。

泓看了看，傻了眼："这么多？"

端陌嘿嘿一笑："多点不好么？炸他个满地开花。"

两人拖着几袋火弹在壕沟里走了老远，又吭哧吭哧地扛着走出营地，沿着陡峭的小路爬到了半坡的炮台上。这里就是奴隶们白天干活的地方，一个个炮台弧状排开，每一个上面都摆着一架火炮。泓和端陌一人架了一个，扭转炮口，对准了蛮族的主帐大营。

火弹进膛。两人对视一眼，点燃了引线。

"来吧！"端陌厉喝，"炸！"

"咚！咚！"

震耳欲聋的炮声响起，整个营地忽然巨震起来。火光爆开，只一瞬间，蛮族的兵营立刻就炸了锅。

"快！继续！"

端陌来不及看炮轰得准不准，转头就跳下炮台，抱着火弹绕到前膛，掏干净弹片残渣，清火星，再重新塞火药，装弹，插引信，点火，"轰——"

是个哑弹。火弹直接在炮筒里炸了膛，把炮架炸得四分五裂。端陌急了，慌忙拖着火弹袋子上另一个炮台，拖了半天拖不动，大吼："喂！快来帮忙！"

泓也正忙着，吼回去："我的还没弄完！你先来帮忙弄我的！火炮都是两个人操作的！"

瞧着远处骑兵们已经冲出了军营，端陌急红了眼："这么慢！咱俩才打了两发！还没打中！他们马上就要来了！"

眼看着炮轰格日特大营的计划就要泡汤，泓急得满头冒汗："我先打完这发！”

“这发也是个哑弹。”突然有人冷冷说。

端陌和泓齐齐吓了一跳，抬头一看，竟然是奴隶营里的那位大胡子，身后还跟着几个奴隶。大胡子指指点点："你火药放得不够，这发也打不出去。”

“你……”端陌又惊又喜，“你怎么来了？”

大胡子摇摇头："来找炮。不行的！你不会，让他们来。”

他说着手一挥，身后十几个奴隶站出来，有人道："我们帮你。”

端陌感动得不知道说什么好，挨个摇着奴隶们的手："哎呀不知道怎么谢你们……”

“不用谢。你留了钥匙，大家都要谢谢你。”

大胡子说完，一个箭步就上了炮台。几乎只是眨眼间，众位奴隶就纷纷登上炮台，两人一组，装填好了炮弹。

“来吧兄弟们！还记得怎么比画不！炸他啊！”

大胡子的手猛地挥下。

“咚咚咚咚！”

炮声响彻天地。群山震颤，火光冲天而起，格日特的主帐刹那间就淹没在了一片烟尘里。帐篷开始燃烧了，哭号声、马嘶声和惨叫声混杂在一起，很快又被震耳欲聋的炮声压了下去。大胡子扶着炮架，一低头，忽然泪流满面："我本来是个炮兵啊……多少年了，狗日的格日特抢了我的炮，我的炮！”

“你……”端陌惊住了，“你们是炮兵？那个失踪的火炮队？”

“嗯。”大胡子抹了抹脸，“本来送炮到北疆的，半路被格日特劫了，炮在人在！我们宁可给狗日的蛮子干活当奴隶，也不能丢了炮！”

“炮在人在！兄弟们，炸他——”

空中忽然响起了一道极锐利的声音，仿佛什么看不见的东西把夜空划开了。泓反应极快，猛地出剑，可是只来得及把箭头打得偏了一偏，就见大胡子猛地往后一仰，被羽箭射中了手臂。

月光下，一个黑影策马疾行过来。月光在他脸上投下明暗不定的阴影，那张暴怒的脸上满是仇恨。

是格日特！

大胡子怔了怔，猛地大吼："放炮！"

"咚咚咚咚！"

在炮声中，泓和端陌猛地冲了过去！两人同时发动，和格日特交错而过。泓感觉他的剑走空了，在武器格挡的一瞬间，格日特把他的剑路引到了端陌那边。

这是个劲敌！

泓感觉端陌受伤了，但是他没有余暇关注。在格日特这样宗师级别的武者面前，一次呼吸的分神就足以致命。他和端陌背靠背防御，正紧张间，远处方向火光忽然冲天而起，预警铜钟长震，有人策马横穿营地，大吼："敌袭！敌袭！备马迎敌！"

泓怔了怔，余光一扫，就见几个穿着九邦服色的骑兵一闪而过，长刀反旋，所过之处一片血光。他心中一喜，知道一定是邦里来了援军，可就是这么一分神的工夫，他胸口忽然一阵剧痛，竟被格日特破进防线。武器破风的声音同时逼近，他向后一仰，格日特已逼至面门。仓促间他举刀抵挡，就听格日特一声冷笑，掌心已经按到了他肩膀上。

剧痛传来，泓慌忙后退，堪堪卸掉了对方的劲力，才看见格日特用另一只手夹住了端陌的刀锋。

泓心中一沉。刚才那次交锋，他已经竭尽全力，可对方竟然只用了一只手。他已经好几年没遇到过这么厉害的对手了。泓深吸一口气，上挑刀锋，护住了面门到心口的一线。他蓄势待发，可格日特却忽然笑了，冷冷道："你以为我会和你们打吗？"

他说着向后一退，左右亲兵立刻上前，把泓围在了正中。在亲兵的护卫下格日特翻身上马，懒洋洋下令："把他砍成肉酱。"

众人大声应是，格日特就勒马回身，打了个长长的唿哨。

一声唿哨未落，满城唿哨回应。此起彼伏的哨声很快就有了章法，在格日特的指挥下往一个地方聚集。头顶刀光连成了一片，泓猛地闭上眼睛。

风声、火焰燃烧声、人们的怒吼和唿哨声像狂暴的浪涛，充斥在他的耳边。这一刻他看不到冲向自己的敌人，也看不到格日特的身影，他手里只有一把短剑，耳边只有风吹剑锋的声音。

手耳一线，他听见端陌正和格日特交锋。一连串短促的格挡声连在一起，端陌失手，用肩膀硬接了格日特一刀。就在刀锋入肉的瞬间，泓猛地把短剑飞了出去！

寒光一闪，贴着一位蛮族骑兵的头皮而过，带着几根头发，直直扎入格日特的后脑！

唿哨声戛然而止。格日特的身形晃了晃，一头栽倒在地。

与此同时，泓的小腹被一柄长剑刺中了。一柄马刀同时砍下，在他背后留下了一道长长的伤口。愤怒的蛮族兵将们狂吼着，要把他剁碎，他试图在人群中杀出一条路，可是手里已经没有了武器。

鲜血狂涌。泓咬紧牙关，赤手空拳地在人群中拼杀。炮声依旧在耳边轰响，他搞不清自己到底杀了多少人，也搞不清到底中了多少剑。伤口已经麻木了，意识也开始模糊。忽然背后风起，他猛地抬头。

远处响起了沉雄的号角声，像是有巨龙长啸，声势劈山裂海。几十道黑影策马逼近，当头那位挥着战旗，就见金龙遮天蔽日，在火光中粲然生辉。魁伟的武者们碎冰踏雪，奔驰而至，临到近前，忽然两边一分，烈火熊熊中一匹骏马高跳而出，带着千斤的力量踏进蛮族兵将的包围圈。

寒风扑面。马上那人急奔到泓跟前，手一伸，厉声喝道："上马！"

"陛……陛下……"

泓吓得呆了。就见战马迎面而至，马背上的皇帝单手拽了缰绳，半身倾斜向着自己而来。他不假思索，抬手一借力，趁势上了皇帝的战马，一瞬间所有的刀光剑影，战场厮杀都暗淡了，他眼前只有一片深沉的黑，是皇帝用自己的大氅裹住了他。

御前影卫们紧随其后，护送几人出了战场。容胤一直跑到主帐前，才勒住马问："伤得要紧吗？"

泓瞧着火光中皇帝英武的脸，一时如在梦中，结结巴巴问："陛下……你……你怎么会在这里？"

容胤冷冷道："你一进军营就没了动静，我怎么能不来？"

他说着把泓往地上一放，叫人来给他裹伤，自己带兵又冲进了战场。这一次他不仅带了自己的御前影卫，还有北邦各营的精锐骑兵，连六合大将军都亲自来了。众将领一夜厮杀，打得格日特的骑兵四散奔逃，终于在天亮时彻底占领了这个山谷。

一场短兵相接的恶斗就此平息了。泓伤势还好，可端陌却受了重伤。皇帝听闻端陌拼着自己肩膀被砍掉一半，也要捅格日特那一刀，不由十分动容，教训道："不论何时何处，武者的身体总是最重要的。格日特便是走了，日后也有的是机会追杀，你不该如此冲动。"

端陌半身的血，捂着肩膀单膝而跪，低声道："禀陛下，臣杀格日特，不是为了大义，却是因着私情。无论如何，就是要了我的命，我也要杀他。"

他讲了自己身世，在场众人皆尽动容。泓就道："陛下，以眼还眼，以牙还牙。格日特欠了端陌一条性命和一箱黑曜石，如今端陌复了仇，可钱财还没偿还。请陛下作主，把格日特财产赐还，以告慰端陌父亲在天之灵。"

容胤想了想，点头道："可以。你这就到格日特屋子里去看看，有什么能抵债的，全归你所有。"

众人便一起进了格日特的主帐，却见里面十分朴素，床具、茶几等都是寻常物事，只床头一个雕花的红木箱子，看起来十分珍贵。端陌打开箱子，里面装了几颗黑曜石，阳光下闪亮亮的，十分耀眼。

端陌立刻红了眼睛，箱子一掀，把里面宝石倒出来，大声道："你们看到了吗？看到了吗？当年，他就是用这些玩意骗了我父亲，骗了我的！父亲！我替你报仇了！妹妹！你可以扬眉吐气了！"

他说完伏倒在地，放声大哭。泓却无比细心，看出那雕花箱子下面的泥土有被人动过的痕迹，就往下深挖，没两下就碰到了一个硬物，再挖一会儿，竟然挖出个巨大的箱子来，一抬沉重无比。箱子撬开，众人全都傻了眼，只见里面光芒四射，竟然装了满满一箱黄金。

这下所有人都惊呆了。端陌也懵了圈，看看黄金又看看众人，一时不明白发生了什么。几颗黑曜石皇帝还可以挥手赏赐，可一箱黄金太贵重了，这下连泓都拿不准了，只得抬眼去看皇帝。

两人对视了一眼，皇帝耸耸肩。

泓忍不住微笑。

端陌看看皇帝又看看泓，十分紧张，连忙追问："什么意思？陛下什么意思？"

泓说："陛下说你好运气。"

端陌再次放声大哭。

泓留在帐子里，又宽慰了端陌一会儿，才和皇帝一起走了出来。帐子外一片安静，他本以为大家都去休息了，岂料帘子一掀，却见兵营的将士们全都列阵在外，瞧见他过来，就齐唰唰一振刀锋，抚肩低下了头。

"这是……"泓怔住了。

"他们是出来迎接你的，泓大人。"六合大将军在他身后缓缓道，"他们有的人，是被你所救；有的人，是因你杀了格日特替他报了仇；还有一些，是感谢你护下粮仓，没叫他们今年冬天饿肚子。"

他说着抚肩单膝跪了下来，对皇帝道："大人对老朽也有大恩。陛下，臣老了，一直不肯让位，是因为始终没找到合适的人选。现在见到泓大人，臣终于感到后继有人。陛下，臣愿全力保举，请泓大人领六合将军之印。”

他话音刚落，众人立刻响应，齐声道："请泓大人领六合将军之印！"

泓十分感动，望着这人山人海的架势，一时间说不出话来。火把照亮了战士们冰寒的铁铠和刀剑，也映亮了无数满怀希翼和热情的眼睛。风卷碎雪，泓和皇帝隔空对望，想起了当年陛下给他的承诺。

"要让你功高震主，权势滔天。让你站在我身边，进皇家陵墓，不止作个引路人……"

"你敢吗？"

皇帝微笑着问。

"臣从龙。"

泓抚肩深深躬下了身。

东方一线甫亮。众人齐齐抬起头，望向了东边日出的方向。这里是草原最高的位置，往下看，能看到缓坡起伏，一直延伸到无尽广袤的雪原尽头。

"陛下看那里。"泓指了指远处，"那里是琥河和漓江的发源地，也是当年锦帝和蛮族大汗划下的缓冲带。双方曾约定大军以发源地为中心，各退百里，划出交流区和平共处。可惜现在，那边被阿兰克沁汗占领了，把我们的人也杀了个精光。"

容胤点点头："我们会打回去的。我要打得阿兰克沁俯首称臣，五百年内再不敢踏足中原。"

泓问："决战在即，陛下真的打算御驾亲征吗？"

容胤说："这场仗，打赢固有功劳，输了却是千古罪人。必须是我站出来，承担一切输的责任，大家才会放手去打。现在朝廷里非议很多，但就算是没人支持，我也会决战到底。"

六合大将军微微一笑："怎么会没人支持？陛下往下看。"

容胤顺着他手指的方位望去，就见山下一片黑蒙蒙的，隐约却能看见一个又一个小光点，正往这边疾驰。雪原宁静，光点从四面八方汇聚而来，一点点连线，迅速移动着。

　　"陛下曾说留在宫里是浪费武者时间，就把御前影卫的服役期缩短到了三年，让大家早早就外放出宫了。"

　　"现在御前影卫人数不够，都尉府十七营组建不起来，我就外放了消息。"

　　大将军说着，指着那些光点道："从昨天起，就不断有金封武者来营里报到。陛下，你看到的光点，都是火把。拿着火把赶路的，是退宫的御前影卫们。他们千里奔袭，来为帝国护火。愿和陛下一起，成就一代伟业。"

　　容胤心中一热，转头望向众人道："是。必成伟业！是朕的伟业，也是你们的伟业！朕承诺，一定要给你们一个太平盛世！绝不辜负你们军人的荣耀！朕等着你们建功立业，破土封疆！"

　　战士们抚肩低头，齐声答："是！"

　　声音刚落，猛然间万光四射，就见一轮红日跃云而出，普照大地。金光泻地，雪原磅礴，泓和皇帝心中都是豪情顿生，他们不再说话，只肩并肩远远眺望，看着那铁骑千万，踏碎江山白。

是他的刀剑，是他的护盾，是他的知己。

图书在版编目（CIP）数据

从龙 / 七夜白著. —武汉:长江出版社,2022.2
ISBN 978-7-5492-8037-7

Ⅰ.①从… Ⅱ.①七… Ⅲ.①长篇历史小说-中国-当代
Ⅳ.①I247.5

中国版本图书馆CIP数据核字（2021）第221382号

从龙 / 七夜白 著

出　　版　长江出版社
　　　　　（武汉市解放大道1863号　邮政编码：430010）
选题策划　漫娱图书　　杨逸茹
市场发行　长江出版社发行部
网　　址　http://www.cjpress.com.cn
责任编辑　陈　辉
特约编辑　胡丽云　　陈雪琰
总 策 划　嗑学家工作室
装帧设计　吴　琪
印　　刷　武汉鸿印社科技有限公司
版　　次　2022年2月第1版
印　　次　2022年3月第1次印刷

开　　本　880mm×1230mm 1／32
印　　张　10.75
字　　数　230千字
书　　号　ISBN 978-7-5492-8037-7
定　　价　45元